T0062022

LOS
DIARIOS
DE EMILY

Traducción de Roberto Falcó

RHYS BOWEN

AMAZON **CROSSING**

Título original: *The Victory Garden*
Publicado originalmente por Lake Union Publishing, Estados Unidos, 2019

Edición en español publicada por:
Amazon Crossing, Amazon Media EU Sàrl
38, avenue John F. Kennedy, L-1855 Luxembourg
Abril, 2022

Copyright © Edición original 2019 por Rhys Bowen
Todos los derechos están reservados.

Copyright © Edición en español 2022 traducida por Roberto Falcó Miramontes
Imagen de cubierta © Peter Adams / Getty Images; © worker / Shutterstock;
© Francisco Martinez / Alamy Stock Photo
Adaptación de cubierta por studio pym, Milano
Producción editorial: Wider Words

Primera edición digital 2022

ISBN Edición tapa blanda: 9782496708707

www.apub.com

LOS
DIARIOS
DE EMILY

SOBRE LA AUTORA

Rhys Bowen es una autora superventas, habitual de la lista de libros más vendidos de *The New York Times*, que ha escrito más de cuarenta novelas, entre las que se incluyen *El niño escondido* y *Traición en Farleigh Place*, ambientada en la II Guerra Mundial y galardonada con los premios Macavity, Left Coast Crime y el Agatha Award como mejor novela histórica de misterio.

A lo largo de su trayectoria ha obtenido veinte premios y sus libros se han traducido a varios idiomas, por lo que tiene un gran número de seguidores en todo el mundo. Ciudadana británica expatriada, Bowen vive a caballo entre California y Arizona. Encontrarás toda la información sobre la autora en www.rhysbowen.com.

*Este libro está dedicado a Linda Myers, en conmemoración
de nuestros treinta y cinco años de amistad. Linda fue
mi directora de coro en la iglesia de Saint Isabella y compartimos
algunos momentos corales maravillosos. También ha sido
una de las mayores admiradoras de mis libros. Ahora ha decidido
mudarse y la echaré muchísimo de menos. También dedico este libro
a Susan Charlton, que presta su nombre al personaje principal
de la novela. Quisiera señalar que Susan no es vieja ni altiva,
sino una mujer maravillosa que se dedica a hacer el bien.*

*Y, como siempre, me gustaría expresar mi agradecimiento
a Danielle Marshall y a todo el equipo de Lake Union,
que hace que sea un auténtico gusto trabajar con ellos.*

Capítulo 1

The Larches, cerca de Shiphay
Torquay, Devonshire
14 de mayo de 1918

Clarissa Hamilton
Hospital de campaña 17
Ejército Británico
Francia

Estimada Clarissa:

Muchas gracias por la larga carta. Me asombra
la naturalidad con la que narras semejantes
peligros y horrores. ¿Quién iba a pensar que
justamente tú, que gritabas al ver un ratoncito en
nuestro dormitorio, te convertirías en una joven
tan intrépida?

Tienes todo el derecho del mundo a regañarme.
Sé que te prometí escribirte con regularidad, pero
he fracasado miserablemente en mi propósito.
No es que sea una holgazana, ni te he olvidado,
puedes tenerlo por seguro. No hay día que no
figures en mis pensamientos o mis plegarias.
Ocurre, simplemente, que la vida en la campiña

me resulta tristemente vacía en comparación con la emoción y los peligros a los que tú te enfrentas a diario. A decir verdad, no tengo ninguna novedad que contarte, y me avergüenza admitirlo. Mientras tú estás en las trincheras de Francia, atendiendo a los heridos y soportando los proyectiles de los enemigos, aquí sigo yo, sana y salva, disfrutando de la seguridad de la campiña inglesa, donde mi contribución al esfuerzo de guerra se limita a llevar *scones* y galletas a los soldados heridos alojados en la casa de convalecencia y a intentar convencerme de que la presencia de una joven les alegrará el día.

El traqueteo rítmico de un cortacésped distrajo a Emily Bryce, que dejó de escribir y miró por la ventana. El anciano Josh empujaba la segadora por un jardín que ya lucía un aspecto inmaculado. Emily observó los rododendros y las azaleas en flor, que daban un toque de alegría con sus tonos rosa y naranja. Los manzanos del huerto también estaban radiantes con sus flores blancas. Sus padres llevaban una vida tan plácida que daban por sentado que la finca siempre debía tener un aspecto perfecto, y no valoraban la suerte que suponía tener un jardinero demasiado mayor para que lo llamaran a filas. Su vida idílica no había cambiado lo más mínimo salvo por... Lanzó un suspiro y centró su atención de nuevo en la carta.

Lo que daría por estar a tu lado, a pesar de las horribles condiciones y del peligro que describes. Creo que no me molestarían ni las ratas, ni la comida asquerosa... Haría lo que fuera con tal de huir del tedio de mi vida diaria. Mis padres me atan corto y, a pesar de mis constantes súplicas, solo me permiten visitar esas casas de convalecencia (¡siempre acompañada de mamá!). ¿Sabes esa canción del pájaro que vive en una jaula de oro? Esa soy yo. Como bien recordarás, el único objetivo en la vida de mamá es encontrarme un buen partido (¡con título, a ser posible!). De no haber estallado esta horrible guerra, habría movido cielo y tierra para presentarme en sociedad. Ahora que no hay bailes ni partidas de caza (y, a decir verdad, ya no se encuentran buenos candidatos), se muestra amargada y resignada. Por un lado, quiere perderme de vista y, por el otro, no me deja marchar.

Sé que este deseo de sobreprotegerme tiene mucho que ver con la muerte de Freddie. Lo llevan muy mal. Era el ojito derecho de papá, ya lo sabes. Alumno brillante de Oxford, destinado a ser abogado primero, y luego juez, como papá. Sin embargo, apenas duró una semana en el frente de Ypres.

Hizo otra pausa y miró hacia el jardín, donde el aroma del césped recién cortado se mezclaba con el de la hoguera que Josh había encendido detrás de los guisantes. Aromas familiares, seguros. Aromas de hogar. «Es una idiotez que nos eduquen para no expresar nuestros sentimientos —pensó—. Es absurdo que no pueda contarle la verdad a mi mejor amiga: que la muerte de Freddie ha destrozado a nuestra familia». Recordó que antes de la guerra su padre había sido un hombre jovial y su madre había mostrado una faceta más dulce, a pesar de que siempre había sido una esnob. Sin embargo, ahora era como si se hubiesen encerrado en su mundo: su padre se había convertido en una persona huraña y silenciosa, propensa a los estallidos de ira, y su madre se dedicaba a criticarlo todo. A veces notaba cómo la miraban y no podía desprenderse de la sensación de que habrían preferido que hubiera muerto ella, en lugar de Freddie. «Oh, Freddie», pensó. ¿Cómo podía expresar que para ella también había supuesto un tremendo golpe? ¿Que después de tres años su muerte aún era una herida en carne viva? Era su hermano mayor. Su protector. Aún lo recordaba como si fuera ayer: su último trimestre en la escuela, justo antes de los partidos de tenis. La llamaron al despacho de la directora, al que acudió vestida con su falda de tenis, agarrando la raqueta y preguntándose qué habría hecho mal. Sin embargo, la directora la tomó de la mano y le pidió que se sentara antes de darle la mala noticia. Que aquella mujer, habitualmente una presencia aterradora, mostrara una actitud tan dulce y amable fue demasiado. Y fue la única vez que se derrumbó y lloró.

Emily miró la hoja de papel. La pluma había dejado una mancha de tinta y se apresuró a secarla antes de mojar el plumín.

De modo que entiendo sus reticencias a que te acompañara en la brigada de enfermeras voluntarias, pero no comprendo por qué no me dejan buscar un empleo útil. ¿Qué podría pasarme en un centro de voluntarios ordenando ropa o enrollando vendas en Torquay? Tampoco me importaría trabajar de enfermera en la casa de convalecencia. Al menos así podría hacer algo útil. Quiero aportar mi grano de arena para que la muerte de Freddie no haya sido en vano. Sé que no debería quejarme cuando tengo una vida tan fácil, pero…

—¿Emily? —La voz estridente de su madre resonó en las escaleras—. ¿Dónde estás? Ya te dije que nos iríamos a las diez y media en punto. Vamos. No podemos hacer esperar a los caballeros. Venga.

Emily dejó la pluma. La temida visita a la casa de convalecencia. La carta iba a tener que esperar. No era que le disgustara visitar a los oficiales heridos. De hecho, no le habría importado ir sola. Lo que no soportaba era seguir por todos los pabellones la estela de su madre, que se limitaba a interpretar su papel de alma caritativa y que no le permitía entablar conversación con los jóvenes soldados, algo que le resultaba de lo más frustrante. Se puso ante el espejo, se recogió la melena castaña en un moño e intentó sujetarla con varias horquillas con la esperanza de que aguantaran antes de ponerse el sombrero de paja azul. Unos ojos grises la escrutaban impasibles. Demasiado delgada. Demasiado alta. Demasiado angulosa. Hizo una mueca, cogió los guantes y bajó corriendo las escaleras. Su madre la esperaba junto a la puerta, radiante con su vestido de seda de color lavanda, tocada con un sombrero adornado con una pluma de avestruz a juego. «Un atuendo mucho más apropiado para una fiesta de jardín que para una visita a una casa de convalecencia», pensó Emily. Florrie, la doncella, se encontraba junto a ella y sujetaba varias cajas de pasteles.

—¿Dónde estabas? —preguntó la señora Bryce—. No te he visto desde el desayuno.

—Le estaba escribiendo a Clarissa —respondió Emily—. He recibido una carta suya con el correo de la mañana y me reñía por no haber tenido noticias mías.

—¿Aún está en Francia?

—Sí.

—¿Trabaja en un hospital?

—No exactamente, en una tienda de campaña cerca del frente. Parece un lugar horrible.

La señora Bryce negó con la cabeza.

—Aún no entiendo cómo le dieron permiso sus padres. Una chica de buena familia como ella… ¿En qué pensaban al exponerla a semejantes condiciones? Es un milagro que no haya perdido la chaveta.

Emily fulminó a su madre con la mirada. Por un instante pensó en responderle cualquier impertinencia, pero al final cambió de opinión.

—Ella quería ir. Tomó una decisión firme. Ya conoces a Clarissa, le gusta salirse con la suya y puede ser muy tozuda.

—Gracias deberías dar de que nosotros seamos más sensatos y te hayamos ahorrado esos horrores.

Emily vio que su madre la observaba de hito en hito.

—¿Piensas ir así? —le preguntó.

—¿Qué tiene de malo? —replicó ella—. No muestra demasiado, ¿no?

—Al contrario, me parece un vestido muy anodino, eso es todo. Deberíamos recordar que vamos con el objetivo de alegrarles el día a esos jóvenes, de recordarles que después de la guerra les espera un mundo mejor.

—Si es que siguen entre nosotros cuando acabe la guerra —dijo Emily, que se arrepintió de inmediato de sus palabras.

Su madre frunció el ceño.

—Bueno, ahora ya no tienes tiempo para cambiarte. Venga, coge una bandeja de la mesa, hemos de ponernos en marcha. Le dije a la directora que llegaríamos a las once y ya sabes que soy una mujer de palabra.

Emily siguió a su madre a la calle. Florrie cerraba la procesión. A Emily le parecía excesivo servir a unos soldados heridos con pinzas de plata y platos de porcelana, pero su madre opinaba que no podían relajar determinadas normas, ni siquiera en tiempos de guerra.

—A fin de cuentas, es un hogar para oficiales —le dijo—. Conviene recordarles que aún existe la civilización, con sus viejas normas.

Avanzaron por el camino de grava, atravesaron la verja principal y enfilaron el sendero flanqueadas por los jacintos en flor. Era un día de primavera perfecto. Una paloma arrullaba en lo alto de un roble, acompañada del sonido lejano de un cuco. La finca contigua había sido propiedad de un coronel y su esposa, aunque el matrimonio se había mudado a un hotel de Torquay y había cedido su casa al gobierno para que la usara como hospital para los oficiales heridos.

«Un entorno idílico», pensó Emily. Rodeado de campos y bosques, las plantas superiores ofrecían una vista del mar al fondo. Era el lugar ideal para curar el alma y el cuerpo. La mayoría de los hombres que había visto tenían heridas físicas, algunas horribles (ciegos debido al gas mostaza, amputados...), pero otros habían perdido la cabeza por culpa de lo que habían visto y soportado en el frente. Había oído a varias enfermeras quejándose de lo duro que era el turno de noche, cuando muchos de ellos gritaban en medio de las pesadillas o rompían a sollozar como bebés.

Una doncella les abrió la puerta principal y se adentraron en el vestíbulo de mármol.

—La espera la directora, señora —dijo la doncella, que hizo una leve reverencia con la cabeza—. Desea invitarlas a un café en su estudio.

—Qué amable. —La señora Bryce asintió con elegancia—. Estaré encantada de departir con ella cuando hayamos hecho la primera ronda de visitas. —Había un surtido de pasteles dispuestos en bandejas, y su madre zarpó como un buque a toda vela, seguida de Emily.

—Buenos días, caballeros. Les traemos repostería casera para levantarles el ánimo y con la esperanza de que les recuerde a su hogar —dijo la señora Bryce nada más entrar en la primera sala—. Ah, sí, prueben el glaseado. Es una antigua receta familiar.

Como su madre no había pisado una cocina en toda su vida, Emily contuvo una media sonrisa. Se encontraban en una sala de pacientes en rehabilitación. Estaban sentados en sillones o en *chaise longues* con una manta sobre las piernas y observaban a Emily con interés.

—¿Por qué no te quedas a charlar un rato, adorable criatura? —le preguntó uno de ellos, tendiéndole la mano cuando pasó a su lado.

A Emily no le habría importado, pero su madre intervino de inmediato.

—Ven, no tenemos tiempo para cháchara. Todavía hemos de visitar las salas de la segunda planta.

—Pero no necesitas que te siga —replicó la joven—. ¿Por qué no me encargo de repartir una de las bandejas en otras salas y así te ahorro trabajo?

Su madre frunció el ceño y esperó hasta que salieron al pasillo para replicar:

—No me parece apropiado que una joven entre sola en una estancia llena de hombres.

Emily no pudo reprimir la risa.

—Madre, no creo que corra ningún peligro si entro en una habitación donde solo hay soldados tullidos. Además, ya lo has visto, querían que me quedara a charlar con ellos. Necesitan a alguien que les alegre el día.

—Baja la voz, hija. No me gusta que discutas con tu madre en público.

El reloj de péndulo del pasillo dio las once. La señora Bryce se volvió y le entregó la bandeja a su hija.

—Será mejor que suba a tomar el café con la directora. No quiero hacerla esperar más de la cuenta, así que tendremos que posponer el resto de las visitas, supongo. Será mejor que esperes en el vestíbulo. No creo que la invitación te incluyera también a ti. Llévate la bandeja, llénala con un buen surtido de pasteles y súbela dentro de quince minutos. Ve directa a las escaleras, no quiero que rondes sola por la casa.

—No, madre.

Emily lanzó un suspiro. Miró a Florrie e intercambiaron una sonrisa. Tras disponer varias magdalenas glaseadas, galletas de chocolate y profiteroles, Emily decidió esperar en el vestíbulo, donde estaría más fresca, escuchando el murmullo lejano de voces masculinas, hasta que consideró que había transcurrido un lapso apropiado. Entonces tomó la bandeja y subió la escalinata.

Al llegar al primer piso, oyó voces.

—¡Mierda! —gritó un hombre.

—Cuide el lenguaje, teniente Kerr —exclamó una mujer—. Quédese quieto. No voy a hacerle daño.

—¿Que no va a hacerme daño? Pues ya va siendo hora de que alguien le enseñe a cambiar vendajes sin arrancarle la piel al paciente —gritó el tipo, con un fuerte acento.

Emily se acercó a la puerta con curiosidad. El paciente yacía en una cama estrecha y la imponente figura de la enfermera se alzaba a su lado. Jamás había visto a un hombre tan atractivo. Tenía una mata de pelo rubio rebelde, lucía un bronceado como si trabajara al aire libre, nada que ver con los ingleses pálidos a los que estaba acostumbrada Emily. La joven ni siquiera se había dado cuenta de que lo estaba observando fijamente, cuando el oficial la vio plantada en la puerta. No tuvo tiempo de apartarse. Al militar se le encendieron los ojos y le hizo un guiño, gesto que la ruborizó.

—Créame que me esfuerzo, teniente —insistió la enfermera—. Debe entender que no resulta nada fácil cambiar el vendaje de una quemadura.

—Y menos con unos dedos tan torpes como los suyos —replicó él—. Debería permitir que esa joven la sustituyera. Fíjese en sus delicadas manos. Seguro que ella no me desollaría.

La enfermera se dio la vuelta y vio a Emily, que los observaba sonrojada.

—Esa joven dama solo está aquí de visita y seguro que la horroriza su lenguaje. Además, sepa usted que estudié en uno de los mejores hospitales de Londres y que he cambiado miles de vendajes.

—Me toma por lerdo —murmuró el hombre.

—¿Qué ha dicho?

—«De acuerdo» —respondió, dirigiéndole una mirada inocente.

Emily se volvió mordiéndose los labios para reprimir la risa.

—No se vaya —le pidió el oficial—. ¿Por qué no se queda a darme conversación? Hace meses que no veo una cara bonita.

—Me temo que debo llevar esto a la sala de enfermeras —dijo Emily, evitando la mirada fulminante de la mujer.

—¿No piensa compartir los dulces con unos pobres desgraciados maltrechos como nosotros? —le preguntó el teniente—. Aquí estamos los casos más graves, los de las fuerzas aéreas.

—No son heridos graves, sino los casos perdidos —dijo la enfermera—. Y no me cabe la menor duda de que esta amable joven le traerá los dulces cuando le llegue su turno, pero solo si se comporta.

—Seré más obediente que un perro adiestrado —respondió el teniente y le lanzó una sonrisa pícara a Emily, que se había vuelto.

La enfermera se acercó a Emily.

—Le pido disculpas, señorita Bryce. Es australiano. Ya sabe, ignora el significado de la palabra decoro. Acaban de llegar varios. Son todos miembros del Royal Flying Corps, aviadores, muy valientes. Francamente, creo que alguien tendría que examinarles la cabeza, porque se dedican a surcar el cielo con un aparato medio destartalado que parece cosido con hilo. Por eso soy más flexible con ellos, porque sé lo que les espera.

Cuando Emily la miró con curiosidad, la enfermera se acercó y bajó la voz.

—La esperanza de vida de un piloto del Royal Flying Corps es de seis semanas.

—Ah, conque ahí estás —dijo de pronto la voz de su madre—. Nos estábamos preguntando dónde te habías metido. Espero que me hayas hecho caso y no te hayas dedicado a confraternizar con estos jóvenes.

—No, madre, he subido directamente las escaleras cuando me ha parecido que había llegado el momento.

—Pues venga, vamos. Empecemos con las habitaciones posteriores. Tenemos mucho que hacer antes del almuerzo y recuerda que hoy viene a comer tu padre.

Emily miró hacia la puerta abierta, pero no pudo ver al descarado australiano. Lanzó un suspiro y siguió a su madre.

Capítulo 2

Alentado tal vez por las noticias que llegaban del frente y que permitían divisar una victoria en el horizonte, el tiempo había dado un giro a mejor y el sol brillaba con ganas. La señora Bryce sirvió las primeras fresas con nata en el jardín y convenció a Josh de que pintara las líneas de la pista de tenis y pusiera la red, por si encontraba a alguien con quien jugar.

—He estado pensando, Emily —dijo—. Si seguimos teniendo un tiempo tan espléndido, tal vez podamos celebrar la fiesta de tu vigésimo primer cumpleaños al aire libre... con farolillos en los árboles, helados, violines junto a la fuente...

—No necesito ninguna fiesta, mamá —replicó Emily—. No parece muy adecuado celebrar algo así cuando hay tanta gente sufriendo y de luto. Además, ¿a quién quieres que invite? Todos los chicos que conocía han muerto en el frente y la mayoría de mis amigas se han mudado o casado.

—Confío en que tu padre encuentre alguna pareja de baile medio decente. —Hizo un gesto con la cabeza, dando a entender que no le gustaba que le llevaran la contraria—. Además, les debemos un par de favores a varias familias de aquí. A los Warren-Smythe, sin ir más lejos. Sus hijas habrán regresado de la escuela y Aubrey puede venir de la ciudad.

—¡Mamá! —Emily puso los ojos en blanco—. Aubrey Warren-Smythe debe de tener casi treinta años y es más soso que el pan sin sal. Además, algo debe de pasarle cuando aún no lo han llamado a filas.

—Imagino que tendrá los tobillos mal —afirmó la señora Bryce muy seria.

Emily tuvo que hacer un esfuerzo para reprimir la risa.

—No quiero que organicéis una fiesta para invitar a gente a la que papá debe un favor.

—Imagino que tú habrás mantenido el contacto con compañeras de escuela que podrán venir —prosiguió la señora Bryce—. ¿Y esa chica que tenía un primo vizconde?

—¿Daphne Armstrong? Está casada con otro vizconde —dijo Emily.

—Fantástico. Pues los invitaremos. A ver si así reaccionan los Warren-Smythe y se deciden a venir.

—¡Madre! Nunca fue muy buena amiga y no he vuelto a hablar con ella desde que acabamos la escuela. ¿No podemos olvidarnos de la fiesta sin más?

—Ni hablar. He tomado una decisión. Siempre había tenido la ilusión de presentar a mi hija en sociedad como es debido. Confiaba en que fuera una debutante. Y como se trata de un sueño que ya no podrá hacerse realidad contigo, lo mínimo que puedo hacer es organizarte una fiesta por los veintiún años.

Emily comprendió que era inútil ofrecer resistencia.

—Iré a ver si hay alguna otra fresa madura antes de que acaben con ellas los pájaros —dijo y se fue con un cesto. Atravesó el jardín y se adentró en el huerto.

Acababa de agacharse para recoger fresas cuando oyó ruidos entre los rododendros que separaban la finca de los Bryce de la casa de convalecencia adyacente. Miró a su alrededor, convencida de que sería Josh, pero el jardinero estaba arrancando malas hierbas junto al camino. Retrocedió. Eran ruidos de pisadas lentas y torpes entre la vegetación, como si se tratara de un animal grande. Entonces vio una figura, un hombre que intentaba abrirse paso entre el seto medianero. «Un vagabundo que se ha acercado a robarnos la fruta», pensó. Esperó a que el hombre saliera de los arbustos y le preguntó alzando la voz:

—¿Qué cree que hace entrando en una propiedad privada?

El hombre se volvió al oírla y estuvo a punto de perder el equilibrio al pisar un parterre, lo que lo obligó a agarrarse a una rama.

—Ah, diantre. Casi me da un infarto —dijo.

Salió de entre las sombras y Emily lo reconoció de inmediato: era el australiano que le había guiñado un ojo.

—Vaya, es usted —exclamó el hombre con una sonrisa radiante—. La protagonista de la visión que tuve el otro día. De modo que es real. Y yo que creía que la morfina me había provocado alucinaciones. No sabía que vivía tan cerca.

—Sí —afirmó Emily, incapaz de mantener la indignación ante aquella sonrisa que la había desarmado—. Y usted ha entrado en una finca privada —añadió. Se dio cuenta de que estaba sudando y de que llevaba un sencillo vestido de algodón que dejaba al descubierto los hombros.

—No quería hacer ningún daño y creía que no le importaría a nadie, la verdad. Nos tenían aparcados en tumbonas, como si fuéramos unos carcamales, y ya no lo soportaba más. Cuando las enfermeras se han ido un momento, me he levantado y me he escabullido. Me moría de ganas de ver la casa de cerca. Desde mi ventana se ve una parte de la finca y tiene un aspecto tan perfecto e irreal… Ese césped de un verde intenso y las rosas… Le aseguro que si mi madre viera esto, pensaría que había muerto y estaba en el cielo.

—Le gustan las rosas, ¿verdad, teniente de vuelo? —preguntó Emily.

—Estaba pensando en mi madre porque le gusta cultivar flores, sobre todo rosas, pero no suele tener muy buena suerte. Donde vivimos solo caen unos quince centímetros de lluvia al año, una cantidad insuficiente para tener un jardín como está mandado, pero ella lo intenta. Ojalá pudiera ver este. Estoy seguro de que lloraría de la emoción.

—¿Dónde viven exactamente? —preguntó Emily.

—En una zona que llamamos el interior de Burke. En mitad de la nada, el extremo occidental de Nueva Gales del Sur. La población más próxima es Tibooburra y tampoco es gran cosa.

—¿Y a qué se dedica su familia? —quiso saber ella, y se dio cuenta de que empezaba a hablar como su madre.

—Somos granjeros.

—¿Granjeros? ¿Cómo pueden tener una granja con tan poca lluvia?

El teniente sonrió.

—Nos dedicamos a la cría de ovejas.

—¿Ovejas? ¿Sin pastos?

—Hay pastos. No son tan verdes como los de aquí, pero bastan para que sobrevivan los animales. Pero solo podemos permitirnos una oveja por cada media hectárea.

—¿Una por media hectárea? —Emily no daba crédito—. Entonces, ¿cuántas tienen?

El piloto frunció el ceño.

—No sabría decirle exactamente. Unas veinte mil.

—¿Veinte mil? ¿Tienen diez mil hectáreas?

—Algo más. Aunque las tierras no sirven para nada más.

—Deben de vivir a varios kilómetros del vecino más cercano.

—A unos ochenta.

—¿Ochenta kilómetros?

El teniente asintió y sonrió al ver el gesto de incredulidad de Emily.

—¿No están muy aislados? ¿Qué ocurre si tienen una emergencia médica?

—Pues lo solucionamos nosotros o no vivimos para contarlo. Nuestro estilo de vida nos obliga a ser autosuficientes. Somos herreros, esquiladores… Hacemos de todo.

—Cielo santo —fue lo único que se le ocurrió a Emily.

—Y en respuesta a su otra pregunta, sí, supongo que mi madre se siente algo sola. Imagino que eso no le molestaba cuando éramos unos mocosos. Tengo dos hermanas. Pero, claro, cuando llegó el momento nos mandaron a la escuela, y cuando acabaron los estudios mis hermanas decidieron quedarse en la ciudad: una es maestra y la otra se casó y ya tiene un hijo. Mi madre no quería enviarme a la escuela porque yo era el más pequeño, era su bebé. Pero mi padre insistió. Necesitaba que su hijo recibiera una buena formación para hacerse cargo de la estación un día.

—¿Estación?

—Es así como llamamos a nuestras granjas. Estación ovina.

—Ya veo.

—A mi madre le afectó mucho cuando me enviaron a la escuela. Y lo llevó aún peor cuando me alisté en el ejército y zarpé a Europa. Estuve en Galípoli con los Anzacs.

—He oído que fue una campaña espantosa —dijo Emily.

—Y que lo diga. Una auténtica carnicería. Yo fui uno de los pocos afortunados que salió con vida y decidí que no tenía sentido seguir siendo un blanco fácil en la playa, por eso me alisté en el Royal Flying Corps. Bueno, así se llamaba entonces. Ahora parece ser que somos la Royal Air Force. O eso me han dicho.

—¿Sabía pilotar?

—La verdad es que no, pero como se me daba bien manejar todo tipo de vehículos, supuse que podía aprender fácilmente. Estaban desesperados y aceptaban a cualquier chalado dispuesto a probarlo, y yo me tiré de cabeza.

—¿Qué se siente al pilotar un avión? —preguntó Emily.

—Es maravilloso. Te sientes libre y liviano, como un pájaro. Miras hacia abajo y todas las granjas y casas te parecen de juguete. —Se rio—. Pero tampoco tienes muchas oportunidades de mirar hacia abajo, porque nunca sabes por dónde va a venir el enemigo, y cuando aparece, el combate que se libra no se asemeja en nada a ningún otro. Tienes que hacer picados, barrenas, toneles…, y todo eso sin dejar de disparar hasta que uno de los dos se precipita envuelto en llamas.

—Es horrible. —Emily sintió un escalofrío.

—Oh, no. Si vamos a enfrentarnos en una guerra, este tipo de combates son de los mejores. Al menos en el aire es una lucha entre caballeros. Guerrero contra guerrero. Si te abaten, caes con honor tras una buena batalla.

Emily no supo qué decir.

—Lo siento —prosiguió el teniente—, pero no puedo seguir hablando con usted si no sé su nombre.

—Emily. Emily Bryce. ¿Cómo se llama usted, teniente?

—Me llamo Robbie Kerr, aunque la mayoría de la gente me llama Azul, pero no me trates de usted.

—¿Azul?

—Porque soy pelirrojo.

—Ahora me tomas el pelo —dijo Emily ruborizándose.

—No, no. En Australia siempre hemos llamado Azul a los pelirrojos.

—Parece un país bien ridículo.

—Qué va. —Esta vez negó con la cabeza—. Es un lugar maravilloso. Hay tierras para todos, brilla el sol y a nadie le importa si eres un duque o un deshollinador. Pero la zona donde vivimos nosotros no es ideal para una mujer. No hay tiendas de sombreros, salones de belleza ni otras mujeres con las que hablar. Por eso quería ver este jardín…, para tener algo agradable sobre lo que escribirle a mi madre. Todas las noticias que ha recibido hasta ahora han sido negativas. Galípoli, cuando me abatieron en Francia… —Robbie dirigió la mirada hacia el jardín—. Por eso quería describirle estas flores, porque sé que le gustará.

—Eres un buen hijo, Robbie.

—Eso intento —respondió él con una sonrisa traviesa.

—Pero ¿te conviene estar de pie?

—Seguramente no. Las enfermeras tienen miedo de que se me infecten las quemaduras. Mi avión ardió. Ah, y me rompí una pierna.

—Pues no deberías andar paseando por ahí. ¿No tienes muletas?

—Sí, pero las he dejado al otro lado del seto.

—Deberías volver de inmediato, Robbie. Tendrías que guardar reposo.

—No, lo que tengo que hacer es ejercitar la pierna. Me han ordenado una serie de ejercicios, entre los que no figura atravesar setos, claro. ¿Podré volver a verte? —preguntó—. Eres lo mejor que me ha ocurrido en los últimos tiempos. Hasta ahora solo había tratado con déspotas como la enfermera Hammond.

—Fuiste muy desagradable con ella.

Robbie sonrió.

—Es verdad. Lo siento. A veces el dolor hace que me olvide de los buenos modales.

—Lo que ocurrió nada tuvo que ver con el dolor. Creo que disfrutaste de lo lindo pinchándola.

El teniente esbozó una sonrisa avergonzada.

—Bueno, sí… es que algo tengo que hacer para no caer en la desesperación, ¿no? Estoy harto de pasarme el día postrado en la cama.

—Creo que es mejor que vuelvas antes de que den la voz de alarma. —Le dio un golpecito en el brazo—. No quiero que te metas en problemas y, además, a ti tampoco te conviene lesionarte la pierna de nuevo.

El teniente se irguió y la miró fijamente. Hasta entonces Emily no se había dado cuenta de lo alto que era.

—¿Cuándo podremos volver a vernos?

Emily torció el gesto.

—A mi madre le daría un ataque si nos descubriera aquí. Es muy severa y remilgada. Y no nos han presentado formalmente.

—¿Presentado? —preguntó el teniente sonriendo.

—Claro. En la buena sociedad se supone que no debo hablar con nadie si no se ha producido una presentación formal.

—¿Y tú creías que Australia era un país ridículo? —dijo entre risas—. Al menos nosotros podemos hablar con quien queramos, ya sea el primer ministro o un vagabundo.

—Estoy de acuerdo en que es una tradición sin sentido. Aquí tenemos demasiadas reglas: un tenedor para cada cosa, en la mesa no podemos sentarnos al lado de quien queramos... Pero a mi madre le importan este tipo de normas.

—¿A ti no?

—Aún no he tenido la posibilidad de salir de aquí y conocer el mundo real. Me he pasado la guerra encerrada en esta casa, muriéndome de aburrimiento y con ganas de hacer algo... de trabajar de voluntaria para aportar mi grano de arena.

—¿Por qué no lo has hecho?

Emily se mordió los labios.

—Por mis padres. Porque no me dejan marcharme. Les preocupa que pueda ocurrirme algo. —Se dio cuenta de lo absurdas que sonaban sus palabras en cuanto las pronunció. Eran débiles. Daban pena—. Mi hermano murió en el frente —añadió a modo de justificación—. Y mis padres...

—Tienen miedo de perderte también a ti.

—Sí.

—Imagino que es lógico. Mi madre también se disgustó mucho cuando le dije que me había alistado.

—Pero eso es distinto. Tú ibas a estar muy lejos de casa, luchando en la guerra. Yo solo quiero encontrar un trabajo de voluntaria aquí cerca.

—En tal caso tal vez les preocupe que conozcas a hombres poco apropiados para ti y por eso te protegen tanto. —La miró fijamente—. Y no se han dado cuenta de que esos hombres poco apropiados podrían rondar entre los arbustos de vuestro propio jardín.

Emily se rio.

—Eso es absurdo.

Robbie se encogió de hombros.

—Imagino que ningún padre quiere que sus pequeños abandonen el nido. ¿Qué piensas hacer al respecto?

—De momento he interpretado mi papel de buena hija. Mi padre me hizo prometer que cuidaría de mi madre, que no haría nada que pudiera disgustarla, pero ya ha pasado mucho tiempo. Dentro de poco cumpliré veintiún años y luego podré tomar mis propias decisiones. Será entonces cuando me vaya.

—Bien hecho. Debes encontrar el valor necesario para manejar las riendas de tu vida. ¿Adónde irás?

—Aún no lo sé. Me gustaría trabajar de enfermera voluntaria, como mi amiga Clarissa.

—Es una buena idea. Podrías hacerlo aquí. A mí me encantaría que fueras mi enfermera. Me recuperaría mucho más rápido, eso seguro. Y así nos ahorraríamos el trámite de las presentaciones. ¿Cuándo podemos vernos antes de que cumplas veintiuno?

Emily notó que se le aceleraba el pulso. Había pasado mucho tiempo desde que un hombre la había mirado de aquel modo, y más alguien como Robbie. De hecho, ¿la había mirado alguien de aquel modo alguna vez?, se preguntó. Entonces le vino una imagen a la cabeza. Un chico pelirrojo y de ojos azul claro, parecido a Robbie, y que su madre también consideró poco apropiado. Un chico que había muerto en el frente un mes después que Freddie. Y ella se había prometido a sí misma que no volvería a sentir nada por ningún joven. Por ello intentó adoptar un tono mesurado y comedido.

—Siempre paso por delante del hospital cuando tengo que ir al buzón para tirar las cartas que le escribo a mi mejor amiga.

—De modo que si por una de esas casualidades me acercara a la verja a determinada hora... —Él le dedicó una sonrisa de complicidad.

—¿A las once?

—Fantástico. Tras la ronda matinal. Seguro que me dan permiso para dar un paseo hasta el camino.

Emily le lanzó una sonrisa radiante.

—Perfecto, pues nos vemos a las once. Y ahora vete, antes de que te vea mi madre.

—Muy bien. Hasta mañana, Emily. —Estiró el brazo para tocarle la mano, pero cambió de opinión en el último momento—. Eres lo mejor que me ha ocurrido en mucho tiempo.

«Lo mismo digo», pensó Emily sonrojándose, mientras Robbie desaparecía tras los rododendros.

Regresó a la casa con una sonrisa de oreja a oreja.

—¿Adónde has ido? —Su madre estaba en el vestíbulo, retocando los adornos florales, cuando Emily cruzó la puerta, con la respiración entrecortada. Miró la cesta vacía de madera que traía en la mano—. ¿No querías recoger unas fresas?

—Aún no estaban del todo maduras —dijo Emily—. Me ha parecido que era mejor darles un par de días más.

Pasó junto a su madre y, mientras avanzaba por el pasillo en dirección a la cocina, sintió su mirada de reprobación.

Capítulo 3

Estimada Clarissa:

Por fin tengo noticias. He conocido a un hombre fascinante. Es aviador de la Royal Air Force, australiano. No se parece en nada a ningún otro chico que haya conocido hasta ahora. Dice lo que piensa, hace caso omiso de todas nuestras convenciones sociales y es muy valiente. A pesar de ello, vino a ver nuestro jardín para poder contarle algo bonito a su madre, que intenta cultivar flores en un lugar de lo más inhóspito. ¿No te parece encantador? Además, es guapísimo. Estoy segura de que mi madre no le daría el visto bueno, por eso hemos decidido vernos en secreto, lo que da un toque muy emocionante a mi vida.

Mi madre solo sabe pensar en la fiesta de celebración de mis veintiún años el mes que viene. Supongo que no tendrás permiso, ¿verdad? Mamá quiere invitar a un montón de gente aburridísima y esnob, como Daphne Armstrong ¡porque está casada con un vizconde! De modo que me encantaría contar con tu presencia como apoyo moral. Y también porque hace más de un año que no te veo y me muero de ganas de que me lo cuentes todo. De hecho, estoy pensando en ofrecerme como voluntaria cuando cumpla los veintiuno, así que no es necesario que te ahorres los detalles más escabrosos.

Emily se despidió de su amiga, selló el sobre y bajó. Encontró a su madre sentada al pequeño escritorio Reina Ana en la sala matinal. La mujer levantó la vista con el ceño fruncido.

—No sé dónde voy a encontrar un grupo de música en los tiempos que corren —afirmó—. Tal vez me vea obligada a tantear el terreno en Plymouth o incluso en Exeter. Hay un grupo de hombres mayores que toca en el Grand Hotel de Torquay…

Emily soltó una carcajada de desesperación.

—Pero si deben de haber cumplido los noventa. Y solo tocan valses de Strauss.

—¿Qué tiene de malo un buen vals de Strauss? Pero, sí, tienes razón, son unos carcamales. En fin. Quizá se lo encargue a papá. Tiene que acudir a una audiencia en Exeter la semana que viene.

El reloj *ormolu* que había sobre la repisa de la chimenea dio la hora y Emily alzó la mirada.

—Voy a enviarle una carta a Clarissa —dijo—. ¿Necesitas que lleve algo al buzón?

—Hoy no, cielo. Cuando vuelvas hemos de acabar la lista de invitados.

Emily tuvo que hacer un esfuerzo para reprimirse y no echar a correr por el camino de acceso a la casa, pero aceleró el paso al llegar al sendero. Cuando se acercaba a la verja no vio al teniente y sintió una punzada de decepción. Sin embargo, alzó la mirada hacia la casa y ahí estaba, avanzando lentamente con la ayuda de las muletas. Robbie la vio e intentó darse prisa. Emily le tendió una mano.

—Tómate tu tiempo, a ver si aún vas a caer.

Estaba casi sin resuello al llegar junto a ella y tenía la frente perlada de sudor. Aquella estampa hizo que Emily fuera consciente del esfuerzo que suponía para Robbie algo tan sencillo como salir a dar un paseo.

—Lo siento —se disculpó el teniente—. He tenido que esperar a que pasara el médico. Les preocupa que una de las quemaduras no esté curando bien.

—Es probable que se te moviera el vendaje al atravesar el seto —dijo Emily.

—Tal vez —admitió.

—¿Aún te duele?

—Ahora que te he visto, no tanto. —Le lanzó una sonrisa tranquilizadora y miró alrededor—. ¿Por qué no vamos bajo esos árboles, donde no puedan vernos? No es que tengamos que llamar la atención de la gente si solo hablamos, pero no me parece conveniente que lo sepa tu madre.

—Buena idea —asintió ella y echaron a andar lentamente—. En estos momentos mi madre solo piensa en la fiesta de mis veintiún años. Mira que le he dicho que no quería nada especial, y que no me parece bien organizar una gran celebración cuando el país aún está en guerra y hay tanta gente sufriendo, pero ella, erre que erre. Quería presentarme en sociedad.

—Caramba. No sabía que pertenecíais a la familia real. ¿Debería llamarte «alteza»?

Emily se rio.

—No somos de la familia real. Ni siquiera pertenecemos a la aristocracia. Mi padre es hijo de un párroco y se ha dejado la piel para llegar a ser juez. Mi madre es de clase media, simple y llanamente. Su padre era director de banca, pero ella tiene aires de grandeza. Estaba obsesionada con que me casara con alguien de la nobleza.

—¿Y tú?

—Yo quiero casarme por amor. Cuando tenía dieciocho años había un chico que me gustaba, pero murió en Flandes, poco después que mi hermano.

—La guerra es una mierda, ¿verdad? Soy el único superviviente del grupo con el que empecé y casi todos mis compañeros de vuelo han muerto también —dijo con toda la frialdad del mundo, como si fuera lo más normal.

Emily sintió un escalofrío.

—Pero no tendrás que volver, ¿no? Es imposible después de todas las heridas que has sufrido. ¿No te enviarán a Australia?

—Yo quiero volver a volar. Tengo que hacerlo. Los aviones están marcando las diferencias. Por fin empezamos a imponernos y debo aportar todo lo que pueda.

—Pero ya has aportado mucho más de lo que te correspondía —replicó Emily con más vehemencia de lo que pretendía.

Robbie sonrió.

—No te preocupes por mí. Tengo buena estrella. Dios no me quiere y el diablo tampoco.

—No digas eso.

—No te encariñes conmigo más de la cuenta, Emily. Recuerda que no soy un hombre apropiado. —Remató la frase con un deje alegre y le guiñó un ojo—. Además, la guerra acabará enseguida y en cuanto me licencien, volveré a la granja para trabajar con mi padre.

—¿Es lo que quieres? —preguntó ella con cautela—. ¿Ahora que ya has visto mundo? Tú mismo me dijiste que debía encontrar el valor necesario para vivir la vida a mi manera.

El teniente frunció el ceño.

—Ah, pero es lo que yo quiero. Es una vida fabulosa. Siempre al aire libre y con libertad para hacer lo que te venga en gana... Además, tengo muchas ideas para mejorar nuestra situación. Voy a pedir que me envíen un avión desde aquí, ¡y eso nos permitirá conseguirlo! Así podremos controlar el nivel de agua de los lagos, el estado de las vallas, trasladar a enfermos al hospital y hasta visitar a los vecinos. En serio, un avión lo cambiará todo. Hasta puede que envíe más de uno y que enseñe a volar a los demás —dijo muy animado, aunque enseguida se le borró la sonrisa—. Pero, como te decía, el interior de Australia no es lugar para una mujer, y mucho menos para una mujer acostumbrada a determinados lujos.

Charlaron un rato más hasta que Emily se dio cuenta de que no le convenía ausentarse más de lo necesario.

—¿Nos vemos mañana? —preguntó Robbie—. ¿A la misma hora?

Ella asintió y retomó el camino hacia el buzón con una alegría casi infantil. De nada servía que el teniente le hubiera pedido que no se encariñara con él porque ya lo había hecho.

A partir de ese momento, lograron verse un rato todas las mañanas, y hasta la temida visita a la casa de convalecencia con su madre se convirtió en una experiencia mucho más agradable sabiendo que tendría la oportunidad de verlo un rato. Cada vez que hablaban, Emily se contagiaba del entusiasmo desbordante que sentía Robbie por Australia y por los estrechos vínculos que mantenía con su familia. Cuando los tres hermanos eran pequeños, la madre había jugado con ellos, les había enseñado a leer y les había cantado nanas para ayudarles a conciliar el sueño. En cambio, Emily no recordaba haberse sentado jamás en el regazo de su madre y, menos aún, que le cantara para dormir.

—Y mi padre y yo —prosiguió el teniente— salíamos a montar a caballo todas las mañanas. Emigró de Inglaterra cuando era joven. No conocía ningún oficio, no tenía nada, pero se puso a trabajar de mozo de labranza, ahorró dinero y construyó nuestro hogar. Le gusta la tierra tanto como a mí. Se emociona como un niño cuando ve una bandada de *galahs*.

—¿*Galahs*? —preguntó Emily.

—Cacatúas rosa —dijo—. Son muy bonitas, pero de lo más molestas. Si no las ahuyentas pueden arrancar la madera del porche. Pero cuando ves aterrizar una bandada de miles de *galahs* en un lago... es un espectáculo fabuloso. Me encantaría enseñártelo... —Dejó la frase en el aire al darse cuenta de que tal vez se había excedido—. ¿Solo tenías un hermano? —preguntó.

Emily asintió.

—Sí, era cuatro años mayor que yo. Teníamos una hermana mediana, pero murió de difteria cuando era un bebé. Así que ahora solo quedo yo.

—Es de entender que no puedan desprenderse de ti, ¿no?

—Supongo que sí, pero no puedo quedarme encerrada aquí toda mi vida. En la época de mi madre, las jóvenes permanecían en casa hasta que se casaban, pero ahora ya no tiene por qué ser así. ¿Cuántas chicas se quedarán solteras porque apenas vuelven soldados del frente?

—Tienes que hacerte valer y tomar tus decisiones.

En otro de sus encuentros le preguntó:

—¿Qué habrías hecho si no hubiera estallado la guerra? Aparte de casarte, quiero decir.

Emily esbozó una sonrisa tímida.

—Mis profesores siempre me decían que era muy inteligente y me recomendaban que fuera a la universidad, pero a mi madre le pareció una idea absurda. Decía que a las mujeres no les convenía estudiar más de la cuenta, que eso podía ser perjudicial. Debían saber cómo se lleva un hogar y una familia, y el hecho de estudiar solo podía ser motivo de insatisfacción. Me temo que tiene unas ideas muy conservadoras.

—¿Te habría gustado ir a la universidad?

Emily sopesó la respuesta.

—No lo sé. Me parece que no me habría gustado ser profesora o maestra. Como ya te he dicho, quiero probar como enfermera.

No sé si se me dará bien, pero al menos sabría que estaba haciendo algo útil.

—Estás hablando conmigo. Eso ya es algo útil. Has logrado levantarle el ánimo a un hombre herido. Cada día cuento los minutos que faltan para verte, Emily.

—Yo también —admitió ella—. Y tú también me has levantado el ánimo, Robbie. Ayer mi madre se dio cuenta, pero, cómo no, lo malinterpretó y pensó que mi alegría se debía a la fiesta de cumpleaños.

—¿Vas a celebrar una fiesta?

—Voy a cumplir veintiún años. Y mi madre está en pleno frenesí organizativo. —Vaciló, asaltada por las dudas ante la posibilidad de buscar una forma de invitarlo. Se imaginó bailando con él, entre sus fuertes brazos—. Creo que debería volver —dijo—. Está a punto de llegar la modista para las pruebas de vestuario. Nos vemos mañana.

Sin embargo, en Inglaterra los intervalos de tiempo soleado nunca duran mucho y esa misma noche estalló una tormenta con fuertes chubascos y vientos racheados. Era imposible salir a pasear. La señora Bryce repasaba los planes de la fiesta intentando adaptarlos a una celebración interior en caso de que fuera necesario. También repasó las cifras de los asistentes al darse cuenta de los pocos jóvenes disponibles que había.

—No podemos organizar una fiesta con tan pocos hombres —dijo—. Hay veinte chicas que ya han aceptado, pero solo cuatro hombres y dos de ellos aún van a la escuela.

—Podríamos invitar a algunos de los oficiales de la casa de convalecencia —propuso Emily, como si se le acabara de ocurrir—. El otro día me dijiste que había varios muchachos muy educados.

—No me parece mala idea —admitió la señora Bryce—. Algunos pueden andar y quizás hasta bailar, y los demás se quedarían sentados, charlando. En cuanto amaine la lluvia, le preguntaré a la directora cuáles me recomienda.

Al cabo de poco realizaron la visita semanal a la casa de convalecencia en coche porque el tiempo apenas había mejorado.

—Voy a hablar con la jefa de enfermeras para que permita que algunos de los oficiales asistan a la fiesta —dijo la señora Bryce—. No creo que tenga reparos. Enviaremos un coche a recogerlos.

Emily aprovechó que su madre se había ausentado para ir a ver a Robbie. Lo encontró sentado en la cama, escribiendo una carta.

—Eh, Robbie, despierta, ha venido a verte tu amiga —dijo uno de los hombres con los que compartía sala.

El teniente levantó la vista, desconcertado, y una gran sonrisa le iluminó el rostro.

—Vaya, qué alegría para la vista —dijo—. Le estaba escribiendo a mi madre y precisamente le hablaba de ti. Quería describirte, pero no era capaz.

—¿Qué tal si pruebas con elegante, sofisticada y deslumbrantemente bella? —dijo con una mirada desafiante.

—Pues no dices ninguna mentira.

Sus palabras la hicieron sonrojar.

—Mira, Robbie, quería invitarte a mi fiesta de la semana que viene.

—No creo que a tu madre le haga mucha gracia.

—A mí sí y, además, ya lo he hablado con ella. Ya sabes que escasean los hombres, por eso le he sugerido que invitemos a unos cuantos oficiales. Ahora está hablando con la directora para obtener su visto bueno.

—Tal vez no sepa comportarme como es debido… A lo mejor me pongo a hablar con gente a la que no me han presentado y esas cosas.

—Tonterías, sabrás manejarte a la perfección. Les diré que tus padres son unos grandes terratenientes australianos, lo cual es cierto. Aquí nos impresiona mucho la gente con grandes propiedades agrícolas.

—¿Puedo llevar a un par de amigos? —preguntó—. No me vendría nada mal un poco de apoyo moral.

—Ni que te hubiera invitado a investigar la guarida de un león. Mira, si no quieres venir a mi fiesta, lo comprendo, pero es a mí a quien me gustaría tener un aliado aparte de los muermos que ha invitado mi madre.

—De acuerdo —concedió Robbie tras una pausa—. Supongo que puedo soportar todo tipo de desventuras con tal de estar contigo.

—¿Cómo se llaman tus amigos? —preguntó Emily—. Iré a ver a la directora y le diré que quiero que os añadan a la lista.

Robbie adoptó un gesto de recelo.

—Me temo que no nos tiene en gran estima. Es por culpa de lo que le han contado las enfermeras.

—Pues si es necesario enviaré yo misma un coche a recogeros. Y le diré a mi madre que vais a venir. A fin de cuentas, es mi fiesta.

—Esa es mi chica —dijo Robbie con una sonrisa de oreja a oreja—. Me gusta que demuestres que tienes agallas.

—Me estás enseñando malas costumbres —dijo.

—Ni mucho menos. Te estoy enseñando a sobrevivir en un mundo difícil. No puedes quedarte sometida por tus padres para siempre. Ahora que estás a punto de cumplir veintiún años debes tomar las riendas de tu vida.

—Tienes toda la razón —terció otro de los pacientes, lo que hizo que Emily se diera cuenta de que toda la sala había oído su conversación.

Capítulo 4

Cuando llegó el día de la fiesta, el tiempo había cambiado de nuevo. Los dos días anteriores había brillado un sol radiante, lo que despertó los temores de que no fuera a durar. En la zona del suroeste el tiempo era muy variable. Sin embargo, al final amaneció un día espectacular. A primera hora empezaron a llegar las furgonetas de los tenderos con la comida y las sillas adicionales para el jardín, donde instalaron también una pista de baile. Colgaron farolillos de los árboles. Habían contratado a más chicas para ayudar en la cocina y servir las mesas. La señora Bryce, hecha un manojo de nervios, sentía la imperiosa necesidad de comprobar dos y hasta tres veces que todo avanzaba según lo previsto para evitar problemas de última hora.

Emily se debatía entre la emoción y el temor. Por un lado, era su gran día y quería que fuera especial, pero, por otro, también tenía miedo de que no acabara estando a la altura de sus expectativas. En realidad, lo único que le importaba era que Robbie pudiera asistir. Estaba previsto que la fiesta empezara a las ocho. A las seis, se detuvo un taxi frente a la casa. Emily estaba en el comedor con su madre, discutiendo sobre la disposición de la comida en la mesa del bufé. Al oír los neumáticos sobre la grava alzaron la cabeza.

—¿Quién será, tan temprano? —preguntó la señora Bryce—. No es una furgoneta de reparto. Y tampoco creo que sea un invitado que se haya equivocado con la hora. Oh, Dios. Y ninguna de las dos está vestida aún.

Alguien descendió del taxi por la puerta trasera… Alguien con uniforme de enfermera. Emily lanzó un grito de alegría.

—¡Es Clarissa! —exclamó y se fue corriendo hacia la puerta.

Ahí estaba su mejor amiga. Estaba algo pálida, llevaba el pelo cortado al estilo bob y sus ojos castaños parecían más grandes de lo habitual enmarcados por la tez blanca, pero enseguida abrió los brazos y se abalanzó sobre Emily.

—¡Serás mala! —exclamó Emily—. ¿Por qué no me dijiste que ibas a venir? Al no recibir respuesta a la invitación pensaba que no te habían dado permiso.

—Querida, hasta ayer no supe que podría asistir —dijo Clarissa—. Estábamos esperando a que llegaran las sustitutas, pero se retrasaron muchísimo y no podía irme sin más. Sin embargo, en el último momento, apareció un camión con dos médicos y tres enfermeras. Fue una bendición divina. La enfermera que dirige el hospital me dijo que podía venir siempre que regresara de inmediato, por lo que solo tengo tres días. Esta noche estaré aquí contigo y mañana me iré a ver a mis padres. Por cierto, debo advertirte que no tengo la ropa adecuada para una fiesta. Pensaba que tal vez podrías prestarme algo…

—No te inquietes por eso. Mi madre ha encargado dos vestidos por culpa del tiempo, que últimamente ha sido muy inestable. Ahora podremos darle un buen uso, aunque espero que no te quede muy grande. Has adelgazado una barbaridad.

—Sí, es por la falta de sueño, la escasez de comida y el exceso de preocupaciones, me temo. Hacemos turnos de doce horas, ya sea de día o de noche, y al final es casi imposible dormir. A veces se producen bombardeos cerca del lugar donde nos encontramos y entonces sabemos que es solo cuestión de tiempo hasta que empiecen a llegar los primeros heridos.

—Eres muy valiente —dijo Emily—. Me gustaría ofrecerme de voluntaria, pero no sé si tendré la templanza necesaria.

—Yo también me lo preguntaba —admitió Clarissa—. Créeme, durante las primeras semanas no sé cuántas veces me pregunté «¿Qué diablos hago aquí?». Pero al final te acostumbras. Te sorprendería saber lo rápido que nos habituamos a los horrores de la guerra. Pero ahora, al menos, sé que estoy haciendo algo bueno. Sé que le he salvado la vida a varios soldados, y eso compensa todas las horas de insomnio que he sufrido.

—Cielos —murmuró Emily.

El taxista había descargado la pequeña maleta de Clarissa y esperaba con paciencia a que le pagaran la carrera.

—Oh, lo siento mucho. —Clarissa buscó el monedero y le pagó, incluyendo una generosa propina a juzgar por la reverencia del tipo.

—¿Quiere que venga a recogerla a las nueve de la mañana?

—Así es, gracias.

—Ven a saludar a mamá y así podrás ver todos los preparativos —propuso Emily—. Tenemos suficiente comida para alimentar a cinco mil personas. No parece que estemos en guerra y haya racionamiento. La cocinera ha hecho auténticas maravillas y los campesinos han sido sumamente generosos. Además, tenemos nuestras fresas y frambuesas…

Agarró la maleta de Clarissa, entrelazó el brazo con el de su amiga y echaron a andar hacia la casa.

—Mira quién ha llegado, mamá.

La señora Bryce las estaba esperando.

—Clarissa, querida, qué sorpresa —dijo—. Qué importante te ves con ese uniforme. ¿Por qué no nos avisaste de que venías? No tenemos preparada la habitación de los invitados. Enseguida le pido a Florrie que se ponga manos a la obra.

—No se preocupe por mí, señora Bryce —dijo Clarissa negando con la cabeza—. Estoy acostumbrada a dormir en cualquier rincón. He llegado a dormir en una mesa de operaciones.

—Cielo santo. Emily ya me ha contado algunas de tus historias. Son desgarradoras. Tus padres deben de estar muy angustiados.

—De hecho, creo que están muy orgullosos de mí —afirmó Clarissa—. A fin de cuentas, mi padre es médico y se alegra de que haya seguido sus pasos.

—Pero no me irás a decir que seguirás con esta carrera una vez que finalice la guerra...

—Tal vez sí. Se me da muy bien y la verdad es que, después de lo que he vivido, no me imagino sentada en casa dedicándome a mis labores.

—¿Te refieres a que seguirás trabajando? ¿Quieres tener un empleo?

—Pienso que cuando acabe la guerra habrá muchas mujeres que seguirán trabajando, señora Bryce. Tenga en cuenta que hemos perdido a muchos hombres y nosotras deberemos asumir todo tipo de trabajos.

La madre de Emily esbozó una sonrisa de incomodidad.

—¿Te imaginas a las mujeres trabajando de albañiles y deshollinadoras?

—Creo que será necesario si queremos que el país se recupere.

La señora Bryce negó con la cabeza, como si no pudiera digerir sus palabras. Cruzó el vestíbulo e hizo sonar la campana. Florrie apareció enseguida.

—Ha llegado la señorita Hamilton. ¿Puedes encargarte de prepararle una habitación?

—Sí, señora Bryce —afirmó la doncella—. ¿Quiere que acabe de poner las cucharillas para el helado primero?

—No te preocupes, mamá. Clarissa y yo prepararemos la habitación. No me cuesta nada hacer una cama —terció Emily.

—Pero deberías ir preparándote y la pobre Clarissa estará hambrienta. Hasta las nueve no comeremos. ¿Por qué no la acompañas a la cocina a ver si pueden prepararle algo?

—Primero llevaremos su bolsa a mi dormitorio —dijo Emily, que empezó a subir las escaleras. Cuando llegó a su habitación, se dejó caer en la cama—. Qué ganas tengo de que acabe todo esto. Como habrás visto, mi madre lo ha convertido en el gran acontecimiento del año. Está desatada. Me sorprende que no haya contratado a la Orquesta Sinfónica de Londres.

Clarissa se sentó junto a ella.

—Bueno, cuéntame, ¿va a venir algún chico interesante?

—Tal vez. —Emily sonrió emocionada—. Hemos invitado a algunos de los oficiales de la casa de convalecencia. Y uno de ellos será mi australiano. Así que ni te acerques.

Clarissa la miró a los ojos.

—Estás perdidamente enamorada de él. ¿Te parece sensato? ¿No volverá a Australia cuando acabe la guerra?

—Eso planea, sí.

—¿Y estarías dispuesta a irte con él?

—No lo sé. Aún no me lo ha pedido. De hecho, en más de una ocasión me ha dicho que no es un lugar adecuado para una mujer. Vive en una zona muy aislada, pero tiene muchos planes para ganarse bien la vida. Sería un reto, pero en estos momentos me atrae mucho la idea. —Se tumbó en la cama y lanzó un suspiro—. No te imaginas lo aburrido y frustrante que ha sido esto. Todos mis intentos por hacer algo útil han caído en saco roto. Mis padres no quieren perderme de vista en ningún momento. Es como si mi vida estuviera en suspenso. Ya sabes que en la escuela hablábamos de viajar, conocer Europa, hacer algo emocionante. Y tú lo has conseguido, aunque tal vez no como habías planeado. Sin embargo, yo no he podido hacer nada. De modo que ahora que tengo veintiún años, quiero hacer algo y no podrán impedírmelo.

—¿Vas a incorporarte al Destacamento de Ayuda Voluntaria? ¿Quieres ser enfermera como yo?

—Le he dado muchas vueltas. Lo que tú haces me da un poco de miedo... ver sangre y la muerte tan de cerca..., pero si tú puedes, yo también. —Dudó—. Aunque no creo que deba ir a Francia. Mi madre no lo soportaría.

—La mía sí que lo soporta —afirmó Clarissa—. De hecho, está muy orgullosa de mí.

—Bueno, tu madre no ha perdido a su único hijo, ¿verdad? Adoraban a Freddie. Creían que era un santo. Seguramente no debería contarte esto porque no quieren que lo sepa nadie, pero mi madre tuvo una crisis nerviosa después de su muerte. Estuvo ingresada tres meses en un sanatorio. Y desde entonces... bueno, se muestra muy fría y distante, como si no quisiera volver a sentir nunca más.

—Lo siento, Emmy —dijo Clarissa—. Pero debes saber que aquí también se necesitan enfermeras. Avísame cuando estés lista y te pondré en contacto con la gente adecuada. Bueno, imagino que será mejor que nos pongamos en marcha si quieres estar presentable cuando lleguen los invitados.

Emily se levantó de un salto y se acercó al armario.

—Este es el vestido que no llevaré esta noche —dijo y le mostró un modelo largo rosa.

—Pero si es precioso —afirmó Clarissa—. ¿Por qué no lo quieres?

—Me gusta más el otro. —Emily sacó un vestido azul marino de estilo griego—. Creo que no es tan juvenil y el azul cobalto combina mejor con mi tono de piel. El rosa destacará fabulosamente con tu pelo oscuro. De hecho, estoy convencida de que en cuanto te vean los oficiales acudirán a ti como un enjambre de abejas a un tarro de miel.

Clarissa se rio.

—Qué graciosa eres, pero yo también creo que el azul combina perfectamente con tu pelo rubio. Venga, vamos a comer algo para no darnos un atracón más tarde y nos cambiamos luego, ¿te parece? —Tomó a Emily de la mano—. No te imaginas la ilusión que me hace estar aquí. Es casi un sueño. Mira esta habitación: toda pintada de rosa y blanco, y la estantería llena de libros maravillosos. Qué ganas tengo de volver a disfrutar de la lectura con calma. Y esas preciosas muñecas en el estante. Cuando estoy tumbada en mi catre, en mitad de la noche, y el cielo se ilumina con las explosiones de los proyectiles, me cuesta creer que aún queden lugares como este en el mundo.

—No estás obligada a volver, Clarissa. Has hecho mucho más de lo que te correspondía —dijo Emily.

—Tengo que regresar. Me he comprometido, como cualquier hombre que se alista en el ejército. No puedo abandonar hasta que me licencien. —Miró por la ventana, hacia la enorme extensión del jardín—. Además, se me da muy bien. Estoy salvando muchas vidas.

—Estoy muy orgullosa de ti. No, es mucho más que eso. Siento envidia de ti. Llevas las riendas de tu vida. Estás haciendo algo muy digno y que vale la pena. Siempre me ha gustado esta habitación, pero en estos momentos me parece más una celda que un dormitorio. Qué ganas tengo de marcharme.

—¿Recuerdas nuestros intentos de escapar de la escuela? —preguntó Clarissa entre risas.

—¿Esa vez que intentamos bajar por el desagüe y nos quedamos atrapadas a medio camino? Cómo se enfadó la directora… —Emily también se rio y cogió a Clarissa de la mano—. Me alegro muchísimo de que hayas venido para hacerme compañía. En fin, no podemos seguir escondiéndonos, ¿verdad?

Capítulo 5

Los primeros invitados llegaron en torno a las ocho. Emily se encontraba en las escaleras de entrada a la casa, flanqueada por sus padres, recibiendo a la gente. Mientras sonreía, asentía y daba las gracias a los asistentes, no podía apartar los ojos del camino. Habían enviado a Josh a recoger a los oficiales a la casa de convalecencia. Vio que el Daimler aparecía por segunda vez y que cuatro jóvenes se apeaban del vehículo. Se acercó corriendo a Josh.

—También hay tres australianos, Josh. No te olvides de recogerlos.

El hombre frunció el ceño.

—A mí me dijeron que debía traer a siete hombres. Y eso he hecho.

—Tal vez la directora no dio el visto bueno a los australianos, pero yo los he invitado. ¿Podrías volver e ir a buscarlos?

—Como usted desee, señorita Emmy. Sobre todo en su gran día.

Le dedicó una sonrisa radiante y puso el vehículo en marcha.

Cuando volvió el Daimler, Emily estaba secuestrada por Aubrey Warren-Smythe. Los jóvenes que bajaron iban en muletas. Uno tenía quemaduras en un lado de la cara. Emily se acercó a ellos.

—Cuánto me alegro de que hayáis venido.

—Estás preciosa. —Los ojos de Robbie se iluminaron al verla—. Casi no llegamos. Nos dijeron que no estábamos en buen estado para salir en público. —Se le dibujó una sonrisa en el rostro—. Creo que solo era una excusa, seguramente la directora considera que no somos dignos de una celebración como esta. Demasiado rudos, ¿verdad, chicos?

Los otros dos asintieron.

—Pero qué maleducado soy, por cierto —prosiguió Robbie—. Emily, te presento a Jimmy Hammond y Ray Barclay. Jimmy es de Queensland y Ray es de Melbourne, donde la gente es casi tan estirada como aquí.

—Que no seamos unos asilvestrados como tú, Kerr, no significa que seamos remilgados —dijo Ray Barclay mientras le estrechaba la mano a Emily—. En Australia hay gente civilizada, aunque te parezca increíble.

—¿A quién tenemos por aquí? —preguntó la señora Bryce, que apareció en ese instante—. Más oficiales, por lo que veo.

—Mamá, estos tres tenientes son aviadores, de Australia.

—¿Aviadores? Qué valientes —afirmó la señora Bryce—. Pero ¿ya les conviene salir en su estado? —preguntó examinando sus muletas y vendajes—. La directora nos dijo que solo enviaría a jóvenes que estuvieran a punto de recibir el alta.

—Los he invitado yo, mamá. Están lejos de casa y necesitan un poco de alegría. Además, están luchando por un país que no es el suyo. Merecen que los tratemos bien.

—Tienes razón —afirmó la señora Bryce—. Siéntanse como en casa, caballeros, pero háganme el favor de tener cuidado con las muletas. Hay varios escalones y luego saldremos al jardín. Mira, Emily: el coronel y la señora Hetherington acaban de llegar. —Sin más, se llevó a su hija para que diera la bienvenida al matrimonio.

La velada transcurrió con fluidez. Como había predicho, Emily vio a Clarissa rodeada de oficiales. Tuvo que emplearse a fondo para huir de Aubrey, que insistía en perseguirla para contarle largas y complejas historias sobre el mundo de la banca londinense. Cuando por fin pudo darle esquinazo para intentar hablar con Robbie, se topó con tres australianos que departían bajo un gran cuadro en un salón. Era un retrato de un hombre a caballo, con una larga melena rizada.

Los australianos se reían cuando Emily dio con ellos.

—Me pregunto si dormía con rulos —decía Jimmy.

—No, es una peluca —replicó Robbie—. Por entonces se llevaban.

—Mejor que la llevara él y no yo —añadió Ray—. Parece un poco afeminado, ¿no?

Emily vio a su madre junto a la puerta. La señora Bryce frunció el ceño y dio media vuelta.

—Deberíais tener más cuidado con lo que decís. —La joven se llevó un dedo a los labios y miró a su alrededor—. Mi madre está muy orgullosa del cuadro. Le gusta dar a entender que fue un antepasado suyo. Pero no es verdad, claro. Lo compró en una subasta.

—Sí, venga, comportaos, vosotros dos —intervino Robbie—. Ya basta de burlarse de los cuadros.

En ese instante anunciaron que empezaban a servir la cena. Emily acompañó a Robbie y a los demás al comedor.

—No podréis llevar los platos. ¿Por qué no buscáis sillas fuera? Ya me encargaré de que os sirvan la comida. ¿Qué os apetece?

—Vaya, menudo surtido —exclamó Ray Barclay—. No veíamos semejante banquete desde que nos fuimos de casa. En el hospital solo nos dan patatas con una loncha de carne de vez en cuando. O empanada de patatas y verduras. ¿Todo el mundo vive igual aquí o solo la gente de posibles como vosotros?

—No, nosotros también hemos tenido que cumplir con el racionamiento —respondió Emily—. Lo que ocurre es que tenemos muchos amigos generosos que han contribuido al banquete de la fiesta. Un granjero nos ha mandado el jamón; y otro, dos docenas de huevos. Los ingredientes de la ensalada salen de nuestro huerto. ¿Qué os apetece? ¿Un poco de todo?

—¿Qué es eso? —Jimmy se acercó a un plato en forma de pescado. Era rosado, brillaba y estaba decorado con aceitunas en rodajas. Metió el dedo y se lo llevó a la boca—. Es pasta de pescado.

—Mousse de salmón —afirmó la señora Bryce con frialdad. De nuevo había aparecido en la puerta tras ellos—. Hemos tenido la suerte de conseguir un salmón en Fortnum y Mason, en Londres.

—¿Mousse? ¿Como la de chocolate? —preguntó Jimmy, que no había reparado en el gesto de advertencia de Emily.

—Pero qué dices, tendrá que ver con la musaka —terció Ray.

—No sé exactamente cómo se hace —afirmó la señora Bryce, con la voz entrecortada—. Pero es una de las especialidades de la cocinera.

Y se fue sin más. Emily los acompañó a sus asientos y les llevó unos platos antes de llenarse el suyo y sentarse junto a Robbie.

—Lo siento —murmuró—. Es difícil meterlos en vereda cuando han bebido un poco. Creo que han ofendido a tu madre.

—Se ofende fácilmente —susurró Emily.

En ese momento se acercó Clarissa.

—¿Me guardáis dos sitios? Voy a buscar platos para mí y para el teniente Hutchins. —Un leve rubor tiñó sus mejillas—. Es de Berkshire y su padre juega a golf en el mismo club que el mío. Increíble, ¿verdad?

Emily sonrió. La velada estaba saliendo a pedir de boca.

Después de la cena, la banda empezó a tocar junto a la pista de baile y el padre de Emily se acercó a ella.

—Creo que es mi deber pedirle el primer baile a mi hija. —Le tendió la mano y se la llevó al centro del salón de baile—. Estás radiante, querida —le dijo—. De repente te has convertido en una persona adulta. Me cuesta creer que nuestra pequeña se haya convertido en toda una mujer —insistió emocionado, y Emily pensó que hacía mucho tiempo que no empleaba ese tono con ella.

—Gracias, papá —respondió ella y le sonrió.

—Creo que la fiesta va viento en popa, ¿no te parece? —prosiguió—. Tu madre estaba muy nerviosa, ¿verdad? Entre tú y yo, por un momento temí que fuera demasiada tensión para ella. Pero ahora creo que ha sido una buena idea, ¿verdad? Por fin tiene algo que celebrar.

Emily asintió.

Bailaron en silencio y al cabo de un rato añadió:

—¿Estás disfrutando?

—Mucho —respondió ella.

—Veo que has confraternizado con los oficiales —le dijo guiñándole un ojo, pero enseguida adoptó un gesto muy serio—. Yo que tú mantendría las distancias hasta que acabe esta maldita guerra. Este tipo de relaciones suelen desembocar en un gran sufrimiento. Te enamoras y luego los soldados mueren en el frente. Además, tú ya has perdido a tu hermano, por lo que te recomiendo que no le entregues tu corazón a nadie hasta que llegue la paz. Y por lo que he oído, el armisticio está cada vez más cerca ahora que los americanos se han unido a la contienda.

Emily asintió y no dijo nada. En cuanto acabó la pieza, regresó junto a Robbie, que se levantó al verla.

—Lamento no poder pedirte un baile. Antes de la guerra era un buen bailarín, no creas. En casa solo podemos bailar con los canguros, que no suelen quejarse demasiado.

Emily se rio.

—Podríamos salir a dar un paseo —propuso.

—Fantástico.

Robbie cogió las muletas y se abrieron paso entre la multitud hasta dejar atrás la luz de los farolillos. Sin embargo, la música llegaba hasta el último rincón del jardín.

—Habéis organizado una buena fiesta —afirmó—. Se nota que no habéis reparado en gastos.

—Soy la única hija que les queda y esto es lo más parecido que tendrán a una presentación formal en sociedad.

—Entonces, ¿se supone que esta noche debes encontrar a un marido de bien?

—Mi padre acaba de advertirme que haga justo lo contrario. Me ha dicho que no me enamore hasta que acabe la guerra porque nos encontramos en una situación muy delicada.

—¿Y piensas obedecerle? ¿Vas a encerrarte en una torre de marfil hasta que acabe la guerra?

—No creo que pueda —respondió Emily—. Ya he perdido la llave de la torre.

Se miraron fijamente, Robbie apoyó una muleta en el hombro, le acarició el mentón y la besó. Ese primer beso fue solo un roce, pero entonces la atrajo hacia sí y se besaron apasionadamente. Al separarse, ambos con la respiración entrecortada, Emily se dio la vuelta y vio que su madre, junto al salón de baile, los observaba.

—Supongo que será mejor que atienda a los invitados —afirmó con voz temblorosa.

El último de ellos se fue a las dos de la madrugada. Emily se dejó caer en el sofá.

—Los pies me están matando —le dijo a Clarissa.

—A mí también, pero ha valido la pena, ¿no crees? Ha sido una fiesta maravillosa. Y Ronald me ha dicho que me escribirá.

—¿Ronald?

—El teniente Hutchins, el chico del que te hablé. Hemos quedado en vernos cuando volvamos a casa. Es increíble.

—Me alegro mucho por ti. —Emily la miró a la cara y se dio cuenta de que ya no estaba pálida y tenía mejor color.

—¿Qué tal tu australiano?

—Me ha besado. Ha sido maravilloso.

—¿Emily? —La señora Bryce irrumpió en el dormitorio—. La pobre Clarissa necesita descansar antes de volver a Francia. Venga, a dormir, jovencita.

—Ahora vengo a ayudarte a desabrocharte el vestido —dijo Emily, pero su madre la agarró del brazo.

—Un momento, que quiero hablar contigo a solas —anunció con el rostro impertérrito—. Esos australianos tan zafios a los que has invitado... ¿se puede saber en qué pensabas? ¿No se te ocurrió pedirnos permiso antes?

—Resulta que uno de esos australianos en amigo mío, madre. Me preguntó si podía traer a dos amigos. Y sí, tienes razón, eran un poco toscos. Lo siento.

—No te convienen, Emily. Para nada. Te he visto con ese chico, que lo sepas. No creas que estoy en la inopia.

—Él es distinto, mamá. Eso es todo. Sus padres tienen una granja muy grande en Australia. De casi diez mil hectáreas.

—Creo que los vaqueros de Estados Unidos también tienen muchas tierras, pero eso no los convierte en los hombres cultos con los que deberíamos confraternizar. Son unos zafios. No conoce lo que es la buena educación. Así que ya puedes ir olvidándote. Tu padre y yo te prohibimos que vuelvas a verlo.

Emily abrió la boca para replicar que ya había cumplido los veintiún años y podía hacer lo que quisiera, pero cambió de opinión. No era el momento idóneo para montar una escena. Y sin decir nada más, salió de la habitación y subió las escaleras.

Capítulo 6

Clarissa se fue por la mañana después de darle a Emily la información de las personas con las que debía contactar si quería incorporarse a la brigada de enfermeras voluntarias. Una vez a solas, Emily se sentó a su escritorio, con la pluma en la mano, pero no estaba convencida de que debiera redactar esa carta. Si tenía que ir a Londres para formarse, no volvería a ver a Robbie. Además, bastante difícil iba a tenerlo ya para escaparse y verlo en algún momento después de la advertencia que le había lanzado su madre la noche anterior. Sabía que era una mujer lo bastante vengativa y manipuladora para pedirle a la directora que lo trasladara a otra residencia de inmediato.

Entonces se le ocurrió una idea: si lo trasladaban a otro hospital, ella podía ofrecerse como enfermera voluntaria. No tenía ninguna necesidad de irse al frente como Clarissa. Seguro que también necesitaban enfermeras en Inglaterra. No pudo reprimir la sonrisa al darse cuenta de su valentía.

Sus suposiciones se cumplieron. Unos días después de la fiesta, la señora Bryce les comunicó que estaba agotada física y mentalmente, y que debía guardar reposo absoluto. Emily aprovechó la ocasión para escaparse y ver a Robbie, al que encontró sentado al sol, entre varias sillas de baño, con cara de concentración mientras intentaba tejer una estera de rafia.

—Mira quién viene, Rob. Mucho cuidado con tus modales —le dijo uno de los hombres.

Robbie alzó la vista, dejó la estera e intentó levantarse.

—Menuda pérdida de tiempo —dijo, señalándola—. ¿De qué me sirve aprender a trenzar rafia?

—Supongo que lo hacen para teneros ocupados y que no os metáis en problemas —dijo Emily.

El teniente le sonrió, pero con una cautela que a ella no le pasó desapercibida.

—Un momento. Déjame coger las muletas y vamos a dar un paseo.

—¿Te deja la directora? —preguntó Emily.

—Me da igual lo que piense. Me queda poco tiempo aquí.

—¿Cómo?

Echaron a andar para alejarse de los demás y se adentraron en las sombras que arrojaba el edificio.

—Me trasladan dentro de un par de días. Al hospital naval de Plymouth. Me han dicho que pueden ofrecerme un tratamiento de rehabilitación mejor y que volveré a andar enseguida.

—Ah, ya veo. —Lo miró fijamente—. ¿Por qué el hospital naval, si formas parte de las fuerzas aéreas?

—Supongo que nuestro cuerpo no es lo bastante grande para tener uno propio. Además, Plymouth es una ciudad naval y el hospital debería de ser el no va más.

Emily intentó disimular el sentimiento de decepción que la embargó.

—Bueno, en el fondo es una buena noticia, ¿no? Mejor eso que perder el tiempo aquí trenzando esteras.

—Lo sería, si no me costara tanto creer que han organizado todo esto pensando en mi bienestar —declaró Robbie.

—¿Crees que mi madre podría tener algo que ver? —preguntó ella.

El teniente frunció el ceño.

—¿Sabes algo?

—No, pero la veo muy capaz de hacer algo así. Cuando te fuiste me soltó un buen sermón para convencerme de que no eras el hombre adecuado para mí y me prohibió volver a verte.

Dejaron atrás el edificio caminando en silencio y se dirigieron hacia un cenador emparrado de rosales. Una vez allí, se sentaron en el banco de madera, rodeados por el embriagador aroma de las rosas.

—Tiene razón —concedió Robbie—. No soy nada idóneo para ti, de modo que tal vez esto sea lo mejor, Emily. No deberías enamorarte de mí. Soy un pésimo candidato. Mis posibilidades de sobrevivir a la guerra no soy muy halagüeñas, y si lo consigo, tendré que volver a mi hogar, a quince mil kilómetros de aquí. No puedo pedirte que me sigas, ni que lleves la misma vida que yo. Ni separarte de tu familia. Les partiría el corazón. —Hizo una pausa—. De modo que tal vez sea mejor que me vaya ahora y que ambos nos aferremos al recuerdo y al cariño que sentimos por el otro. Tu imagen me acompañará cuando sobrevuele las líneas enemigas. Nunca te olvidaré.

—No digas eso, por favor, Robbie. Nunca podré olvidarte. Te has convertido en alguien muy importante en mi vida y no pienso renunciar a ti; no pienso rendirme sin más, sin luchar. Plymouth no es el fin del mundo, solo está a una hora en tren. Iré a visitarte. Ya te dije que quiero desempeñar un trabajo útil para la sociedad. Y mis padres no me lo pueden prohibir. Ahora que tengo veintiún años, puedo ofrecer mis servicios al país. Estaba pensando en trabajar de enfermera voluntaria en tu hospital naval.

Robbie la miró con preocupación.

—No me digas que estás pensando en trabajar de enfermera voluntaria, Emmy. No estás acostumbrada a ello. Tendrás que poner cuñas y cambiar vendajes ensangrentados.

—Mi amiga Clarissa, la que conociste en la fiesta, se crio en el mismo entorno que yo. Fuimos juntas a una escuela para niñas bien, pero ahora trabaja en el campo de batalla en Francia, en condiciones horribles, entre ratas, barro y tratando heridas horripilantes, y le va como nunca. De modo que yo creo que sí es posible.

—No me convencerás... —intentó decirle él.

—¿Qué pasa? ¿Crees que no podría soportarlo? ¿O insinúas que no quieres volver a verme?

Robbie se estremeció.

—Sabes que eso no es verdad, Emmy. No puedo decirte lo que siento por ti, pero es porque te has convertido en alguien tan importante para mí que solo quiero tengas lo que más te conviene. Quiero que seas feliz y lleves la vida que mereces.

Emily le tomó la mano.

—Es mejor que vayamos día a día, ¿te parece? Disfrutemos del hecho de que los dos estamos vivos y juntos, aquí y ahora. Y ya veremos qué nos depara el futuro.

—De acuerdo —concedió Robbie, que hizo una mueca y miró más allá de Emily—. Caramba, ahí está la enfermera Hammond. Me va a caer una buena por alejarme de la casa. Mira, no quiero que te metas en más problemas con tu madre por culpa mía. Cuélate por entre el seto. Puedes pasar por el mismo lugar que utilicé yo. Detrás del roble grande. Ya me encargo yo de esto.

—De acuerdo. —Lo miró con anhelo y, de forma impulsiva, le acarició el flequillo para apartárselo de la frente.

—¿No te disgustó cuando te besé la otra noche? —preguntó el teniente.

—¿Que si me disgustó? Pero si fue maravilloso. No he dejado de pensar en ello.

—Me alegro. —Esbozó una sonrisa fugaz—. Porque para mí también fue muy especial. —Le dio un suave empujón—. Venga, vete. Escóndete hasta que llegue a la enfermera y luego corre.

48

Robbie abandonó el cenador y echó a andar en dirección a la casa.

—Lo siento, enfermera, pero es que me apetecía estirar las piernas. Empezaba a tener calambres de pasarme todo el día sentado.

—Una historia muy interesante, teniente de vuelo Kerr.

—Es una verdad como un puño. Además, quería ver las rosas. ¿Le he contado alguna vez que mi madre ha intentado plantarlas en casa?

La voz de Robbie se fue apagando. Emily esperó a que emprendiera el camino de vuelta con la enfermera, aprovechó el momento para cruzar el jardín y atravesó el seto.

Al final de la semana, él se fue. Emily decidió que había llegado el momento de tomar decisiones y planteó la cuestión durante el desayuno. Su madre se había levantado de cama, pero estaba pálida y se mostraba apática.

—Ahora que he cumplido los veintiuno —dijo Emily—, me ha llegado el momento de hacer algo útil. Me gustaría acudir al cuartel general de voluntarios para ofrecer mis servicios.

—Confío en que no estés contemplando la posibilidad de hacer ninguna insensatez. No irás a alistarte en el Destacamento de Ayuda Voluntaria como hizo Clarissa, ¿verdad? —preguntó su madre con un deje amenazador.

—Te prometo que no pediré que me envíen al extranjero, madre. De momento me quedaré aquí en Devon, pero no puedo pasarme el día encerrada en casa, de brazos cruzados.

—Sí, buena idea. Si quieres puedo llevarte a Torquay —propuso el padre—. Si no me equivoco, hay una oficina de reclutamiento. Seguro que te encuentran algo para que te entretengas.

—No creo que haya muchas opciones de voluntariado en una ciudad tan pequeña como Torquay —replicó Emily—. ¿Qué podría hacer? ¿Trabajar de camarera en uno de los hoteles? ¿Salir a pasear con coroneles retirados por el paseo marítimo? No, prefiero ir a una ciudad más grande como Exeter o Plymouth. De modo que te agradecería que me acompañaras a la estación, papá.

—Si quieres esperar, mañana tengo que ir a Exeter —afirmó él.

—No, gracias. Me gustaría ponerme en marcha cuanto antes —afirmó—. Llevo tanto tiempo malgastando mi vida...

—Si hubieras prestado algo más de atención a alguno de los demás jóvenes que asistieron a la fiesta, tal vez ahora ya tendrías planes de boda —replicó la madre con amargura—. Ya te dije que Aubrey Warren-Smythe estaba loco por ti, pero no te molestaste en darle la más mínima oportunidad. Tiene un buen empleo y excelentes perspectivas de futuro... Tal vez no sea el más atractivo de los hombres, pero los hay mucho peores.

—Tiene los tobillos débiles, mamá, ¿recuerdas? Además, no siento la menor impaciencia por casarme. Antes quiero vivir un poco la vida. Pasé directamente del internado a una guerra. No he tenido la posibilidad de viajar, de conocer Londres, de ir al teatro en el West End. Sé que no podré hacer nada de eso hasta que finalice la guerra, pero me gustaría tener algo de independencia, al menos. Me entiendes, ¿verdad?

—En mi época las chicas no necesitaban ser independientes —replicó la señora Bryce—. Estaban bajo la protección de su padre hasta que encontraban un marido adecuado. Por eso siempre nos sentíamos seguras.

—Quizá yo no quiera sentirme segura y protegida —afirmó Emily—. Y recuerda lo que dijo Clarissa: cuando acabe la guerra, las mujeres tendrán que asumir una parte de los empleos de los hombres, por eso no me vendría nada mal adquirir algo de experiencia.

—No le falta razón, Marjorie —afirmó el padre, que le acarició la mano a su mujer—. No podemos seguir así eternamente, querida. No me parece mal que trabaje de voluntaria en algo que le interese. Tienes mi bendición para ir al centro de reclutamiento, Emily. Pregunta qué puestos hay disponibles. —Emily no daba crédito a que hubieran capitulado tan rápido y, mientras subía a su habitación, oyó que su padre decía—: Creo que es una excelente idea que busque trabajo, Marjorie. Así se olvidará del australiano y, quién sabe, tal vez acabe conociendo a alguien que nos guste. A un chico de aquí.

Emily se puso un vestido de lino azul oscuro, con guantes y un sombrero blancos. Su padre la dejó en la estación, pero en lugar de tomar el tren a Exeter, la joven se fue en la otra dirección, a Plymouth. Mientras los campos y los bosques desfilaban al otro lado de las ventanillas, intentó recordar cuándo fue la última vez que había viajado sola en tren. Había ido y vuelto a la escuela, pero acompañada de una maestra y de otras chicas. Presa de la emoción, se dio cuenta de que era un primer paso. Pequeño, pero en la buena dirección. Solo necesitaba un leve golpe de suerte y al acabar el día podía estar trabajando cerca de Robbie, convertida en una mujer independiente.

Al bajar del tren en la estación de Plymouth, pidió indicaciones para llegar al Royal Naval Hospital. Había un buen trecho, le dijeron, pero podía tomar un autobús o un taxi. Optó por el autobús y enseguida se plantó en la entrada del hospital, que observó sobrecogida. Esperaba encontrarse con un edificio parecido a los demás hospitales que había visitado, un bloque de hormigón lúgubre y anodino. Sin embargo, lo que tenía ante sí era una serie de pabellones de estilo georgiano dispuestos en torno a un jardín cuadrado. Era un lugar inmenso e intimidador. Mientras se preguntaba a cuál debía dirigirse, apareció un grupo de enfermeras que cruzó el jardín. Llevaban cofias y vestidos almidonados, y el viento agitaba sus capas. Emily se acercó hasta ellas.

—Disculpadme, ¿seríais tan amables de decirme adónde debo dirigirme para ofrecerme como enfermera voluntaria?

—¿Eres de la profesión? —le preguntó una de ellas.

—No, aún no. Pero me gustaría serlo.

—Aquí todas somos enfermeras navales —afirmó otra—. Pertenecemos al Servicio de Enfermería de la Marina Real Reina Alejandra. No sé si te aceptarán si no tienes conocimientos de enfermería. Es probable que no valga la pena formarte ahora que la guerra está a punto de acabar.

—¿No necesitáis ayudantes?

—Sí, pero es un trabajo muy ingrato. —La enfermera miró a Emily con el ceño fruncido—. Sin embargo, podrías ir a hablar con la encargada de dirigirlo todo. Ella te dará algo más de información. Está en el Trafalgar, el edificio que hay al fondo. Su despacho se encuentra junto al vestíbulo principal, a la derecha. Te acompañaría, pero estamos de servicio y nuestra supervisora es una auténtica arpía si nos retrasamos un minuto.

Emily les dio las gracias y se dirigió al edificio que le habían indicado. No tuvo dificultades para encontrar el despacho y enseguida vio a una mujer de aspecto distinguido, muy parecida a la directora de su antigua escuela.

—¿Qué puedo hacer por usted? —le preguntó.

—Me gustaría ofrecerles mis servicios —respondió Emily.

—¿En calidad de…? —preguntó la encargada con un deje algo cortante, pero con un gesto que no delataba hostilidad.

—De enfermera, había pensado, pero acaban de decirme que todas las que ejercen aquí forman parte del Servicio de Enfermería de la Marina Real Reina Alejandra.

—Así es. ¿Ha recibido algún tipo de formación como enfermera?

—No, señora, pero estoy dispuesta a aprender.

—¿Qué edad tiene?

—Veintiún años.

—¿Y qué ha hecho desde que dejó la escuela? Dando por supuesto que haya estudiado, claro.

—Sí que he estudiado. En Sherborne. Pero no he podido hacer nada desde que acabé. Me han tenido en casa, cosiendo calcetines y guantes para las tropas y llevando pasteles al hospital de convalecencia local.

—Ocupaciones muy admirables, pero ¿por qué dice que ha estado en casa?

Emily se mordió el labio.

—Porque vivimos en el campo. Pero lo cierto es que mis padres no querían que me fuera. Mi único hermano murió al inicio de la guerra, en la primera semana en Ypres. Fue un golpe durísimo para mis padres, que estaban aterrorizados ante la idea de perderme.

—¿Y qué ha cambiado ahora? —preguntó la encargada.

—Que acabo de cumplir la mayoría de edad y ya no pueden impedírmelo. —Dio un paso al frente para acercarse al escritorio—. Quiero ayudar. Me muero por hacer algo útil. ¿No podría encontrarme un puesto?

—Me encantaría, querida. —La enfermera hizo una pausa—. Sin embargo, lo cierto es que tenemos el cupo de voluntarias lleno. Hay muchas chicas de la zona, esposas de marinos, ya sabe, que prefieren estar ocupadas para no darle muchas vueltas a la cabeza. Y también tenemos refugiadas de Bélgica, campesinas que no se asustan cuando hay trabajo y a las que no les importa fregar suelos y lavar cuñas.

—A mí tampoco me importaría —afirmó Emily—. Lo digo de verdad.

—Su actitud es digna de elogio, pero me temo que en estos momentos no tenemos ninguna vacante. ¿Ha probado en el cuartel general de reclutamiento?

—Aún no. Quería intentarlo primero aquí.

—¿A qué se debe tanto interés en nuestro hospital?

—Una amiga mía de la escuela trabaja de enfermera en el frente. Empezó como voluntaria y ahora ya ayuda en el quirófano.

—Bueno, es cierto que al principio de la guerra reinaba la desesperación. Me alegro por su amiga. Entonces, ¿quiere demostrar que tiene tantas agallas como ella? ¿O ha sentido la llamada de la profesión? Porque si de verdad es sincera, puedo escribirle una carta para que le enseñen la profesión en el hospital de Portsmouth.

—Gracias —dijo Emily—, pero preferiría quedarme cerca de casa. Soy todo lo que tienen mis padres y no me gustaría abandonarlos.

—En tal caso le sugiero que se ofrezca de voluntaria en el cuartel general. Ellos le dirán dónde necesitan sus servicios.

—¿Sabe dónde se encuentra?

—En el ayuntamiento, en la avenida Royal Parade. Pregunte en la calle, todo el mundo sabe dónde está. Hay un buen paseo, pero el tiempo acompaña, ¿verdad? —Se levantó y le tendió la mano—. Que tenga un buen día, señorita…

—Bryce. Muchas gracias.

Se detuvo frente al edificio y miró a su alrededor. ¿Habrían trasladado ya a Robbie? Y, de ser así, ¿en qué edificio estaba? No le parecía muy sensato ponerse a preguntar por él dadas las circunstancias ya que podía revelar sus auténticas intenciones.

Era un día soleado y Emily estaba acalorada cuando llegó al imponente edificio de Royal Parade. Le indicaron que subiera a un despacho minúsculo y abarrotado y se encontró ante una mujer de mediana edad, como las que solían dirigir los Institutos de Mujeres y clubes de jardinería.

—¿Quieres ofrecerte voluntaria? —le soltó sin más—. Fantástico. Necesitamos a chicas sanas como tú.

—Tenía la esperanza de poder trabajar en el Royal Naval Hospital —dijo Emily—, pero me han dicho que no necesitan más gente, por eso estoy dispuesta a hacer lo que sea.

—Pues es una buena actitud, porque lo que de verdad necesitamos son chicas de la tierra.

—¿Chicas de la tierra? —preguntó Emily desconcertada.

—Para el Ejército Femenino de la Tierra —añadió la mujer—. No hay hombres para trabajar el campo y las cosechas más tempranas ya están listas. Como sabrás, la cosecha del año pasado fue un auténtico desastre y si no le ponemos remedio enseguida, el país no podrá alimentarse. Puede que ganemos la guerra, pero que acabemos muriendo de hambre. Y eso no nos conviene, ¿verdad?

—Desde luego —admitió Emily tímidamente.

—Por eso estamos reclutando a mujeres jóvenes para que trabajen en las granjas y se encarguen de todo lo que necesite el campesino: cosechar, ordeñar, secar el heno... Es un trabajo duro, pero resulta gratificante saber que estás alimentando a todo un país. ¿Qué me dices?

La propuesta no tenía nada que ver con lo que esperaba y no supo qué responder. Llevaba tanto tiempo soñando con arrimar el hombro, con atender a los heridos como hacía Clarissa... ¿Y ahora tenía que deslomarse trabajando en el campo? ¿En algún lugar remoto lejos de Robbie? Le parecía que era como salir de una cárcel para entrar en otra peor. No obstante, siempre había querido hacer algo útil y daba la impresión de que la necesitaban de verdad.

—¿Me destinarían cerca? —preguntó Emily—. Porque no me gustaría alejarme mucho de mis padres.

—Por supuesto. Tenemos un centro de adiestramiento cerca de Tavistock y, luego, te enviarían a una granja del sur de Devon.

«Tendría varios días libres —pensó—. Estaría lo bastante cerca para ir a visitarlo. Y tal vez sea divertido trabajar en el campo, con otras mujeres...».

—Acepto encantada —dijo Emily.

—Fantástico. —La mujer se levantó y le estrechó la mano con una fuerza desmesurada—. No te arrepentirás. Te daremos un uniforme, recibirás adiestramiento y te pagaremos quince chelines a la semana, que subirán a veinte cuando seas una trabajadora cualificada. Te alojarás en el centro de adiestramiento, situado en una granja a las afueras de Tavistock, y luego te quedarás en la granja a la que te destinen. Voy a buscar los formularios y ya estará.

Abrió un archivador y la miró.

—Una cosa más. Una vez que firmes, no puedes dejarlo cuando quieras. Formarás parte de las fuerzas del país, como si te hubieras alistado en el ejército. Quiero que te quede muy claro.

—Lo entiendo —afirmó Emily, que se sentó a la mesa y firmó.

Capítulo 7

Emily esperó a reunirse con sus padres en la mesa, a la hora de la cena, para darles la noticia.

—¿Qué tal te ha ido la visita a la ciudad? —preguntó el señor Bryce, que cogió la sopera para servirse—. ¿Has encontrado algún trabajo de voluntaria que te haya gustado?

—Sí, papá.

—Bien, ¿y cuál es? —preguntó con impaciencia—. Dínoslo de una vez, no nos tengas en vilo.

Emily respiró hondo.

—Voy a ser una chica de la tierra.

Un silencio aterrador inundó el comedor.

—¿Chica de la tierra? —preguntó la señora Bryce al final—. ¿Eso qué es?

—Formaré parte del Ejército Femenino de la Tierra, madre, como habrás imaginado.

—¿Trabajarás en el campo como un simple peón agrícola? —preguntó la señora Bryce con voz aguda—. ¿Es que no podían ofrecerte un trabajo más adecuado para ti?

—Hablaré con mis colegas de Exeter —terció el señor Bryce, que asintió mirando a su mujer—. Confío en que podremos encontrarte un trabajo de oficina, o incluso como maestra en una escuela.

—Pero no quiero pasarme el día encerrada en una oficina, archivando documentos y preparando té. Además, necesitan a gente que trabaje la tierra, papá. El país podría padecer una hambruna si no encuentran a suficientes mujeres para el campo. Y yo estoy sana y fuerte.

—Pero tú eres una dama. Se refieren a chicas de baja estofa, acostumbradas a un trabajo duro y pesado —dijo la señora Bryce, con el mismo tono que emplearía para hablar con una niña.

—Al gobierno poco le importa lo refinadas que seamos al hablar, mamá. Están desesperados. Además, ya les he dicho que sí. El lunes empiezo el período de instrucción.

La señora Bryce miró fijamente a su marido.

—Di algo, Harold. Dile que se lo prohibimos terminantemente.

—No me lo podéis impedir. Ya he firmado los papeles.

—Pues tu padre irá a esa oficina y les dirá que has cometido un error, que no sabías a qué te estabas comprometiendo. Les dirá que te ha encontrado un trabajo más apropiado para una chica de tu clase.

—Ni hablar. No me entiendes. Me he alistado, como si lo hubiera hecho al ejército o la marina. Formo parte oficial de nuestras fuerzas. Me temo que no hay vuelta atrás.

—Me parece una decisión muy insensata por tu parte, Emily —le espetó el señor Bryce—. Del todo irreflexiva y, como puedes ver, ha sumido a tu madre en una gran angustia.

—Deberías sentirte orgulloso de mí, papá. Por fin voy a servir al país y, como me preocupo por vosotros, he decidido hacerlo en casa, en lugar de marchar al extranjero como Clarissa.

Su padre se puso en pie. Estaba rojo de ira.

—¿Orgulloso de ti? ¿De que mi hija se haya convertido en una campesina? ¿En una simple jornalera? Me da igual lo que firmaras. Mañana volverás ahí y les dirás que has cambiado de opinión.

—Lo siento, pero no pienso hacerlo. De hecho, tengo ganas de empezar. Además, no podéis impedírmelo porque ya tengo veintiún años. Ahora soy libre de tomar mis propias decisiones.

—¿Puedo recordarte que aún dependes de nosotros económicamente? —gritó el señor Bryce—. No tienes ni un penique, ni un techo en el que cobijarte aparte de esta casa.

—De hecho, estaré alojada a pensión completa y me pagarán un modesto sueldo cada semana. Ah, y me darán un uniforme. —Bajó la voz—. No quiero haceros sufrir, pero tenéis que dejarme seguir mi propio camino. No correré ningún peligro. Me darán de comer, cuidarán de mí y, además, haré un trabajo muy valioso para la sociedad. Y cuando por fin acabe la guerra, podemos hablar de buscar un trabajo más adecuado para mí.

El señor Bryce se sirvió un cucharón de sopa de puerro y patata.

—Bueno, tú te lo has buscado. Así que ya sabes. Luego no vengas pidiendo que te rescatemos cuando te des cuenta de que no puedes aguantar otro día más trabajando de sol a sol, o que estás harta de los sabañones que te han salido del frío.

—De hecho —dijo Emily, aceptando la sopera cuando se la ofrecieron—, creo que será muy divertido.

—¿Y adónde te destinan? ¿Te lo han dicho?

—Recibiré instrucción cerca de Tavistock y probablemente me enviarán a una granja del sur de Devon. No estaré muy lejos de casa.

Tras la cena, oyó que sus padres seguían hablando del tema. Su madre aún no daba crédito y parecía a punto de romper a llorar, pero el padre dijo:

—Podría ser peor, Marjorie. Al menos estará a salvo, lejos de indeseables y bien supervisada. No correrá peligro. Y recuerda que la guerra no tardará en acabar, por lo que no tardará en volver a casa.

—Supongo que tienes razón —admitió la madre entre lágrimas.

El lunes por la mañana, la despedida de sus padres fue de lo más fría. Su madre apenas abrió la boca y estuvo a punto de no prestarle una maleta para llevar sus pertenencias. El padre sí que la acompañó hasta la estación. Realizaron la primera parte del trayecto en silencio, pero luego dijo:

—Espero que te hayas dado cuenta de que esto es un acto de puro egoísmo por tu parte, y de suma ingratitud después de todo lo que hemos hecho por ti. Nos sacrificamos mucho para enviarte a una buena escuela. Queríamos lo mejor para ti y ahora le has partido el corazón a tu madre.

Emily intentó tragar saliva, a pesar del nudo que tenía en la garganta, para no perder los estribos.

—¿Qué habrías hecho tú en mi lugar, papá? ¿Quedarte en casa sin abrir la boca hasta que todos nos hubiéramos dado cuenta de que no iba a volver ningún buen partido del frente con el que pudiera casarme? ¿Te habrías conformado con ver cómo me convertía en una solterona amargada?

El señor Bryce carraspeó.

—No, claro que no. Entiendo que quieras desplegar las alas y abrirte camino en el mundo, pero creo que podríamos haber encontrado un trabajo más adecuado para ti. Seguro que alguno de los abogados con los que trabajo te habría acogido en su despacho, o alguna de las familias que conocemos te habría contratado como institutriz.

—¿Acaso crees que ser institutriz es mejor que trabajar la tierra? —Emily alzó la voz sin darse cuenta—. ¿Querías que trabajara de sirvienta para una familia? ¿Cómo pretendías que mamá mantuviera la dignidad sabiendo que su hija era una criada?

—Una institutriz es más que una criada, Emily.

—Tampoco es para tanto. Es una prisionera de la habitación de estudios. Debe comer sola, ignorada por la familia. Además, mi decisión es firme. Me he ofrecido como voluntaria y no hay nada más que decir.

—Tienes razón, no hay nada más que decir —repitió su padre con inquina—. Me gustará ver cuánto aguantas.

Se detuvieron junto a la estación. El señor Bryce descargó la maleta, la dejó en el suelo y se fue sin despedirse. Emily sintió un momento fugaz de pánico al verlo marchar, pero respiró hondo y entró en la estación a comprar el billete.

Mientras el tren la alejaba de su hogar, experimentó una incomprensible sensación de euforia. Por primera vez en la vida, era libre. Sin embargo, cambió de opinión al cabo de media hora, cuando llegó a la estación de Tavistock, donde había un autobús esperando a transportar a las mujeres al centro de instrucción. Había once compañeras más de diversas edades. A medida que las iban llamando, todas se observaban con timidez, entre apocados saludos de cortesía. Una chica irlandesa con el pelo de un rojo muy intenso observó al grupo.

—Venga, no pongáis esa cara —dijo entre risas—, que no vamos a un funeral.

Al subir al autobús empezaron a ver alguna sonrisa más. Emily se sentó junto a una chica jovencísima, que estaba encorvada, mirándose las manos, cuando el vehículo arrancó y se puso en marcha.

—Soy Emily —se presentó—. ¿Cómo te llamas?

—Me llamo Daisy, señorita —dijo con un hilo de voz apenas audible.

—No es necesario que me llames señorita. Ahora somos todas iguales.

—Lo siento, señorita, pero me he pasado toda la vida trabajando en el servicio y salta a la vista que es usted de buena familia, por lo que no me parecería bien.

—¿Toda tu vida? —Emily se rio—. Pero si no puedes tener más de doce años.

—Acabo de cumplir los veinte. Es la edad mínima para alistarse. Pero llevo trabajando desde los doce. Y mi madre, antes que yo, en la misma familia. Fue primera doncella y se casó con el mozo de cuadra. Nací encima de los establos y al cumplir los doce empecé a trabajar en la casa grande.

—¿Dónde fue eso?

—En Moorland Hall, cerca de Okenhampton.

—¿Y a tus padres no les ha importado que te vayas de casa?

—Mi madre murió hace un par de años. —Daisy alzó la mirada. Tenía un rostro dulce, enmarcado por una fina melena de color castaño claro—. Y a mi padre, bueno, no le importa gran cosa. Apenas sabe de mi existencia. Le gusta mucho la bebida, si no le importa que le diga la verdad. Pero la familia nunca se ha desprendido de él porque tiene muy buena mano con los caballos.

—Ya veo. —Emily la miró con compasión—. ¿Y a la familia no le ha importado?

—No tenían gran cosa que decir, ¿no? —dijo Daisy, empleando por primera vez un tono desafiante—. No podían detenerme, aunque el ama de llaves me advirtió que no podía garantizarme que fuera a recuperar mi antiguo puesto cuando volviera. —Se miró las manos, enfundadas en unos guantes de algodón negros—. Vi cómo mi madre se dejaba la piel trabajando y decidí aspirar a una vida mejor. De modo que cuando supe que estaban buscando a mujeres para trabajar la tierra, pensé que debía aprovechar la oportunidad. —Miró a Emily y la observó con interés—. ¿Y usted, señorita? Imagino que no tenía ninguna necesidad de hacer de campesina. Si quería un empleo, podría haber conseguido un buen puesto en la ciudad.

—Habría podido, sí, pero sabía que faltaban muchas mujeres para las granjas y, francamente, tenía ganas de marcharme de casa. Mi madre estaba desesperada por casarme con un buen partido y me ha prohibido que vuelva a ver al chico que me gusta. Está ingresado en el hospital naval de Plymouth, que no queda muy lejos cuando tenga un día libre. De modo que esta opción se ajusta muy bien a mis necesidades.

Daisy se rio.

—Es usted todo un personaje, señorita.

—Llámame Emily, por favor.

—Muy bien, Emily. ¿Por qué no le gusta ese chico a su madre?

—Para empezar, es australiano. No sabe comportarse en una sociedad como la nuestra. Le parece una tontería que no se pueda hablar con una persona si antes no ha habido una presentación formal. Ya sabes a lo que me refiero. Quién se sienta al lado de quién en la mesa, qué tenedor hay que usar…

—Sé que ese tipo de tradiciones son importantes para la gente de clase alta. He tenido que limpiar los cuchillos y los tenedores de plata. Y me han inculcado que no puedo permitir que la familia me vea encender las chimeneas.

—¿Lo hacías tú? —preguntó Emily.

Daisy asintió.

—Tenía que levantarme a las cinco, poner un caldero al fuego para calentar el agua de la bañera, luego subir el carbón a todos los dormitorios y encender las chimeneas antes de que se despertara alguien.

—Cielo santo. No me extraña que tuvieras tantas ganas de huir.

—Los cubos de carbón pesaban como un muerto, señorita. Creo que no tendré ningún problema para cargar con sacos de patatas.

Sus palabras llamaron la atención de Emily. ¿La obligarían a cargar con sacos de patatas? ¿Y si no tenía fuerza suficiente? ¿Y si la enviaban de vuelta a casa por no estar a la altura de las expectativas? En fin, no iba a quedarle más remedio que asegurarse de que no fracasaba en su empeño.

Capítulo 8

El autobús había dejado atrás el pueblo y se abría paso entre senderos flanqueados por setos. Varias vacas de color crema y gesto satisfecho lo observaban a su paso. Atravesaron unos postes de granito y se detuvieron frente a un edificio cuadrado de piedra gris. Emily bajó del autobús y notó que pisaba un suelo de barro. Confiaba en que el uniforme incluyera también zapatos ya que, de lo contrario, acabaría estropeando los suyos.

Cuando bajó la última chica del autobús, salió una mujer de la granja y las mandó callar con un fuerte toque de silbato. Vestía una falda caqui de uniforme y una chaqueta con un brazalete verde y una insignia en la pechera. Su estampa le recordó de inmediato a la maestra de la escuela que peor le caía.

—Atención, señoras —dijo empleando un tono de voz que delataba su dilatadísima experiencia dando órdenes—. Bienvenidas al centro de instrucción, donde aprenderán a convertirse en miembros útiles del Ejército Femenino de la Tierra. Se han alistado para servir a su país, que les agradece su gesto. Soy la señorita Foster-Blake, la superintendente del centro, y estaré al mando de su instrucción hasta que las destinen a otras granjas de la zona. Recibirán las órdenes de mí y de las instructoras, y tienen la obligación de cumplirlas a pie juntillas. ¿Ha quedado claro?

—Sí, señora —respondieron algunas con un murmullo.

—He dicho: ¿ha quedado claro? —repitió.

—Sí, señora —respondieron todas a voz en cuello.

—Cuando oigan este silbato, deben dejar lo que estén haciendo y venir corriendo —prosiguió—. Cuando las llame, entren en la granja y les entregaremos los uniformes. Luego irán directas al dormitorio, elegirán una cama y se cambiarán de ropa de inmediato. Acto seguido, bajarán de nuevo y recibirán el horario. ¿Está claro?

—Sí, señora —respondieron al unísono.

—Ahora iré diciendo sus nombres. Cuando oigan el suyo, deben entrar en la casa. Alice Adams.

Una mujer delgada y escuálida miró nerviosa a su alrededor y se dirigió a la granja.

—Emily Bryce. —Estaba a punto de seguir a la primera mujer, cuando la señorita Foster-Blake la miró y le preguntó—: ¿Es usted familia del juez Bryce?

—Es mi padre —respondió Emily, que se sonrojó al sentirse el blanco de las miradas de las demás.

Temía que la mujer dijera que aquel no era un lugar adecuado para ella y que debía volver a casa, pero se limitó a añadir:

—Yo también soy jueza de paz y nuestros caminos se han cruzado varias veces. Es un gran hombre. Procure que se sienta orgulloso de usted.

—Sí, señora —murmuró Emily, que salió corriendo tras Alice Adams.

Cuando sus ojos se acostumbraron a la oscuridad del interior de la granja, vio que en un lado de una gran sala había una mesa de caballetes dispuesta con pilas de ropa y dos mujeres que ya vestían el uniforme caqui del Ejército Femenino de la Tierra.

—Coge una prenda de cada —le ordenó una de las mujeres.

—¿Y las tallas? —preguntó Alice Adams.

—Todas las prendas son de talla única, salvo las botas, que son pequeñas, medianas o grandes. Tendréis un cinturón y los pantalones son de cintura elástica. Andando.

Emily la siguió y cogió la guerrera y los pantalones caqui, un jersey, un impermeable, un sombrero de fieltro y botas que le llegaban a la altura de las rodillas. A continuación, le indicaron que subiera a una habitación que se encontraba a la derecha. Alice se quedó en la entrada, mirando alrededor. No era un dormitorio grande y habían metido tres literas en el reducido espacio. Detrás había una estancia parecida para seis mujeres más.

—Una de las ventajas de ser de las primeras de la lista alfabética —dijo Alice con una sonrisa—. Podemos elegir la cama. Yo creo que prefiero lejos de la ventana y la corriente, ¿tú qué opinas? A menos que quieras escaparte a medianoche. Y la litera de arriba, claro. No te conviene tener a una chica fornida arriba y que te tenga la noche en vela con los crujidos y chirridos de la litera.

Emily no había pensado en ello.

—Tienes razón —convino, y eligió la litera de arriba junto a la que había escogido Alice.

—No sé cómo vamos a bajar en mitad de la noche para hacer las necesidades —afirmó Alice con un marcado acento *cockney* que no se parecía en nada al dulce deje de Devon al que estaba acostumbrada Emily.

—Hay una especie de escalera —señaló Emily.

Alice reaccionó de inmediato al oír su refinado acento.

—¡Vaya, pero qué señorita tan fina! —exclamó—. ¿Qué haces en un lugar como este? ¿No deberías estar en la caza del zorro o algún sitio de esos?

—¿Y tú no deberías estar en Whitechapel o Shoreditch? —replicó Emily.

Alice echó la cabeza hacia atrás y soltó una carcajada.

—Así es. Me has calado. Estoy lejos de mi guarida, ¿verdad? Pues te diré que vine aquí con mi marido, Bill, de luna de miel antes de la guerra. Me sentí como en el séptimo cielo, con todos esos jardines, el mar y el aire fresco. Fue precioso.

—¿Dónde está Bill? —preguntó Emily, que se quitó la chaqueta y la colgó de un gancho.

—Muerto. —Alice dejó de mirar los botones del vestido de algodón mientras se desabrochaba y levantó la cabeza—. Cayó hace un par de años en el Somme. Consiguió sobrevivir dos años, pero justo antes de volver a casa de permiso, lo gasearon. Lograron repatriarlo, pero no sirvió de nada. Tenía los pulmones destrozados.

—Lo siento mucho —dijo Emily.

—Bueno, tampoco es que sea el único, ¿no? —Alice se encogió de hombros—. Creo que todas las familias tienen una historia como la mía.

—Nosotros perdimos a mi hermano en cuanto estalló la guerra —admitió Emily—. De modo que decidiste volver aquí, a un lugar del que conservabas recuerdos felices.

Alice asintió. Se quitó el vestido y lo colgó junto a la chaqueta de Emily. Cogió los pantalones y se le escapó la risa.

—¿Qué te parece? Podemos llevar pantalones. ¿Y sabes qué? No pienso ponerme más el corsé. Si vamos a trabajar como hombres, tenemos que respirar bien. —Lanzó una mirada fugaz a Emily—. Échame una mano para desabrocharme esto. —Emily la ayudó, aunque se sintió algo incómoda al tocar el cuerpo de otra mujer. A Alice no pareció importarle. Se quitó el corsé y lo agitó en el aire cuando empezaron a entrar las demás—. ¿Qué os parece, chicas? Por fin libres. Venga, quitáoslo todas.

Habían entrado cuatro mujeres más. Se rieron, pero la irlandesa negó con la cabeza.

—No quiero jugármela con la figura —dijo—. Estoy muy orgullosa de mi cintura de cuarenta y tres centímetros y pienso conservarla.

—Tú misma, querida —le dijo Alice—. Te arrepentirás cuando nos estemos deslomando en el campo.

—¿Tanto crees que nos harán trabajar? —preguntó una de las jóvenes, algo nerviosa. Era una chica menuda con una persistente mirada de conejillo asustado.

—No lo sé —afirmó Alice—. Cuando era pequeña iba a Kent a coger lúpulo y no había que esforzarse mucho. De hecho, nos divertíamos bastante. —Le tendió la mano—. Me llamo Alice, por cierto. Y esta es Emily.

—Ruby —se presentó la chica asustada—. Es la primera vez que estoy lejos de casa y no sé cómo lo voy a llevar.

—Yo también —afirmó Daisy—, pero cuidaremos las unas de las otras. Soy Daisy.

—Maud —dijo una mujer corpulenta, que le tendió una mano carnosa y le dio un fuerte apretón.

—Y yo soy Maureen —respondió la irlandesa.

Emily se había dado la vuelta mientras se quitaba el vestido. Le incomodaba que su ropa interior fuera de encaje y que sus compañeras vistieran prendas mucho más humildes y gastadas. ¿Debía quitarse también el corsé? Las demás no habían dudado en hacerlo, y daban pequeños gritos de alegría y los agitaban en el aire. Entonces recordó lo mucho que lo odió cuando su madre la llevó a tomarse medidas para uno al cumplir los dieciocho años. «Ya me lo agradecerás cuando logres conservar tu figura juvenil», le dijo su madre que, sin embargo, no destacaba precisamente por una figura estilizada.

Le costó trabajo desabrochar los ganchos.

—Espera un momento, cielo —le dijo Alice, que solo tardó unos segundos en liberarla con sus dedos encallecidos. Emily sonrió algo cohibida mientras agitaba el corsé imitando a las demás y el ruido llamó la atención de algunas de las mujeres de la habitación contigua.

—¿Qué pasa aquí? —preguntó una de ellas, asomando la cabeza por la puerta.

—¡Esto es lo que pasa! —exclamó Alice—. Hemos hecho una declaración de libertad. Si quieren que hagamos el trabajo de los hombres, se acabaron los corsés.

—¡Buena idea! —afirmó la recién llegada—. Venga, chicas, nosotras también.

Emily se puso los pantalones, se ajustó la cinturilla elástica y se abrochó la guerrera. Eran prendas pesadas y bastas. No le resultaría nada fácil moverse cuando se pusiera las botas. La invadió una sensación de pánico. ¿Dónde se había metido?

—¿Estáis seguras de que podemos hacerlo? —preguntó Ruby, observando el montón de corsés que se acumulaban en el suelo—. ¿No hay peligro de que se nos salgan de sitio las tripas?

—Dios no creó los corsés, cielo —dijo Alice—. Las mujeres sobrevivieron durante miles de años sin ellos. Francamente, yo ya me siento mejor.

Todavía no habían terminado de vestirse cuando sonó el silbato y tuvieron que acabar de abrocharse y bajar corriendo. En la sala posterior habían dispuesto varias filas de sillas y una pizarra. La señorita Foster-Blake las estaba esperando.

—Fantástico. Ahora sí que tenéis el aspecto adecuado. ¿Cuántas de vosotras habéis formado parte de las Muchachas Guías?

Se levantaron un par de manos.

—Muy bien —dijo la señorita Foster-Blake—. Os resultará útil lo que aprendisteis. Yo fui capitana de una compañía antes de la guerra. ¿Cuántas de vosotras habéis trabajado en la agricultura?

De nuevo se alzaron un par de manos.

—¿Qué hacíais?

La chica fornida de su dormitorio dijo:

—Mi padre era campesino, señorita. En verano lo ayudábamos a recoger las cosechas.

—Entonces serás de gran valor para nosotras… Maud, te llamabas, ¿verdad?

—Sí, señorita.

—¿Quién más?

Una muchacha había recogido manzanas. Otra mujer mayor había cultivado hortalizas en su huerto. A medida que todas iban tomando la palabra, Emily se sentía cada vez más fuera de lugar. Al parecer todas habían hecho algún trabajo físico, salvo la chica irlandesa pelirroja. Casualidades de la vida, Maureen había trabajado de bailarina en un espectáculo del muelle de Torquay y tenía el sueño de labrarse un nombre en el mundo del espectáculo.

—De no ser por ese maldito káiser, ahora estaría en Londres. Por su culpa todos los teatros están cerrados. Pero bueno, gracias a este trabajo me mantendré en forma.

A continuación, les dieron el horario. Al alba, ordeñar vacas. Desayuno a las ocho. Prácticas de plantado y cosechado hasta la hora del almuerzo. Luego una hora de descanso y, acto seguido, siega y cuidado de los animales hasta las seis. La cena se servía a las seis y media y tenían tiempo libre hasta la hora de ir a dormir.

—Es como una condenada cárcel —murmuró Alice durante un descanso para el té. No se separaba de Emily ni a sol ni sombra—. Esto parece una cadena de presas.

—¿Por qué viniste? —preguntó Emily—. Podrías haber ido a Londres.

—Quería arrimar el hombro para derrotar a esos hijos de puta de los alemanes, ya me perdonarás mi sinceridad, y vengar la muerte de mi Bill. Además, leí en el periódico que podíamos morir todos de hambre si las mujeres no nos poníamos a trabajar la tierra. Y tampoco podía seguir pagando el arriendo de la casa. La pensión de una viuda no da para tanto. De modo que pensé, ¿por qué no? ¿Qué puedo perder? Al menos nos pagan y nos dan de comer, ¿no? ¿Y tú, tesoro?

—Hacía años que quería hacer algo útil —dijo Emily—. En casa me moría de aburrimiento, pero mis padres no me dejaban marchar. Ahora que ya tengo los veintiuno no pueden detenerme. En un principio quería trabajar de enfermera como una amiga mía, pero al parecer ya no necesitan más y resulta que faltan campesinas. Además, mi chico está ingresado en un hospital de Plymouth, que no está muy lejos de aquí.

—¿Es marinero?

—No, piloto de la Royal Air Force. Regresó con el avión en llamas en lugar de saltar en paracaídas tras las líneas enemigas.

—Caray. Hay que tener agallas para hacer algo así. ¿Volverá a volar cuando se haya recuperado?

—Mucho me temo que sí, pero yo rezo para que finalice la guerra antes de que le den el alta.

—¿Y entonces os casaréis?

Emily se quedó callada. ¿Estaba dispuesta a casarse con Robbie si se lo pedía? ¿Estaba preparada para mudarse al interior de Australia y vivir a varios kilómetros del vecino más cercano?

—Eso lo decidiremos a su debido tiempo —respondió.

Capítulo 9

Granja Perry,
Cerca de Tavistock, Devon
18 de junio de 1918

Estimada Clarissa:

Cómo habrás visto en el remitente, ¡lo he conseguido! ¡He huido de mi jaula dorada! Aunque en mi caso no se trata de una hazaña tan espectacular como la tuya, me temo. Ya no necesitaban enfermeras voluntarias y no me vi con ánimos de ir hasta Portsmouth para recibir la formación necesaria y convertirme en una enfermera profesional. Debo admitir que me pudo el miedo, no sabía si podría soportar todo lo que tú has vivido. Y, a decir verdad, no quería estar tan lejos de Robbie, al que han trasladado al hospital de Plymouth. Aún no he tenido la oportunidad de visitarlo porque no nos han dado ningún día libre, pero le he escrito para contarle la buena nueva y confío en ir a verlo el domingo.

De modo que ahora soy una campesina. ¿Te lo imaginas? Es un trabajo muy duro, tengo las manos cubiertas de ampollas y nuestra superiora es una antigua capitana de las Muchachas Guía que me recuerda a la señorita Knight de la escuela. ¿Recuerdas lo aterradora que era? Pues esta es peor. Una de mis compañeras dijo: «¡Es como estar en el ejército!». A lo que otra respondió: «¿Por qué crees que lo llaman el Ejército Femenino de la Tierra?». Y todas nos pusimos a reír.

Entre nosotras reina un ambiente fabuloso. Somos un grupo de lo más variopinto, si bien la mayoría proceden de orígenes humildes, salvo una mujer de mediana edad cuyo marido era contable. Al pobre lo llamaron a filas al cumplir los cuarenta y murió al cabo de poco, como Freddie. Qué triste, ¿no es cierto? La mayoría de las chicas han sufrido algún tipo de pérdida: hermanos, novios e incluso algún padre. A pesar de que somos de orígenes muy distintos, me caen muy bien. Hay una chica irlandesa algo extravagante y otra que se queja de todo, pero en general son de buena pasta. No nos queda más remedio que llevarnos bien porque compartimos unos dormitorios minúsculos. ¡Deberías oír los ruidos del corral de noche! Ah, y, encima, tenemos que lavarnos con agua fría. Como imaginarás, no hay mucho espacio para los baños, y la higiene personal después de pasarnos el día trabajando la tierra deja mucho que desear. ¡Pero poco a poco me acostumbro a los olores de todo tipo que hay en la granja!

Hasta el momento he intentado ordeñar una vaca (sin demasiado éxito) y he descubierto lo peligrosos que pueden ser los cerdos (que pueden matarte si no tomas precauciones). También hemos aprendido que no debemos situarnos detrás de un caballo (esa es de sentido común). Una chica sufrió un ataque de histeria cuando fuimos a dar de comer a las gallinas. Creía que iban a atacarla cuando, en realidad, lo único que querían era la comida. La pobre se cayó y las gallinas se le echaron encima. ¡Tendrías que haber oído sus gritos! Ahora nos enseñarán a arar y a segar el heno, que parecen tareas más tranquilas. Y luego, al final de las cuatro semanas, nos mandarán a una granja.

Espero que tú estés bien. ¿Ha bajado el número de víctimas? ¿Te ha escrito el teniente Hutchins?

Vaya, ya oigo el silbato. Debo irme.

Te quiere tu amiga,

Emily

Esa noche, el sentido del deber la llevó a escribir a sus padres, y les mandó una nota muy educada y formal en la que les comunicaba dónde estaba y lo feliz que era trabajando al aire libre. El domingo se acercó a la parada de autobús más cercana en un carro y fue hasta Plymouth.

—Vaya, mira quién ha venido —dijo Robbie con una sonrisa radiante al ver entrar a Emily—. Eres la viva imagen de la buena salud. La vida al aire libre te ha sentado muy bien.

—Así es —asintió Emily—. Aunque me temo que nunca más volveré a lucir un aspecto pálido y delicado. Me he quemado los brazos. Y tú también tienes buena cara.

—Me siento mejor. Aquí me obligan a hacer todo tipo de ejercicios.

—Espero que te estés comportando —le dijo Emily muy seria.

Robbie miró a los demás hombres de la habitación y se rio.

—Soy todo un angelito, ¿verdad, muchachos?

—¿Tú? Eres una auténtica pesadilla para las enfermeras —replicó el tipo de la cama de al lado—. Debería ver cómo las saca de quicio.

—Aquí no están para muchas tonterías —afirmó Robbie—. Nos llevan firmes. Todo muy militar. Está prohibido responder.

—¿Te dejan salir? —preguntó.

—¿Fuera del hospital? No lo creo, pero insisten en que tengo que andar. Acércame las muletas. Será mejor que aproveche, porque me han dicho que me las quitarán dentro de unos días.

Emily se las tendió y recorrieron el largo pasillo.

—El hospital es enorme —afirmó ella—. Hay muchos edificios.

—Lo construyeron así a propósito, con edificios separados para que las enfermedades contagiosas no pasaran de uno a otro. Es muy moderno.

Tardaron un poco en bajar las escaleras y salieron al jardín central. Las gaviotas volaban en círculos, graznando, y la brisa traía consigo el olor del mar. A lo lejos, Emily vio las aguas azules del estuario.

—Es un lugar muy bonito. No me extraña que la gente se recupere tan bien aquí.

—Aún no he tenido oportunidad de ver el mar con calma —afirmó Robbie—. Para mí es toda una novedad porque me crie en el interior, pero es cierto que he disfrutado de unas vistas aéreas espectaculares. Quizá más adelante, cuando me dejen salir, podríamos acercarnos a una playa o hasta un cabo.

—Sería maravilloso. A mí me gusta mucho el mar. Vivimos a solo diez kilómetros de Torquay, pero no solíamos ir a la playa porque mi madre no soporta la arena.

—¡Caray! —exclamó Robbie entre risas—. Pues no aguantaría mucho donde vive mi familia. El viento lo cubre todo de una fina capa de arenilla roja. Supone todo un reto tener la casa limpia, aunque mi madre suele conseguirlo.

—Debe de dejarse la piel.

—Tiene una criada y unas chicas abo que le echan una mano.

—¿Abo?

—Aborígenes. Mujeres nativas. Las dos que tenemos son buenas trabajadoras. Y sus maridos son unos peones de primera.

Se sentaron en un banco y Robbie aprovechó la situación para tomarle la mano.

—¡Robbie! —exclamó ella—. ¡Podrían vernos!

—Me da igual. Eres mi chica, ¿no? —Se volvió para mirarla—. ¿Lo eres?

—Claro que sí —respondió ella.

Emily sonrió y sintió una intensa emoción. Le había advertido que no se encariñara con él, entonces, ¿qué significaba esa pregunta? ¿Que era su chica de momento o estaba insinuando algo más? Al final decidió que poco importaba. En ese instante estaban los dos juntos, agarrados de la mano, y con eso se daba por satisfecha.

Emily logró ver a Robbie los dos siguientes domingos. Cada vez que quedaban notaba una apreciable mejoría y comprendió, con gran pesar, que no tardarían en enviarlo a otro lado. Cuando recuperó algo más de fuerza, le dieron permiso para salir de los terrenos del hospital, y acompañado de Emily visitó primero el pueblo y luego el cabo, donde se sentaban a observar los buques que llegaban al puerto. Una fuerte brisa les azotaba el rostro, impregnada de un intenso olor a sal. El mar era de un azul oscuro, salpicado de las crestas blancas de las olas.

—Este lugar sería perfecto para construir una casa, ¿no crees? —preguntó ella, lanzando un suspiro de satisfacción—. Imagínate abrir las persianas y tener esas vistas todas las mañanas.

Robbie se mostró algo taciturno en el trayecto de vuelta a casa y Emily se dio cuenta de que tal vez no había mostrado mucho tacto. Él iba a regresar a Australia, a una granja polvorienta lejos del océano, y ella debía decidir si iba a seguirlo o no; siempre que se lo pidiera, claro.

También se acercaba el final del período de instrucción. Algunas de las chicas habían aprendido a ordeñar vacas. Otras todavía no lograban sacar ni una gota. Maud tenía las manos tan grandes que la vaca, siempre muy tranquila, soltaba alguna que otra coz. Emily no podía quitar el ojo de encima de esa pata trasera, pero se llevó una gran alegría al comprobar que su intentona fue recompensada con un buen chorro de leche.

—Bien hecho, tesoro —dijo el anciano granjero que les estaba enseñando los secretos del cuidado de los animales—. Tienes unas manos muy suaves y eso les gusta a las vacas.

Sin embargo, no demostró la misma maña manejando el arado con los caballos de raza clydesdale. Se necesitaba tanta fuerza para sujetar el timón del arado, que llegaba a la altura de los hombros, que la mayoría no podían hacerlo, sobre todo las más bajitas.

—Lo que daría por un buen baño caliente —dijo Maureen, una noche que se sentaron frente a la granja al atardecer—. Me duele todo el cuerpo después de pelearme con el arado.

—Yo nunca me he dado un baño con agua caliente —confesó Daisy.

—¿Nunca? —preguntó la señora Anson, la mujer mayor de clase media que había cultivado hortalizas y cuyo marido contable tuvo que incorporarse a filas el día que cumplía cuarenta años. No obstante, no parecía muy resentida por ello, ni por la cómoda y respetable vida a la que había tenido que renunciar.

—Los del servicio teníamos que compartir el agua de la bañera —prosiguió Daisy—. Y como yo pertenecía a las doncellas de categoría más baja, siempre estaba fría cuando me llegaba el turno.

—Qué asco —dijo la señora Anson arrugando la nariz—. Debo admitir que ahora mismo yo también daría algo por un buen baño, Maureen.

—Pues esperad a que nos manden a una granja de verdad —intervino Susie, la muchacha que había recogido manzanas—. Ahora solo estamos probando distintos tipos de trabajos, pero más adelante no tendremos ni cinco minutos de descanso.

—Intentas alegrarnos el día, por lo que veo —replicó Maureen—. Eres la alegría de la huerta.

Emily observó al grupo con interés. Era un trabajo duro para todas, pero, en el fondo, nadie se quejaba. En el caso de Ruby, la víctima del ataque de las gallinas, era la primera vez que abandonaba su hogar. Añoraba a su madre y Emily había tenido que consolarla en un par de ocasiones en las que la joven no había podido contener más las lágrimas. Maureen echaba de menos a los hombres, según decía. Albergaba la esperanza de que hubiera un par de mozos fornidos y apuestos en la granja a la que la destinaran.

—No digas tonterías —se apresuró a añadir Alice—. Ya no hay chicos fornidos. Por eso nos toca a nosotras hacernos cargo de este tipo de trabajo. Tenemos que hacernos a la idea de que apenas quedan hombres.

—¡Pero qué dices! ¿Que no hay hombres? Pues a mí me va a dar algo —espetó Maureen—. ¿Qué sería de la vida sin un buen beso y un achuchón?

—Supongo que deberemos aceptarlo tarde o temprano —dijo la señora Anson con un hilo de voz—. ¿A cuánto asciende ya el número de bajas? Si algo está claro es que no habrá tantos hombres como antes.

—Pues yo me voy a las colonias —afirmó Maureen—. En Australia y Canadá seguro que hay chicos sanos y fuertes, ¿eh?

—Primero tendremos que esperar a ganar la guerra —terció la señora Anson—. Las últimas noticias que oí no eran muy alentadoras, que digamos. Al parecer los alemanes han lanzado una nueva ofensiva y no están dispuestos a dar el brazo a torcer a las primeras de cambio.

—¿Pero no se suponía que estábamos ganando? —exclamó Maureen, enfadada—. Decían que acabaría en cuanto llegaran los americanos.

—Esperemos y recemos para que finalice pronto —dijo la señora Anson.

—Amén —concedió una de las chicas con voz suave.

Al final de la tercera semana, la señorita Foster-Blake las convocó a una reunión inesperada después de comer.

—Tengo noticias —anunció—. Me temo que el período de instrucción finalizará antes de tiempo. Hay un granjero local que tiene la cosecha de patatas lista y nadie que lo ayude, por eso voy a enviarlas a ustedes. Hay que recoger las patatas antes de que las estropee la lluvia. Vendrá a buscarlas un carro por la mañana. —Las miró a todas de una en una—. Espero que se esfuercen al máximo y no se dediquen a holgazanear. Las dividiré en dos equipos, y cada uno tendrá una líder que deberá asegurarse de que todas cumplan con su cometido. ¿De acuerdo? Señora Anson, usted será una de las líderes y la señorita Bryce, la otra. No me defrauden.

Cuando Emily vio el patatal, la nueva realidad a la que se enfrentaba cayó sobre ella como una losa: una fila tras otra de caballones en los que asomaban las plantas que había que desenterrar para recoger las patatas y guardarlas en los cestos correspondientes. Ahora lamentaba que la hubieran elegido líder de equipo. El suyo estaba formado por la tímida Ruby, la ingenua Maud, Maureen, Alice y Daisy. En un principio eligió a Maud, que era corpulenta y fuerte, para que desenterrara las plantas con la horca, pero tampoco era la más inteligente y Emily enseguida descubrió que la tarea que le había encomendado requería cierta finura en el manejo de la herramienta para no pinchar las patatas. Por eso probó con Daisy que, a pesar de ser más delgada, era fuerte y demostró una gran habilidad para arrancar las plantas de la tierra sin dañar los tubérculos. Las demás andaban agachadas para apañar las patatas, limpiarles la tierra y meterlas en cestos. Era un trabajo extenuante, ya que las obligaba a pasarse horas y horas agachadas; luego tenían que llevar los pesados cestos hasta los sacos, llenarlos y cargarlos en un carro. El granjero no parecía especialmente agradecido de que le estuvieran salvando la cosecha. Se quejó de que no trabajaban muy rápido y disfrutaba observándolas y señalando las patatas de menor calibre que se habían olvidado.

—Que alguien me pare o la próxima vez lo meto a él en el saco —murmuró Maureen mientras se alejaba.

Al caer la noche regresaron al centro de instrucción en la parte posterior de un carro, pero al llegar estaban tan cansadas que solo les quedaron fuerzas para arrastrarse hasta la cama.

—Esto sí que ha sido un bautismo de fuego. —La señora Anson estaba pálida de puro agotamiento. La pobre mujer tropezó, pero Emily logró sujetarla.

—¿Seguro que te encuentras bien? —le preguntó—. ¿No será un trabajo demasiado exigente? Porque podemos decírselo a la señorita Foster-Blake.

—No, no, estoy bien —afirmó la señora Anson—. Es la falta de costumbre, eso es todo. No pienso rendirme. Estoy segura de que mi marido debió de sentir algo igual cuando hizo las primeras prácticas en el ejército. Pienso seguir en su honor.

«Qué valiente es —pensó Emily—. Todas lo son».

A la mañana siguiente se despertaron con el tamborileo de la lluvia en el tejado.

—¡Será posible! —exclamó Maureen—. Me hace añorar aún más Irlanda.

Alice puso una mueca de sorpresa indignada.

—Debes de ser la única que se alegra de ver la lluvia.

—No me alegro, solo es que echo de menos mi hogar —replicó Maureen.

—Con este tiempo imagino que no tendremos que trabajar, ¿verdad? —preguntó Daisy.

—Me temo que ya hay una furgoneta esperando fuera —dijo Emily—. Pero tenemos impermeables. —Intentó fingir alegría, pero la invadió el mismo desánimo que a las demás en cuanto puso un pie en la furgoneta.

El campo se había convertido en un fangal. Cogieron las patatas con los dedos helados, bajo el aguijonazo inclemente de la lluvia. A la hora del almuerzo, se refugiaron en el granero, donde bebieron el té que les había preparado la mujer del granjero, que las miró con compasión.

—Imagino que no habrá sido fácil, ¿verdad? Lleva un tiempo acostumbrarse a la vida de la granja, pero ya verán como mejora cuando salga el sol.

Engulleron grandes pedazos de pan con queso y cebollas encurtidas, todo ello acompañado con té. Y volvieron a enfrentarse a la lluvia. Al cabo de varias horas de arduo trabajo, Emily cargaba un cesto lleno de patatas para vaciarlo en el saco que había en la linde del campo, cuando resbaló por culpa del barro y estuvo a punto de caer. Estaba tan concentrada en no darse de bruces que tenía la vista fija en el suelo, un par de metros por delante de ella. Cuando alzó la mirada, vio a dos personas resguardadas bajo sendos paraguas que la observaban.

—¡Emily! —La voz de su madre atravesó el campo—. Mírate, qué vergüenza, ahí cubierta de barro y trajinando patatas como una campesina. Si tus abuelos te vieran ahora, quedarían horrorizados. Deja ese cesto de inmediato y vuelve con nosotros.

—Estoy trabajando, mamá —replicó Emily al llegar junto a ellos, y dejó el cesto en la mesa de caballetes—. No puedo irme. Estoy al mando de un grupo de chicas.

—No pasa nada —insistió la madre—. Papá lo ha arreglado todo con tu supervisora, la señora Foster-Blake. Al parecer se conocen, así que está todo solucionado.

—¿A qué te refieres? —preguntó Emily, mientras empezaba a poner las patatas en el saco.

—A que puedas dejar a un lado esta calamidad. Papá te ha buscado un trabajo como Dios manda con un abogado de Exeter.

—Durante la semana vivirás con una familia y el fin de semana vendrás a vernos a casa —dijo el padre—. El señor Davidson nos ha asegurado que hasta puede enseñarte a utilizar una máquina de escribir. No me negarás que no es útil aprender mecanografía.

Emily tuvo que hacer un auténtico esfuerzo para no perder los estribos. Era consciente de que las demás mujeres la miraban con interés.

—No tienes ningún derecho a inmiscuirte en mis asuntos, papá. Soy mayor de edad y puedo tomar mis decisiones, así que voy a quedarme aquí. Me necesitan. Si no cogemos las patatas, se pudrirán, y el país ya padece una gran escasez de alimentos.

—Es un trabajo que podría, y debería, hacer cualquier chica de baja estofa —replicó la señora Bryce—, no una señorita que se ha educado para algo mejor. No irás a decirme que prefieres deslomarte bajo la lluvia y en el barro antes que trabajar con un abogado, en un despacho seco y seguro.

—En estos momentos no puedo decir que sea un trabajo muy divertido, pero en general, sí, estoy disfrutando de esto y sé que estoy realizando un servicio muy útil para mi país.

La señora Bryce lanzó un suspiro de exasperación.

—Di algo, Harold. Dile que debe venir con nosotros sí o sí.

El señor Bryce frunció el ceño.

—Si te obstinas en desobedecer a tus padres, debes saber que te quedarás sola. Si quieres vivir la vida a tu manera, deberás tomar las riendas y asumir las consecuencias, porque ya no serás bienvenida en casa.

Emily respiró hondo para serenarse.

—De acuerdo. —Miró a su padre fijamente, alzando el mentón en un gesto desafiante—. Si eso es lo que quieres. Pero no permitiré que nadie me diga qué debo hacer. Ya no soy una niña y estoy preparada para tomar mis decisiones y cometer errores. —Levantó la cabeza y vio que Daisy se acercaba con un cesto lleno—. Ven, Daisy, déjame echarte una mano. Sujeta el saco.

—Vamos, Marjorie. Te estás empapando y esto es una pérdida de tiempo —dijo el señor Bryce.

La madre vaciló, se volvió para irse, pero cambió de opinión.

—Es por ese muchacho, ¿verdad? Ese australiano. Sé que te sigues viendo con él en contra de nuestros deseos. Hemos hablado con el hospital al que lo enviaron. Es el que te ha inculcado todas estas ideas de rebeldía.

—No, mamá. Esas ideas ya estaban en mi cabeza, lo único que me faltaba era una forma de ponerlas en práctica —replicó Emily mientras sujetaba el saco abierto para llenarlo.

—Pues te deseo buena suerte —le dijo la señora Bryce—. Espero que disfrutes de tu nueva vida rodeada de miseria en Australia.

Y así, sin más, se fue, arrastrando sus elegantes zapatos por el barro.

Emily se dio cuenta de que le temblaban las manos y sentía náuseas. A fin de cuentas, se trataba de sus padres. De su hogar. Del lugar donde había recibido amor y protección. Tuvo que hacer un auténtico esfuerzo para no decirles: «Lo siento, no pretendía haceros daño. Os quiero». Pero esas palabras la habrían obligado a renunciar a Robbie y a su trabajo, y sabía que no estaba dispuesta a ello.

Capítulo 10

En el trayecto de vuelta a casa, las demás chicas se arremolinaron en torno a Emily en la parte posterior de la furgoneta.

—¿Eran tus padres? —preguntó Maureen.

Emily asintió. Desde el encuentro con ellos se hallaba en estado de shock, al borde de las lágrimas. De hecho, no se atrevía a hablar por miedo a romper a llorar.

—No se han andado con chiquitas, ¿verdad? —prosiguió Alice—. ¿A qué ha venido todo eso?

Emily respiró hondo.

—Querían que me fuera con ellos. Consideran que este trabajo no es digno de mí. Han maniobrado a mis espaldas y lograron que me eximieran del servicio. Hasta se habían tomado la molestia de buscarme trabajo en el bufete de un abogado.

—¿Y no lo has aceptado? —preguntó Maureen—. ¿Es que has perdido el juicio? ¿Has renunciado a un buen puesto en un despacho seco y cálido, y a un posible futuro con un abogado de esposo?

Emily no pudo reprimir la risa.

—El señor Davidson tiene setenta años por lo bajo, y sí, supongo que habría sido un buen trabajo en muchos sentidos. Pero ya me había comprometido con esto y no quiero dejar plantado a nadie.

—Bien hecho —la felicitó Ruby—. Si te fueras te echaríamos de menos.

—No te enfades, pero tu madre parecía una arpía —confesó Alice, que le acarició el hombro—. No te preocupes, cielo, ahora nos tienes a nosotras.

La señorita Foster-Blake las estaba esperando cuando llegaron y las acompañó a una estancia especial de la granja para quitarse las botas llenas de barro y los impermeables empapados.

—Enhorabuena a todas. Ha sido un día de trabajo muy duro, pero han cumplido con las tareas encomendadas de forma admirable... —Dejó la frase a medias al ver a Emily—. Creía que no volvería a verla. Su padre ha intentado mover los hilos por usted.

—Unos hilos que prefiero ignorar —replicó Emily—. Tengo un compromiso con ustedes y no pienso dejar a nadie plantado para satisfacer a mis padres.

Se sorprendió al ver la sonrisa que se dibujó en el rostro de la señorita Foster-Blake.

—La felicito. Hay que tener agallas. Y un elevado sentido del deber y la lealtad. Me gusta. Le irá bien en la vida, señorita Bryce. —Emily echó a andar hacia la casa y la llamó—. Por cierto, ha recibido una carta. De un joven, creo.

Emily subió corriendo las escaleras y agarró el sobre que había en la mesa. Robbie no tenía tan buena mano para las cartas como ella, pero leyó hasta la última palabra con auténtica devoción.

Estimada Emmy:
Tengo noticias. Iba a decir que son buenas noticias, pero seguramente a ti no te lo parezca. Me han declarado apto para reincorporarme a mi escuadrón. Me voy el lunes, por lo que esta será la última vez que nos veamos durante una temporada. Confío en que podamos pasar el domingo entero

juntos. ¿Crees que el sábado te dejarían acabar antes para que pudieras venir a Plymouth? Así podríamos pasar la noche juntos. Sé que hay varias pensiones cerca del hospital que suelen ofrecer alojamiento a las mujeres y novias de los heridos. Podría conseguirte habitación en una. Avísame en cuanto puedas y lo organizaré todo.

Me muero de ganas de verte, mi tesoro.

Con cariño,

Tu Robbie

Emily permaneció sentada en la litera de abajo, inmóvil, sin apartar la mirada de la carta. Sabía que era inevitable que ocurriera tarde o temprano, pero tras un día agotador en el campo y el encontronazo con sus padres, fue la gota que colmó el vaso. Al borde las lágrimas, hizo un último esfuerzo para intentar reprimirlas. Nunca había llorado en público. Se tapó la boca con la mano, alzó la mirada y vio a Alice, que había entrado en el dormitorio.

—¿Son buenas noticias, cielo? —preguntó, pero enseguida reparó en su expresión—. Oh, no. No me digas que son malas noticias.

—Es mi novio, Robbie. Estaba ingresado en el hospital, pero lo han declarado apto para que se reincorpore a su escuadrón en Francia. Será la última oportunidad que tendré de verlo.

Alice la rodeó con su delgado brazo.

—Llora y desahógate, querida. Ya verás como eso te ayuda.

—Me temo que no se me da muy bien. —Emily intentó forzar una sonrisa—. Estoy muy preocupada por él, Alice. Una de las enfermeras que trabajaba en la casa de convalecencia donde nos conocimos me dijo que la esperanza de vida de los pilotos era de seis semanas.

—Pero ha sobrevivido hasta ahora, ¿verdad? Con un poco de suerte la guerra acabará antes de que te des cuenta, ya verás.

—Oh, Dios, eso espero —afirmó Emily.

Se refrescó la cara con agua fría para que la señorita Foster-Blake no se diera cuenta de que había llorado y fue a su encuentro. Estaba en un pequeño despacho, repasando documentos.

—El siguiente grupo de reclutas llegará el lunes —dijo la mujer, alzando la mirada cuando entró Emily—. Esta vez solo serán siete. Necesitamos más, pero confío en que podamos salir adelante. ¿Quería algo?

—Tengo una petición algo inusual —dijo Emily—. ¿Podría acabar un poco antes mi jornada laboral del sábado para poder ir a Plymouth? Mi novio está a punto de recibir el alta del hospital en el que se encuentra ingresado y volverá a Francia. Será la última vez que lo vea durante una buena temporada. Así podríamos pasar la tarde del sábado y el domingo juntos.

—¿La tarde del sábado? ¿O la noche? —preguntó la señorita Foster-Blake—. No me parece una decisión muy inteligente, señorita Bryce. Le recomiendo que tenga en cuenta su reputación.

—Oh, no —se apresuró a añadir Emily, ruborizada—. No me refería a eso. Robbie está ingresado en el hospital naval y me ha dicho que puede alojarme en una de las pensiones que suelen utilizar las mujeres y novias de los soldados. Es un hombre muy respetable, señorita Foster-Blake.

—Creo que sus padres no comparten esa opinión. Me dijeron que había ejercido una mala influencia en usted.

—A mi madre no le gusta porque es australiano y a él le importan un comino nuestras convenciones sociales. De modo que no se ajusta al ideal de hombre que había elegido para mí. Pero le aseguro que es una buena persona.

—Entonces, ¿piensa casarse con él cuando acabe la guerra e irse a vivir a Australia?

—Aún no me lo ha pedido. —Emily se ruborizó—. Pero si lo hace es probable que le diga que sí.

—¿Dónde vive en Australia? ¿En alguna de las ciudades?

—No, en una granja del interior. En una estación ovina, como la llama él.

—Piénselo con detenimiento. Viviría a miles de kilómetros de su hogar y llevaría una vida anclada en la rutina. Tendría que renunciar a todos los lujos a los que está acostumbrada, a las tiendas elegantes, al teatro, a la gente culta con la que hablar. Y debería acostumbrarse a un clima inclemente.

—Lo sé. Él ha intentado disuadirme en no pocas ocasiones. Hasta me ha dicho que no es un buen lugar para una mujer.

—Vaya, al menos es un hombre sincero.

—Pero en estas últimas semanas me he demostrado a mí misma que puedo sobrellevar los rigores de la vida en el campo. Además, lo amo. ¿Y si es el hombre con el que estoy destinada a pasar la vida? ¿El único que puede hacerme feliz?

La señorita Foster-Blake guardó silencio.

—Es usted una chica sensata, señorita Bryce. Confío en que sabrá hacer lo correcto. Le doy permiso para que se vaya a las cuatro y regrese el domingo antes de que anochezca.

—Muchas gracias, señorita Foster-Blake —le dijo Emily con una sonrisa radiante—. No se imagina lo que significa esto para mí.

—Sé que en época de guerra debemos aprovechar toda oportunidad de ser felices que nos ofrezca el destino. Ahora vaya a asearse, que todavía está cubierta de barro.

Capítulo 11

Al llegar el sábado el mal tiempo dio una tregua y soplaba una suave brisa marina cuando Emily tomó un coche a Tavistock y luego el tren a Plymouth. Robbie la esperaba en el vestíbulo del hospital, vestido de uniforme, con el pelo engominado y peinado hacia atrás. Poco quedaba ya del joven vestido con bata y pelo alborotado que había conocido, y le vino a la cabeza la velada de su fiesta.

—Has venido —dijo, tendiéndole las manos—. Tenía miedo de que esa arpía cambiara de opinión en el último momento.

—Lo cierto es que me advirtió de los peligros de los jóvenes inapropiados con intenciones aviesas —afirmó Emily, entre risas.

—¿Y cómo sabes que no tengo intenciones aviesas? —replicó él.

Emily se ruborizó.

—Porque te conozco —replicó.

—Tienes toda la razón. Siempre te trataré con respeto, Emmy. Eres una mujer excepcional y mereces lo mejor —le dijo—. Bueno, vamos a dejar la bolsa en la pensión, ¿te parece? No es gran cosa, pero los compañeros me han asegurado que te tratarán bien. El teniente de marina de la cama de al lado me ha dicho que es donde se aloja su mujer cuando viene a verlo.

—Estoy convencida de que me gustará —le aseguró Emily—. Después de dormir con cinco compañeras más, en unas literas incomodísimas que chirrían a la mínima que te mueves, en la pensión me sentiré como en el cielo.

Robbie se agachó para coger la bolsa.

—No es necesario, ya me encargo yo —le dijo Emily, que vio su gesto de dolor.

—Si soy apto para pilotar un avión, también puedo cargar con una bolsa de viaje.

Se pusieron en marcha juntos y Robbie le agarró la mano. Emily lo miró con una sonrisa. Aún caminaba algo rígido, pero se notaba que estaba haciendo un gran esfuerzo para seguir su paso. Cuando llegaron al puerto, vieron las barcas de los pescadores que se mecían en el agua, en un amplio estuario. La vegetación cubría ambas orillas y en ese instante un transbordador zarpó de la orilla más lejana y se dirigió hacia ellos. Era una escena de inconmensurable serenidad, como si la guerra solo fuera un murmullo perdido en el horizonte.

—Ya estamos.

Robbie subió las escaleras de una casa con vistas al mar. En la fachada podía leerse PENSIÓN SEAVIEW.

—El otro día vine a echarle un vistazo —dijo—. No es gran cosa, pero está limpia.

La dueña los recibió con una sonrisa de oreja a oreja.

—Es usted de la zona, ¿verdad? El teniente me dijo que era de Devonshire.

—Así es. Nací cerca de Torquay.

—Qué coincidencia. Tengo una hermana que vive ahí. Y este joven es de Australia. Abandonó su patria y vino a luchar por nosotros. Eso sí que es un gesto de nobleza. Bueno, imagino que querrá ver su habitación…

La mujer empezó a subir unas escaleras estrechas, con una agilidad sorprendente para alguien de su envergadura. Abrió una puerta y le mostró una estancia diminuta en la que solo cabía una cama individual, una cómoda con un espejo y un lavamanos en la pared. Como le había advertido Robbie, no era gran cosa, pero estaba limpia.

—Encontrará el baño al final del pasillo. El desayuno se sirve a las ocho. Puede tomar un té siempre que le apetezca. Y cierro la puerta de la calle a las diez.

Le dieron las gracias. Emily dejó la bolsa y siguió a Robbie por las escaleras.

—Debes de tener hambre —dijo él—. Había pensado que podíamos ir a comer algo y luego al cine. Así tendríamos una cita de verdad para variar.

—Sería fabuloso —admitió con una sonrisa—. No tengo muchas oportunidades de ir al cine, será un auténtico placer.

—Le he preguntado a la dueña dónde podíamos ir a comer y me ha recomendado un lugar donde preparan el mejor *fish and chips*. Sé que estás acostumbrada a otras cosas, pero a fin de cuentas estamos en época de guerra, ¿verdad? No hay muchos cafés abiertos y los pocos que quedan sirven auténtica bazofia.

—Robbie —dijo Emily entre risas—, ¿sabes a qué estoy acostumbrada? A comer un pedazo de pan con queso con cebolla encurtida para almorzar, y verduras estofadas para cenar. Esa ha sido mi dieta en los últimos tiempos. El *fish and chips* me parece un auténtico manjar.

El café se encontraba en el muelle, con vistas al mar. La luz del atardecer rielaba en el agua y teñía la escena de tonos rosados. El local no era elegante, pero tenía manteles de cuadros blancos y rojos, y había un pequeño jarrón con flores en cada mesa. Se sentaron junto a la ventana. Les sirvieron dos tazas de té y al cabo de poco les llevaron dos enormes bandejas de bacalao con patatas, y otra con pan y mantequilla.

—Arrea… —exclamó Robbie—. No había visto tanta comida desde que me fui de casa. Además, el pescado con patatas es toda una novedad para mí. No hay mucho pescado donde yo vivo.

—Para mí también es una novedad —confesó Emily, probando las patatas.

—¿A qué te refieres? Vives aquí. Puedes comerlo siempre que quieras.

—Ni siquiera sé cuándo fue la última vez que lo comí. Recuerdo que lo probé de pequeña, cuando estaba de vacaciones en Cornualles. No es un plato que mi madre considere digno de alguien como ella. Le parece muy de clase trabajadora.

Se rio.

—Claro, cómo no. Nada que ver con la *mus* de salmón.

—¡Es mousse! Con dos eses. —Le dio un manotazo entre risas.

Robbie la miró fijamente y ella se estremeció.

—Bueno, cuéntame qué hiciste todo ese tiempo encerrada en casa.

—Casi me vuelvo loca. Tuve que regresar del internado cuando nos comunicaron que Freddie había fallecido, y guardamos luto riguroso durante seis meses. Vestidos negros, sin visitas, sin música... nada. Fue un poco absurdo. Mi hermano habría opinado lo mismo. Parecía talmente como si mis padres estuvieran convencidos de que el duelo iba a devolvérnoslo.

—¿Y luego?

—Me llevó un tiempo sobreponerme a su muerte, bastante más de lo que yo misma esperaba. Supongo que estaba conmocionada, o deprimida. De repente, todos mis sueños se habían esfumado, había acabado la escuela, pero no tendría la oportunidad de asistir a fiestas, bailes, ni de conocer a chicos.

—¿Me estás diciendo que no has conocido a nadie antes de mí?

Emily se ruborizó.

—Hubo un chico, uno de los amigos de Freddie de Oxford que vino a trabajar para mi padre. Era bastante guapo. Se parecía un poco a ti. Vino un par de veces a nuestra casa.

—¿Cómo se llamaba?

—¿Su nombre? —Emily se rio—. Sebastian. Un nombre de rancio abolengo.

—Entonces, ¿era uno de los vuestros? De buena familia y todo eso... Tu madre debía de estar encantada.

Emily no pudo reprimir la risa al recordarlo.

—Oh, sí, ya lo creo. A mí me gustaba bastante y creo que yo a él también, a pesar de que yo era bastante más joven. Pero al final la cosa no llegó a buen puerto. Lo llamaron a filas y al cabo de un tiempo recibimos la noticia de que había muerto en combate, justo cuando yo empezaba a sobreponerme a la muerte de Freddie. Fue la gota que colmó el vaso. Y cuando murió, decidí que no volvería a sentir nada por nadie porque al final siempre acababa perdiéndolo. —Emily apartó la mirada hacia la ventana. Un barco de pesca con velas rojas zarpaba del puerto. La luz crepuscular teñía las velas de sangre. Permanecieron en silencio un rato—. Después de eso, empecé a pensar que nada tenía sentido. —Lanzó un largo suspiro—. Quería encontrar trabajo, estar ocupada y hacer algo útil, pero a mi madre la aterraba la idea de perderme, por eso se oponían a que me fuera de casa.

—¿Ya se han hecho a la idea de que ahora trabajes la tierra?

—Ni mucho menos. Han intentado que lo deje. Fue muy desagradable. Montaron una escena horrible delante de todo el mundo y mi padre me dijo que, si me obcecaba en desobedecerlos, no era necesario que me molestara en volver a casa. Nunca más.

—Vaya, qué contundente. Aun así, estoy seguro de que se dejó llevar por el sofocón del momento. No creo que lo dijera en serio.

—No lo sé. Tal vez. Últimamente está muy irascible. En estos momentos no me apetece volver con ellos. No quiero que sean otros los que manejen las riendas de mi vida.

—Pero ¿no te importaría vivir sometida a tu marido? —preguntó Robbie en tono burlón.

—¡Eso no va a pasar! —replicó.

Se hizo una pausa mientras ambos valoraban los distintos derroteros que podía tomar la conversación y sus posibles implicaciones.

—¿Qué película ponen en el cine? —preguntó Emily.

—Podemos elegir: *Tarzán de los monos* en el Gaumont y *Salomé* en el Regal.

—Mejor *Tarzán*, ¿verdad? *Salomé* sería muy intensa y, además, no quiero ver cómo le cortan la cabeza a san Juan Bautista.

—Tienes razón —concedió Robbie—, aunque a mí no me desagradaba la idea de ver la danza de los siete velos.

La miró fijamente en un gesto desafiante.

—Más motivo aún para ver *Tarzán* —insistió Emily.

Robbie se rio.

Cuando se acabaron hasta el último bocado de *fish and chips*, pidieron un pastel relleno de mermelada y crema y, como estaban tan llenos, decidieron salir a dar una vuelta, agarrados de la mano. Las calles estaban bañadas de un crepúsculo rosado. Las golondrinas surcaban el cielo en zigzag, las gaviotas volaban sobre sus presas, entre quejidos, y a lo lejos se oía la triste sirena de un remolcador. Emily lanzó un suspiro de satisfacción. «Debo recordar hasta el último detalle de esta noche», pensó.

Pagaron la entrada de cine, subieron al anfiteatro y Robbie la condujo a la última fila.

—Debo confesar mis malvadas intenciones —susurró cuando se sentaron—. No me importa la película que pongan, lo único que quería era rodearte con el brazo a oscuras y besarte sin que nos viera nadie. No te importa, ¿verdad?

—Claro que no. —Esbozó una sonrisa—. ¿Quién sabe cuándo tendremos la oportunidad de repetirlo?

Se apagaron las luces y sonaron los primeros acordes del órgano. Pasaron los anuncios, varios cortos de dibujos animados y el noticiario. Apenas prestaron atención a los anuncios, pero cuando empezó el noticiario, la música se tornó sombría y militar. Pararon de inmediato para mirar la pantalla: «Ofensiva alemana en el Marne».

—Los alemanes, liderados por Ludendorff, han lanzado una nueva ofensiva en el Marne.

—Pues es una suerte que me reincorpore ahora que me necesitan. No tienen suficientes aviones o pilotos.

—Pero yo estaba convencida de que por fin teníamos la victoria al alcance de la mano.

—Creo que es un último intento desesperado de los alemanes para postergar lo inevitable y causar el máximo daño posible antes de rendirse —dijo Robbie—. Tienen que entrar en razón y ver que están defendiendo una causa perdida.

—¡Shhh! Silencio —les recriminó alguien un par de filas más adelante.

Robbie miró a Emily y sonrieron. La rodeó de nuevo con el brazo y ella apoyó la cabeza en su hombro. Era una sensación maravillosa a pesar de que se le clavaban las estrellas de la charretera. Lo miró y se besaron.

—Ha sido una película un poco tonta, ¿no crees? —le preguntó Robbie en el camino de vuelta a casa, con el brazo sobre sus hombros—. ¿Un tipo que va saltando de liana en liana por la selva y dice: «Yo Tarzán, tú Jane»?

—A mí me parece que le quedaba bastante bien el bañador.

—No sabía que tenías ojos para otros hombres —le dijo y le estrechó los hombros.

—Hay muchas cosas que no sabes de mí —respondió ella—. Tal vez no sea la chica buena y respetable que te gusta. Puede que tenga pensamientos oscuros. O un carácter irascible. Apenas sabemos nada del otro, Robbie. Solo hemos visto lo bueno.

—No me importa —respondió—. Sé que eres la chica ideal para mí. Lo supe desde el momento que te vi asomar la cabeza en la habitación de hospital.

En ese instante llegaron a la entrada de la pensión.

—Tengo que despedirme —dijo Robbie—. Será mejor que no te bese porque es probable que la dueña nos esté espiando entre visillos. Pero vendré a recogerte por la mañana después de desayunar, ¿de acuerdo? Así pasaremos el día juntos.

—¿Qué planes tienes? —preguntó ella—. ¿Algo en concreto? ¿Un pícnic?

—Es algo mejor —le aseguró él—. Me he hecho buen amigo de uno de los médicos del hospital. Tiene un barco y se ha ofrecido a llevarnos a pasar el día. Me pareció que sería algo distinto y original, ya que el único barco en el que he estado era un navío de guerra. —Hizo una pausa y la miró—. Te parece bien, ¿verdad?

—A lo mejor me mareo —dijo Emily—. Nunca lo he probado.

—Ah, pero no saldremos a alta mar —le aseguró—. Creo que solo navegaremos por el río.

—En tal caso, es una idea fabulosa.

—Pues nos vemos por la mañana, querida. Que tengas dulces sueños.

Le dio un casto beso en la mejilla, le abrió la puerta y le lanzó otro beso al cerrarla. Emily se detuvo en el recibidor, con una sonrisa en los labios.

Capítulo 12

A la mañana siguiente, Emily bajó a desayunar atraída por el olor del beicon frito.

—¡Cielo santo! —exclamó cuando la dueña le sirvió un plato de beicon, huevos y pan frito—. ¿Cómo se las ha apañado para encontrar beicon?

—Un sobrino mío tiene una granja —respondió la anciana con una sonrisa—. Y de vez en cuando se hace con una partida de beicon que no va para el gobierno. Y mi hermana cría gallinas.

Emily devoró el desayuno y acabó justo cuando apareció Robbie.

—¿Es beicon lo que huelo? —preguntó el teniente.

—Era. Beicon, huevos y pan frito. Un auténtico banquete.

—Y yo que he tenido que conformarme con unas míseras gachas de avena. ¿Estás lista? Parece que tenemos buen tiempo para la excursión.

«Pues sí —pensó Emily—. Acaso demasiado bueno. No hay ni una nube en el cielo».

—Esperemos que aguante —dijo Emily—. La gente de aquí dice: «Alba rubia, o frío o lluvia». ¿Crees que debería llevar el impermeable por si acaso?

—Hay un camarote en el barco, así que podemos arriesgarnos. ¿Te parece?

La agarró de nuevo de la mano y esta vez fue un gesto más natural. Ella lo miró y sonrió.

Cuando llegaron al puerto, vio a un hombre alto y con el pelo cano que los saludaba. Robbie devolvió el saludo y el tipo se les acercó.

—Ya lo he preparado todo. El barco está listo para zarpar.

Emily miró la embarcación de teca. Tenía una zona de asientos al aire libre y un camarote al que se accedía bajando dos escalones.

—Qué bonito —comentó Emily.

—Te presento al doctor Dawson —dijo Robbie—. Doctor, esta es la joven dama de la que le hablaba.

—La chica de la granja, ¿verdad? —El médico le dedicó una sonrisa.

—En estos momentos, sí.

—¿Y qué le parece la experiencia? ¿Es un trabajo muy duro?

—Mucho, pero es divertido trabajar con otras mujeres.

—Me alegro, pero me temo que vamos a echar a su apuesto caballero del hospital. No para de darnos la lata —aseguró con un brillo en los ojos—. De modo que disfruten del día. Aprovéchenlo. Si suben río arriba, hay un pub muy bueno en la orilla de Cornualles. The Three Bells. Preparan unas empanadillas más que decentes para almorzar.

—¿No nos acompaña? —preguntó Robbie.

—Me encantaría, pero debo atender una emergencia. Te mostraré cómo funcionan los mandos. Es muy sencillo. Si sabes pilotar un avión, no te costará nada. —Bajó los escalones y le tendió la mano a Emily—. Cuidado con el último escalón, que resbala bastante por culpa de las algas.

Cogió la bolsa de Emily y la ayudó a embarcar. Mientras le explicaba los mandos a Robbie, la joven curioseó en el camarote. Había una pequeña cocina con fregadero y armarios, una mesa plegable y un banco. Al fondo había una cama junto al mamparo, sin apenas espacio para incorporarse. Era un lugar muy bien diseñado y acogedor.

—Yo que tú no iría a mar abierto —decía el doctor cuando Emily subió los escalones—. El barco está en condiciones para navegar, pero el oleaje exige que el capitán tenga buena destreza.

—No se preocupe, doctor, creo que nos conformaremos con navegar en el río —respondió Robbie.

—Pues os dejo. Cuando regreséis, puedes dejarlo aquí mismo y ya me encargaré yo de llevarlo al amarradero.

Se despidió, desembarcó y los dejó a solas.

—¿Zarpamos? —preguntó Robbie, con un deje de nerviosismo. Se puso a los mandos y arrancó el motor, que obedeció de inmediato—. Suelta las amarras, por favor —le pidió.

Emily se estiró y recogió el grueso cabo. Acto seguido, él aceleró lentamente y empezaron a alejarse del muelle.

—Pan comido —dijo Robbie con una sonrisa.

Dejaron atrás el estuario a un ritmo lento.

—Me dan ganas de comprobar cuál es la máxima velocidad que puede alcanzar, pero imagino que será mejor que no lo haga —comentó Robbie.

—Ni se te ocurra. El sombrero me saldría volando —le advirtió Emily, sujetándose el sombrero de ala ancha con ambas manos.

Pusieron rumbo al mar y pasaron junto a las almenas del barrio antiguo. Entonces, cuando Emily empezaba a ponerse nerviosa ante la posibilidad de que Robbie hubiera decidido hacer caso omiso de los consejos del doctor, viraron hacia el rompeolas y el faro. Cruzaron el estuario, admirando las vistas de Plymouth, y distinguieron un barco de la Royal Navy que zarpaba del puerto. Poco después enfilaron el río. Había casas en las orillas, pero enseguida los edificios dieron paso a campos y arboledas. Aparte de algún casal, río arriba solo había lujosas mansiones con jardines espléndidos que llegaban hasta la orilla del río, y algún que otro yate.

Emily se situó junto a Robbie disfrutando de las suaves caricias de la brisa en el rostro.

—Podría acostumbrarme a esto —confesó él—. Me pregunto si podríamos tener un lago en casa.

—No con unas lluvias de quince centímetros —respondió Emily entre risas.

—Pues un estanque. Hay varios. Aunque la embarcación tendría que ser muy pequeña.

Ambos se rieron, pero a Robbie se le ensombreció el rostro de nuevo.

—Para ti es lo normal, ¿verdad? Me refiero a estas casas con jardín y estos campos verdes tan exuberantes.

—Supongo que sí, es lo que conozco de siempre.

Esperó a que Robbie dijera algo, pero guardó silencio y miró al frente mientras manejaba la embarcación. Entonces añadió:

—Quiero que sepas que valoro enormemente estos dos últimos días que hemos pasado juntos, Emmy. No olvidaré ni un minuto.

—Dos últimos días, de momento —lo corrigió ella—. Volveremos a vernos en cuanto vuelvas de Francia.

—Sí —repuso lentamente—, pero luego tendré que regresar a Australia.

Emily sintió el impulso de replicar: «Te acompañaré si me lo pides», pero le pareció una opción muy brusca. Tal vez no quería casarse con ella.

Robbie carraspeó.

—Ese chico que te gustaba, el que murió…

—¿Sebastian?

—Sí. ¿Lo querías?

Emily esbozó una sonrisa melancólica.

—Yo tenía dieciocho años y él era un joven apuesto, unos seis años mayor.

—¿No te pidió que lo esperases?

—Fue un amor de colegiala. Me besó una vez, pero creo que simplemente me consideraba la hermana pequeña de Freddie. Aun así, fue un golpe durísimo cuando supimos que había muerto.

—Es una guerra estúpida —afirmó Robbie—. En Galípoli vi caer a todos mis amigos. Yo sobreviví porque se desplomó encima de mí un soldado muy corpulento. Quedé empapado en su sangre.

Emily le acarició la mano.

—Lo siento mucho.

—Yo no. Bueno, lo siento por él, claro. Pobre desgraciado. Pero sigo con vida. —Guardó silencio de nuevo y Emily sintió un escalofrío de desasosiego.

Robbie quería saber si Sebastian le había pedido que lo esperase. Tal vez él también le había pedido a una chica de Australia que lo esperara. Quizás Emily no era más que alguien con quien pasar el rato lejos de casa. Sin embargo, lo miró a la cara y tuvo la certeza de que se había convertido en alguien importante para él. Acaso por eso parecía tan apesadumbrado. O no estaba seguro de a cuál de las dos quería de verdad, o estaba buscando la forma de decirle que ese era el último día de su relación.

A medida que avanzaban, el río se estrechaba. Pasaron bajo un puente ferroviario impresionante.

—El Royal Albert Bridge —dijo Emily, intentando cambiar a un tema menos comprometido—. Lo estudiamos en la escuela. Es obra de Brunel.

—Impresionante.

Al final llegaron al pub que les había comentado el médico. Un denso bosque descendía hasta la orilla del río y el único edificio que se veía se encontraba en la ribera, junto a un pequeño embarcadero. El cartel de fuera rezaba THE THREE BELLS. Estaba pintado de blanco y tenía varias mesas de caballetes en el jardín, donde un niño correteaba con un perro. Un vehículo descendía por el estrecho sendero que conducía al pub y había varias personas sentadas a una de las mesas, disfrutando de sus bebidas en un día radiante. Robbie apagó el motor, se acercaron al embarcadero y saltó a tierra para amarrar el barco.

«Qué rápido le ha cogido el tranquillo», pensó Emily mientras él le tendía la mano para ayudarla a bajar. No podía reprimir cierta admiración ante la agilidad de sus movimientos. Las heridas se habían curado y ya estaba preparado para sentarse a los mandos de su avión. Pero intentó no pensar en ello. No era el día. Hoy solo quería disfrutar el momento, como si la guerra estuviera muy muy lejos.

Se sentaron junto al muro.

—¿Qué era lo que teníamos que pedir? —preguntó Robbie.

—Las empanadillas de Cornualles. Son muy buenas y estamos en la región.

Robbie negó con la cabeza.

—Es increíble lo rápido que puedes pasar de un condado a otro en Inglaterra. En Australia tendríamos que viajar todo el día. Muy bien, pues pediremos las empanadillas y ¿las acompañamos con una cerveza?

A Emily le asaltaron las dudas.

—Nunca la he probado —confesó—. Solo un sorbo de mi padre y no me gustó.

—Pues será mejor que tomes sidra. Ya puestos, también será mejor que la pida yo, porque no he probado la cerveza desde que me ingresaron en el hospital y no quiero que se me suba a la cabeza.

Al cabo de unos minutos, Robbie volvió con una bandeja de empanadillas y dos grandes jarras de cristal.

—Eso es mucha sidra —comentó Emily con cautela.

—Hace calor y los dos tenemos sed.

Dejó las bebidas junto a ella y dieron buena cuenta de la comida. La masa era crujiente y el relleno, una mezcla deliciosa de verduras y carne. La sidra, por su parte, era dulce, con gas y entraba sola.

—Me está dando la modorra —dijo Emily, tomando el sol después de la comida.

—A mí también. La sidra nos ha noqueado —repuso Robbie—. ¿Por qué no volvemos al barco y buscamos un remanso donde podamos echar una siesta?

Se pusieron en marcha río arriba. No tardaron en encontrar varios canales y eligieron el más atractivo. Los árboles llegaban hasta la orilla y no había ni rastro de vida humana.

—Aquí estaremos bien —afirmó Robbie—. No quiero acercarme demasiado a la orilla para no embarrancar con las raíces de esos árboles.

Echó el ancla y Emily se adentró en la oscuridad del camarote, aferrándose con inseguridad a la barandilla, víctima de los efectos de la sidra. Se quitó los alfileres del sombrero y se dejó caer en la cama con un suspiro de alivio. Robbie la siguió y se tumbó junto a ella. Emily era espantosamente consciente de la proximidad de su cuerpo.

Entonces Robbie le dijo:

—Quiero que sepas que eres una chica fabulosa, pero no puedo pedirte que te cases conmigo. Lo sabes. No podría hacerte algo así y no quiero hacértelo. No puedo alejarte de todo esto.

—No has intentado pedírmelo —replicó ella—. A lo mejor te digo que sí.

—Pero no sabrías dónde te metes. Cuando nos conocimos ya intenté explicarte que el lugar de donde vengo no es ideal para una mujer, sobre todo para una acostumbrada a una vida como la tuya.

—Negó con un gesto firme—. No puedo permitirlo. Tendremos el recuerdo de hoy. —Se inclinó hacia ella y le dio un tierno beso—. Pero quiero que sepas que eres la chica más maravillosa que he conocido y que te quiero de verdad.

—Yo también te quiero —respondió ella.

En el fondo, tenía ganas de gritarle: «¡No seas tonto! ¡Pídeme matrimonio!». Sin embargo, no se armó del valor necesario. Una vocecilla le susurraba que tal vez lo que le había dicho no era más que una excusa y que, en el fondo, no la quería de esposa.

Robbie la abrazó y ella sintió su aliento. Al cabo de un rato se dio cuenta de que se había quedado dormido. Cerró los ojos y no tardó demasiado en imitarlo.

Capítulo 13

La despertó un rugido que no presagiaba nada bueno. No recordaba dónde estaba. Intentó incorporarse, pero se golpeó la cabeza con el techo de la cubierta y soltó un grito de dolor. Robbie murmuró algo, pero no se despertó. De nuevo el rugido. Emily bajó de la cama, cruzó el camarote y subió los escalones que conducían a cubierta, algo que no le resultó nada fácil ya que parecían inclinados. Cuando salió al aire libre, comprendió el motivo. Mientras dormían había bajado la marea y el barco estaba varado sobre el fango, en un arroyo casi seco. Un mar de nubarrones cubría el cielo y oyó de nuevo el rugido de un trueno a lo lejos.

—¡Robbie! —exclamó, bajando los escalones—. Despierta. Estamos varados.

Él también se dio un golpe en la cabeza al intentar incorporarse y soltó una maldición. Entonces la vio de pie y se disculpó.

—Lo siento. No recordaba dónde estábamos. Menudo dolor de cabeza tengo. La sidra debía de ser muy fuerte. —De repente se fijó en su gesto—. ¿Qué ocurre?

—Ven a mirar.

Salieron a la cubierta de la pequeña embarcación.

—¡Caray! —exclamó Robbie—. Qué cosa más rara. No sabía que habría mareas tan río arriba.

—¿Qué vamos a hacer?

—Pues no tenemos muchas opciones —respondió él—. Habrá que esperar a que suba de nuevo la marea y nos rescate.

—Pero eso llevará varias horas y yo tengo que volver antes de las siete.

—Tu jefa tendrá que entenderlo, igual que los médicos del hospital. No era intención nuestra quedarnos varados aquí. —La abrazó para consolarla—. Tranquila, cielo. No nos pasará nada. Solo hay que esperar.

En cuanto pronunció las palabras, empezó a descargar una fuerte tormenta y tuvieron que refugiarse en el camarote para no empaparse. El granizo rebotaba contra la cubierta y repicaba en el techo del camarote. Se produjo un relámpago, seguido del estallido de un trueno. La tormenta se avecinaba rápidamente. Entonces, sin previo aviso, vieron un relámpago cegador y oyeron un trueno al mismo tiempo. Acto seguido, empezó a arder un árbol de la orilla.

—Diantre —murmuró Robbie—. Si nos quedamos aquí corremos peligro.

—No digas eso. —Emily lo agarró, incapaz de reprimir los temblores.

—No te preocupes, cielo —dijo él, que la abrazó con fuerza y le olió el pelo—. No permitiré que te ocurra nada malo. Te lo prometo.

—¿Cómo puedes prometerme algo así? —Emily estaba al borde de las lágrimas—. No puedes detener una tormenta y si va a… —Estalló otro trueno junto a ellos. Emily lanzó un grito de miedo y pegó la cara a su pecho—. Abrázame fuerte, Robbie.

Cuando lo miró, él la besó apasionadamente. La tomó en brazos y la dejó sobre la cama. Sus manos se deslizaban ágilmente por todo su cuerpo y ella reaccionó de forma inconsciente. No sabía qué estaba pasando, pero no quería que parase. Sintió el peso de su cuerpo, los labios que la devoraban con voracidad. Apenas se dio cuenta de que le estaba levantando la falda.

Al acabar, permanecieron abrazados, como si cada uno fuera el salvavidas del otro en un mundo que se había vuelto loco. Robbie fue el primero que rompió el silencio.

—Lo siento —dijo. Se apoyó en el codo y la miró—. Lo siento, Emmy. No sé qué me ha pasado. Yo no quería. Me había prometido a mí mismo que no llegaría tan lejos.

—No es culpa tuya —lo tranquilizó ella con voz trémula—. Yo tampoco te he parado los pies, ¿no? Tenía tantas ganas como tú.

—¿Estás bien?

—Si dejamos a un lado que estoy en un barco varado en el fango, en plena tormenta, estoy bien, sí, gracias.

Robbie estalló en carcajadas.

—Eres una chica única, Emily. Y acabo de darme cuenta de que no puedo vivir sin ti. Ahora ya lo sé. He intentado convencerme de que podría irme y dejarte aquí para que no tuvieras que renunciar a tu vida. Pero no puedo. Cuando acabe la guerra me quedaré en Inglaterra si me lo pides. Haré lo que tú quieras.

—Podrías empezar pidiéndome que me case contigo —dijo Emily con una sonrisa.

Robbie miró a su alrededor.

—No estoy en la mejor situación para arrodillarme y tampoco tengo un anillo, pero ¿quieres casarte conmigo?

—Claro que sí. Y no quiero que te preocupes por quedarte en Inglaterra. Me iré contigo a Australia. Te seguiré allí donde quieras ir.

—¿Me lo dices de verdad? ¿Y tus padres y tu familia?

—Mi padre me ha dejado muy claro que si seguía trabajando la tierra ya no sería bienvenida en su casa. Por lo tanto, creo que puedo ir donde me plazca, siempre que vaya contigo. Así que el lugar no importa. Será una fantástica aventura.

—Tienes razón —concedió él, con una sonrisa radiante—. Una aventura maravillosa. —Le tomó el rostro entre las manos y la besó con ternura—. Señora de Robbie Kerr, ¿eh?

Ella asintió.

—Lo primero que voy a hacer es comprarte un anillo. Aunque no sé cómo lo conseguiré si mañana zarpo a primera hora, pero, bueno, ya me las apañaré. Nos casaremos y cuando me licencien, me iré a Australia para prepararlo todo antes de volver a recogerte.

—No es necesario nada de eso. Quiero acompañarte.

—Ni hablar. Volveré a casa en un barco militar con mil soldados más. Tú tienes que viajar en un transatlántico como es debido. Te estaré esperando en el puerto de Sídney. Y disfrutaremos de una luna de miel junto al océano.

—Fabuloso. Todavía no me puedo creer todo lo que está pasando.

—Yo tampoco. —Miró hacia fuera—. Parece que la tormenta ya ha pasado de largo y no llueve tan fuerte. Ahora solo hay que esperar a que suba la marea.

Hasta las siete no se desembarrancó el barco. Por entonces ya había amainado y el sol del atardecer dibujaba un ocaso luminoso. Emily intentó arreglarse el peinado con el espejo de la polvera para recuperar un aspecto decente. Se alisó las arrugas del vestido y se reunió con Robbie a los mandos del barco.

—Esperemos que arranque, porque si no estaremos en un buen aprieto.

Sin embargo, intercambiaron una sonrisa al comprobar que el motor se ponía en marcha sin problemas. Levaron el ancla y emprendieron el camino de vuelta.

—¿Podemos ir un poco más rápido? —preguntó Emily.

—Me temo que no.

Robbie intentó mover la palanca, pero la embarcación siguió avanzando con el mismo traqueteo. Al aproximarse a la desembocadura del río, se encontraron con varias barcas amarradas, lo que los obligó a hacer varias maniobras y no llegaron al muelle hasta las nueve. Ya casi había oscurecido. No había ni rastro del doctor Dawson, ni de nadie más.

Emily ayudó a Robbie a amarrar el barco y subieron los escalones resbaladizos. Cuando llegaron arriba, Emily se mordió el labio inferior.

—No sé qué hacer. Aunque pueda tomar un tren de vuelta a Tavistock, no habrá nadie que pueda llevarme a la granja. Y no quiero pasar la noche en la estación.

—Será mejor que vayamos a ver si queda alguna habitación libre en la pensión —dijo Robbie.

Emily dudó.

—Sí, pero ¿cómo lo pago?

—No te preocupes por eso. Me he pasado tres meses ingresado en el hospital, por lo que apenas he gastado ni un penique. Además, el dinero es una de las cosas de las que no tendrás que preocuparte en el futuro. Vengo de una familia de posibles. La lana es un negocio próspero. No te faltará de nada. Y si compro el avión del que te he hablado, podré llevarte a ver el océano siempre que quieras.

Emily se rio.

—Oh, Robbie, todo eso que me dices parece un sueño. — Entonces se le borró la sonrisa de la cara—. Pero, de momento, creo que me enfrento a un buen problema. Y tú también.

—Memeces. No les quedará más remedio que aceptar que tuve un problema con la embarcación. Siempre he tenido un buen comportamiento. No he intentado escaparme, como alguno de mis compañeros. —Le rodeó la cintura con las manos—. Y tu arpía lo entenderá. No ha sido culpa nuestra. No sabíamos que bajaba tanto el nivel del agua con las mareas.

Emily asintió, pero no se mostraba tan convencida como él. Regresaron juntos a la pensión, donde la dueña se rio de su desventura.

—Válgame Dios. ¿No sabíais que la marea convierte las orillas del río en bancos de lodo?

109

—Robbie se ha criado en el interior, a cientos de kilómetros de la costa —dijo Emily—. Hasta hoy nunca se había puesto a los mandos de un barco y yo nunca había navegado por este río.

—Bueno, no os preocupéis, lo más grave es que has perdido el tren de vuelta a casa. Por suerte tu habitación aún está vacía. ¿A qué hora quieres desayunar por la mañana?

—Ah, me temo que tendré que irme antes del desayuno —respondió Emily—. Debo tomar el primer tren o me caerá un castigo aún más severo.

—Entonces no te cobraré el desayuno —afirmó la mujer, que los miró a ambos con cariño—. De hecho, ¿sabes qué? No te cobraré nada. Y si el caballero deseara pasar la noche aquí… siempre cabe la posibilidad de que no me percate de su presencia.

Se rieron con incomodidad, pero Robbie se apresuró a añadir:

—Es muy amable de su parte, pero yo también debo regresar al hospital. Solo le pido que cuide de mi prometida. ¿Lo hará?

—¿Ahora es su prometida? —preguntó la mujer.

—Así es. Nos casaremos en cuanto finalice la guerra.

—Pues rezo para que eso ocurra en breve —dijo la mujer con un hilo de voz—. Esta maldita guerra ha segado la vida de demasiados jóvenes. Que Dios os bendiga a los dos.

Emily acompañó a Robbie a la calle.

—No soporto tener que despedirme de ti —le dijo—. Cuídate mucho y nada de heroicidades. No aceptes misiones peligrosas a menos que te obliguen. Y escríbeme.

—Lo haré siempre que pueda, te lo prometo. Tú cuídate también. Y te enviaré el anillo en cuanto lo compre. A lo mejor encuentro uno bueno en Francia. —La miró con ternura, le apartó el ala del sombrero y la besó.

—Adiós, querida —dijo.

Emily reprimió las lágrimas mientras veía cómo desaparecía en la noche.

Capítulo 14

La señorita Foster-Blake la observó impasible mientras se aproximaba a la granja.

—¿Qué puede decir en su defensa? Creía que podía confiar en usted. De lo contrario no le habría concedido el permiso. Menudo ejemplo le está dando a las chicas que no son de su condición.

—Lo siento mucho —se disculpó Emily—. Fuimos a dar un paseo en barco y no sabíamos que los ríos también tienen mareas. Nos quedamos varados en el lodo durante horas, en una tormenta horrible, y cuando logramos regresar a Plymouth, me di cuenta de que no podía volver a la granja.

—Una buena excusa para pasar la noche con un joven —le espetó la señorita Foster-Blake, fulminándola con la mirada.

—De ninguna de las maneras —replicó Emily—. Me reservó una habitación en una pensión y él regresó al hospital donde lo están tratando. Él también estaba preocupado por las posibles repercusiones de lo ocurrido.

—Ya veo —afirmó con un deje de comprensión—. Bueno, imagino que es lógico que no conozca el efecto de las mareas.

—Tendría que habernos acompañado el dueño de la embarcación, un médico del hospital —dijo Emily—, pero le surgió una emergencia en el último momento. De lo contrario no... —Dejó la frase a medias. De lo contrario Robbie no le habría hecho el amor y no le habría pedido matrimonio.

Su vida había cambiado de arriba abajo por un pequeño detalle. Intentó mantener la expresión de arrepentimiento y disimular la sonrisa.

—Imagino que no habrá desayunado —afirmó la señorita Foster-Blake—. Vaya a por una tostada con mermelada y luego póngase la ropa de trabajo mientras busco a alguien que pueda llevarla con sus compañeras.

A solas en el dormitorio, Emily se quitó la ropa arrugada y se puso el uniforme. Robbie ya debía de estar de camino a Dover para cruzar el canal. Forzó una sonrisa cuando la furgoneta la dejó en el campo de patatas. Sus compañeras dejaron lo que estaban haciendo al verla aparecer.

—Mirad quién ha llegado —exclamó Maureen—. ¡El regreso de la pecadora pródiga! ¿Has pasado la noche fuera? Y yo que te creía pura como la nieve.

Emily se ruborizó.

—Si tanto te interesa, que sepas que nos sorprendió una tormenta y varamos en un banco de lodo —replicó—. Cuando volvimos al puerto, ya era demasiado tarde para tomar un tren, así que mi novio me reservó una habitación en una pensión...

—Ya lo creo —la interrumpió Maureen, dándole un codazo a Ruby—. Han pasado la noche en un hotel, ¿has visto, Ruby?

—No ha sido como lo cuentas —se defendió Emily, ruborizada—. Me acompañó a una pensión y él regresó al hospital. Hoy ha tomado un tren para volver a Francia.

Tragó saliva para contener el llanto.

—Ten un poco más de delicadeza, Maureen —le advirtió Alice—. ¿No ves lo disgustada que está? Su chico ha regresado al frente. No te preocupes, querida. —Le estrechó los hombros—. Venga, nosotras nos encargaremos de que no pienses todo el día en él.

Emily la miró y sonrió.

—Qué mala eres —le dijo.

—Pero al menos te he hecho sonreír —se defendió Alice—. De modo que te lo has pasado bien, ¿no?

—Ha sido de cine. —Respiró hondo—. Y, para colmo, me ha pedido matrimonio.

—¿Estás comprometida? —preguntó Daisy, emocionada.

Emily asintió.

—Mi más sincera enhorabuena, Emily —la felicitó la señora Anson—. Me alegro mucho por ti.

—Pero ¿no es australiano? —preguntó Alice.

—Así es. Y cuando acabe la guerra nos iremos a vivir allí.

—¿A Australia? —Ruby la miró aterrada—. Pero eso está lejísimos. Y con los canguros y todo eso…

—No me importa. Estaré con él, eso es lo que cuenta. Además, Robbie me ha dicho que falta poco para que acabe la guerra. Recibe las últimas noticias de la marina. La ofensiva que han lanzado los alemanes ha sido un último intento a la desesperada para detener el avance de los Aliados. Cree que habrá acabado antes de Navidad.

—Dios te escuche —dijo Maureen—. Cuatro años de nuestra vida echados a perder.

—Y miles de hombres que la han perdido —afirmó la señora Anson en voz baja.

—Ahí viene el viejo gruñón —les advirtió Daisy—. Será mejor que nos pongamos a trabajar o…

Siguieron recogiendo las patatas. La lluvia dificultaba aún más la tarea de trabajar la tierra roja y tuvieron que turnarse para arrancar las plantas con la horca.

—Nunca pensé que preferiría ordeñar vacas o atender los cerdos, pero en comparación con esto me parece pan comido —dijo Daisy, que arrancó una planta mientras las demás se agachaban para recoger los pequeños tubérculos.

—A las vacas hay que ordeñarlas a las cinco de la mañana —señaló Alice.

—Ya estoy acostumbrada a eso —respondió Daisy—. En la mansión siempre me levantaba a esa hora. —Se acercó a Emily—. ¿Dónde crees que celebraréis la boda? ¿En tu casa de Devon?

La pregunta le trajo a la memoria el enfrentamiento con sus padres. Estaba convencida de que su madre jamás aceptaría su matrimonio con Robbie.

—No lo creo. En realidad, no lo sé. Iremos paso a paso.

—¿Te dio un anillo? —preguntó Maureen.

—Fue todo un poco precipitado —afirmó Emily—. No venía con la intención de pedirme matrimonio porque creía que yo no querría mudarme a Australia. Pero luego me dijo que no podía vivir sin mí. Por eso no tenía el anillo preparado. Intentará enviarme uno, pero no sé si podrá hacerlo desde el frente. Tendré que esperar a que vuelva. No me importa.

Sin embargo, al cabo de dos días llegó un pequeño paquete. Le estaba esperando con el resto del correo en la mesa del recibidor cuando volvieron del campo. Las demás compañeras la rodearon.

—¡Venga! ¡Ábrelo! —la apremiaron.

Emily habría preferido abrirlo en privado, pero no podía decepcionarlas. Dentro había una carta.

> Mi querida Emily:
> He tenido un par de horas libres en Dover, a la espera de embarcar. Algunos compañeros aprovecharon para ir a comprar cigarrillos. No tuve tiempo de ir a una joyería de verdad, pero vi este anillo en el escaparate de una casa de empeños y pensé que era una buena opción hasta que podamos comprar uno juntos.

Emily abrió la cajita. Era un anillo de oro con varios rubíes engastados. Lo sacó y se lo puso con dedos temblorosos. Las demás lanzaron un suspiro de felicidad.

—¿Verdad que es bonito? —Levantó la mano para mostrárselo.

—Has conseguido un buen partido, Emily —la felicitó Alice.

—Ojalá tuviera yo tanta suerte —afirmó Maureen en un deje soñador—. Creo que tendré que ir a verte a Australia para que me presentes a alguno de sus amigos.

—Viviremos en mitad de la nada, en una granja. No creo que te resultara muy divertido.

—Bueno, tal vez no me interese tanto la granja, que bastante habré tenido con esta. ¿Cuántas patatas más puede haber en el mundo?

—Quizá llegue algo peor después de esto —replicó Maud con tristeza.

—¿Hay algo peor que pasarse el día recogiendo patatas? —preguntó Maureen.

—¿Limpiar cerdos?

Todas asintieron.

—He oído que a finales de semana se acabará nuestra estancia aquí —afirmó la señora Anson.

Emily se fue discretamente al dormitorio. Se sentó sin apartar la mirada de la alianza, se la quitó, la guardó en la cajita y la metió debajo de la almohada. No quería correr riesgos innecesarios y ponérsela mientras trabajaba en el campo.

Granja Perry, Devon
8 de agosto de 1918

Estimada Clarissa:

Lamento que haya pasado tanto tiempo desde mi última carta, pero hemos tenido que trabajar de sol a sol, sin tiempo para un respiro, y menos aún para escribir. Cuando regresamos a la granja, después de pasarnos doce horas trabajando en el campo, apenas tenemos fuerzas para comer el estofado o la empanada de carne que nos espera, y caemos rendidas de sueño enseguida.

Sin embargo, por fin hemos recogido la última patata y hemos pasado a algo nuevo. ¡Ahora nos toca el heno! Estamos aprendiendo a manejar la guadaña, que tiene un aspecto aterrador. Un movimiento en falso y podemos rebanarnos el pie a la altura de los tobillos. Luego toca rastrillar y amontonar el heno en el almiar. De hecho, es el granjero el que se encarga de esta última parte. Es mucho más agradable que el anterior, un auténtico gruñón, aunque no puede evitar que se le escape la risa al ver nuestra poca maña.

Por fin tengo una buena noticia que me muero de ganas de compartir contigo: Robbie me pidió matrimonio y le dije que sí. Nos casaremos en cuanto se licencie y me iré a vivir con él a Australia. Y respondiendo a la pregunta que no te atreves a formular: no, mis padres no lo saben, y si lo supieran tampoco me darían su permiso. Me han dejado muy claro lo que piensan de él. Me aterra la posibilidad de no volver a verlos, pero tenía que elegir y he escogido al hombre que me ama.

Quiero que seas mi dama de honor, cómo no. O tal vez podríamos organizar una boda doble cuando te cases con tu teniente Hutchins. ¿Te escribe religiosamente? Robbie no es que se prodigue mucho, pero entiendo que no pueda decirme qué está haciendo. Además, el correo del frente no llega siempre a Inglaterra.

De modo que aquí estoy, contando los días que faltan para su regreso. Como tú, imagino. Una de las chicas de aquí ha comprado una cámara Brownie y ha tomado varias fotografías de nosotras segando el heno. Cuando las hayamos revelado, te enviaré una para que veas cómo me he convertido en una fornida campesina.

Cuídate mucho.

Tu amiga,

Emily

Capítulo 15

La siega del heno coincidió con una temporada de sequía. Tras el bautismo de fuego de las patatas, el nuevo trabajo ya no les parecía tan duro. Incluso se reían y cantaban mientras se afanaban en el campo. La mujer y las hijas del granjero les llevaban empanadas y jarras de limonada. Alice, que conocía los *music halls* de Londres, cantaba las canciones más picantes de Marie Lloyd.

—«Oh, vosotras no conocéis a Nellie como yo, cantaba el pajarito malo, desde el sombrero de Nellie».

Daisy y Ruby se sonrojaron, pero las demás se pusieron a reír y se unieron en el estribillo. Hasta se animó la señora Anson, que no había oído canciones como esa en toda su vida. Emily se dio cuenta de que estaba viviendo una de las épocas más felices de su vida. Su alegría era inconmensurable cuando recibía una carta de Robbie. Como le había dicho a Clarissa, no tenía madera de escritor, pero al menos su tono siempre era optimista. Lo estaban adiestrando para pilotar un bombardero Vimy, mucho más grande que los aviones de combate a los que estaba acostumbrado. No le había costado demasiado dominarlo, y estaba pensando que sería perfecto para llevárselo a Australia y transportar mercancías y pasajeros.

Cuando Emily se tumbó en la cama, se imaginó a sí misma en un paisaje rojo vacío, despidiéndose de Robbie mientras este despegaba a bordo de su avión. ¿La devoraría el miedo a que le ocurriese algo? ¿Se sentiría sola? Las dudas amenazaban con hacer mella en su felicidad, pero las desechó de inmediato. Iba a convertirse en la señora de Robert Kerr y con eso le bastaba.

Cuando hubieron segado y amontonado todo el heno en los almiares, y como no parecía que fuera a llover, el granjero celebró una fiesta. Sirvió sidra y asaron salchichas en una hoguera. Cantaron *Keep the Home Fires Burning* y *Pack Up Your Troubles in Your Old Kit Bag* junto al fuego.

—Me pregunto adónde nos destinarán ahora —le dijo Daisy a Emily en el trayecto de vuelta al centro de adiestramiento, en la parte posterior de una furgoneta.

—No lo sé. Se acerca el final de la temporada, ¿verdad? Vete a saber qué harán con nosotras cuando llegue el invierno y ya no crezca nada en los campos.

—Imagino que nos mandarán a casa —afirmó Daisy—. No querrán seguir pagándonos y alimentándonos cuando llegue el invierno y no haya nada que hacer.

Emily no podía decir que no tenía adónde ir.

—Ya se nos ocurrirá algo —dijo.

Sin embargo, esa noche, en la cama, le costó conciliar el sueño y se pasó un buen rato mirando el techo. ¿Y si la guerra se prolongaba y aún tardaban un año en licenciar a Robbie? ¿Adónde iría ella? ¿Qué haría? Era poco probable que sus padres se mostraran dispuestos a acogerla.

A la mañana siguiente, esperaron a conocer su destino. La señorita Foster-Blake llegó cuando aún estaba comiendo las gachas del desayuno.

—El granjero me ha dicho que está satisfecho con el trabajo que han realizado. Muy satisfecho. Enhorabuena. Estoy muy orgullosa de esa actitud y ustedes también deberían estarlo. Y como no hemos recibido más solicitudes que requieran de sus servicios en un futuro inmediato... —Hizo una pausa.

—¿Nos vamos a casa? —preguntó Ruby emocionada.

—No, Ruby, quiero que aprovechen el tiempo para prepararse mejor. No tuvieron tiempo de completar el curso, de modo que les quedan varios temas pendientes. El cuidado de las ovejas, por ejemplo. Y los métodos para mejorar la calidad de la tierra...

Se oyó un suspiro generalizado.

—Se refiere a repartir estiércol —murmuró Maud.

—Prepárense para empezar a trabajar dentro de veinte minutos —dijo la señorita Foster-Blake, que añadió en voz baja—: Me gustaría hablar con usted en privado, señorita Bryce.

A Emily se le formó un nudo en la garganta. ¿Había hecho algo mal? Entonces se le ocurrió algo peor: había recibido noticias de Robbie. Apenas tenía fuerzas para seguir a la mujer. Cuando salieron al pasillo, la señorita Foster-Blake se volvió hacia ella.

—Hemos recibido una petición poco corriente, señorita Bryce. ¿Conoce a lady Charlton?

Emily reaccionó con sorpresa.

—¿Lady Charlton? Me temo que no.

—Pensé que tal vez habían frecuentado los mismos círculos.

—A pesar de los intentos de mi madre, no solíamos mezclarnos con la nobleza.

—No importa. Como le he dicho, hemos recibido una petición. Lady Charlton posee una finca no muy lejos de aquí, en los confines de Dartmoor, en Bucksley Cross. Sus jardineros han sido llamados a filas, por lo que la finca se encuentra en un estado agreste. Nos ha pedido si podía contar con alguna de nuestras chicas para que devuelva la finca a su antigua gloria. Y he pensado en usted, claro. Es buena trabajadora, aprende rápido y sabe comportarse ante alguien de su clase. Me gustaría que seleccionara a dos compañeras para que la acompañen. Escoja a dos chicas que también sepan esforzarse y comportarse en público.

—Alice y Daisy —dijo Emily sin pensárselo.

La señorita Foster-Blake enarcó una ceja.

—Me sorprende su elección. ¿No prefiere a la señora Anson, más afín a usted?

—Alice y Daisy no tienen nada, necesitan sentirse valoradas.

—Ah, sabia decisión. —Asintió en un gesto de aprobación—. Veo que tiene dotes de liderazgo como su padre, señorita Bryce. Muy bien. Pues que sean Alice y Daisy. Vaya a buscarlas. Tienen media hora para preparar el equipaje. Lady Charlton enviará un coche.

—¿Nos alojaremos en su casa? —preguntó Emily.

—Así es. Si no he entendido mal, dormirán en una casita, pero comerán en la casa grande. Cuando lleguen, el mozo les mostrará dónde pueden encontrar todas las herramientas necesarias. De modo que ya sabe, a trabajar mucho y déjenos en buen lugar.

—No se preocupe, lo haremos —le aseguró Emily, que fue a buscar a Alice y Daisy. Ambas la siguieron asombradas.

—Eh, que aún no había acabado de desayunar —se quejó Alice—. Se me enfriará la avena.

—No hay tiempo para eso —dijo Emily—. Nos han encargado una tarea nueva. Vamos a trabajar en la finca de una familia noble.

—¿Solo nosotras? —Daisy miró al resto del grupo, que seguía comiendo.

Emily asintió.

—La señorita Foster-Blake me ha pedido que elija a un par de chicas para acompañarme.

—¿Y nos has escogido a nosotras? —A Daisy se le iluminó el rostro.

—Lo he hecho porque ambas sois excelentes trabajadoras y porque nos llevamos bien.

—Qué buena eres, Emily —dijo Alice—. Eres un auténtico cielo. Entonces, ¿vamos a codearnos con la aristocracia? Caray…

—No me deis las gracias hasta que no lo hayáis visto todo —le advirtió Emily—. Puede que no sea un trabajo nada fácil.

—¿Qué puede tener de difícil adecentar un jardín? —preguntó Alice entre risas.

—No cultiva patatas, ¿verdad?

Al cabo de veinte minutos llegó un Daimler. Las demás chicas se arremolinaron en torno a Emily, Daisy y Alice mientras las jóvenes metían sus bolsas en la parte posterior y un chófer bastante mayor se encargaba de sujetarlas con correas.

—Qué suerte tienen algunas... —afirmó Ruby—. Vosotras estaréis en una mansión, con buena comida, mientras nosotras nos quedamos aquí, con las ovejas y el estiércol.

—Dormiremos en una casita, Ruby —replicó Emily—. Y seremos tres trabajadoras más, como cualquier peón, pero sin ovejas, claro.

Las demás se rieron.

—Puede que haya algún lacayo guapo —dijo Maureen—. Emily ya tiene prometido, ¡pero tú a lo mejor tienes suerte, Daisy!

—De eso nada, gracias. Ya tengo experiencia en casas señoriales y los consiguientes dramas. Pero no me importaría casarme con un chico de pueblo, si es que vuelve alguno del frente.

Sus palabras provocaron un incómodo silencio.

Al final, Maureen logró arrancarles unas risas.

—Si no vuelven, me acompañáis a Canadá para arrimarnos a un fornido leñador, ¿eh?

—Yo estoy pensando en ir a Canadá —confesó la señora Anson y todas la miraron con sorpresa—. Allí tengo una hermana y en Inglaterra ya no me quedará nada cuando finalice la guerra.

—Ya pueden subir —dijo el chófer, con una mueca de disgusto—. No deben hacer esperar a la señora.

Sus compañeras las despidieron con la mano, observando mientras se alejaban. El Daimler tomó un camino que atravesaba campos de ovejas y vacas, hasta que Dartmoor apareció ante ellas, con sus colinas sombrías salpicadas de afloramientos rocosos y grupos de pinos esculpidos por los fuertes vientos. Antes de llegar al páramo, doblaron por un sendero estrechísimo, bordeado por altos setos. Cruzaron un arroyo por un viejo puente de granito y en ese instante un recuerdo acudió a la mente de Emily, una excursión familiar a Dartmoor, a un lugar muy parecido a ese. Debía de tener cuatro o cinco años como mucho. Fred tenía diez. Ella, siempre aventurera, saltando de una pasadera a otra para cruzar el arroyo hasta que resbaló y cayó al agua. Sin embargo, su hermano mayor acudió al rescate de inmediato, la cogió en brazos y la llevó a la orilla. Ella cerró los ojos para controlar el dolor y cuando los abrió de nuevo vio el pueblo.

—Caray —murmuró Alice.

—Parece salido de un libro ilustrado —admitió Daisy.

A Emily la embargó una sensación de felicidad. El pueblo enclavado en la linde del páramo, con una imponente colina de fondo y una manada de ponis salvajes perfilados sobre el horizonte. El pueblo en sí se alzaba sobre un prado con una cruz celta en el centro. A un lado del prado había una hilera de casitas con el tejado de paja, y al otro un pub llamado Red Lion, cuyo cartel se balanceaba a merced del viento. En un extremo se alzaba una iglesia con un campanario de base cuadrada. El camino se perdía detrás de las casitas, entre dos columnas de granito y un sendero curvo que conducía a una gran casa de piedra gris. La fachada era sencilla, sin demasiados adornos, aparte de un porche. A un lado, la enredadera trepaba por la pared, con las hojas teñidas de rojo sangre. Los pinos silvestres de detrás protegían la casa de los fuertes vientos de Dartmoor y a su alrededor se extendía un terreno silvestre, un jardín descuidado con arbustos salvajes y arriates plagados de malas hierbas.

—Caray —murmuró de nuevo Alice, aunque en esta ocasión sin entusiasmo.

Emily asintió.

—Ya veo que no nos faltará trabajo.

Cuando se acercaron, se abrió la puerta principal y apareció una anciana de aspecto frágil. Vestía de negro de pies a cabeza, con un cuello alto y un chal bordado con cuentas sobre el vestido. Tocada con una cofia de encaje negro, utilizaba un bastón de ébano. Emily aprovechó para observarla con detenimiento y enseguida aventuró que no era tan frágil como parecía, ya que lucía una expresión de sumo desdén y altanería.

—Aquí estáis. Ya empezaba a preguntarme si habíais sufrido un accidente. Solo son ocho kilómetros, ¿verdad? —preguntó con un deje muy adecuado para su gesto altivo.

—Aún no estaban preparadas —dijo el chófer, con un acento de Devon muy marcado—. Y me ha llevado mi tiempo asegurar el equipaje.

—No importa —dijo la mujer mientras bajaban del vehículo—. Soy lady Charlton. Bienvenidas a Bucksley House. Confío en que podréis devolver mi jardín a su antiguo esplendor.

—Nos esforzaremos al máximo —murmuraron Emily y Alice al unísono.

—Fantástico. Simpson os mostrará dónde guardamos las herramientas de vuestro oficio y luego os acompañará para que dejéis las bolsas en la casita. Instalaos y luego poneos manos a la obra de inmediato. ¿Está claro?

—Sí, milady —murmuraron las tres.

A pesar de su aspecto raquítico, Emily se sentía intimidada por la anciana.

—Por aquí, señoras.

El chófer las guio hasta un grupo de pequeños edificios que resultaron ser establos, aunque ya no estaban ocupados por los caballos, sino que se empleaban como garaje para el vehículo. Al final se encontraba la sala de los arreos, que albergaba un cortacésped antiguo y un estante para palas, horcas, azadas y rastrillos.

—Supongo que tendrán que segar la hierba antes de cortarla —dijo el chófer—. ¡Aunque dudo que sepan manejar una guadaña! —afirmó entre risas.

—Pues da la casualidad de que ayer mismo segamos un campo de heno —replicó Emily—. No se nos da nada mal la guadaña.

—¡Que me aspen! —confesó el anciano—. Las ayudaría encantado, pero el reúma me impide realizar esfuerzo físico. No obstante, he intentado ayudar a milady en todo lo que he podido desde que llamaron a filas a todos los jóvenes.

—¿Es usted el único hombre que ha quedado en la finca? —preguntó Alice.

Simpson soltó un gruñido.

—Así es. Soy chófer, peón, limpiabotas... hago lo que sea necesario. Debería haberme jubilado hace ya varios años. Tengo setenta y siete, pero no puedo dejar a la señora en la estacada, ¿no creen?

—Es usted muy considerado, señor Simpson —dijo Emily.

El hombre la miró con interés.

—Y usted también, si no le importa que se lo diga. Las chicas de su clase no deberían trabajar en el campo.

—Pues a mí me gusta —replicó Emily—. Es mejor que pasarse el día encerrada en casa sin hacer nada.

—Tiene toda la razón. Mi mujer da gracias a Dios a diario cuando me ve salir por la puerta todas las mañanas. —Señaló con la cabeza a las otras dos—. Vamos, suban al coche y las llevaré a la casita. Hay un trecho.

Tomaron un camino lleno de surcos, detrás del huerto, donde crecían verduras y varios arbustos frutales.

—Intento atender bien el huerto para que no le falte comida a la señora. Antes la granja nos ofrecía alimentos de sobra. Había diez hombres trabajando en ella, pero ahora están todos en el frente, excepto el capataz y un par de chicos, por lo que solo podemos tener un par de vacas y algunas gallinas.

Habían llegado al final de la finca, cerca de la iglesia y de una antigua escuela de piedra algo decrépita. Simpson bajó para abrir una verja y continuaron.

—Ya estamos —dijo—. Cragsmoor Cottage. No es muy bonito, pero bien vale para resguardarse de la lluvia.

No se parecía en nada a las casitas de techo de paja que había visto junto al prado comunal. Era un edificio de piedra cuadrado que parecía copiado del dibujo de un niño: dos ventanucos a ambos lados de la puerta, con la pintura desconchada. Estaba rodeada de un muro alto de piedra y tenía un jardín asilvestrado.

—Muy bien, ya pueden coger sus cosas —indicó Simpson, soltando las correas del equipaje. Empujaron la verja y avanzaron entre dos setos hasta la puerta, que se abrió con un crujido estremecedor. El interior era frío y húmedo. Permanecieron inmóviles observando el entorno.

—Las dejo para que se organicen. —Simpson se puso en marcha—. No se demoren más de la cuenta, la señora espera que se pongan a trabajar de inmediato. Pueden recoger la ropa de cama cuando vayan a comer a la casa. Ya conocen el camino.

—Iba a decir que he visto casas peores, pero no sería del todo cierto —afirmó Alice.

—Desde luego, es un lugar desolador —concedió Emily.

Se encontraban en lo que había sido la sala de estar. Había un par de sillas de madera destartaladas, una mesa cubierta con un mantel desteñido y una gran chimenea. El suelo era de pizarra. Las vigas eran de roble oscuro y unas cortinas raídas decoraban las ventanas. En la parte posterior había una cocina de hierro forjado, un caldero y un fregadero, y al otro lado se veía un dormitorio con una cama de latón. Unas escaleras muy empinadas y estrechas conducían al desván, donde un tabique separaba una pequeña habitación. La otra estancia era una especie de despensa con el suelo desnudo y varias piezas de muebles rotos. El techo del dormitorio era abuhardillado, por lo que solo podían estar de pie en el centro. En la pared lateral había una pequeña ventana con vistas al pueblo.

—No quiero ser aguafiestas, pero no hay cuarto de baño ni retrete —dijo Daisy, que subía las escaleras detrás de sus dos compañeras.

—He visto un caldero en la cocina —afirmó Alice con alegría—. Podemos calentar agua para lavarnos, pero ¿no hay retrete? A lo mejor está fuera.

Salieron a comprobarlo y vieron que era una especie de anexo que habían construido junto a la puerta trasera.

—Yo no vendré aquí de noche —dijo Alice—. Espero que haya bacinillas.

—¿Bacinillas? —preguntó Emily, confundida.

—Orinales —respondió Alice con una sonrisa—. Imagino que tú nunca habrás tenido que usarlos porque habrás podido disfrutar toda la vida de las maravillas de la fontanería moderna, pero las demás estamos acostumbradas a las bacinillas.

—Cielos —murmuró Emily al pensar en la posibilidad de tener que utilizar un orinal en presencia de otras mujeres.

—Bueno, será mejor que nos pongamos manos a la obra si no queremos oír a la anciana —dijo Alice—. Venga, basta de escurrir el bulto.

Subieron la colina hasta la casa.

—¿Por dónde empezamos? —preguntó Daisy.

—Creo que sería mejor comenzar con el césped —dijo Emily—. Llevamos unos días con buen tiempo y conviene cortar la hierba mientras esté seca.

—A mí no se me daba nada bien manejar la guadaña —adujo Alice—. Estuve a punto de rebanarme los pies un par de veces.

—A Daisy sí, ¿verdad? —preguntó Emily—. Enseguida le cogió el tranquillo.

—Sí, no se me daba mal —admitió ruborizada por el elogio.

—De acuerdo, pues Daisy a la guadaña, y nosotras nos encargaremos de rastrillar y amontonarla. Luego nos turnaremos con el cortacésped. Creo que tendremos que manejarlo por parejas, parece muy pesado.

Como se temían, el cortacésped pesaba como un muerto. Simpson les había dicho que lo había engrasado, pero aun así tenían que empujarlo entre dos para que no se atascara en las malas hierbas. Trabajaron sin descanso durante un par de horas y cuando el reloj de la iglesia dio las doce ya habían logrado segar el césped de la zona delantera.

—Me pregunto a qué hora sirven el almuerzo —dijo Daisy—. Tengo un hambre canina.

—Vamos a preguntarlo —propuso Emily.

Las tres se dirigieron a la puerta principal y llamaron al timbre. Les abrió una mujer menuda, de rostro afilado y vivaz, con el pelo rubio surcado de canas. Sus ojos oscuros y pequeños las observaron con nerviosismo.

—Sí, ¿qué queréis? —preguntó.

—Veníamos a preguntar si ya es la hora del almuerzo —dijo Emily—. Somos las jardineras que hemos venido a trabajar para lady Charlton. Nos han dicho que se comía en la casa grande.

—Ya sé quiénes sois —replicó la mujer—. Qué descaro… Mira que llamar a la puerta principal. Tenéis que dirigiros a la entrada de servicio. No pienso permitir que me manchéis de barro el suelo limpio.

—Ah, lo siento —se disculpó Emily, ruborizada.

Se dirigieron a la parte posterior de la casa, donde vieron una puerta abierta.

La mujer las estaba esperando.

—Limpiaos bien los pies en el felpudo —les ordenó—. Los limpiabarros están a la izquierda.

—No nos hemos manchado mucho de barro —dijo Emily—. Apenas ha llovido últimamente y la hierba estaba muy seca.

—Muchas gracias por la información, doña sabelotodo —replicó la mujer—. Entrad. Os he dejado pan y queso en la mesa de la cocina.

—¿Es usted la cocinera? —preguntó Emily, intentando fingir amabilidad.

—Soy la señora Trelawney, el ama de llaves —respondió—. Aunque en los últimos tiempos me he visto obligada a cocinar para la señora y atenderla en todo lo demás. Solo tenemos una doncella, Ethel, y también ya va para mayor. Pero actualmente la señora es la única inquilina de la casa, por lo que la mayoría de las estancias están cerradas.

—Un placer conocerla, señora Trelawney —dijo Alice—. Soy Alice Adams y estas son Daisy y Emily. Le estamos muy agradecidas de que nos haya preparado el almuerzo.

La estrategia pareció surtir efecto, ya que el ama de llaves adoptó un gesto más afable.

—Sé que os han encomendado un trabajo muy duro. Creo que a lo mejor queda un poco de empanada de cerdo para acompañar el queso, y también algo de repollo encurtido que preparé antes de la guerra.

Acompañaron la comida con una taza de té.

—También necesitamos ropa de cama para la casita —dijo Emily—. ¿Tenemos que pedírsela a usted?

—Luego iré a ver qué tenemos en el armario de la ropa blanca y os lo tendré todo preparado a la hora de la cena, a las seis —dijo la señora Trelawney—. Tenéis que presentaros bien arregladas y puntuales porque debo servir a la señora a las siete y media y no quiero que andéis enredando a esas horas.

—Si yo fuera la señora de la casa, no me gustaría vivir con esa mujer —murmuró Daisy mientras regresaban al jardín—. Tiene un gesto tan avinagrado que podría agriar la leche.

—No ha sido muy amable que digamos —afirmó Emily—. Y yo que creía que agradecería algo de compañía después de pasarse todo el día aquí sola.

Regresaron al jardín para seguir cortando el césped y a las seis de la tarde había logrado un notable avance en la parte delantera. Para cenar tomaron pastel de carne y judías verdes del huerto de la casa, y arroz con leche de postre. Volvieron a la casita con el estómago lleno, cargando con las sábanas, mantas y almohadas.

—¿Por qué no te quedas con el dormitorio de arriba? —preguntó Alice—. Imagino que te gustará tener un poco de intimidad.

—¿Y así seré la primera en enterarme de que el tejado tiene goteras? —preguntó Emily en tono burlón.

—No lo decía por eso, sino porque Daisy y yo ya estamos acostumbradas a compartir cama. No nos importará tanto.

Emily subió al desván para hacerse la cama. La casita, en general, estaba muy descuidada y su pequeña habitación, que tenía el techo inclinado, parecía aún más fría y húmeda que el resto de la casa. Había corriente por culpa de la ventana que no cerraba bien y no había cortinas. Ni lámpara. Cuando oscureciera, no vería nada.

—Mañana tendré que pedir velas —se dijo.

Empezó a hacerse la cama, con cuidado para no golpearse la cabeza contra el techo. Cuando se dirigió al otro lado de la cama, miró por la ventana. El sol del atardecer bañaba el pueblo, que parecía de postal. No había ni un alma en las calles. A Emily le llamó la atención que estuviera tan vacío.

Le puso la funda a la almohada y dobló la sábana. Era un colchón duro y lleno de bultos. Emily suspiró y le vino a la cabeza el recuerdo de su cómoda cama con el edredón rosa. Se volvió para observar el dormitorio. El único mueble que había era la cama. Ni tan siquiera tenía una mesita para poner una lámpara o una vela. Salió del dormitorio y se dirigió a la habitación que hacía las veces de almacén con la esperanza de encontrar algo que pudiera utilizar.

En la entrada, dudó. Reinaba la oscuridad, el polvo y la humedad, y veía las telarañas que colgaban de las vigas. La ventana que había al final estaba cubierta de más telarañas, pero entraba un poco de luz. Su habitación estaba orientada hacia la puesta de sol, pero esta daba a la ladera y la penumbra avanzaba con mayor rapidez.

—Venga —se dijo a sí misma—, solo son unas cuantas telarañas. Se armó de valor y avanzó entre los trastos. No había muchos muebles. Un lavamanos agrietado, un pupitre antiguo, una pantalla de lámpara rota... todo inservible. Era una escena desalentadora. Retrocedió horrorizada al ver una figura fantasmal en el rincón. Estuvo a punto de huir con el corazón desbocado, pero hizo un esfuerzo para avanzar y soltó una carcajada al quitar la sábana y ver que se trataba de un perchero. Al menos tendría un lugar para colgar la ropa. Al intentar moverlo, rozó una telaraña. Tropezó, cayó hacia delante y estiró los brazos para amortiguar el golpe. Envuelta en una nube de polvo, descubrió que lo que había evitado la caída era un viejo baúl. Le bastaría para utilizarlo como soporte para una vela. Intentó levantarlo, pero pesaba una barbaridad. Decidió agacharse para abrirlo y el corazón empezó a latirle con fuerza. El pestillo estaba oxidado y tuvo que hacer varios intentos antes de conseguir levantar la tapa. Estaba lleno de libros, lo que le llamó poderosamente la atención, ya que era lo último que esperaba encontrar en lo que debía de haber sido la casita de un peón.

Emily arrastró el baúl hasta el rellano, donde pudo examinar el contenido con calma. Fue sacando los libros uno a uno: Dickens y Tennyson, una historia de Inglaterra y un volumen de historias sagradas que se daba como premio en la escuela dominical. Allí había vivido alguien con estudios. Entonces vio un ejemplar antiguo encuadernado en cuero marrón y sin título. Lo sacó y al abrirlo vio que era un diario, escrito a mano con meticulosa caligrafía clásica.

Ya casi había oscurecido del todo. Acercó el diario a la ventana para intentar ver algo.

Del diario de Susan Olgilvy, 10 de julio de 1858

Bucksley Cross, Devonshire

Lo he hecho. Soy oficialmente la maestra de la escuela de Bucksley Cross, en Devonshire, y me he instalado en una casita en las afueras de Dartmoor. Al otro lado del prado comunal hay varias viviendas con el tejado de paja, una iglesia con un campanario de base cuadrada muy alto y una taberna muy prometedora (si bien estoy muy segura de que no es un lugar frecuentado por mujeres, y menos aún por una maestra solterona). El director del consejo de la parroquia me acompañó hasta el pequeño edificio de piedra gris con el tejado de pizarra, construido en un jardín descuidado y dejado de la mano de Dios.

«Creo que aquí encontrará todo lo que necesita, señorita Olgilvy —me dijo—. Las señoras de la parroquia se han encargado de que la casa disponga de todas las comodidades y de amueblarla, y no han dudado en contribuir con objetos de su propio hogar».

«Es usted muy amable», le respondí, pero ahora que me encuentro sola en la diminuta sala de estar y miro a mi alrededor, debo admitir que su definición de «todas las comodidades» poco tiene que ver con la mía.

Capítulo 16

Emily fue a buscar a las demás.

—Mirad qué he encontrado, un diario personal de hace muchos años. ¿No os parece interesante?

—Trae mala suerte leer el diario de otra persona —dijo Daisy mirando horrorizada a Emily.

—¿De verdad? No lo había oído nunca.

—Es lo que me dijo Rose cuando compartíamos habitación en Moorland Hall y yo leí el suyo. Me contó que ella había leído el de su hermana y que al cabo de poco contrajo la escarlatina y casi muere. Después de eso se me cayó un balde de agua al suelo y me llevé una buena reprimenda.

—Pero esto es de 1858. La dueña del diario ya estará muerta.

—Aun así, es privado, ¿no? —preguntó Daisy.

—Entonces, ¿por qué lo dejó al alcance de cualquiera?

—A lo mejor murió —apuntó Alice.

Emily lo miró, presa de una incómoda sensación.

—De acuerdo, lo dejaré en su sitio —prometió.

—¿Qué se supone que tenemos que hacer ahora? —preguntó Alice—. Solo son las ocho y aún no tengo sueño para irme a dormir.

—Arriba hay libros —dijo Emily—. Sube a ver si hay alguno que te apetezca leer.

—No soy una gran lectora. Lo dejé cuando me expulsaron de la escuela y me mandaron a trabajar a la fábrica textil. Bueno, puedo leer los titulares de un periódico, pero poco más.

—No sabes lo que te pierdes —le aseguró Emily—. Los libros son maravillosos. Una buena historia puede trasladarte a otro mundo. Si nos ha tocado vivir en un lugar como este, podemos leer una novela ambientada en París o en una isla tropical y nos parecerá como si estuviéramos ahí.

—¿Y no podrías leernos tú? —propuso Alice.

—Podemos turnarnos y así mejoraréis. —Miró a Daisy, que parecía algo incómoda, desplazando el peso del cuerpo de un pie a otro.

—Yo no sé leer. No llegué a aprender.

—Pues yo te enseñaré. Así tendremos algo que hacer después de cenar y antes de que anochezca. Además, si no aprendéis a leer no podréis llegar muy lejos en la vida.

—Tienes razón —concedió Alice—. Cuando llamaron a filas a Bill, intenté conseguir trabajo, pero no había muchas opciones para alguien como yo, que no había podido estudiar. Solo las fábricas. Durante un tiempo trabajé en una fábrica de munición, pero hubo una explosión y murieron muchas chicas y pensé: «No quiero quedarme aquí esperando a que me llegue la hora». Por eso lo dejé.

—¿Y si escogemos algo para leer? —preguntó Emily.

—De acuerdo —dijo Daisy—. Elige tú.

Se sentó en una de las sillas, pero se oyó un crujido, se rompió una pata y Daisy cayó al suelo.

—¿Estás bien? —preguntó Emily, riendo, mientras la ayudaba a ponerse en pie.

—Algo avergonzada después de hacer el ridículo de esta manera. —Daisy también estalló en carcajadas—. Por suerte llevo la bombacha, si no me habríais visto la ropa interior. Espero que las camas aguanten un poco más que esta silla.

—¡Menudo golpetazo! —exclamó Alice—. Yo pensaba que nos alojarían en un lugar algo mejor. Si solo tienen una doncella, habrá habitaciones vacías para el servicio en la casa grande, ¿no?

—Supongo que no quieren poner al resto de trabajadores en las habitaciones del servicio —dijo Emily.

—Tienes razón —concedió Daisy, que aún se estaba limpiando el polvo de la falda—. Mi padre trabajó de mozo de cuadra y vivíamos sobre los establos. Y los jardineros estaban alojados en su propia casita. No tenían permiso para entrar en la casa bajo ningún pretexto. Así son las cosas.

—Pues a mí me parece una estupidez —dijo Alice—. Ya veréis cuando los comunistas se hagan con el poder como en Rusia. Entonces pondrán a diez familias en una casa como esa.

—Cielos —exclamó Emily—, ¿de verdad crees que los comunistas llegarán al poder en Inglaterra?

—Seguramente no —admitió Alice—. Aquí somos muy sensatos, ¿no te parece? Salvo por el hecho de ir a la guerra, que no tiene sentido para nadie. Mira que declarar la guerra porque han matado a un condenado archiduque en un país de tres al cuarto. Ni que hubieran intentado invadirnos.

—Tienes razón —dijo Emily—. Creo que ha sido un grave error, pero una vez que se dio el primer paso ya no había marcha atrás.

Guardaron silencio durante unos instantes. Fuera se oían los grajos que regresaban a sus nidos de los pinos que había detrás de la vicaría.

—¿Sabéis qué quiero hacer? —preguntó Alice con súbita determinación—. Me gustaría ir al pub.

—¿Al pub? —repitió Emily asombrada—. ¿Podemos entrar las mujeres?

—Estamos en guerra, querida. No creo que ese tipo de leyes sigan vigentes. Venga, necesito un poco de alegría y salir de esta madriguera. Vamos a conocer a gente y a tomar un trago.

Tomaron el camino que cruzaba el prado comunal, hasta el pub que había al otro lado. El cartel del Red Lion brillaba con los últimos rayos del sol.

Abrieron la pesada puerta de roble y entraron en una sala de techo bajo impregnada del dulce aroma del tabaco de pipa. Las paredes estaban cubiertas de paneles de roble, teñidos de un tono casi negro tras años y años de humo. En una pared decorada con arreos de caballos había una gran chimenea. También había varios bancos de roble junto a las paredes y mesas con tableros de cristal. En un rincón había dos hombres sentados a una mesa, fumando pipas de arcilla. Uno de ellos era Simpson y el otro parecía aún mayor. Ambos alzaron la mirada y fruncieron el ceño al verlas entrar.

—Buenas noches, señoritas. ¿Qué desean? —les preguntó la mujer que estaba detrás de la barra. Tenía la cara redonda, llevaba el pelo recogido en un moño y las recibió con una sonrisa.

—Somos las labradoras que han venido a ayudar a lady Charlton —dijo Emily.

—Ya sé quiénes son, queridas —dijo la mujer—. Nuestro amigo Simpson nos lo ha contado todo sobre ustedes. Hasta sabemos que una de ustedes es de buena familia… En fin, ¿qué van a tomar?

—Yo no le diría que no a una ginebra con lima —pidió Alice.

Emily no había probado la ginebra e intentó pensar en una bebida respetable que pudiera pedir una chica en un pub. Al menos sabía que le gustaba la sidra.

—Media pinta de sidra, por favor —dijo.

—Yo lo mismo —añadió Daisy.

—Muy bien —respondió la dueña.

Los hombres no les quitaban ojo de encima.

—¿No sería mejor que fuéramos a la sala privada? —preguntó Emily—. No nos conviene disgustar a la parroquia.

—La parroquia, sí… —dijo la dueña—. Últimamente no tenemos muchos clientes que digamos, aparte de esos carcamales. Todos los hombres se han ido, incluido mi marido. No estaba obligado, el muy imbécil. —Soltó una risa de desconsuelo—. Tenía treinta y cinco años, pero me dijo: «Debo cumplir con mi deber, Nell. Inglaterra espera que cumpla con mi deber», y se fue sin más, dejándome sola en el pub.

—¿Sigue vivo? —preguntó Emily con cautela.

Una mueca de dolor le ensombreció el rostro.

—Sí, sigue vivo, pero por los pelos. Ha perdido una pierna y tiene los pulmones en muy mal estado. Está ingresado en un hospital cerca de Londres. Para ser sincera, no sé si volverá a casa. Intento ir a verlo siempre que puedo, pero no es fácil. No puedo dejar el pub, ¿verdad? No es que dé mucho dinero, pero es el único ingreso que tengo. —Mientras hablaba sirvió dos medias pintas de sidra y la ginebra con lima—. A pesar de todo, debo considerarme afortunada, o eso es lo que me dicen. La señora Soper, de la herrería, y la señora Upton, de la tienda, han perdido a los hombres. Y también ha muerto el hijo del reverendo Bingley. Y el de Mary Brierly, un golpe aún más cruel porque ella ya era viuda. —Les acercó las bebidas—. Ahí tienen, queridas. Seguro que se sienten mejor después de un trago.

Se llevaron las bebidas a la mesa más cercana y se sentaron. Al cabo de poco, la dueña se acercó con una cerveza y se sentó con ellas.

—No suelo tener la oportunidad de hablar con la clientela. Esos dos de ahí son incapaces de hilvanar dos palabras civilizadas. Y las demás mujeres… bueno, nos educaron para que no nos acercáramos al demonio de la bebida, ¿verdad? A la mayoría les da miedo que las vean en un pub. O tienen demasiado trabajo y les falta tiempo o dinero. Es una pena. Yo estoy perdiendo dinero a puñados y estoy muy cansada. —Hizo una pausa para tomar un buen sorbo de cerveza—. Antes de la guerra esto era un lugar precioso. Mi marido decía: «Tenemos una mina de oro, Nell». En verano había muchos excursionistas y gente que salía a pasar el día fuera. Además de los peones de las granjas de la zona. Sin embargo, ahora me pregunto si alguna vez regresaremos a la normalidad. —Se dio cuenta de que estaba hablando demasiado y les tendió la mano—. Me llamo Nell Lacey, por cierto.

—Alice Adams. —Le estrechó la mano—. Y estas son Emily Bryce y Daisy Watkins.

—No sois de por aquí —dijo la señora Lacey, que notó el acento *cockney* de Alice.

—¿Yo? No, soy de Londres.

—Vaya, pues estás muy lejos de casa. ¿Te gusta esto?

—Está bien, excepto la casita donde nos han alojado.

—¿Casita? ¿Dónde dormís?

—En la casa de la bruja —respondió Simpson desde su mesa.

—¡Será posible! ¿A quién se le ocurre instalarlas ahí? —exclamó la señora Lacey alarmada.

—¿La casa de la bruja? —preguntó Emily—. ¿Es así como se llama?

La señora Lacey se mostró incómoda.

—No le hagáis caso. Esa casa lleva mucho tiempo vacía porque nadie quiere vivir ahí. Hay gente que dice que está maldita, pero yo no me lo creo. Era donde vivía la maestra antes de que construyeran la nueva escuela, hace veinte años, y nombraran maestro al señor Patterson.

—En esa casa solo han vivido mujeres y todas han acabado mal —apostilló el otro hombre, levantando la mirada de la pipa. Parecía encantado de haberles comunicado esa información.

—No todas acabaron mal, señor Soper. No les meta esas ideas en la cabeza.

—¿Y qué le pasó a Goodstone? ¿Acaso no murió?

—Sí, pero fue por culpa de la tuberculosis. Cualquiera puede coger tuberculosis. Eso no tiene nada que ver con la casita.

—Y no se olvide de la bruja —añadió, señalándolas con la pipa.

—En eso le doy la razón —dijo la señora Lacey, que se volvió hacia Emily—. A una de ellas la condenaron a la horca por bruja, hace mucho.

—Qué lugar tan alegre —comentó Alice.

—Ah, pero vosotras estaréis bien —se apresuró a añadir la señora Lacey, intentando forzar una gran sonrisa—. Solo habéis venido a pasar unos días, ¿no es así?

—¿Cuánto tiempo tarda en hacer efecto la maldición? —preguntó Alice.

La señora Lacey inclinó la cabeza y soltó una carcajada.

—Menuda pregunta. Es justo lo que necesitamos por aquí, alguien que nos alegre el día.

Había oscurecido cuando las tres emprendieron el camino de vuelta a la casa. Había luna nueva y la fría luz de las estrellas apenas permitía vislumbrar las formas oscuras de los edificios y los árboles. Soplaba un viento frío que bajaba de las cumbres del páramo.

Las ramas crujían y se movían por encima de ellas.

—Espero que no nos perdamos —dijo Daisy—. Está negro como boca de lobo. ¿Habéis oído el viento?

—No te preocupes, seguro que encontramos el camino de vuelta —intervino Alice—. Pero hemos sido un poco imprudentes. Tendríamos que haber dejado una caja de fósforos al alcance de la mano. Ahora tendremos que movernos a tientas por la casa hasta que podamos encender una lámpara.

—¿Tenemos fósforos? —preguntó Emily.

—No recuerdo haberlos visto —respondió Alice—. Bueno, pues no nos quedará más remedio que movernos a tientas.

—Mañana pediré cerillas y velas —dijo Emily—. En mi dormitorio no entra nada de luz. No sé cómo esperan que baje por las escaleras si tengo que ir al retrete.

—Usa el orinal, querida ¿No tienes uno bajo la cama?

Emily no lo había mirado.

—Quizá.

—No te conviene bajar por las escaleras de noche o te partirás el cuello —le advirtió Alice.

Llegaron a la casita. El crujido de la puerta les pareció muy fuerte y siniestro, y les costó algo cerrarla por culpa del viento.

—No creo que puedas leer esta noche —dijo Alice en broma—. Cuidado con las escaleras, ¿de acuerdo?

Emily palpó las paredes del pasillo y empezó a subir, a pesar de que no le hacía ninguna gracia separarse de sus compañeras. Las oyó hablar y reír mientras se preparaban para meterse en la cama, y se golpeó la cabeza contra el techo en más de una ocasión. Entonces se desvistió y se metió entre las sábanas heladas. El viento repiqueteaba contra la ventana y gemía en la chimenea. La casa de la bruja… Solo habían vivido mujeres y todas habían acabado mal. Las palabras resonaban en su cabeza.

—Saldremos adelante —se dijo—. Solo estaremos aquí una semana, más o menos, luego Robbie volverá a casa y me iré con él a la soleada Australia.

Se imaginó a sí misma en la cama junto a él, entregada a sus dulces besos, tal como la había hecho sentir cuando hicieron el amor.

Por la mañana le escribiría para contarle la historia de la casa maldita y la visita nocturna al pub. Estaba convencida de que la leería con una sonrisa en los labios.

Capítulo 17

A la mañana siguiente el viento seguía soplando. De hecho, en el camino a la casa grande tuvieron que soportar las inclementes ráfagas.

—Entrad rápido y cerrad la puerta o no subirá el pan —les dijo la señora Trelawney.

No se molestó en saludarlas y Emily tuvo la sensación de que la cocinera estaba molesta por la carga adicional de trabajo que había supuesto su llegada. Les dio tres cuencos de avena, que parecía el desayuno por defecto allí donde iban, pero por suerte podían acompañarlo con un poco de leche y azúcar moreno, lo que lo convertía en algo más apetitoso. También había tostadas con mermelada y té de sobra, por lo que pudieron enfrentarse al inicio de la jornada laboral con el estómago lleno.

—No creo que nos convenga empujar el cortacésped con este viento —dijo Emily—. Tal vez deberíamos empezar con los parterres que hay junto al camino.

Fueron a buscar las azadas y las horcas y empezaron a arrancar las malas hierbas que habían crecido sin ningún tipo de control, lo que dificultaba aún más la tarea de conservar las flores que habían sobrevivido. Los rosales tenían varios vástagos entrelazados con enredaderas y Emily no paraba de murmurar por culpa de las espinas que se le clavaban en las manos. Cogió unas tijeras de podar y decidió que la mejor opción era cortar los tallos para empezar de cero. Acababa de dar el tijeretazo cuando oyó una voz detrás de ella.

—¡Pero ¿se puede saber qué estás haciendo?! —exclamó lady Charlton, que llevaba un chal de lana por encima del vestido negro y observaba el rosal con unos impertinentes—. Estás destrozando mis rosas.

—Lo siento —se disculpó Emily—, pero estaban tan enredadas con las malas hierbas que me ha parecido la única solución.

—No se poda así un rosal, jovencita.

—Hacemos lo que podemos —replicó Emily—. Ninguna de nosotras ha estudiado jardinería. Antes de venir nos dedicábamos a recoger patatas y segar heno. Si alguien se toma la molestia de enseñarnos, estaremos encantadas de aprender a podar como es debido.

Lady Charlton parpadeó sorprendida y frunció el ceño desconcertada al oír el acento de clase alta de Emily.

—¿De dónde has salido tú? —le preguntó, observándola con los impertinentes—. Tú no eres una chica de campo.

—Sí que lo soy —la corrigió—. Me llamo Emily Bryce.

—Cielo santo —murmuró lady Charlton—. Creía que las chicas de campo eran todas hijas de campesinos.

—En absoluto. Una de mis compañeras es de Londres, Daisy ha servido en una mansión y yo soy la hija de un juez. En nuestra cuadrilla había una bailarina de un teatro del puerto, una viuda culta de mediana edad y dos chicas que no tenían ninguna relación con la agricultura.

—Pues no me queda otra que admitir mi error —dijo lady Charlton. Levantó los impertinentes y observó con atención a Emily—. ¿Emily Bryce, dices?

—Así es, milady —respondió Emily.

—¿Sois del condado? No recuerdo haberme cruzado nunca con un Bryce.

—Mi familia vive cerca de Torquay —respondió Emily.

—¿Y dices que tu padre es juez? —preguntó la anciana sin dejar de observarla—. ¿Qué opina de que su hija trabaje en el campo?

—No le hace muy feliz —admitió Emily con una sonrisa—, pero a mí me gusta mucho.

Lady Charlton asintió, como dando el visto bueno.

—Pues te agradezco que te hayas prestado a venir a ayudarme con mi pobre jardín. Como ves, necesita cuidados desesperadamente. Ya estáis instaladas, ¿verdad? ¿Es cómoda la casa?

—Yo no me atrevería a definirla como «cómoda».

—¿Qué esperabais, el Ritz? —replicó la anciana con desdén.

—No, lady Charlton, pero no habría estado de más que tuviera algún mueble que pueda soportar el peso de nuestros livianos cuerpos. Solo hay dos sillas viejas y una de ellas se ha roto. Y no hay más muebles.

—Ya veo. Debo confesar que llevo años sin visitar la casa, pero creía que estaba amueblada. Ahora que lo pienso, hace mucho tiempo que no la habita nadie. Pedidle a Simpson lo que necesitéis y os llevará lo que no utilicemos en la casa grande.

—Gracias, es usted muy amable. Y necesitamos velas, por favor. No es muy agradable meterse en la cama en la oscuridad más absoluta.

—Creía que la señora Trelawney se habría encargado de todo eso. La avisé de que ibais a venir. Pedidle lo que necesitéis.

Emily no quería decirle que intentar conseguir algo de la señora Trelawney era más difícil que sacarle una gota de sangre a una piedra.

—Gracias —se limitó a murmurar y volvió al trabajo.

Cuando lady Charlton se fue, se le acercaron sus dos amigas.

—Bien dicho —la felicitó Alice—. He oído que le has cantado las cuarenta.

—Simpson nos traerá algún mueble más y la señora Trelawney se encargará de las velas.

—No sin dar guerra, imagino —añadió Alice.

Al final de la jornada, los parterres de la parte delantera estaban limpios y los rosales, podados. Mientras observaban sus logros, Emily dirigió la mirada hacia la casa y junto a una ventana vio a lady Charlton, que asentía en un gesto de aprobación.

Más tarde, tras dar buena cuenta de un plato de estofado de cordero con patatas, apareció lady Charlton en la puerta de la cocina. Al verla, todas se levantaron de inmediato.

—Seguid cenando, por favor —les pidió la anciana, que miró a Emily—. Me preguntaba si a esta muchacha le gustaría tomar una copa de jerez conmigo cuando haya acabado de cenar.

—Es usted muy amable, milady —dijo Emily muy incómoda porque no había invitado a las demás.

Alice, como siempre, se dio cuenta de lo ocurrido.

—No te preocupes por nosotras, querida. Nos vemos más tarde en casa.

Emily, que sentía las miradas de sus compañeras, siguió a lady Charlton. Atravesaron la parte principal de la casa, recorrieron un pasillo con mucha corriente de aire y entraron en una sala. Había un sofá y varias sillas Reina Ana dispuestas en torno a una chimenea de granito encendida, a pesar de que aún estaban en verano. Había también un decantador con jerez y dos copas en una mesita, junto al fuego.

—Sé que es una extravagancia tener la chimenea encendida en verano, pero son tan grandes las habitaciones que a mi edad siempre tengo frío. Siéntate.

—Gracias.

Emily se sentó en el borde de una de las sillas.

Landy Charlton le dio una copa.

—Estoy muy intrigada. ¿Por qué decidiste hacerte labradora?

—Porque sentía la necesidad de contribuir al esfuerzo bélico —respondió.

—No es un trabajo habitual para alguien de tu clase.

—Quería trabajar de enfermera voluntaria, pero ya habían llenado el cupo y, sin embargo, necesitaban gente para trabajar la tierra.

—¿Qué opinan tus padres de tu decisión? Supongo que no la aprobarían.

—En absoluto. —Emily esbozó una sonrisa—. Todo lo contrario. Movieron cielo y tierra para que volviera a casa.

—No obstante, te mantuviste en tus trece. Bien hecho. Todo el mundo tiene derecho a tomar sus propias decisiones.

—Yo también lo pienso, pero mis padres no. Me temo que mi comportamiento ha abierto una gran brecha entre ellos y yo.

—Seguro que cederán cuando acabe esta insensatez y puedas volver a casa.

—No lo creo. —Emily frunció los labios para intentar disimular sus emociones—. No les gusta el hombre con el que voy a casarme.

—¿Es un bribón? ¿O no es de nuestra clase?

—Nada de eso. Es un buen hombre. Amable, divertido… Y su familia tiene dinero, pero son australianos. Él no cree en la distinción de clases y no sigue nuestras reglas. Opina que no tienen ningún sentido.

—¿Y a tus padres no les parece bien?

—No. —Emily no pudo reprimir la sonrisa—. Es una pena, pero voy a casarme con él digan lo que digan.

—¿Ya has cumplido veintiún años?

—Sí, a principios de verano.

«Y parece que fue hace una eternidad, en una vida anterior», pensó Emily.

—Entonces supongo que eres dueña de tu destino y que tienes la opción de salir adelante o fracasar.

—Yo no creo que casarme con el teniente Kerr pueda considerarse un fracaso —afirmó Emily—. Casarse con el hombre al que amas es el mayor logro.

—Quizá no todo el mundo esté de acuerdo con esa afirmación. No siempre es posible alcanzar la felicidad lejos del lugar de nacimiento.

—¿Me está diciendo que usted no habría abandonado su hogar por el hombre al que amaba?

—No he dicho eso —respondió lady Charlton—. Simplemente apelo a la sabiduría convencional. No todo el mundo tiene que ajustarse a las convenciones, como tu teniente Kerr.

Uno de los troncos de la chimenea se partió y provocó una lluvia de ascuas.

—¿Vive usted sola, milady? —preguntó Emily, intentando cambiar el tema de la conversación.

—Así es —afirmó la dama con un suspiro—. Mi marido murió hace diez años. Era un buen hombre. Magnífico. Se entregaba a todos los proyectos con entusiasmo. Viajó por todo el mundo. Era un gran coleccionista. Y cuando heredó esta casa, adoptó un papel muy activo en la gestión de la granja, ayudó a mejorar los procesos de cría del ganado, de las ovejas… Le gustaba participar en todo. Estuvo presente en el parto de una oveja, una aciaga noche de primavera. Volvió a casa calado hasta los huesos, cogió una neumonía y murió. ¡Qué pena!

—Lo siento mucho —se sintió obligada a decir Emily—. ¿No tuvieron hijos?

—Solo uno, James. Era militar de carrera, oficial de la Guardia de Granaderos. Y también tuvo un hijo, mi nieto Justin. Quería que se alistara al principio de la guerra, cuando cumplió dieciocho años, pero el chico se negó. Dijo que las guerras eran un error y no contribuían a solucionar nada. Su padre montó en cólera. Se enzarzaron en una discusión a gritos y Justin se fue. Desde entonces no hemos vuelto a saber nada de él, pero nos llegaron noticias de que había acudido a la llamada del deber cuando lo reclutaron y lo mandaron a Francia. Sin embargo, no sabemos qué le ha ocurrido. Tras una ofensiva especialmente cruenta no encontraron su cuerpo, por lo que o bien estalló en pedazos o eligió ese momento para desertar. Esperamos que fuera lo primero.

—¿Prefiere que su nieto haya volado en mil pedazos en lugar de huir de la guerra?

—Desde luego, si con ello se evita la deshonra. Si desertó y lo capturaron, acabó ante un pelotón de fusilamiento. De modo que sí, rezo para que lo mataran en ejercicio del deber.

—¿Y su hijo? —preguntó Emily.

Lady Charlton desvió la mirada hacia el fuego.

—Mi hijo murió el primer año, en el Somme, encabezando una carga. Lo enterraron con todos los honores militares.

Siguió mirando la chimenea con gesto pétreo, pero con la espalda erguida y en actitud soberbia. Entonces miró a Emily.

—Me gustaría que vinieras a tomar una copa de jerez conmigo todas las noches durante tu estancia aquí. Te agradezco mucho la compañía. La señora Trelawney no posee el don de la elocuencia, solo sabe quejarse. Como vuelva a hablarme de su reúma... me pondré a gritar.

Emily se rio.

—Sería un placer tomar jerez con usted, pero me incomoda un poco que la invitación no incluya a mis compañeras. No quiero que piensen que me está dispensando un trato especial.

—¿No crees que se sentirían fuera de lugar en una sala como esta, hablando con alguien como yo? —preguntó lady Charlton, con un brillo de jocosa malicia en la mirada.

—Sospecho que tiene razón —concedió Emily.

—Pues comunícales que serán bien recibidas si desean acompañarnos. Pero doy por hecho que no aceptarán.

La anciana estaba en lo cierto.

—Yo no, gracias —dijo Alice, negando con vehemencia cuando Emily les transmitió la invitación—. No quiero sentarme en compañía de esa fiera.

—Yo tampoco —coincidió Daisy—. Me quedaría paralizada por miedo a derramar algo o decir cualquier tontería.

—No te preocupes por nosotras —prosiguió Alice al ver la cara de vergüenza de Emily—. Daisy y yo nos iremos al pub a charlar con la señora Lacey. Tú disfruta del jerez, de la compañía de la señora en ese entorno solo al alcance de la gente de bien y posibles —dijo con un acento aristocrático impostado.

De modo que eso fue lo que hizo Emily a la noche siguiente después de cenar. Descubrió que lady Charlton había viajado por todo el mundo con su marido, durante los primeros veinte años de matrimonio, que habían vivido en Suiza y en lugares tan remotos como Egipto, India y Mesopotamia, hasta que él heredó el título y la casa de un primo lejano y tuvo que regresar para convertirse en el señor de la hacienda.

—A veces maldigo al primo que murió —confesó—. Hasta ese momento, disfrutábamos de una vida trepidante. Creíamos que no podíamos tener hijos, pero entonces llegó James, cuando ambos ya estábamos entrados en años. Mi marido lo envió a un internado inglés desde muy pequeño, convencido de que era lo mejor para los niños de su clase. Sin embargo, a mí me apenaba que nunca pudiera ver a sus padres. Por eso me alegré cuando nos vimos obligados a volver a casa.

—Yo tengo muchas ganas de viajar —dijo Emily—. No veo la hora de ir a Australia.

—Nunca tuve la posibilidad de visitar esas tierras —afirmó lady Charlton—, pero me habría gustado. Ahora solo visito lugares nuevos cuando leo. —Levantó la mirada con un gesto brusco—. ¿Te gustan los libros?

—Sí, mucho —respondió Emily.

—Pues déjame mostrarte nuestra biblioteca. Ven, acompáñame.

Recorrieron el largo pasillo y cruzaron la puerta que había al final. Emily contuvo un grito de asombro. Las paredes estaban llenas de ejemplares encuadernados en cuero y las motas de polvo se mecían entre los haces del sol del atardecer que se filtraban por las ventanas. Había varias mesas vitrina dispuestas por toda la sala.

—Mi marido era un ávido coleccionista. Le interesaban desde los objetos egipcios hasta las mariposas. —Se acercó a una de las mesas y acarició el cristal—. Si te apetece leer algo durante tu estancia aquí, puedes tomar el libro que quieras de mi biblioteca.

—Ah, no creo que sea muy buena idea llevar uno de estos hermosos ejemplares a la casita —se disculpó Emily, avergonzada de solo imaginarse entrando en esa preciosa sala con su uniforme manchado de barro—. Además, he encontrado lectura en la casa.

—¿Ah, sí?

—Sí, había un baúl antiguo lleno de libros.

—Un baúl antiguo, claro... —Asintió como si sus palabras hubieran cobrado sentido—. Lo había olvidado.

—Pensaba enseñar a leer a Daisy y a Alice. Si no aprenden, no llegarán a nada en la vida.

—Os preocupáis mucho las unas de las otras. Me gusta. Creo que en los años venideros las mujeres necesitarán apoyarse mutuamente. No habrá hombres que puedan cuidar de nosotras.

Emily regresó a la casita cargada con velas y una caja de fósforos, pero cuando llegó no había ni rastro de las otras dos. Se sentó en la cama bajo la tenue luz del atardecer y escribió a Robbie con lápiz, mucho más fácil que ponerse a trastear con la pluma y el tintero. Le contó cómo era la casa principal, le habló de lady Charlton y la biblioteca, y de la casita donde dormían ellas. «Nos dijeron que estaba maldita y es cierto que resulta algo... inquietante, pero solo estaremos aquí unos días y de momento ninguna de las tres se ha convertido en rana». Intentaba darle un toque cómico a cada frase para arrancarle una sonrisa a Robbie, imaginándoselo sentado en su cama, cerca de las líneas enemigas.

Sus compañeras llegaron cuando ya se había puesto el sol y se alegraron al encontrarla echada en la cama, leyendo a la luz de una vela que había puesto sobre el viejo baúl.

—¡Velas! —exclamó Daisy—. Qué bien que ya no tengamos que movernos a tientas. Debo confesar que anoche tuve un poco de miedo, con el viento tan fuerte que soplaba. Parecía algo sobrenatural, ¿verdad? Si no hubiera tenido a Alice a mi lado habría pasado un miedo...

—Por cierto —terció Alice—, hemos tenido una conversación de lo más interesante con Nell Lacey. Es un pedazo de pan. Está preocupadísima por su marido, pero no se queja. Y no es la única. Hemos conocido a la señora Soper, de la herrería. También ha perdido a su marido y no sabe qué hará ni quién se encargará del negocio. Tiene varios hijos, pero no son lo bastante mayores para el oficio. Pero ¿sabes lo mejor? A pesar de las desgracias, nos hemos echado unas buenas risas.

—Me alegra que os lo hayáis pasado bien —dijo Emily, incapaz de resistirse a su entusiasmo

—Así es. Es una pena que no pudieras venir, pero ya vemos que has sobrevivido al jerez. —Alice la miró con compasión—. Qué valiente eres.

—Está muy sola, la pobre —dijo Emily—. Ha perdido a todos sus seres queridos y no tiene a nadie. —Vaciló y añadió—: ¿Os importaría que fuera a tomar una copa de jerez con ella todas las noches después de cenar? Le he dicho que no podía pasar mucho rato con ella porque quería empezar a daros clases de lectura para que mejoréis un poco.

—No nos importa para nada, ¿verdad, Daisy? —dijo Alice, que le dio un pequeño golpe con el codo a su amiga—. Prefiero mil veces una ginebra con lima y una buena charla antes que un jerez.

Cuando se quedó sola en su habitación, Emily observó ensimismada la luz titilante de la llama en el techo. Era una noche cálida, sin un soplo de brisa y los dulces aromas del exterior se filtraban por la ventana abierta. Oía a Alice y Daisy hablando y riéndose abajo. «No estamos tan mal aquí después de todo», pensó.

Capítulo 18

Cuando las tres volvieron del trabajo al día siguiente, vieron que habían cambiado las sillas destartaladas por tres bien resistentes. Había una alfombra en el suelo y también les habían dejado un quinqué.

—Gracias por haber hecho tan buenas migas con lady Charlton —dijo Alice—. Esta casa empieza a parecer un hogar. Si nos quedamos un poco más tendremos un sofá, una aspidistra y cuadros en las paredes.

—Ojalá tuviéramos más ropa —añadió Emily—. Este uniforme necesita un buen lavado y estoy cansada de ponérmelo. Me siento incómoda cuando tengo que sentarme en los elegantes sofás de lady Charlton.

—Me preguntó cuánto tiempo más necesitarán nuestros servicios —dijo Daisy—. No podremos hacer gran cosa en el jardín durante el invierno, ¿no?

—Y a juzgar por lo que se dice en el pub, la guerra no durará mucho más —añadió Alice—. Los alemanes se están batiendo en retirada. La señora Soper opina que querrán firmar la paz antes de final de año.

—Gracias a Dios —dijo Emily con una sonrisa. Robbie volvería, se casarían y ella por fin podría empezar una nueva vida. De pronto se le ocurrió una idea—. Deberíais acompañarme a Australia

—apuntó—. He oído que se vive de fábula. Hay comida en abundancia, brilla el sol y faltan mujeres.

—A lo mejor te tomamos la palabra —respondió Alice—. No me veo volviendo a Londres. No después de esto. No os imagináis cómo es la gente ahí, todo el mundo vive hacinado, en callejones. Eso no es vida.

—Pase lo que pase, no pienso regresar a Moorland Hall —declaró Daisy con rotundidad—. Ni aunque fuera el último lugar con vida de la tierra.

—¿Tan horrible es? ¿Peor que recoger patatas? —preguntó Emily.

Daisy asintió.

—No era el trabajo lo que me disgustaba. Me educaron para trabajar y dejarme la piel en ello. Lo que no soportaba era al amo.

—¿Era desagradable?

—No —respondió Daisy enfadada—. Siempre andaba manoseando a las criadas. Se acostó con una de las doncellas, con Millie, y cuando la familia se enteró la mandaron a otra casa. Entonces empezó a intentarlo conmigo. Una mañana me encargaron que le subiera el agua para la bañera y ahí estaba él, desnudo. Intentó agarrarme, pero me zafé. Así que no pienso volver.

—Bien hecho, claro que no. Ese cerdo asqueroso… —añadió Alice, enfadada—. No te preocupes, Daisy, Emily y yo nos ocuparemos de que no te pase nada. No te abandonaremos.

—Qué buenas sois —dijo Daisy con los ojos anegados en lágrimas—. Nunca había tenido unas amigas como vosotras. Sois una auténtica bendición.

El domingo desayunaron huevos y después fueron a la iglesia. Al llegar les sorprendió que fuera tan grande, teniendo en cuenta lo pequeño que era el pueblo. La luz se filtraba a través de las vidrieras de colores. Emily alzó la vista a los santos que les sonreían. El lugar olía a muebles viejos, velas y a las flores de los jarrones que había en los alféizares. La embargó una gran sensación de paz a medida que la luz la envolvía, como si fuera una bendición personal. Luego conocieron al reverendo Bingley, que les estrechó la mano y les dio la bienvenida.

El almuerzo fue abundante: un pastel de pescado y calabacín con una salsa blanca. La señora Trelawney se mostró más contrariada que nunca.

—Dónde se ha visto una comida de domingo sin carne asada —lamentó—. No hay ternera, ni cordero, ni cerdo. ¡Tenemos que conformarnos con un triste pastel de pescado! Un insulto, eso es lo que es.

—Está muy bueno, señora Trelawney —afirmó Daisy con un hilo de voz—. A mí me gusta mucho.

—He hecho todo lo que he podido con los ingredientes de que dispongo —concedió la cocinera—. Y de postre tenemos pastel de manzana, hecho con las de nuestro huerto.

Después de comer, decidieron ir a dar un paseo hasta el páramo para disfrutar del buen tiempo que hacía. Alice lanzó un grito al ver aparecer en la cresta de la colina a los ponis salvajes, que huyeron cabalgando al notar que se acercaban. El brezo estaba en flor y la ladera refulgía con tonos magenta y púrpura. Cuando habían subido un trecho, se detuvieron y miraron hacia atrás. El pueblo, recogido en la llanura, parecía de juguete, como los edificios de madera que tenía Emily de pequeña. De algunas chimeneas salía humo. Alrededor, había varios campos separados por setos o muros de piedra que alcanzaban casi hasta el horizonte, salpicados con ovejas y vacas de color crema. A lo lejos se veían más poblados, una ciudad y la bruma que avanzaba hacia el interior desde el mar.

—Esto es vida, ¿eh? —se dijo Alice—. No os imagináis lo bien que me siento ahora que no tengo que respirar todo ese humo y el polvo de la ciudad. Antes me despertaba todas las mañanas tosiendo. Mi madre murió de bronquitis o alguna otra enfermedad respiratoria. No paraba de toser. Ojalá hubiera podido traerla aquí.

—A mí también me gusta —apostilló Daisy.

Emily observaba el entorno, deleitándose con todos los detalles: el verde de los campos y los bosques, el púrpura de la colina, los puntos blancos de las ovejas. «En Australia la tierra será de color rojo», pensó. ¿Echaría de menos el verde y aquellas tierras tan agradables? Entonces pensó en Robbie, en sus abrazos, en la sensación de amor y seguridad que la embargaba cuando estaba con él. «Valdrá la pena», se dijo.

Tras una rápida cena fría bajaron hasta el pueblo.

—¿Hoy no vas a tomarte tu copita de jerez con tu amiga? —le preguntó Alice.

—Es mi día libre —respondió Emily—. Puedo hacer lo que quiera.

A pesar de todo, la embargaba un sentimiento de culpa solo de pensar que lady Charlton estaría sola, esperándola en la enorme casa vacía.

El pub cerraba los domingos, pero las mujeres se habían reunido en el prado comunal, sentadas en los bancos bajo la cruz celta. Algunas de ellas hacían punto. Había varios niños que jugaban y corrían, entre gritos de alegría. Los dos ancianos estaban sentados a un lado, fumando su pipa. Los murciélagos revoloteaban en la luz rosada del atardecer. Era una estampa rural idílica, pensó Emily, de no ser porque no había hombres y los niños tenían doce años como mucho. Les presentaron a las demás mujeres, la tendera y las esposas de varios peones de granja, y Alice presentó a Emily a la señora Soper, la mujer del herrero. Gracias a las visitas nocturnas de Alice y Daisy al pub, era como si ya las conocieran de toda la vida.

Tras las cortesías de rigor, las mujeres se enfrascaron de nuevo en los temas de conversación relacionados con el pueblo y repasaron qué hermano o qué hijo había vuelto a casa o quién no había podido hacerlo.

—¿Y tu marido? —le preguntaron a Nell—. ¿Cuándo le darán el alta del hospital?

—Aún tardarán un poco —respondió la dueña del pub—. Tienen que hacerle la prótesis de madera y sus pulmones han de mejorar.

—¿Cuándo irás a verlo a Londres? —preguntó una de las mujeres más jóvenes.

Nell frunció el ceño.

—¿Y quién se encarga del pub si yo me voy? De algún modo tenemos que ganarnos la vida, ¿no?

—Al menos tú tienes un marido que puede volver a casa —dijo la mujer del herrero con amargura—. ¿Pero yo? No te imaginas cuánto echo de menos a mi Charlie. Y lo peor no es la añoranza y tener que aprender a vivir sin él. Me gustaría saber cómo se supone que voy a seguir adelante sola. ¿Quién se encargará de herrar a los caballos y reparar los aperos de labranza? Eso es lo que necesito saber.

—Desde luego, señora Soper. Yo no he dejado de darle vueltas al mismo asunto. Tal vez mi marido pueda volver a casa con el tiempo, pero ¿cómo voy a cuidar de él? —se preguntó Nell Lacey—. El pub no me deja ni un momento libre. ¿Cómo podré atenderlo si tengo que andar trajinando con los barriles?

Se hizo un incómodo silencio.

—¿No quedan hombres en el pueblo? —preguntó Emily—. Aparte de esos dos de ahí.

—El reverendo —respondió la mujer del herrero—. Pero su esposa y él solo se relacionan con los demás cuando ella organiza algún acto benéfico. Y luego también está el señor Patterson, en la escuela. Sin embargo, no suele tratar con los demás, ¿verdad? No es muy dicharachero.

—¿Os habéis alojado en la casita? —preguntó una de las mujeres—. ¿Qué os parece?

—No está mal —respondió Alice—. No es un hogar, pero de momento bien nos vale.

—¿Ya habéis visto algún fantasma? —insistió la mujer, dándole un codazo a otra de las presentes.

—No hay fantasmas, Edie. No las asustes —la reprendió Nell Lacey.

—Claro que los hay —insistió—. ¿No dicen que hay una mujer que recorre el páramo gritando? Esa que ahorcaron por bruja.

—Eso son cuentos de viejas.

—Que es lo que somos nosotras, ¿no? Viejas —replicó la primera entre risas.

—Ni hablar. Somos viudas, la mayoría.

Se hizo de nuevo el silencio.

—¿Cómo os lleváis con la señora? —Una de las más jóvenes rompió el silencio. Tenía un niño pequeño en el regazo—. A mí me da pánico.

—Emily ha hecho muy buenas migas con ella —dijo Alice—. La invita todas las noches a una copa de jerez.

—Tiene su lógica, ¿verdad? —se preguntó Nell Lacey—. Es normal que le guste estar con las de su clase.

—Debe de echar mucho de menos a sus hombres —afirmó la esposa joven—. Yo añoro muchísimo a mi Johnny.

—Pues ella es la única culpable —le espetó Nell—. Enviaron a ese pobre muchacho a una muerte segura.

—¿Te refieres al nieto? —preguntó la joven.

—Claro. Pobre Justin. Un chico dulce y bueno como pocos. Cuando le dijo a su padre que no creía en la guerra y que no iba a luchar, nadie le hizo caso. Su padre montó en cólera y su abuela le dijo lo decepcionada que estaba. Entre todos lograron que lo llamaran a filas y rechazaran su solicitud de objeción de conciencia.

De modo que lo mandaron al frente y no hemos vuelto a tener noticias suyas. Estoy segura de que voló por los aires por culpa de una granada.

—Lady Charlton también ha perdido a su hijo —añadió otra de las presentes—. Aunque él era distinto al joven Justin. Estirado como la abuela. Siempre fue un mojigato, de toda la vida. Lo mandaron a estudiar a un internado y cuando volvía a casa no jugaba con nosotras porque éramos indignas de alguien como él. ¿Verdad, Peggy?

La mujer del herrero asintió.

—Y al final acabó muriendo igual. Enterrado con todos los honores militares. O eso dicen. Pero eso no permitirá resucitarlo. Y ahora la vieja deambula como alma en pena por la mansión, más sola que la una.

Permanecieron sentadas en silencio mientras el sol se sumergía en el horizonte y arreciaba un viento frío.

Al cabo de unas semanas habían logrado un notable avance en su trabajo. Habían segado los jardines que rodeaban la casa y no quedaban malas hierbas en los parterres. También habían podado algunos de los arbustos de rododendro. Un día, cuando se dirigían a la casa para comer, encontraron un poni con un carruaje y un hombre esperando.

—La señora Foster... no sé qué me ha enviado a buscarlas —dijo el tipo—. Tienen que regresar de inmediato con las demás labradoras.

—Ah. —Emily se asustó. ¿Acaso habían decidido disolver al grupo y mandarlas a casa? De ser así, ¿adónde debía ir? ¿Adónde podía ir?

—Será mejor que le digamos a lady Charlton que hemos de irnos —propuso Emily.

—Ve tú, que eres su favorita —dijo Alice—. Tal vez me acerque al pub cuando hayamos recogido los bártulos.

Emily entró por la puerta del servicio, como hacía siempre, pero prefirió no presentarse sin previo aviso.

—¿Le importaría avisar a lady Charlton de mi llegada, por favor? —le pidió a la señora Trelawney—. Tengo que hablar con ella.

—¿De qué se trata? —le espetó el ama de llaves.

—Nos han pedido que volvamos. Debemos irnos.

—Ah —murmuró, incapaz de disimular la sonrisita que se le había dibujado en la cara—. Será todo un disgusto para ella.

—Prefiero decírselo yo misma, si no le importa.

—Creo que se encuentra en la biblioteca. Sabe llegar, ¿verdad? La ha acompañado en una ocasión si no me equivoco —dijo con toda la inquina.

«Está celosa —pensó Emily—. Está celosa porque lady Charlton ha disfrutado de mi compañía y mi conversación».

—Gracias. Y quiero agradecerle también las deliciosas comidas con las que nos ha agasajado.

Entonces abrió la puerta y recorrió el pasillo. Empujó otra puerta y vio que los muebles estaban tapados con sábanas. Al pasillo tampoco le habría ido nada mal una buena limpieza. Las lámparas tenían muchas telarañas. Llamó antes de entrar en la biblioteca. Lady Charlton estaba ensimismada en sus pensamientos, observando una de las vitrinas. Adoptó un gesto de sorpresa al ver a Emily.

—Son cosas que trajo mi marido de la India —explicó la anciana—. La mayoría de factura exquisita. ¿Sabías que los hindúes venden los objetos de oro y plata a peso? Sin importarles la calidad del trabajo. Curioso, ¿verdad?

—Siento molestarla, lady Charlton, pero debemos irnos. Hemos de reincorporarnos a nuestro grupo de trabajo.

—Vaya. —Lady Charlton frunció el ceño, disgustada—. Disfrutaba mucho de nuestras charlas diarias.

—Yo también —confesó Emily—. Me ha contado muchas historias fascinantes.

—Dicen que la guerra está a punto de llegar a su fin —dijo lady Charlton—. Así que tú te casarás y te irás a Australia.

—Sí, espero que no tarde mucho.

—¿Me escribirás? —le pidió la anciana—. No llegué a visitar las antípodas y me gustaría leer tus impresiones sobre el país.

—Será un placer.

—Y también quiero conocer tu relato del viaje. Mi marido y yo llegamos hasta Singapur y me pareció interesantísimo, salvo cuando me mareé en el golfo de Vizcaya —dijo con una sonrisa.

—Será mejor que me vaya. Nos está esperando el carruaje. —Le tendió una mano—. Muchas gracias por su hospitalidad.

—Me temo que no he sido muy hospitalaria. Ahora me arrepiento de haberos instalado en esa casita. Creía que seríais campesinas, no me imaginaba…

—No se preocupe, le aseguro que hemos estado bien —la interrumpió Emily—. De hecho, he acabado encariñándome con la casa. Sé que ha estado deshabitada muchos años, pero se nota que en el pasado fue un lugar acogedor.

—Sí. —Lady Charlton asintió y cuando Emily estaba a punto de salir por la puerta, la llamó—. Espera, me gustaría hacerte un pequeño regalo.

Se acercó a una de las estanterías y tomó un objeto de latón, redondo.

—Es la brújula de mi marido. La llevaba siempre consigo. Quiero que tengas algo que te guíe en tu camino.

—Oh, pero no puedo… —Emily se ruborizó—. No puedo llevarme la de su marido.

—Él ya no la necesita y yo tampoco —insistió lady Charlton—. Espero que te guíe bien, como lo guio a él.

Le puso la brújula en la mano y Emily se sorprendió al comprobar lo que pesaba. Miró la aguja que oscilaba y señalaba en dirección opuesta a la casa.

—Muchas gracias. La cuidaré como mi bien más preciado —le aseguró.

Se reunió con Alice y Daisy, que habían guardado las herramientas de jardinería.

—Tendremos que acercarnos a la casita a recoger nuestras cosas —le dijo al cochero—. Tal vez sería más fácil que nos encontráramos en el sendero que hay detrás de la hilera de casas. El camino del jardín está lleno de socavones y no estoy segura de que el carruaje pueda pasar por la puerta.

—De acuerdo, señorita —dijo el tipo—. Tampoco es necesario que se apresuren más de la cuenta. La señora Foster... no tiene forma de saber cuánto he tardado en encontrarlas, ¿verdad? De modo que tal vez me acerque a la tienda del pueblo a comprar el periódico y fumar un cigarrillo mientras ustedes preparan el equipaje. —Les guiñó un ojo.

Las tres echaron a andar colina abajo.

—Me da pena que nos vayamos ahora —dijo Alice—. Había empezado a acostumbrarme a esto. Me pregunto qué nos deparará el futuro. Espero que no sean cerdos, porque con el miedo que me dan...

—Ni vacas —añadió Daisy—. Las vacas son aún más grandes y tienen cuernos.

Alice miró a Emily.

—Estás muy callada. No me digas que te da pena librarte de los encuentros vespertinos con tu amiga.

—Un poco sí —confesó Emily—. Pero me estaba preguntando qué haré si resulta que tenemos que volver a casa. Yo ya no tengo un hogar al que regresar.

—Ya lo veremos, no te preocupes —le dijo Alice, que le dio unas palmaditas en el hombro.

Emily subió a su habitación y se quedó inmóvil observando los haces de luz que iluminaban el techo inclinado. Guardó el neceser en la bolsa, la cerró y lanzó un suspiro al bajar por los escalones. El carruaje no tardó en llegar y el hombre las ayudó a subir y se encargó de sujetar el equipaje. Atravesaron el prado del pueblo, cruzaron el puente y siguieron adelante. Bajo el manto del sol y mecida por el suave traqueteo del carro, Emily cerró los ojos.

Los abrió cuando oyó a Daisy.

—Oh, no.

—¿Oh, no, qué? —preguntó.

Entonces vio que tenían el periódico que había comprado el cochero. La miraron desoladas.

—¿Qué pasa? —insistió Emily.

Daisy le dio el diario en silencio. En la portada, uno de los titulares rezaba: «Intrépido piloto se estrella en un campo para salvar a un pueblo». Emily no necesitó seguir leyendo para saber que era Robbie.

Capítulo 19

La noticia llegó a la granja antes que ellas. Las demás compañeras estaban esperando a Emily y la ayudaron a bajar, entre murmullos de condolencias. La señorita Foster-Blake salió enseguida.

—Emily, querida, lo lamentamos mucho. No puedo ni imaginar lo que se siente cuando ocurre una desgracia como esta. Entra y tómate una copa de coñac.

Se llevó a Emily como si fuera su hija pequeña y se sentaron. Fue la repetición de la escena que había vivido con la directora del internado, la inesperada amabilidad de una persona que hasta entonces siempre se había mostrado estricta y severa. Emily notó un nudo en la garganta. Intentó reprimirlo, pero acabó estallando en un sollozo descontrolado. Se llevó las manos a la cara y rompió a llorar.

—No debería haberme enamorado de él —dijo con la voz entrecortada—. Si no lo hubiera amado, aún estaría vivo.

—¿Qué estás diciendo?

—Todas las personas a las que he amado han acabado muriendo. Es como si las hubiera maldecido con mi amor.

—Eso es absurdo y lo sabes —le aseguró la señorita Foster-Blake—. Al menos puedes consolarte por haberlo hecho feliz. Murió sabiendo que había alguien que lo amaba, algo que no puede afirmar todo el mundo. Además, murió por una causa noble. Entregó su vida por los demás. Deberías sentirte muy orgullosa de él.

—¿Orgullosa? —Emily la miró secándose las lágrimas de la cara—. No quiero sentirme orgullosa, quiero que esté vivo. He leído el artículo y decía que habría tenido tiempo de saltar, pero que en caso de haberlo hecho el avión se habría estrellado en un pueblo lleno de gente. Pues ojalá se hubiera tirado en paracaídas y hubiera matado a otros, en lugar de entregar su vida. ¿Por qué tuvo que ser tan noble?

La señorita Foster-Blake no reaccionó a sus crudas palabras.

—Estás consternada, querida. Venga, toma un sorbo de coñac y luego decidimos qué hacemos.

Le acercó el vaso a los labios, como si fuera una niña, y la obligó a beber. Emily tomó un sorbo y reprimió un sollozo mientras el líquido abrasador le quemaba la garganta.

—Ahora —prosiguió la señorita Foster-Blake—, creo que lo mejor para ti sería que volvieras a casa. Ve a un lugar donde puedan cuidar de ti y te traten como mereces. Necesitarás tiempo para llorar su pérdida y sobreponerte. Vas a licenciarte antes de tiempo.

—No. —Emily negó con la cabeza—. No lo entiende. No puedo regresar. Mi padre me dijo que si lo desobedecía ya no sería bienvenida.

—La gente dice muchas cosas que, en realidad, no siente. Estoy convencida de que tus padres cambiarán de opinión cuando te vean tan afligida. Cualquier padre reaccionaría así. Seguro que siempre han querido lo mejor para ti.

—No querían que me casara con Robbie —dijo Emily—. Ahora mi madre se regodeará y me dirá que, en el fondo, ha sido algo bueno, y yo no lo soportaría.

—¿Prefieres quedarte aquí?

Emily asintió.

—Quiero trabajar todo el día para no tener tiempo de pensar. Además, todas estas mujeres son mi familia ahora.

—Como desees —añadió Foster-Blake—. Sin embargo, mi oferta sigue en pie. Le pediré a Jenkins que vaya a ver al médico para que te dé unos polvos para dormir. Al menos hoy.

Emily dejó que la acompañaran a la cama, como una niña. En cuanto se quedó sola, sacó la cajita de cuero que guardaba bajo la almohada y se puso el anillo.

—Señora de Robbie Kerr —susurró.

Al cabo de un rato le trajeron el somnífero, que surtió efecto enseguida. Durmió doce horas seguidas y no oyó a sus compañeras cuando se acostaron ni cuando se levantaron al día siguiente temprano.

Cuando abrió los ojos, vio un cielo tormentoso, fiel reflejo de su estado de ánimo. Tomó el periódico. «Intrépido as de la aviación australiano, Robert Ferguson Kerr, de Nueva Gales del Sur». Lo leyó una y otra vez, como si fuera a cambiar en algo el desenlace y en lugar de estrellarse envuelto en llamas hubiera logrado sobrevivir. Sin embargo, el artículo era siempre el mismo. Había muerto. No volvería nunca más. Ya no podría ver esa sonrisa descarada, ni oír esa voz profunda con acento australiano que le decía: «Eres mi chica».

La señorita Foster-Blake asomó la cabeza por la puerta del dormitorio.

—Ah, estás despierta. Ven a tomar un buen desayuno. El granjero nos ha traído huevos.

Emily se sentó a la mesa cubierta con hule y mojó una tira de tostada en un huevo pasado por agua, pero tuvo que hacer un gran esfuerzo para tragarlo. La señorita Foster-Blake la miró con compasión.

—No es necesario que vuelvas al trabajo de inmediato —le dijo—. Tómate unos días de descanso. Ve a Tavistock o a Plymouth...

—¡No! —exclamó Emily con mayor ímpetu del que pretendía—. No lo entiende. Tengo que trabajar. Tengo que trabajar para no pensar en nada.

—Sí que te entiendo —le aseguró la señorita Foster-Blake—. Yo perdí a dos sobrinos que eran hermanos con solo una semana de diferencia. Eran unos muchachos felices y llenos de vitalidad. De modo que en parte sí entiendo por lo que estás pasando. Lo único que puedo asegurarte es que aquí estás entre amigas. Aunque creo que estarías mejor en tu casa. Si quieres, puedo prepararlo todo…

—No —insistió Emily, que en esta ocasión no dejó de lado sus buenos modales—, gracias. Le pido que no escriba a mis padres y que no les cuente lo ocurrido.

—Aun así, verán la noticia en la prensa. Tu prometido fue todo un héroe. Salvó muchas vidas. —Miró fijamente a Emily y no le pasó por alto el gesto desafiante de su mentón. Entonces lanzó un suspiro—. Pero respeto tu decisión. —Le puso una mano en el hombro—. Cuando acabes de desayunar puedes venir a ayudarme con el papeleo. Van a mandarnos reclutas nuevas.

—¿Qué piensa hacer con ellas? —preguntó Emily—. ¿No ha acabado la época de cosecha?

—Hay que plantar las hortalizas de invierno —respondió la capataza—. Algunas de estas chicas se especializarán en silvicultura y tendrán que cortar árboles caídos y ramas peligrosas. Ya te lo imaginas.

Las mujeres volvieron del trabajo congestionadas y empapadas.

—Caray, por un momento he pensado que se me llevaba el viento —dijo Alice.

—¿Qué hacías?

—Coger manzanas, querida. Estaba encaramada a una escalera y se las tiraba a las compañeras de abajo. De repente ha venido una ráfaga de viento muy fuerte y si no me hubiera agarrado al árbol, te aseguro que no lo cuento.

—Qué exagerada es —añadió Ruby—. Apenas era más alto que nosotras, el manzano.

Las demás estallaron en carcajadas y Emily intentó sonreír. Miró a su alrededor.

—¿Dónde está Maureen? —preguntó.

—Caray, ¿no te has enterado? —Alice miró a las demás.

—¿Qué ha pasado? —insistió Emily.

—Se fue sin permiso para ir a Plymouth a encontrarse con un marinero —dijo Ruby con regocijo—. La señorita Foster-Blake la pilló cuando intentaba entrar por la ventana a primera hora de la mañana y la despidió ahí mismo. La ha mandado para casa.

—¿Adónde ha ido? —preguntó Emily, que no podía dejar de pensar en lo que habría hecho ella de haberse encontrado en la misma situación.

—Creo que ha regresado a Irlanda. Estaba claro que tarde o temprano iba a meterse en un buen lío, ¿no? Siempre andaba persiguiendo a hombres…

—Pues yo la echaré de menos —replicó Alice—. Era una muchacha que contagiaba alegría, ¿no creéis? Nos hacía reír.

«Yo también la echaré de menos», pensó Emily, consciente de la injusticia de la situación. Maureen había obrado mal al pasar fuera toda la noche, de eso no cabía duda. Pero la señorita Foster-Blake había dado por supuesto que Emily era una chica buena y Maureen una oveja descarriada. Había aceptado la excusa de Emily a pesar de que Robbie y ella habían llegado probablemente mucho más lejos que Maureen, pensó ruborizándose. Y el recuerdo de la dulce noche y de pasión que vivió la embargó de nuevo. «No volveré a yacer con un hombre», pensó.

Al día siguiente se despertó con sus compañeras cuando los rayos del sol empezaban a filtrarse por la ventana. Se incorporó, cogió el neceser y de pronto le vino todo a la cabeza. Su actitud cambió de golpe. Empezó a moverse como una autómata y siguió a las demás al baño. Apenas pudo tomar más de una cucharada del mejunje de copos de avena y casi ni se dio cuenta de que había formado una cola con sus compañeras para subir a un viejo carro que debía trasladarlas al huerto de manzanos. Era un carro que habían usado para transportar estiércol y ahora iban todas apelotonadas. El hedor del abono, combinado con el olor a sudor de todas, se le hizo insoportable. Intentó inclinarse hacia atrás tanto como pudo para respirar aire fresco. «Estaría mejor en casa», pensó en un momento de debilidad. Recordó su habitación rosa y blanca, las cortinas de encaje, el dulce aroma a rosas que entraba por la ventana... Los largos baños que se había dado, el sinfín de vestidos que colgaban del armario y los elegantes zapatos que tenía... Casi se había convencido a sí misma de que quería regresar, hasta que se imaginó el gesto triunfal de su madre, mientras le decía que estaría mejor sin Robbie y que así podría buscar a un hombre más apropiado. No, no podría soportarlo.

Recoger manzanas resultó más agradable de lo esperado, a pesar de que empezaba a hacer frío y habían tenido que ponerse jerséis debajo de las guerreras. Los jerséis eran de lana áspera y picaban como un demonio, pero era mejor eso que pasar frío.

—Lo que daría yo por una blusa de seda o un suéter de lana fina —le confesó la señora Anson a Emily mientras trabajaban, poniendo las manzanas en cestos con cuidado para no darles golpes.

Emily la miró.

—¿Cuánto tiempo llevaba casada cuando murió su marido? —le preguntó.

—Dieciséis años.

—¿No tuvieron hijos?

—Por desgracia no, aunque a mí me habría gustado tener una familia numerosa, ya que fui hija única.

Emily hizo una pausa y preguntó:

—¿Cuánto tiempo le llevó sobreponerse a...?

—¿La muerte de mi marido? —Negó con la cabeza—. Una nunca se recupera de un golpe así, querida. Siempre habrá un vacío en mi corazón, pero con el paso del tiempo acabas asumiéndolo. Te dices a ti misma que no eres más que una entre muchas. No te imaginas cuántas esposas, madres y novias hay ahora mismo experimentando el mismo dolor. Pero no te queda más remedio que seguir adelante con tu vida y esperar que el tiempo mitigue la pena. Y al final es lo que ocurre. Ahora puedo pensar en mi marido con cariño y recordar los buenos momentos que vivimos. No hay mejor cura que el paso de los días.

Emily asintió y regresó al trabajo.

El tiempo mejoró y la recolección de manzanas se volvió una tarea agradable. Cuando hubieron seleccionado las mejores manzanas, pusieron las que tenían golpes u otros defectos en unas cestas aparte para hacer sidra. Emily sintió un escalofrío de miedo al darse cuenta de que habían recogido todas las frutas del último manzano. ¿Y si de repente les decían que ya no las necesitaban? ¿Adónde iría? Clarissa había dicho que las mujeres tendrían que hacerse cargo del trabajo de los hombres cuando acabara la guerra. Si se iba a la gran ciudad, a Bristol o a Londres, ¿encontraría un trabajo que le permitiera ganarse la vida? Le parecía una idea inquietante y, al mismo tiempo, emocionante.

«Tengo estudios», pensó. Los maestros la habían animado para que fuera a la universidad, pero entonces estalló la guerra y murió Freddie, lo que truncó cualquier posibilidad de seguir estudiando. Sin embargo, un trabajo de oficina o incluso como maestra en una escuela pequeña... No era una quimera, ¿verdad?

Sin embargo, la recogida de manzanas no fue la última tarea que les asignaron. La señorita Foster-Blake habló con ellas durante la cena, adoptando un gesto muy circunspecto.

—Me temo que voy a encargarles un auténtico desafío. Un granjero de la región está preparando los campos para plantar las cosechas de invierno, cebollas, sobre todo, pero también coles y remolachas. Antes de ponerse manos a la obra habrá que arar los campos.

Se oyó un gruñido colectivo. A ninguna se le daba muy bien manejar el arado.

—¿Nos supervisará? —preguntó la señora Anson—. ¿Tiene tractor?

—Tiene varios caballos, pero ya no puede encargarse de arar porque acaba de regresar del frente y tiene los pulmones afectados. Él las aconsejará.

—Para lo que nos va a servir —dijo Alice—. El maldito arado era casi tan grande como yo.

—Quizá este sea más fácil de manejar —la animó Emily.

—A mí no me importa arar —añadió Maud—. Soy la más corpulenta y la más fuerte.

—Muchas gracias, Maud —la felicitó la señorita Foster-Blake.

La joven parecía encantada consigo misma, como si fuera la primera vez que alguien le decía que era buena en algo.

Partieron hacia la granja, que se encontraba en uno de los extremos de Dartmoor, una zona desolada y sin árboles. Bajaron en silencio de la furgoneta y fueron recibidas por una fuerte ráfaga de viento.

—Ojalá nos hubiéramos acordado de ponernos los impermeables —le murmuró la señora Anson a Emily—. Este viento atraviesa la guerrera como si nada.

—Hace mucho frío para septiembre —concedió Emily—, pero seguro que entramos en calor en cuanto nos pongamos a empujar el arado y a plantar cebollas.

El granjero acudió a recibirlas y las acompañó hasta donde se encontraba el enorme tiro de caballos clydesdale, que aguardaban impacientes frente a un arado. Era el típico hombre de campo, corpulento. La versión humana de un clydesdale, más que un purasangre, pero su rostro delataba el dolor que padecía. Además, se quedaba sin aliento al dirigirles la palabra.

—Les agradezco que hayan venido. Tenía miedo de que este año no pudiéramos plantar nada y que nos muriéramos de hambre al llegar la primavera. Tengo cuatro hijos y no soporto la idea de decepcionarlos.

—Nos dejaremos la piel por usted —dijo la señora Anson—, pero debo advertirle que no todas somos chicas de campo. Apenas hemos recibido formación y tenemos poca experiencia.

—No se preocupen —les dijo con su fuerte acento de Devon—. Si pueden plantar las cebollas y las coles, me harán más feliz que un gorrino en una charca de barro.

Acto seguido, les mostró el campo donde iban a trabajar. Maud agarró una esteva y Emily se quedó mirando la otra.

—Supongo que soy la más alta —observó— y debería encargarme de la otra esteva.

Se pusieron en marcha. Los caballos tiraban del viejo arado de hierro forjado, pero a pesar de todo costaba horrores labrar un surco recto. El corazón de Emily latía desbocado y le faltaba el aliento. «¿Por qué me habré ofrecido voluntaria? —se preguntó—. Es una tarea demasiado difícil para mí».

—¿Te encuentras bien? —le preguntó Maud cuando llegaron al final del primer surco y se detuvieron a recuperar el aliento—. No tienes buena cara.

—Es que me no encuentro muy bien. Creo que el estofado de conejo de anoche me ha revuelto el estómago.

—Me las apañaré sola —le aseguró Maud.

—Ni hablar —replicó Emily—. Pero si apenas podemos entre las dos. Tranquila, me recuperaré. Hoy no he comido mucho en el desayuno, así que imagino que solo tengo un poco de hambre. Venga, pongámonos en marcha que amenazan lluvias.

Empezaron a labrar el segundo surco mientras sus compañeras se encargaban de deshacer los terrones, arrancar las malas hierbas y rastrillar la tierra.

—Buen trabajo, señoras —las felicitó el granjero—. Sé que ese condenado arado no es nada fácil de manejar. Después de la guerra quería comprarme uno de esos tractores modernos, pero ahora ni tan siquiera sé si podré conservar la granja. Mi hijo mayor solo tiene diez años. Tendré que esperar un poco hasta que pueda echarme una mano con las tareas, pero es bien cierto que todos ayudan en lo que pueden. Como mi mujer, que Dios la bendiga.

Emily sentía la necesidad de confesar que no podía seguir, pero fue incapaz de decirlo.

—¿Queréis que sustituya a alguna de las dos? —preguntó Daisy.

—No, yo puedo seguir un poco más —respondió Maud—, pero no sé Emily. Creo que no se encuentra muy bien.

—Puedo aguantar —les aseguró y empezaron a labrar el tercer surco.

De repente oyó un ruido, vio destellos de colores y se le doblaron las piernas.

171

Capítulo 20

Cuando Emily abrió los ojos, se encontraba en una cocina desconocida, sentada con la cabeza entre las rodillas. Se incorporó y vio a varios niños que la observaban con una mezcla de fascinación y preocupación. También había una mujer de gesto amable a su lado.

—Toma —le dijo—. Es una taza de té. El arado exige demasiado esfuerzo. Ya le dije a Bert que no podía encargarle esta tarea a un grupo de muchachas, pero era la única opción que teníamos para plantar los campos.

—Lo siento mucho. —Emily intentó incorporarse del todo—. Es que hoy no me sentía muy bien. Creo que me recuperaré con esta taza de té y un pedazo de pan. Así estaré lista para volver al trabajo.

—Ni hablar de ello —se apresuró a añadir la mujer del granjero—. Veo que eres de buena familia, no te criaron para un trabajo tan sacrificado como a nosotros. Le dije a Bert que yo podía ocuparme de manejar el arado, pero no quiso ni oír hablar del tema porque dentro de poco volveremos a ampliar la familia. Los primeros meses siempre me encuentro mal, me mareo, no tengo hambre, no soporto el olor de la comida…

Emily la miró fijamente. Mareos, falta de apetito… ¿Sería posible? ¿Cómo podía haber sido tan inocente y no haberlo pensado antes? Y eso a pesar de que había pasado más de un mes desde que Robbie y ella… y en todo ese tiempo no había vuelto a estar mala.

«Estoy embarazada. Voy a tener un hijo de Robbie», pensó. Sintió un fugaz arrebato de euforia al pensar que el bebé le permitiría recordar a su amado. Sin embargo, la realidad y el pánico acabaron apoderándose de ella. ¿Qué iba a hacer? ¿Adónde podía ir? Si volvía a casa, ¿qué dirían sus padres? Se sentó, sorbiendo el té de la taza a rayas azules y blancas, intentando poner orden en el torbellino de pensamientos que se arremolinaban en su cabeza. No podía contárselo a nadie. Solo faltaban unas semanas hasta que las licenciaran durante el invierno, y entonces ya decidiría qué podía hacer.

La mujer del granjero no la dejó marcharse hasta que llegaron sus compañeras para almorzar. Les sirvió una sopa de guisantes que sus compañeras devoraron con fruición. Emily no soportaba el olor y se limitó a fingir que comía.

—¿Qué te pasa? —le preguntó Alice.

—Creo que tengo una gripe estomacal —contestó Emily—. Por algo que he comido.

—No me sorprende, teniendo en cuenta lo que nos han dado últimamente. Ojalá pudiéramos disfrutar de la comida de la señora Trelawney. No me importaría tener que aguantar a la vieja y esa casa fría y húmeda a cambio de una generosa ración de aquel pastel de carne.

A Emily se le revolvió el estómago al oír hablar del pastel de carne, pero, sin darse cuenta, se puso a pensar en la casita de lady Charlton. Sí, era un lugar donde había sido muy feliz.

Cuando acabaron la comida, Emily se sentía algo mejor y salió a trabajar con las demás. Se ofreció para plantar las cebollas, agachándose para enterrarlas en la tierra húmeda. Se había recuperado casi por completo y empezaron a asaltarla las dudas. ¿Era posible que se hubiera equivocado? A lo mejor no era más que una gripe intestinal. Esa noche devoró el pastel de carne con coliflor, seguido del ruibarbo con crema y concilió el sueño en cuanto apoyó la cabeza en la almohada.

A la mañana siguiente tuvo que correr para llegar al baño, donde vomitó la cena de la noche anterior, lo que confirmó sus sospechas. No sabía gran cosa sobre bebés, pero había oído a una de sus amigas quejarse de las náuseas matutinas, que solo duraban hasta mediodía.

«Tengo que saberlo», pensó. Pero no podía irse sin más y dejar en la estacada a sus compañeras. De modo que al final cumplió con todas las tareas asignadas y el viernes por la tarde les permitieron acabar la jornada antes de lo habitual. El granjero, encantado con el trabajo que estaban haciendo, se ofreció a llevarlas a Tavistock para que pudieran ir de compras o tomarse un té en alguna de las cafeterías. Todas recibieron la noticia con alegría, aunque por desgracia no había cine y no podían desplazarse hasta Plymouth. Cuando llegaron a la ciudad se separaron, algunas fueron de mercerías para comprar pañuelos nuevos, otras a la farmacia para comprar jabones aromáticos.

—¿Adónde vas? —le preguntó Alice a Emily, que intentó separarse del grupo sin llamar la atención—. Te acompaño.

—Había pensado en ir a la librería —respondió Emily—. No tengo nada que leer.

—¿Cuándo nos queda tiempo para leer? —preguntó Alice.

—Mañana ya es fin de semana y no sé muy bien adónde ir.

—Pues entonces creo que voy a ver qué hacen Daisy y Ruby —se disculpó Alice—. A mí no me llevas a una librería ni a rastras.

En cuanto Alice se fue en busca de sus amigas, Emily dobló la esquina y buscó un edificio con una placa que decía: DOCTOR PACKER. Entró en una sala de espera vacía, pero enseguida apareció una mujer con gesto preocupado, probablemente la esposa del doctor, que la miró sorprendida.

—¿Cómo ha entrado?

—La puerta estaba abierta. ¿No es la consulta del doctor?

—Sí, pero no atiende hasta las seis de la tarde.

—Vaya —murmuró Emily apesadumbrada—. ¿Está haciendo visitas a domicilio?

—Acaba de llegar de las visitas matinales y está aprovechando para almorzar a pesar de lo tarde que es —respondió la mujer—. Si quiere dejarme su nombre y volver más tarde...

—No puedo —replicó Emily al borde de las lágrimas—. Formo parte del Ejército Femenino de la Tierra y vendrán a recogernos dentro de una hora. Confiaba en que... —No pudo acabar la frase.

A la mujer le cambió la cara.

—Voy a ver si puede atenderla, siempre que el problema no sea muy complicado. Les estamos muy agradecidos por todo lo que están haciendo. Gracias a ustedes las granjas pueden seguir produciendo alimentos. Aguarde un momento.

Emily esperó y al cabo de unos segundos se abrió otra puerta.

—El doctor la atenderá ahora, querida. Entre por aquí.

El médico lucía el mismo gesto de preocupación que su esposa. Debía de rondar la cincuentena y tenía cara de cansado. Emily se sintió culpable por molestarlo en uno de sus escasos momentos de asueto.

—Siento haberlo interrumpido mientras almorzaba —se disculpó.

—Ya casi había acabado. Solo me ha interrumpido la pipa que acostumbro a fumar después de comer —dijo esbozando una sonrisa—. Además, debería tomármelo con calma porque el tabaco escasea. Ahora, cuénteme, ¿qué problema tiene?

—Me preguntaba cuánto tiempo tardaría en decirme si estoy embarazada. —Se le encendieron las mejillas.

—¿Cree que va a tener descendencia? —preguntó—. No podemos saberlo con certeza hasta que oigamos un latido, pero podría formarme una idea muy aproximada al cabo de seis semanas. ¿De cuánto cree que está?

—De unas seis semanas —confirmó ella.

—Muy bien. Quítese la chaqueta y túmbese en la mesa para que pueda examinarla.

Emily obedeció, sofocada de vergüenza mientras se quitaba la ropa y cuando el médico la sometió a un examen todavía más vergonzoso.

—¿Algún síntoma? —preguntó—. ¿Náuseas? ¿Mareos? ¿Vómitos?

—Todos —respondió Emily.

—¿Tiene los pechos sensibles?

Emily se llevó la mano a uno y reaccionó con sorpresa.

—Pues parece que sí.

—¿Diría que han aumentado de tamaño?

—Eso creo.

El médico sonrió, una reacción que le confirió un aspecto más joven.

—Entonces, creo que no hay muchas dudas. —Le miró la mano, donde aún lucía el anillo de Robbie—. ¿Su marido está sirviendo en el extranjero? Entiendo que le concedieron un permiso.

—Ha muerto —confesó Emily desolada—. Pertenecía a las Fuerzas Aéreas. Era piloto y su avión se estrelló.

—Lo siento mucho. Entonces, depende de usted que un bebé sano pueda llevar su apellido, ¿no es así?

Emily asintió, demasiado emocionada para articular palabra. El niño no llevaría el apellido de Robbie, pero al menos ahora conocía la verdad. Lo único que tenía que hacer era decidir qué iba a hacer a continuación.

Al salir a la calle se encontró con Alice, que la saludó con la mano nada más verla.

—¿Dónde te has metido? —le preguntó—. He ido a una librería y me han dicho que no te habían visto.

—He ido a dar una vuelta —respondió Emily.

Alice frunció el ceño.

—¿Te ocurre algo y no me lo estás contando? —preguntó—. Te comportas de un modo muy extraño. Entiendo que aún no te hayas sobrepuesto a la muerte de tu prometido. Sé que no es nada fácil de asimilar. Durante mucho tiempo yo no podía pensar en mi Bill sin sentir una punzada de dolor en el corazón, de modo que sé por lo que estás pasando.

—No lo sabes todo, Alice —dijo Emily, que respiró hondo—. Acabo de ver a un médico. Voy a tener un niño.

—Ah. —Alice asintió—. Tenía mis sospechas desde que te oí arrojar el desayuno. Pues qué jodido, ¿no?

Emily se rio al oír su expresión.

—Diría que es algo más que estar jodida, Alice. Es lo peor que podía ocurrirme. No tengo ni idea de lo que voy a hacer.

—Yo te recomendaría que volvieras a casa con tus padres.

—Pero es que tú no los conoces. —Emily negó con la cabeza de un modo vehemente—. Cuando los desobedecí y me quedé a trabajar en el campo, mi padre me dijo que no sería bienvenida en casa.

—Aun así, yo lo intentaría —insistió Alice—. No creo que ningún padre sea capaz de dejar a su hija en la estacada cuando le ocurre algo tan grave. —Entonces agitó un dedo—. ¿Sabes qué? Diles que Robbie y tú os casasteis en secreto. No lo aprobarán, pero al menos tendrán una imagen más respetable de ti.

—¡No puedo mentirles!

—Pues piénsatelo bien, porque tal vez te haría la vida más fácil. Dile a todo el mundo que os casasteis en secreto. Hazte llamar señora de Robbie Kerr. Con todos los hombres que han muerto, ¿quién se dará cuenta?

—No lo sé. —Emily vaciló y se mordió el labio—. Mi padre es capaz de ponerse en contacto con el registro de Somerset House para pedir el certificado de matrimonio.

—Tal vez a ellos también les resulte más fácil asumir la mentira para mantener esa fachada de decencia que tanto los obsesiona. ¿Vas a decírselo a las demás?

Emily negó con la cabeza.

—No puedo. Y menos aún a la señorita Foster-Blake, que me despreciaría. Así que no digas nada, por favor.

—Ten en cuenta que alguna de las chicas no tardará en sacar sus propias conclusiones si te han oído vomitar en el baño —le advirtió Alice—. Y lo del mareo…

—Supongo, pero no nos queda mucho tiempo juntas, ¿verdad? Si puedo mantener el secreto hasta que nos licencien en invierno, tendré más tiempo para decidir qué hago.

—La señorita Foster-Blake dijo que nos darían un fin de semana libre cuando hubiéramos acabado de plantar. ¿Por qué no vuelves a casa y tanteas un poco el terreno? A ver cómo te reciben. Aunque yo estoy convencida de que te acogerán con los brazos abiertos.

—Espero que tengas razón.

Alice le acarició el brazo con un gesto vacilante.

—Y si no es así, aquí nos tendrás a todas.

Emily asintió e hizo un gran esfuerzo para contener las lágrimas. Hasta hacía muy poco nunca se había permitido llorar en público, pero ahora tenía las lágrimas a flor de piel.

Capítulo 21

El otoño llegó con ganas. Las hojas de los árboles se tiñeron primero de amarillo, luego de marrón, hasta que se las llevó el viento. Por suerte ya habían acabado de arar la tierra y de plantar las últimas cosechas de invierno.

—Enhorabuena, señoras —las felicitó la capataza Foster-Blake—. Pueden estar orgullosas de lo que han hecho por estos granjeros y por Inglaterra. Creo que dentro de poco recibiremos el permiso para que puedan volver a casa, al menos a pasar el invierno. Y con un poco de suerte, la guerra habrá acabado cuando llegue la primavera, por lo que todas podremos regresar a nuestra vida cotidiana.

Un autobús destartalado llevó a la estación a las chicas que querían regresar a su casa. Alice y Daisy decidieron quedarse, y no fueron las únicas. Ruby no paraba de llorar solo de pensar en ver a su madre y a su padre. Emily sentía algo muy parecido al pánico. Aún no sabía si estaba haciendo lo correcto. ¿Cómo iba a contarles la verdad a sus padres? ¿Qué le dirían ellos? No tenía ni la más remota idea. Bajó del tren en la estación de Torquay y tomó un autobús hasta el pueblo de sus padres. Era un día gris y desapacible. El viento la obligaba a avanzar a trompicones por el camino que conducía a la casa. Al pasar frente al hospital de convalecencia, oyó las voces y las risas de los pacientes. Miró a través de la puerta. Algunos de los ingresados habían organizado un partido de fútbol improvisado. Uno llevaba la cabeza vendada, otro el brazo escayolado, pero jugaban con entusiasmo. Mientras observaba la grava del camino, vio que una figura cruzaba el jardín, un hombre pelirrojo con muletas. Por un instante, se apoderó de ella una absurda esperanza. Tal vez no había muerto y solo había sufrido heridas graves. Abrió la boca para llamarlo, pero en ese instante el tipo se volvió hacia ella y vio que se trataba de un desconocido.

Emily siguió caminando hasta que llegó a casa de sus padres, abrió la verja de la entrada y enfiló el camino inmaculado. Entonces apareció Josh por un lado, empujando un barril.

—¡Pero si es la señorita Emily! Bienvenida a casa —la saludó—. Qué elegante está con el uniforme.

—No es para tanto, Josh. Esta ropa necesita una limpieza a fondo porque hace ya tres meses que me la pongo.

—Pídale a la señora Broad que se encargue de ello. Su padre y su madre se llevarán una buena sorpresa cuando la vean. La han echado mucho de menos.

—Eso espero —dijo.

En lugar de entrar directamente, llamó al timbre. Florrie abrió la puerta y la recibió con una sonrisa radiante.

—Señorita Emily, ¡es usted! Qué alegría. Pase, por favor.

—¿Quién es, Florrie? —preguntó la voz estridente de su madre desde la salita.

—Es la señorita Emily, que por fin ha venido a visitarnos —respondió la doncella.

Entonces apareció la madre, que se detuvo en la puerta y se la quedó mirando. Emily percibió su indecisión, como si quisiera abalanzarse sobre ella para abrazarla, pero no estuviera dispuesta a darle a su hija el gusto de saber que la había echado de menos. En lugar de todo ello, se limitó a decir:

—Veo que has vuelto al redil. ¿Esperabas un recibimiento cálido?

—No sabía qué esperar, la verdad —respondió Emily—. Pero me han dado un par de días libres y pensaba que a lo mejor queríais saber cómo le iba a vuestra hija.

—Entonces, ¿no has vuelto para quedarte?

—No, tengo que regresar el lunes por la mañana.

Su madre permaneció inmóvil en la puerta y añadió:

—En tal caso, será mejor que entres. Florrie, ¿podrías traernos un poco de té? Y dile a la cocinera si puede preparar algo de carne. Imagino que hará meses que la señorita Emily no toma una comida decente.

—De hecho, he comido bastante bien —dijo Emily, que siguió a su madre a la salita—. Muchos estofados. Y mucho conejo.

—¿Conejo? Qué asco.

—Bueno, en las granjas son una especie de plaga, de modo que, en realidad, le hacemos un favor a la gente si lo comemos. El estofado de conejo no está nada mal.

—Te aseguro que esta noche no tendrás que rebajarte a comer conejo —dijo la madre, dejándose caer en uno de los sillones.

—¿Dónde está papá? —preguntó Emily, sentada en el borde del sofá y mirando hacia el jardín—. No estará trabajando en sábado, ¿verdad?

—No, ha salido a pasear y a comprar el periódico. El chico del reparto le trajo uno equivocado. Ahora tenemos un repartidor nuevo. El de antes se alistó voluntario con solo dieciséis años. Supongo que pensaba que estaba tomando una decisión valiente, no insensata. Y este no tiene muchas luces, que digamos. Debería saber que una familia como la nuestra solo lee *The Times*. —Clavó en Emily su penetrante mirada—. Hablando de periódicos, leímos la noticia de ese muchacho australiano que te gustaba. Te lo advertí, ¿verdad? Ya te dije que acabaría mal.

—No creo que acabara mal, mamá. —Emily reprimió la ira que la invadió e hizo un esfuerzo para mantener la calma y la compostura—. Murió como un héroe para salvar a todo un pueblo.

La señora Bryce le dirigió una sonrisa condescendiente.

—Hija mía, eso no es más que propaganda bélica. Es lo que siempre dicen, que murió como un héroe. Que murió al instante y no sufrió. Todo mentiras con el único fin de que nos sintamos algo mejor, para convencernos de que esta guerra absurda ha servido de algo. —Se le quebró la voz de la emoción y se tapó la boca con un pañuelo—. Lo siento, soy una estúpida. Aún añoro mucho a tu hermano. Y tu padre también. Fue una pérdida sin sentido. —Intentó serenarse—. Pero en tu caso, es mejor así, ¿no? Quiero decir que sin duda no te tomabas muy en serio a un muchacho como ese, no te habrías ido a vivir a Australia. Dicen que la guerra acabará en breve y que los jóvenes volverán a casa. Podemos empezar a hacer planes para ti. Tal vez podríamos organizar un baile de presentación en sociedad en Londres. Tardío, lo sé, pero más vale eso que nada.

—¿Nunca se te ha pasado por la cabeza que tal vez quería vivir la vida a mi manera, en lugar de casarme con el hombre que tú eligieras? —Se dio cuenta de que empezaba a levantar la voz—. Además, ¿cuántos hombres crees que volverán del frente? ¿Y en qué estado? ¡No creo que sean muy buen partido!

Miró a su alrededor y vio a Florrie, que entraba con la bandeja del té.

—Cielos —murmuró Emily—. Qué tacitas tan delicadas. Una se olvida de estas cosas. Últimamente estaba acostumbrada a tazas grandes de cerámica. Y a rebanadas de pan del tamaño de una hogaza.

Se sirvió una galleta y paladeó el delicado sabor. Mientras observaba la sala, dirigió la mirada hacia el jardín inmaculado y pensó en lo extraño que le resultaba todo aquello. Ella siempre había considerado que el estilo de vida de sus padres era algo inherente. A decir verdad, había sentido el anhelo de huir de todo aquello, de conocer cómo era el mundo real. Sin embargo, ahora que estaba a punto de enfrentarse a la cruda realidad del mundo, de averiguar si iba a convertirse en una paria toda la vida, anhelaba regresar ahí, a un lugar que se regía por el orden, la belleza y la seguridad. En ese instante decidió que estaba dispuesta a soportar el escrutinio constante de su madre. Pero ¿qué pensaría su madre del bebé? ¿Le preocuparía lo que pudieran decir sus amistades? ¿Y ella? ¿Podría convencer al mundo de que era una viuda de guerra como tantas otras? Lanzó una mirada fugaz para observar el gesto de satisfacción de su madre, que lucía el pelo recogido en un moño perfecto en la nuca y un collar de perlas en la garganta.

—Cielo santo, hija, que almorzaremos dentro de poco —exclamó la señora Bryce mientras Emily se servía tres galletas más.

La joven no podía confesarle que las necesitaba para aliviar las náuseas que sentía. En lugar de ello se limitó a decir:

—Hacía varios meses que no me daba un capricho como este. Trabajamos tanto que siempre tenemos hambre.

—¡Trabajar en el campo como campesinas! Te vi cubierta de barro y mugre. Nunca me había sentido tan avergonzada.

—¿Avergonzada? ¿Te avergüenza que mi trabajo consista en alimentar a la gente que vive en la ciudad y que de no ser por nosotras se moriría de hambre? ¿También te avergonzarías si fuera como Clarissa y estuviera cubierta de sangre de salvar a los soldados?

La señora Bryce se ruborizó.

—Podrías haber servido a tu país de otras formas. De una manera más digna para una chica de tu clase. Podrías haber sustituido a un hombre llamado a filas en ese bufete de abogados.

—Hice lo que necesitaban cuando me ofrecí como voluntaria. Y a pesar de lo duro que es el trabajo, he disfrutado de lo lindo. He disfrutado de la camaradería de las demás mujeres y de la sensación de logro que nos embarga al completar las tareas que nos encomiendan.

—Imagino que querrás volver a casa cuando finalice la guerra y te liberen del servicio —le dijo bruscamente la señora Bryce. A juzgar por su tono de voz, Emily no sabía si su madre confiaba en que respondiera de manera afirmativa o negativa.

—Depende de varias cosas. Sobre todo de que papá y tú estéis dispuestos a recibirme de nuevo.

—Nos causaste un profundo disgusto con tu reacción desobediente y desagradecida —afirmó la señora Bryce—. En los últimos meses he vivido hecha un manojo de nervios, preocupada por ti, por ese australiano al que te obcecabas en seguir viendo. La verdad es que ya no sé ni cómo me siento. Eres mi hija, claro, y como tal siempre sentiré una obligación hacia ti. Pero no sé si quiero tener que vivir en un enfrentamiento constante con alguien tan terco que se opone a todos mis deseos y sugerencias, y que ignora el consejo de sus padres, a pesar de que saben lo que más le conviene.

—Ya veo —murmuró Emily.

—¿Quieres volver a casa? ¿Regresar a tu antigua vida en el hogar de tus padres?

—Todavía no lo sé —confesó Emily—. Tal vez aún tarden en concedernos la licencia absoluta. No creo que los hombres vuelvan de la noche a la mañana. Además, muchos han muerto. Puede que necesiten el Ejército Femenino de la Tierra más tiempo de lo que creemos.

—Entonces, ¿te ves trabajando en el campo a largo plazo?

—Me limito a vivir el presente, mamá. —Emily se levantó—. Creo que subiré a la habitación a ver qué prendas puedo llevarme.

—¿Llevártelas? ¿Con qué motivo? ¿Acaso organizan un baile para campesinas? ¿Una fiesta de jardín? —preguntó con una risa cruel.

—Lo que ocurre es que estoy harta del uniforme, eso es todo —respondió Emily—. Es muy rígido, pesado y no abriga cuando hace frío. Así que me gustaría cambiarme de ropa cuando tengo el día libre.

Se fue de la sala antes de que su madre pudiera preguntarle algo más. Al llegar a su dormitorio, cerró la puerta y respiró hondo para aplacar los nervios, imbuyéndose de la serenidad que le infundían los colores suaves. Era imposible que funcionara, estaba visto. Si volvía allí, tendría que enfrentarse al desprecio de su madre a diario, que le diría que Robbie había sido un canalla que había intentado aprovecharse de ella. «¿Ahora ves por qué intentamos protegerte?», le diría ella con gesto triunfal. ¿Sería capaz de soportarlo? Lanzó un gran suspiro. Tal vez no le quedaba otra opción.

Abrió el armario y acarició las delicadas sedas y las suaves lanas. ¿Cuántas de esas prendas volvería a lucir? Se acercó al escritorio y miró por la ventana. Ahí, entre los arbustos, fue el lugar por el que entró Robbie en el jardín el día que se conocieron. Revivió el instante con claridad, su pelo rubio rojizo con rizos rebeldes, la forma en que se le iluminaban los ojos al verla. Aún no podía creer que no volvería a ver su sonrisa nunca más. Entonces sopló una ráfaga de viento que arrancó varias hojas de los árboles y dejó tras de sí un bosque de ramas desnudas.

Cuando bajó de nuevo, su padre ya había vuelto y estaba al tanto del regreso de su hija. Lo encontró sentado en un sillón de la sala de estar, con el *Times* abierto en las rodillas. Lucía un gesto serio pero justo, el mismo que empleaba, pensó Emily, cuando se dirigía a la sala en su tribunal.

—De modo que la penitente ha regresado con el rabo entre las piernas, ¿eh? Ya le dije a tu madre que no tardarías en aparecer por aquí. No sabes el disgusto que le has dado. Estaba alteradísima. Y ahora te presentas para hacer como si no hubiera ocurrido nada… Todo agua pasada, ¿verdad?

—No, papá. He venido porque tengo dos días de permiso y pensaba que tal vez queríais saber cómo estaba.

—Ya veo. Entonces, ¿no has vuelto para quedarte?

—De momento, no. —Respiró hondo—. Aún no nos han licenciado.

—No tardarán en hacerlo —le dijo advirtiéndole con un dedo—. El condenado káiser está de retirada, pero le haremos pagar por todo lo que nos ha hecho. Dentro de un mes, todo esto habrá acabado, recuérdalo. Y luego imagino que podría intentar buscarte trabajo con alguna de nuestras amistades. Supongo que una chica inteligente como tú no querrá pasarse la vida en casa, esperando un marido que tal vez no aparezca nunca.

Emily no supo qué decir y su padre interpretó su silencio como un gesto de sumisión.

—Creo que tu madre se alegrará de tenerte de nuevo en casa. No sabes lo sola que se siente. Lo único que la distrae un poco son los actos benéficos.

El gong los avisó para que acudieran al comedor, donde les sirvieron un consomé de ternera con picatostes, seguido de una platija al vapor con salsa de perejil. Después de tantos meses de estofados, los dos platos sabían a manjar de los dioses. Sin embargo, el ambiente en la mesa era gélido. Reinaba un silencio absoluto, solo roto por los sorbetones del padre, que eran recibidos con una mirada de desaprobación de la madre.

—¿Qué noticias hay de tus amigas y conocidas, mamá? —preguntó Emily al final, abrumada por el silencio atronador—. ¿Alguna buena nueva?

—Yo no me atrevería a decirlo así —respondió la señora Bryce—. Bueno, al hijo de los Thomas le han concedido la baja por invalidez y ha vuelto a casa, lo cual es un alivio para Myrna. Pero puede que sufra neurosis de guerra, algo muy preocupante.

—Neurosis de guerra —dijo el padre, asqueado—. Todas esas paparruchas no son más que una excusa para librarse del frente.

A fin de cuentas, es algo que no puede detectar ningún médico durante un examen físico.

—Una enfermera me dijo que algunos de los pacientes que tienen en la casa de convalecencia lloran de noche —terció Emily—. Algo debe de ocurrirles.

—Son unos pusilánimes, eso es lo que les pasa. Criados entre algodones por unos padres consentidores. Te aseguro que tu hermano nunca habría sufrido neurosis.

Se produjo otro silencio incómodo.

—¿Y los Morrison? ¿Todavía los ves?

Percibió un titubeo, una sensación de incomodidad. El señor Bryce carraspeó.

—Supongo que tarde o temprano te enterarías, de modo que será mejor que te lo diga yo. Mildred Morrison se ha comportado como una auténtica insensata y va a tener un hijo. Imagínatelo. Y sin estar casada.

—Phoebe Morrison se muere de la vergüenza —añadió la señora Bryce—, pero yo siempre dije que esa muchacha era un poco casquivana. No deberían haberla mandado a esa escuela progresista. Todas esas clases de danza interpretativa y las obras de teatro… No es bueno llenarle la cabeza de esas cosas a una chica. No obstante, nunca imaginé que se descarriaría de semejante manera.

—¿Qué le pasará a ella? —preguntó Emily, no sin un gran esfuerzo.

La señora Bryce se encogió de hombros.

—La han mandado a algún lugar lejos de aquí, claro. Supongo que habrán elegido una de esas residencias. El escándalo les arruinaría la vida. Nadie querría volver a hacer negocios con su padre. Y si tienen suerte, podrá volver al redil y sus padres afirmarán que estaba trabajando de voluntaria en algo relacionado con el ejército.

—A pesar de que ya han levantado la liebre —añadió el señor Bryce—. Si tú lo sabes, Marjorie, entonces es muy probable que lo sepa todo el mundo.

—No estarás insinuando que soy una chismosa, ¿verdad?

—Por supuesto que no, querida. Simplemente digo que quien te lo contara a ti, se lo habrá contado también a otra gente, y ya sabes que en un entorno rural como este los rumores vuelan.

—Pues tendré que eliminarlos de nuestra lista de actos sociales —apostilló la señora Bryce.

—No sé por qué han sido tan indulgentes con la muchacha —insistió el señor Bryce—. Su padre debería haberla echado de casa, ponerla en la calle sin miramientos. Es lo que habría hecho yo.

—¿Y qué será del niño? —preguntó Emily, orgullosa de su temple para mantener la compostura.

—Lo darán en adopción, imagino —respondió la señora Bryce—. O lo entregarán en un orfanato. Los Morrison no querrán que los relacionen con él.

Emily agachó la mirada a su plato, a la salsa blanca gelatinosa, y tragó la bilis. Se sentía como si fuera a vomitar en cualquier momento. Alice le había recomendado que tanteara el terreno y ya lo había hecho. Nada bueno podía esperar de sus padres.

Emily no sabía qué hacer el resto del día. Disfrutó de la luz del sol en su dormitorio, impregnándose de todos los detalles familiares: el edredón de seda con el que se tapaba de noche; el cuadro de un lago suizo en la pared; las muñecas que todavía estaban en un estante, observándola con gesto rígido y altivo. ¿Cómo iba a elegir lo que quería llevarse con ella? ¿Cómo podía meter toda una vida en una maleta pequeña? «Sé práctica —pensó—. Llévate solo lo que necesites de verdad». Pasó la tarde en su habitación, repasando el armario y los cajones, decidiendo qué prendas podría ponerse en el futuro. Se dio cuenta de que los vestidos más elegantes estaban diseñados para llevarlos con corsé. Aunque no engordara mucho, dudaba que pudiera volver a ponérselos jamás. No obstante, eligió un traje de dos piezas de sarga, un par de vestidos más sencillos que podían arreglarse sin demasiados problemas, así como varias enaguas, medias y chaquetas cálidas. Entonces miró la estantería de los libros y acarició los volúmenes que tan feliz la habían hecho de pequeña. Pero no podía llevárselos con ella, claro.

Sin embargo, sí que cogería las joyas. Al cumplir veintiún años le habían regalado algunas realmente bonitas y también había heredado un par de la familia. Tal vez necesitara venderlas algún día. Las sacó del joyero y las guardó en la puntera de las zapatillas.

Se preguntó si sus padres le enviarían sus pertenencias si algún día fijaba su residencia. Sin embargo, se dio cuenta de que no podría decírselo jamás. Tendría que inventarse algún tipo de excusa. Una tarea de voluntaria que la obligaba a viajar al extranjero, a Bélgica o acaso a Francia, para colaborar en la repatriación de los refugiados cuando finalizara la guerra. Sí, era la mejor opción. De este modo tendría que andar viajando de un lado a otro. Les escribiría cuando pudiera.

No obstante, no se veía con ánimo de contarles la mentira a la cara. En lugar de ello, interpretó el papel de hija abnegada durante la cena, en la que tomaron filete de ternera y empanada de riñones, dos platos demasiado contundentes. Le costó horrores probar la salsa espesa roja y tragar los trocitos de riñón.

—No tienes mucha hambre, ¿verdad? —le preguntó su padre—. Y yo que creía que trabajar en el campo te habría enseñado apreciar más la comida.

—Últimamente como mucho, papá. Pero es que los riñones nunca me han gustado demasiado y ahora que trabajo en una granja y he visto cómo sacrifican a los animales, lo veo con otros ojos.

—Tonterías. Los riñones son sanísimos. Tienen mucho hierro. Come.

Tuvo que hacer un esfuerzo para tomar un par de bocados más, pero el resto lo escondió bajo la col. No le costó tanto saborear el *apple crumble* con crema, y la copita de porto después de la cena le asentó un poco el estómago.

A la mañana siguiente, les dijo que tenía que reunirse con las demás en la estación para regresar a la pensión. Le había pedido a Florrie que le bajara una maleta del desván y se la llevó.

—¿A qué viene tanto equipaje? —le preguntó el padre cuando la vio cargándola en el coche—. ¿Has planificado una estancia larga?

—No, papá. Son solo algunas prendas de ropa para ponérmelas cuando tenga el día libre, y los libros que me apetece releer. Me aburro bastante de noche.

—Es lógico. No creo que esas campesinas tengan una conversación muy interesante. Aun así... —Le dio una palmadita en la rodilla al subir al vehículo—, todo acabará en breve, ¿a que sí?

»Yo empezaré a buscarte un trabajo de verdad. Deberías aprender mecanografía. Creo que habrá mucha demanda de secretarias. Y después de la temporada que has pasado trabajando en el campo, escribir a máquina te parecerá pan comido.

Se detuvieron frente a la estación.

—Adiós, papá —dijo Emily y le dio un beso en la mejilla.

La joven esperó en la acera viendo cómo se alejaba y a continuación siguió al mozo de equipaje hasta el andén.

Capítulo 22

Emily llegó a la granja y cuando empezó a subir las escaleras cargando la maleta, la señorita Foster-Blake apareció en el pasillo.

—Me gustaría hablar contigo cuando hayas dejado tus cosas en la habitación.

A Emily le dio un vuelco el corazón. ¿Qué había hecho ahora? Había regresado a tiempo. Había recibido permiso para ausentarse un par de días. Dejó la maleta bajo la cama, colgó el impermeable y el gorro, y se recogió el pelo con horquillas antes de bajar.

La señorita Foster-Blake estaba sentada a su escritorio en la habitación diminuta que utilizaba como despacho. Le hizo un gesto a Emily para que tomara asiento.

—Espero que hayas disfrutado de tu visita a casa.

—La verdad es que el encuentro ha sido un poco tenso. Mis padres me han dejado muy claro que no están conformes con mis actos de desobediencia.

—¿Qué ocurrirá cuando concluya la tarea actual? —preguntó la capataza—. ¿Regresarás a casa para ejercer de hija obediente?

—Pues… Aún no lo sé —admitió Emily—. No he decidido qué voy a hacer.

—Lo sé, Emily —contestó la mujer con voz queda.

Emily la miró horrorizada.

—Me lo dijo Alice —prosiguió la capataza—, y antes de que le eches las culpas a tu compañera, fui yo quien la abordó y quien la obligó a contarme la verdad. Tenía mis sospechas. He visto a otras chicas en tu estado. Esas visitas precipitadas al baño a primera hora de la mañana. El desmayo.

Emily guardó silencio.

—Quiero que sepas que no te juzgo. Bien sabe Dios que amabas a ese joven, y que él tenía la intención de casarse contigo. Hay tantas muchachas que han pasado por lo mismo… Solo quiero ayudarte.

Emily la miró sorprendida. El tono que empleaba no se parecía en nada al de sargento mayor que solía utilizar con ellas.

—No sé qué hacer —admitió ella.

—¿Se lo has contado a tus padres?

—Por suerte, no. Hablaron de la hija de unos conocidos que se encuentra en una situación muy parecida a la mía, pero reprobaron su actitud de forma tan cruel que, sin quererlo, disiparon todas las dudas que albergaba sobre cómo recibirían mi noticia. Jamás me perdonarían.

—Entonces, ¿qué piensas hacer?

—No lo sé. —Se miró las manos—. No tengo ni la más remota idea.

—Tal vez pueda ayudarte —dijo la señorita Foster-Blake—. Tengo una amiga que forma parte de la junta de un hogar para chicas como tú. Está en Somerset, aislada en medio de las colinas. Y está dirigido por unas monjas. Si quieres, puedes seguir trabajando aquí mientras necesitemos de vuestros servicios, y luego irte allí hasta que nazca el niño.

—¿Y qué le ocurrirá a mi bebé? —preguntó Emily.

—Las monjas se encargarán de buscarle una familia adoptiva. Tú podrás volver a tu casa y nadie sabrá nada de lo ocurrido.

—No lo entiende —replicó Emily—. No quiero darlo en adopción. Amaba a Robbie Kerr y este hijo será lo único que me quede de él. Me da igual lo que me cueste o lo que tenga que hacer, pero no voy a entregarlo.

—Creo que deberías ser más racional, querida. Tienes toda la vida por delante y un futuro esperanzador. ¿Qué te ocurrirá si tienes que cargar con un niño? ¿Cómo te las arreglarás para mantenerlo? ¿Quién cuidará de él cuando tengas que trabajar? Y ten por seguro que te verás obligada a trabajar.

—No lo sé —respondió Emily—. Lo único que tengo claro es que no pienso rendirme. En el trayecto de vuelta aquí, valoré la posibilidad de irme a Australia. Tal vez los padres de Robbie quieran conocer a su nieto. Y tal vez estén dispuestos a acogerme.

—¿Y si no es así? ¿Y si no aceptan que el bebé es de su hijo?

—Pues tendré que buscar trabajo en Australia. Puedo decir que soy viuda de un militar.

—Pero no puedes viajar en tu estado —le recordó la señorita Foster-Blake—. Además, ¿cómo pagarás el pasaje?

—Me he traído las joyas de casa. Si es necesario, puedo venderlas.

—Te pido que lo medites. La sociedad no suele tratar muy bien a las madres solteras. ¿No tienes ninguna amiga o familiar que pueda acogerte?

—Mis amigas de la escuela ya se han casado o están trabajando de voluntarias. Mi mejor amiga es enfermera en Francia. —La asaltaron las dudas al pensar en cómo se tomaría la noticia Clarissa, pero llegó a la conclusión de que tampoco se escandalizaría después de todo lo que debía de haber visto—. Aparte de ella, solo tengo a los amigos de mis padres. Y mis únicos familiares son dos tías abuelas que reaccionarían igual de mal que mis padres.

—En tal caso, creo que al menos deberías ir al hogar de acogida de Saint Bridget hasta dar a luz. Y luego tendrás que tomar una serie de decisiones nada fáciles. No puedo decir que te envidie.

Emily se levantó.

—Le agradezco su preocupación y la ayuda que me ha brindado —afirmó—, pero soy yo quien debe valorar mis opciones. Le comunicaré mi decisión en cuanto la haya tomado. —Ya en la puerta, se volvió—. Me gustaría pedirle que no se lo dijera a las demás.

—Por supuesto que no —le aseguró la señorita Foster-Blake—. Ya lo harás tú cuando estés preparada, pero creo que estarán todas de tu parte.

Emily regresó al dormitorio y se subió a la litera de arriba, donde se sentó, abrazándose las rodillas. ¿Debía escribir a los padres de Robbie? ¿Querrían conocer a su nieto? Él le había dicho que le había hablado a su madre de ella, pero ¿qué le había contado? ¿Y si creían que era una chica cualquiera que había conocido? Agradable, sí, pero ello no implicaba que fuera alguien importante para él. ¿Cómo podía demostrarles que el niño era suyo? Además, tal y como había dicho la señorita Foster-Blake, no podía enfrentarse a una larga travesía por mar ella sola y en su estado, con la incertidumbre de lo que la esperaba al final. Por ello decidió esperar a que naciera el bebé, y de este modo podría mandarles una fotografía a los padres de Robbie. Sin embargo, no tardó en caer en la cuenta de lo absurdo de la situación: ¿de dónde iba a sacar el dinero para hacer una fotografía?

Estaba a punto de echarse, cuando vio una carta de Clarissa en su almohada. La abrió y la leyó rápidamente.

Cabía esperar que la situación se calmara un poco después de que los alemanes se desplazaran hacia el sur y nosotros lanzáramos la última gran ofensiva, pero tenemos más trabajo que nunca por culpa de un brote de gripe. La gripe española, la llaman, y es especialmente agresiva. Hombres adultos y sanos la contraen y mueren al cabo de pocos días. Los médicos no dan crédito y poco

podemos hacer para salvar a los enfermos. Rezo a
Dios para que no llegue a Inglaterra.

La misiva proseguía y Clarissa quería saber más sobre Robbie,
cómo le iba y qué planes de boda tenía su amiga.

Si quieres que sea dama de honor, elige un
vestido azul. Ya sabes que combina muy bien con
mis ojos.

Era todo tan absurdo que no daba crédito. Cerró los ojos
para reprimir las lágrimas. ¿Podía escribir a Clarissa y contarle la
verdad?

Decidió que podía confiar en su amiga, pero prefirió no revelarle su estado aún, ya que se sentía superada por las emociones.
Al margen del comportamiento de sus padres, seguían siendo sus
padres y los quería a pesar de todo. Era plenamente consciente de
que se estaba alejando de la casa en la que había crecido, de la seguridad de su infancia. A partir de ese momento, no habría nadie que
cuidara de ella.

Estaba tumbada en la cama cuando oyó que alguien subía
las escaleras. Dirigió la mirada hacia la puerta y vio entrar a una
desconocida con el pelo oscuro, un peinado bob, el flequillo
recto y pintalabios rojo. Emily la miró de nuevo y se incorporó
sorprendida.

—¿Alice?

—¿Qué te parece? —Se tocó el pelo—. Pensamos que, como
íbamos vestidas muy elegantes, era mejor no desentonar y decidimos cortarnos el pelo. Daisy y yo fuimos a la peluquería en Tavistock
ayer, y luego a la farmacia a comprar pintalabios y colorete.

—Estás guapísima. Qué glamur —dijo Emily.

Sin embargo, Alice no tardó en adoptar un gesto serio.

—¿Qué tal te fue por casa?

—No muy bien —confesó Emily—. Horrible.

—¿Se lo dijiste?

—No tuve la oportunidad de hacerlo. Antes de que pudiera reaccionar, lanzaron una invectiva contra la hija de unos amigos que se encuentra en la misma situación que yo. Dijeron cosas auténticamente horribles. Mi padre se descolgó con que si fuera su hija, la habría echado de casa… —Se le quebró la voz—. Por eso decidí hacer la maleta y marcharme.

—Lo siento, cielo —le dijo Alice—. Has soportado mucho más de lo que debería aguantar cualquier ser humano. Pero no te preocupes, que nosotras no te abandonaremos.

—Pero ¿qué haremos cuando nos vayamos de aquí? Yo no tengo adónde ir, ¿y tú?

—Yo tengo un rinconcito. No es gran cosa. Y también tengo familiares en Londres, pero la verdad es que ya he decidido que no quiero volver ahí. He aprovechado estos dos últimos días para meditar y ¿sabes qué pienso? Que me gustó mucho el pueblo al que nos mandaron. Disfruté de la compañía de Nell Lacey y la pobre lo está pasando mal para sacar el pub adelante. Por ello he pensado en ofrecerle mis servicios. No espero que pueda pagarme, pero sí ofrecerme un techo y, a cambio, yo le echaré una mano con el pub y con su marido cuando vuelva a casa.

—Ah —murmuró Emily, que intentó fingir alegrarse por Alice, aunque se dio cuenta de que su plan no la incluía a ella—. Es una idea fantástica.

—No sería algo definitivo, solo hasta que el mundo regrese a la normalidad. —Miró a Emily—. Tú también podrías venir. Seguro que tienen varias habitaciones vacías.

Emily negó con la cabeza.

—No, ni hablar. No quiero ser una carga para nadie. He ahorrado todas las pagas, lo que me permitiría pagarme el alojamiento y la comida durante un tiempo. También podría vender algunas joyas, pero no quiero caridad.

—No es caridad cuando una amiga quiere echarte una mano —replicó Alice.

—Mi deshonra acabaría manchándote también a ti.

—Eso son tonterías y bien que lo sabes. Además, lo que tienes que hacer es contarle a la gente que eres una viuda de guerra. Hay muchísimas. Nadie lo cuestionará. Ahí no saben que solo estabas prometida. No correrías ningún riesgo.

—No, se lo conté a lady Charlton. Le dije que íbamos a casarnos y que nos iríamos a vivir a Australia. Hasta me dio una brújula como regalo de boda. De modo que, si ella lo sabe, la señora Trelawney también. Y si la señora Trelawney lo sabe, lo sabrá también todo el pueblo.

—Yo no estaría tan segura. En el pueblo nadie soporta a la señora Trelawney. Creen que es una rencorosa con delirios de grandeza.

Emily miró por la ventana. Era un día radiante y varias nubes de algodón surcaban el cielo. Le vino a la cabeza la escena que presenciaron en el páramo, el optimismo que las embargaba, el aspecto idílico del pueblo. Y entonces pensó en la casita.

—Podría hacer una cosa —murmuró—. Podría pedirle a lady Charlton que me dejara vivir en la casita a cambio de seguir trabajando en el jardín. No creo que vayan a regresar muchos jardineros del frente, así que podría serle útil.

—¿Preferirías vivir en ese cuchitril que en una habitación del pub?

—Sí —respondió Emily—. Pero antes tendría que contarle la verdad a lady Charlton para que pudiera decidir libremente.

—Bueno, al menos estaríamos cerca y podría cuidarte. Asegurarme de que comes bien —dijo Alice—. Y entre las dos podríamos adecentar la casa. No le vendría nada mal una mano de pintura, una limpieza a fondo y unas cortinas nuevas.

—Sí —concedió Emily—. Creo que podría quedar muy bonita.

En ese momento entró Daisy en la habitación y sonrió al ver a Emily.

—Has vuelto —dijo—. ¿Ha ido todo bien con tu familia? ¿Qué te parece mi peinado? —Llevaba un bob más corto que oscilaba a la mínima que movía la cabeza—. Es muy fresco y cómodo. Mi padre me matará cuando vuelva a casa, pero tampoco estoy muy segura de que vaya a regresar. Lo que está claro es que no pienso trabajar de nuevo en ese lugar.

—Deberías venir con Emily y conmigo al pueblo —le propuso Alice.

—¿Qué pueblo? ¿Cuándo?

—Cuando nos echen de aquí —respondió Alice—. Quiero preguntarle a Nell Lacey si necesita ayuda con el pub y Emily ha pensado en mudarse a la casita.

—¿La casita? ¿La encantada? —Daisy la miró preocupada—. ¿Por qué?

—Porque quiero un lugar para mí sola, donde nadie pueda verme.

—Pues no lo entiendo. —Daisy frunció el ceño—. Tienes una casa preciosa que te está esperando.

—Ya no. No puedo volver con mis padres. Voy a tener un niño.

—Caray —dijo, utilizando la expresión favorita de Alice.

—No se lo cuentes a las demás, por favor.

—Tranquila, no diré nada. Lo siento por ti. Pero al menos no dejarás que te envíen a uno de esos hogares. He oído auténticas historias de terror sobre ellos. Cuando nace el bebé, te lo quitan y no te dejan verlo más.

—No, no pienso ir a ningún hogar —manifestó Emily—. No sé cómo, pero saldré adelante.

—¿Crees que lady Charlton te dejará vivir en la casita? —preguntó Daisy.

—Lo ignoro. Tendré que intentarlo y, si no quiere, pues ya veré qué hago. Pero me gustaría vivir ahí porque así estaría cerca de Alice y del pub.

—¿Y yo qué? No puedes dejarme atrás —protestó Daisy—. Quiero ir donde tú vayas.

—A lo mejor alguna de las otras mujeres necesita a alguien que la ayude en casa —afirmó Alice—. La señora Upton de la tienda, o la señora Soper de la herrería.

Daisy esbozó una sonrisa.

—No me veo trabajando de herrera, pero podría ser doncella. Lady Charlton solo tiene a esa tan vieja, Ethel que, además, es miope, ¿verdad? He visto la capa de polvo de esa casa...

—Pero yo creía que no querías volver a trabajar en el servicio —replicó Alice.

—No, pero de momento tendré que conformarme e ir adonde me necesiten. Así estaría cerca de vosotras dos.

—Bien dicho. —Alice dio varias palmadas—. Pues ya está todo decidido.

—Si vamos a irnos juntas, necesito que me hagáis un favor —les pidió Emily.

—¿De qué se trata? —preguntó Alice.

—¿Podríais buscar unas tijeras y cortarme el pelo también?

Daisy se fue corriendo al despacho de la capataza y volvió con un par de tijeras enormes. Emily se quitó las horquillas, agitó la cabeza y dejó que la melena se deslizara por sus hombros.

—Hazlo tú, Alice —le pidió Daisy—. Tengo miedo de equivocarme.

—¿Estás segura, Emily? —preguntó Alice, que miró a Daisy hecha un manojo de nervios—. Es un gran paso. Daisy y yo no tenemos nada que perder, pero tu familia...

—Ya lo creo. Si vosotras os convertís en mujeres modernas, yo también.

—Perfecto, pues vamos allá.

Alice le sujetó la melena y las tres oyeron el agradable sonido del tijeretazo. El mechón de pelo cayó al suelo. Emily se quedó quieta, conteniendo el aliento, mientras el pelo iba cayendo a su alrededor.

Capítulo 23

Al final se licenciaron del Ejército Femenino de la Tierra antes de lo esperado. Llegó una racha de mal tiempo que convirtió los campos en pantanos y no tardaron en darse cuenta de que no podrían plantar nada más. Poco después, las reunió la señorita Foster-Blake.

—El gobierno de Su Majestad les agradece el servicio —dijo—. La mayoría no tendrán que reincorporarse hasta la próxima primavera, pero tal vez no sea necesario si finaliza la guerra y los hombres vuelven a casa. Estoy buscando voluntarias que deseen quedarse a trabajar durante el invierno con los granjeros que tengan ganado. Hemos recibido peticiones de ayuda para ordeñar vacas y una para cuidar de una piara de cerdos.

—A mí no me engañan otra vez para trabajar con cerdos —le murmuró Alice a Emily, que estaba a su lado—. Y tampoco me entusiasmaba ordeñar a las vacas.

—Me ofrezco voluntaria para los cerdos —dijo una voz desde el fondo y todas se volvieron.

Era la señora Anson, que sonrió al ver los gestos horrorizados de sus compañeras.

—Es que esos animales me fascinan. Son criaturas muy inteligentes y las crías me parecen adorables.

Se ofrecieron un par de voluntarias para ordeñar vacas.

—Gracias —les dijo la señorita Foster-Blake—. A las demás, mañana vendrán a recogerlas a primera hora para llevarlas a Tavistock.

Emily se acercó a la capataza mientras las demás se dispersaban.

—Hemos pensado en volver a Bucksley Cross. ¿Cree que el autobús o la furgoneta podría llevarnos? —La instructora la miró sorprendida—. Es que nos gustaría pedir trabajo y pasar el invierno allí.

—¿Hay alguien dispuesto a acogerlas? —preguntó, con gesto de preocupación.

—Eso espero. Tengo un plan y, si no funciona, pues tendré que pensar en otro. Pero Alice sí que tiene un lugar donde sabe que será bienvenida, así podrá cuidar de mí. Y es probable que Daisy también encuentre trabajo.

La señorita Foster-Blake le puso una mano en el brazo.

—¿Estás segura de hacer lo correcto? El invierno puede ser muy crudo y desangelado en un lugar como el páramo. Además, no tendrás a ningún médico cerca. Te daré mi tarjeta y siempre puedes contactar conmigo si cambias de opinión sobre el hogar de acogida.

—Es usted muy amable —dijo Emily—, pero confío en que mi plan salga adelante. Además, estoy firmemente decidida a no entregar a mi hijo en adopción.

Se reunió con sus amigas y recogió sus pertenencias.

—No puedo decir que me dé pena irme de este estercolero —dijo Alice—. Con el invierno a la vuelta de la esquina, empieza a hacer un frío de mil demonios. Tampoco echaré de menos tener que plantar las condenadas cebollas.

—Opino lo mismo —intervino Daisy—. Aunque me gustaba conversar con todas nuestras compañeras. Era parte de la diversión, ¿no creéis? Y también me gustaba coger las manzanas. Y cuando las tres nos fuimos a trabajar al jardín de lady Charlton.

—Si tanto te gusta, puedes venir a echarme una mano con el cortacésped, Daisy… —dijo Emily entre risas.

Daisy la miró con preocupación.

—¿Y si lady Charlton no necesita otra doncella? ¿Y si no me quiere nadie?

Alice le rodeó los hombros huesudos con un brazo.

—No te preocupes, tesoro. No te dejaremos en la estacada. Te prometo que encontraremos un lugar para ti, pero creo que la anciana tendría que hacerse mirar la cabeza si no aceptara tu amable oferta sin pensárselo. Cualquiera puede ver que esa casa necesita una buena mano de limpieza.

—Qué suerte tenéis las tres —dijo Maud, inmiscuyéndose en la conversación—. Sabéis lo que queréis hacer, pero yo no tengo ni idea. Podría volver a mi casa, pero mi madre siempre anda dándome órdenes y tengo seis hermanos y hermanas, por lo que no me queda más remedio que compartir la cama y, además, no hay trabajo para mí.

—Pues danos tu dirección, Maud —le pidió Alice—. Y si encontramos algo para ti, te avisamos.

—¿De verdad? Qué buenas. Sois unos ángeles. —Se dibujó una sonrisa radiante en su rostro apacible.

A la mañana siguiente, llegó un camión viejo y destartalado para llevar a las demás a Tavistock, luego regresó para acompañar a Emily, Alice y Daisy a Bucksley Cross, y las dejó con su equipaje en el prado comunal. Emily y Daisy esperaron mientras Alice iba al pub. Tardó un buen rato, pero salió con una sonrisa de oreja a oreja.

—Nell Lacey casi rompe a llorar cuando le he contado nuestro plan. Me ha dicho que no sabía cómo se las iba a arreglar cuando su marido volviera a casa y que yo era más buena que un ángel.

Esperaron para que siguiera con la historia y cuando Alice les vio la cara añadió:

—Ah, y le he dicho que a lo mejor tú también te quedabas en el pub, según como te fuera con lady Charlton. Si quieres puedes dejar tus cosas aquí de momento.

La chimenea del pub estaba encendida y reinaba un ambiente muy cálido. Nell les puso un té y se sentaron junto al fuego. Emily intentó postergarlo todo al máximo, pero al final dijo:

—Será mejor que vaya a verla. Quiero saber lo que me espera.

—¿Saber qué? —preguntó la señora Lacey.

—Quiere instalarse en la casita.

Nell inclinó la cabeza hacia atrás y soltó una carcajada.

—No se me ocurre qué argumentos podría utilizar para impedirlo. ¿Quién más querría vivir ahí?

—Es algo más complicado de lo que parece a simple vista —afirmó Emily—. Pero espero que tenga razón.

Se abrochó el abrigo por encima del uniforme que iba a ponerse por última vez y se dirigió hacia Bucksley House con paso firme. Esta vez llamó a la puerta principal. Le abrió la señora Trelawney, que adoptó un gesto de recelo al ver a Emily.

—Ah, tú otra vez. ¿Qué quieres?

—Me gustaría hablar con lady Charlton, por favor —pidió Emily con toda la amabilidad de que fue capaz—. ¿Puede recibirme?

—Voy a ver. —La mujer se volvió y se fue, dejándola en la puerta. Al cabo de poco regresó con el ceño fruncido—. La señora te recibirá ahora. Límpiate los pies en el felpudo.

Emily obedeció y siguió a la señora Trelawney por el pasillo, hasta el salón. La anciana estaba sentada junto a la chimenea y la recibió con una gran sonrisa nada más verla.

—Qué sorpresa tan agradable —dijo—. Creía que te habías ido para siempre. A estas alturas te hacía de travesía a Australia. De hecho, saqué el atlas para trazar la ruta. —Miró a la señora Trelawney, que esperaba en la puerta—. Tomaremos café aquí mismo, señora Trelawney. Y tráiganos también un poco de su pan de jengibre. —Se volvió hacia Emily—. Siéntate, querida. Acerca una silla. Ha refrescado bastante.

Emily acercó una silla tapizada a la chimenea y miró a lady Charlton, que la observaba con detenimiento.

—¿Has decidido convertirte en hombre?

—¿En hombre? —preguntó Emily, confundida. Había ensayado tantas veces lo que iba a decirle, que su pregunta la pilló del todo desprevenida.

—El pelo, jovencita. Pareces un hombre.

—Ah, el pelo, sí. —Emily se atusó el peinado—. He decidido convertirme en una mujer moderna. Además, es mucho más cómodo que llevarlo largo.

Lady Charlton todavía la observaba con el ceño fruncido.

—Debo admitir, no sin cierto pesar, que te queda bien. Aunque yo no tengo ningún interés en convertirme en una mujer moderna. Bueno, cuéntame, ¿se ha pospuesto el viaje a Australia?

Emily respiró hondo.

—No voy a ir a Australia, lady Charlton. Mi prometido falleció. Su avión se estrelló.

—Oh, cuánto lo siento. Ha debido de ser un duro golpe.

—Sí —admitió Emily con la voz quebrada—. No me lo esperaba.

Se hizo un incómodo silencio, que solo rompía el lento tic tac del reloj de pie y el chisporroteo de los leños.

—Y ahora, ¿qué harás? —quiso saber lady Charlton.

—Eso es justamente lo que me trae por aquí —dijo Emily—. Me gustaría hacerle una propuesta.

—¿Una propuesta? —preguntó lady Charlton con una sonrisa.

—Quisiera pedirle permiso para vivir en la casita y, a cambio, seguiré cuidando de su jardín. No le pido que me pague, solo que me permita almorzar en casa y que el señor Simpson me traiga madera o carbón para la chimenea y la cocina.

Lady Charlton la miró con gesto circunspecto.

—¿A santo de qué me pides todo eso?

—Porque, dicho en pocas palabras, no tengo adonde ir. Mis padres y yo no mantenemos buena relación…

—¿Has discutido con ellos?

—No les gustaba mi prometido.

—Ya veo. Pero romper el contacto con tu familia es una decisión muy grave, querida. Puede que en el futuro te arrepientas.

Emily vaciló y respiró hondo.

—Quiero ser sincera con usted: estoy embarazada. El teniente Kerr y yo no tuvimos tiempo de casarnos antes de que muriera, a pesar de que me había pedido matrimonio y me había entregado un anillo. Sin embargo, a ojos de la sociedad, soy una descastada. Mis padres me han dicho a las claras lo que piensan de las chicas en mi situación. De modo que comprendería si no deseara que la relacionaran con alguien de mi condición.

Lady Charlton seguía observándola con el ceño fruncido.

—No pienso permitir que trabajes en mi jardín —dijo.

Emily hizo el ademán de levantarse.

—Lo entiendo. No la molestaré más.

Lady Charlton le hizo un gesto con la mano para detenerla.

—No, ni hablar. No seas tonta. Me refería a que no puedes realizar un trabajo tan exigente físicamente, dado tu estado.

—No me importa —le aseguró Emily—. No soy una inválida. Es cierto que tal vez no pueda manejar el cortacésped yo sola, pero puedo arrancar las malas hierbas, podar los árboles y atender el huerto.

—Quizá durante un mes, pero aquí el invierno es implacable. Tengo una contrapropuesta. Necesito que alguien catalogue las colecciones de objetos y los libros de mi marido. Llevo tiempo pensando en hacerlo, pero a medida que pasan los años me puede más la pereza. Y temo que tal vez me vea obligada a vender algunas de las piezas para mantener todas las propiedades si no podemos volver a poner en marcha la granja en breve.

—Puedo ayudarla en eso, delo por hecho. Es más, sería un gran placer para mí.

—Y tampoco voy a permitir que vivas en la casita. Te buscaremos una habitación en la casa.

Emily negó con la cabeza.

—Muchas gracias, pero debo rechazar su amabilidad. Preferiría vivir sola. No quiero que la señora Trelawney se sienta obligada a dispensarme un trato especial.

La anciana la miró fijamente y asintió.

—Lo entiendo. Necesitas disponer de tu propio espacio para pasar el duelo.

Emily le devolvió la mirada.

—Sí, eso es. Desde que supe lo ocurrido, nos hemos pasado todo el día trabajando en el campo. De noche compartía habitación con cinco mujeres más. Y luego llegó la noticia del bebé... He enterrado el dolor.

—No te dejes dominar por él —le recomendó lady Charlton—. Sabes que lo superarás. Ahora te parece imposible, pero lo conseguirás. Y con el tiempo, pensarás en tu prometido con cariño.

—Entonces, ¿puedo instalarme en la casita? —preguntó Emily, que empezaba a sentirse abrumada por la conversación—. ¿Puedo pedirle carbón o leña a Simpson?

—Tienes mi bendición —respondió la anciana—. Pero ¿por qué no comes aquí en la casa?

—Sin duda es una oferta sumamente tentadora, pero debo aprender a ser independiente. A lo largo de mi vida siempre me han criado entre algodones. Ahora voy a ser responsable de una criatura. Le agradecería que pudiera almorzar aquí si fuera a trabajar en el jardín, pero en caso contrario...

—Espero que pueda convencerte de que cenes conmigo de vez en cuando —dijo lady Charlton—. Sería un gran placer disfrutar de tu compañía. No hay nada más tedioso que cenar sola.

—En tal caso, estaré encantada de acompañarla.

—Pues no hay más que hablar —afirmó la anciana—. Si lo deseas puedes atender el jardín. Entendería que no quisieras pasarte el día encerrada en casa con una vieja como yo. Pero cuando el tiempo no sea propicio para trabajar al aire libre, tú y yo nos dedicaremos a catalogar las colecciones. —Una mirada nostálgica le iluminó el rostro—. Además, podría ser de gran ayuda si decido vender Bucksley House.

—¿Cree que podría verse obligada a vender?

Lady Charlton esbozó una sonrisa cansada.

—Esta casa tan grande no es la más adecuada para una anciana como yo. No dispongo del personal necesario para llevarla. La pobre Ethel está tan mal de las articulaciones que apenas puede subir las escaleras. Esta casa necesita una familia. Savia nueva y risas. Felicidad.

—¿Qué ocurrirá con el título de su marido? ¿No tiene ningún heredero?

—Me temo que el título murió con él. No tenemos familiares directos, solo un par de primas. —Lanzó un suspiro—. Nadie puede reclamar el apellido Charlton con legitimidad. —Hizo una pausa y se rio—. Lo cual no deja de ser una suerte, ¿no crees? Porque en tal caso a estas alturas tal vez ya me habrían echado. Por regla general, los herederos no suelen tener reparos en deshacerse de las viudas ancianas como yo.

Emily vaciló, respiró hondo y dijo:

—Me gustaría pedirle una cosa más. Preferiría que el resto del pueblo no estuviera al corriente de lo del bebé y de cuál es mi situación actual. Al menos de momento.

—No te preocupes, querida. Diremos que eres una viuda de guerra, como tantas otras. Hoy en día nadie cuestionará tu palabra. ¿Cómo me has dicho que se llamaba tu prometido?

—Teniente Robert Kerr.

—Pues en tal caso eres la señora Kerr, viuda de guerra. La verdad quedará entre nosotras dos.

Emily miró a lady Charlton y notó que los ojos se le anegaban en lágrimas. Nunca se habría imaginado que esta anciana tan altiva podía ser tan amable. Era una respuesta a sus plegarias.

—Gracias. Es usted muy comprensiva —le dijo Emily.

Se abrió la puerta y entró la señora Trelawney con una bandeja y un servicio de café de plata. Emily se preguntó si había estado escuchando desde fuera. ¿Había oído algo?

—No quedaba mucho pan de jengibre —murmuró la mujer al dejar la bandeja en una mesita—. Ya se había comido el resto, por eso les he traído galletas.

—Pues haga más —insistió lady Charlton con terquedad—. Ya sabe cuánto me gusta.

—No poseo el don de la magia —replicó la señora Trelawney con la misma terquedad—. Aún tenemos racionamiento y en la tienda del pueblo no queda melaza negra.

Estaba a punto de hacer una salida triunfal, cuando lady Charlton añadió:

—Pídale a Ethel que traiga ropa de cama para... —hizo una pausa— la señora Kerr. Acaba de conocer la triste noticia de que su marido ha muerto en combate.

—¿Se alojará aquí? —preguntó la señora Trelawney frunciendo el ceño.

—No, me instalaré en la casita —dijo Emily—, así no la molestaré.

La señora Trelawney se fue entre resoplidos y ambas la oyeron decir:

—¿Ethel? ¿Dónde estás? Hay que subir al armario de la ropa blanca y yo tengo que preparar el almuerzo.

Emily intercambió una sonrisa con lady Charlton.

—Me temo que no soy muy del gusto de la señora Trelawney.

—Con el paso de los años ha ido cediendo a la indolencia —manifestó lady Charlton—. Si sigue trabajando aquí es porque está a mi servicio desde que llegué a esta casa hace treinta años y porque no me apetece empezar de cero con otra empleada. —Hizo una pausa y lanzó una risa ronca—. Y porque tiene un sueldo asequible. —Se le ensombreció el rostro de nuevo—. Además, siente una devoción semejante a la de un perro con su amo.

Emily tomó un sorbo de café con alivio. ¿Cuánto tiempo hacía que no bebía café en una taza de porcelana de ceniza de hueso? Apuró el café con pesar y estaba a punto de irse a la casita cuando recordó algo:

—Creo que sé cómo podría aliviar la carga de trabajo para Ethel y la señora Trelawney. ¿Recuerda a mi compañera más joven, Daisy, que me ayudó a arreglar el jardín? También ha sido doncella y estaría dispuesta a trabajar para usted. No creo que le pida un sueldo astronómico.

—¿Se lo has preguntado?

—Sí, fue ella misma quien me lo sugirió. Cuando estuvimos aquí vio que a la casa no le vendría nada mal un par de manos más y se da la coincidencia de que no tiene adónde ir.

—¿También está encinta? —se apresuró a preguntar lady Charlton.

Emily no pudo reprimir la risa.

—No, lo que ocurre es que no desea regresar a la casa en la que trabajaba. El señor tenía las manos muy largas.

—Entiendo. —Lady Charlton asintió—. Eres una caja de sorpresas, señorita Bryce... o tal vez debería decir señora Kerr. Por supuesto que acepto tu amable oferta. No me cabe duda de que Ethel estará muy agradecida de poder contar con su ayuda. La señora Trelawney también, pero no confío en que exteriorice sus sentimientos.

—Entonces iré a decírselo en cuanto haya llevado la ropa de cama a la casita. —Emily se levantó y le tendió la mano a la anciana—. No sé cómo agradecérselo. De no ser por usted, no quiero ni pensar lo que habría sido de mí.

—Lo he hecho por puro egoísmo —afirmó la anciana—. Disfruto de tu compañía y estoy harta de vivir sola.

Mientras Emily se dirigía a las habitaciones del servicio, se cruzó con Ethel, que apareció cargando con varios juegos de sábanas y mantas.

—Aquí tiene, señorita, aunque no me cabe en la cabeza por qué desea vivir en esa casita. Dicen que está encantada.

—Maldita, eso es lo que está. —La señora Trelawney salió de la cocina—. Todas sus inquilinas han sufrido desgracias. Dos asesinatos, un ahorcamiento... De modo que o bien está maldita, o lo están las mujeres que se han instalado en ella. No sabría decir cuál de las dos opciones es la buena —dijo y acompañó sus palabras de una sonrisa malvada.

Mientras Emily bajaba por la colina, zarandeada por el viento, se cruzó con Simpson, que cargaba un buen fajo de leña con los brazos.

—Vaya, ¿qué hace usted por aquí de nuevo? —le preguntó.

—Voy a vivir durante una temporada en la casita. Me alegra que nos hayamos encontrado porque quería preguntarle si tendría la amabilidad de traerme carbón o leña, o lo que necesite para encender la chimenea y la cocina.

—¿Va a instalarse en la casita? ¡Pues vaya! ¿Ya se lo ha pensado bien?

—Sí... al menos por el momento. Seguiré trabajando en el jardín y ayudaré a lady Charlton a catalogar los tesoros de su marido.

—No me cabe ninguna duda de que se alegrará de que le eche una mano —afirmó con satisfacción, como si su presencia también fuera motivo de alegría para él—. A pesar de lo breve de su estancia, le tomó mucho cariño, algo poco habitual en ella. Por lo general no forja vínculos muy estrechos con la gente. Siempre se ha mostrado algo altanera y distante, sobre todo desde el fallecimiento de su marido, su hijo y su nieto. Usted ha logrado sacarla de su madriguera. —El criado sonrió—. Me encargaré de llevarle carbón y leña, por supuesto. Aunque me temo que por culpa del racionamiento tendrá que ser más leña que carbón. En la finca es fácil encontrar las ramas que van cayendo de los árboles. Siempre que tenga la energía necesaria para recogerlas, claro. Imagino que no tendrá mucha experiencia encendiendo fuego, ¿verdad?

—En absoluto. La única experiencia que tengo se limita a plantar cosechas. Eso sí que se me da bien.

Sus palabras le arrancaron la risa a Simpson.

—No se preocupe, yo la ayudaré.

Emily prosiguió su camino hasta llegar al estrecho sendero que discurría entre los setos descuidados. «En algún momento debería intentar arreglar un poco los arbustos», pensó mientras avanzaba apartando las ramas de la cara. Cuando entró en la diminuta sala de estar, cayó en la cuenta de que tal vez había tenido una imagen algo idealizada de la casita. Se encontraba en una sala diminuta, desangelada, con los muebles imprescindibles y sin adornos de ningún tipo. No le había parecido tan desolada cuando las tres compartían las sillas y, entre risas, disfrutaban de los rayos del sol del atardecer que se filtraban por las ventanas. Sintió una fugaz punzada de miedo. ¿Por qué había decidido instalarse allí cuando podría haber disfrutado de una habitación para ella sola en la casa grande y de la compañía de lady Charlton al calor del hogar? Sin embargo, respondió su propia pregunta. Como un zorro perseguido por los perros de caza, necesitaba una madriguera en la que lamerse las heridas.

Capítulo 24

Emily dejó las bolsas en el diminuto recibidor y subió las escaleras hasta la habitación del desván, donde había dormido en la ocasión anterior. Ahora, sin la luz del sol, veía que era un lugar oscuro, lúgubre y frío. El techo inclinado resultaba agobiante, casi amenazador, y decidió que estaría más a gusto durmiendo en el piso inferior. Bajó las escaleras con cuidado y cuando hizo la cama, dejó las bolsas en el dormitorio. Estaba a punto de poner la ropa en la cómoda desvencijada del rincón, pero recordó que Daisy debía de estar esperándola, por lo que se fue directa al Red Lion, donde encontró a Alice y Daisy sentadas junto al fuego, con una taza de té en las manos. Daisy se llevó una gran alegría al saber que iba a trabajar en Bucksley House.

—No sé por qué te alegras tanto de volver a trabajar de doncella y de tener que hacerlo a las órdenes de la señora Trelawney todos los días —dijo Emily—. Creo que nunca había conocido a una mujer tan desagradable.

—No me importa. Sé que se alegrará tanto de que yo pueda asumir una parte del trabajo más ingrato que se mostrará amable conmigo.

—Eso espero, por tu bien —afirmó Emily.

—Al menos estaré cerca de Alice y de ti —dijo Daisy—. Y lejos de mi padre y de ese lugar horrible.

—Entonces, ¿ha ido todo bien con lady Charlton? —preguntó Alice.

—Todo ha salido a pedir de boca —respondió Emily, que aceptó la taza de té que le ofrecían—. Al principio no quería que me instalara en la casita y prefería que me quedara con ella.

—Qué bien. Espero que hayas aceptado —dijo Alice.

—No, le dije que, si no le importaba, prefería vivir sola.

—¿Prefieres vivir en esa casa húmeda y destartalada que en una mansión? ¿Te has vuelto lela? —le preguntó Alice.

Emily no pudo contener la risa al oír su reacción.

—No, no me entiendes. Tengo que aprender a vivir sola. Siempre me lo han hecho todo. ¿Cómo voy a cuidar de un bebé si ni siquiera puedo encargarme de las tareas más básicas? Necesito un lugar en el que llorar desconsoladamente si lo necesito. No quiero sentirme obligada a mostrarme fuerte todo el día.

—Tienes razón —concedió Alice—. Y no te preocupes, cielo. Si quieres puedo ir a verte y enseñarte a cocinar.

—Y yo iré a ayudarte con la limpieza —añadió Daisy.

—Sois unas santas. —Emily las miró a ambas—. Pero tengo que aprender a limpiar, Daisy. Debo ser totalmente autosuficiente.

—Bueno, pues iré ahora y te ayudaré a encender el fuego y todo eso —insistió Alice.

—Y yo llevaré mis bolsas a la casa grande para instalarme y dejarlo todo listo. En cuanto acabe me acercaré a veros —dijo Daisy.

Alice y Emily cruzaron el prado y tomaron el sendero que conducía a la casita.

Emily se detuvo al llegar a la verja.

—Ah, por cierto, Alice, no le has contado nada a Nell Lacey sobre lo mío, ¿verdad? El bebé y todo eso.

—No he dicho ni mu.

—Porque lady Charlton ha dicho lo que tú sugerías, que me hiciera llamar señora Kerr y dijera que soy viuda de guerra. No me gusta mentir, pero creo que de momento será la solución más fácil.

—Pues claro. Tranquila, que de mi boca no saldrá nada. Venga, ahora vamos a ver qué necesita la casa, ¿de acuerdo? —Se adelantó, abrió la puerta y entró en la sala de estar—. ¡Madre mía! —exclamó como si la estuviera viendo por primera vez—. No es Buckingham Palace, eso está claro. Aquí tienes mucho trabajo. —Siguió hablando mientras Emily miraba a su alrededor—. No te quedes ahí parada. Tenemos que ponernos manos a la obra. Empecemos por lo más importante: hay que encender la cocina o no tendrás agua caliente. Y el suelo de la cocina y las ventanas necesitan una limpieza a fondo. Y las cortinas, que parece como si estuvieran a punto de romperse en pedazos, por lo que no te protegerán demasiado del frío. Tienes que decirle a lady Charlton que necesitas unas cortinas mejores. Y también más ollas y cazuelas. Con lo que tienes no podrás prepararte una comida decente.

—No quiero complicarme mucho la vida en la cocina —replicó Emily—. Pensaba almorzar en la casa grande, por lo que aquí solo tendré que hacerme el desayuno y la cena. Para cenar puedo pasar con un poco de pan y queso, ¿verdad? Y para desayunar me basta con una tostada y un huevo duro. Siempre que tengamos gallinas, claro.

Alice frunció el ceño.

—Tienes que alimentarte bien. Ahora has de comer por dos, recuerda.

Observó los cazos que había en un estante y llenó de agua el más grande.

—Alice, ¿Bill y tú no tuvisteis hijos? —preguntó Emily.

Alice se detuvo.

—Tuvimos una niña —respondió con un hilo de voz—. Mi pequeña Rosie. Era lo más bonito de este mundo. Y buena como ella sola. Apenas lloraba. Pero cuando cumplió el primer año contrajo la difteria y murió. Y no pudimos tener más.

—Lo siento mucho —dijo Emily con los ojos anegados lágrimas—. Cuántas desgracias hemos padecido todas. ¿Por qué hay tanto sufrimiento en esta vida?

—Supongo que los curas nos dirían que es para que sepamos valorar el cielo cuando nos llegue el momento —afirmó Alice con una sonrisa amarga—, pero yo creo que es una pregunta que no tiene respuesta. O tienes suerte o no la tienes. Y ahora mismo somos todas unas desgraciadas. Pero no nos queda más remedio que seguir adelante. Venga, dame los platos del aparador y vamos a pasarles un agua para que no tengas que comer polvo.

Emily miró por la ventana posterior.

—Mira, ahí está Simpson con la leña. Ahora ya podremos encender la cocina y la chimenea.

—Aquí estoy —anunció el hombre, que dejó la leña en el suelo—. Dentro de poco volveré con más madera y carbón. ¿Quiere que le encienda el fuego?

—No es necesario —respondió Alice—, ya le enseñaré yo. Me he cansado de encender fuegos en mi vida.

—De acuerdo. Entonces, las dejo para que sigan con lo suyo.

Entre las dos encendieron la cocina y la chimenea. Luego Emily aprovechó para barrer y Alice se puso a fregar. Al cabo de una hora, se tomaron un descanso. Tenían las mejillas encendidas por el esfuerzo y les faltaba el resuello.

—A lo mejor ya es la hora del almuerzo —dijo Alice—. Necesitas un reloj aquí, ¿no te parece?

—Traje el mío de casa de mis padres. Lo tengo en la maleta, pero creo que hay que darle cuerda.

—Un reloj, qué lujo —comentó Alice—. Ojalá hubieras podido meter también un par de alfombras, cojines y cuadros.

—Tuve que dejar tantas cosas bonitas... —admitió Emily—. Solo podía llevarme lo mínimo sin levantar sospechas. Además, ahora ya no podría ponerme casi ninguno de los vestidos que tenía.

—Cuidado, no dejes que se apague el fuego —le advirtió Alice—. Trae un poco más de madera y te enseñaré. De noche tendrás que hacerlo para que las ascuas aguanten hasta el día siguiente.

En ese momento el reloj de la iglesia dio las doce.

—Ahí tienes la respuesta a la pregunta de la hora —dijo Emily—. No iré a comer hasta la una. De hecho, tal vez hoy no debería ir, porque la señora Trelawney no contaba conmigo. Además, no se ha alegrado mucho de verme y no quiero incordiarla más de lo necesario.

—Pues acompáñame al Red Lion —la animó Alice—. Nell Lacey ha preparado suficiente estofado para todas.

No necesitó que se lo dijera dos veces. Después de comer, Alice y Nell la ayudaron a preparar una lista de la compra, que adquirió una longitud más que considerable a medida que iban añadiendo más y más cosas.

—Y harina. Y también levadura y pasas de corinto por si quieres hacer un bizcocho. Aunque ten en cuenta que no será fácil encontrar todos los ingredientes en la tienda, con la escasez que hay —le advirtió Nell.

—Alto ahí. —Emily levantó una mano—. No sé hacer ni un huevo duro, así que no creo que me atreva con la repostería.

—¿Es que tu madre no te enseñó a cocinar? —le preguntó Nell con un gesto de preocupación.

Emily se ruborizó.

—Teníamos cocinera. Mi madre tampoco sabía cocinar.

—Vaya, pues está claro que vienes de una familia bien. ¿Qué diablos haces aquí?

Emily respiró hondo.

—A mis padres no les gustaba el hombre con el que quería casarme.

—Ya veo. No era lo bastante bueno para ellos, ¿verdad?

—Era australiano y no se regía por sus normas de educación y etiqueta. Pero era un hombre maravilloso.

Se volvió para que Nell no la viera llorar. La dueña del pub le puso una mano en el hombro.

—Lo siento, cielo. No debería haber sacado el tema. Es lógico que te resulte doloroso el mero hecho de pensar en él. La mitad de las mujeres del pueblo se encuentran en la misma situación que tú. Qué digo, la mitad de las mujeres de Inglaterra.

—Lo sé, pero eso no lo hace más llevadero.

Emily dejó a sus amigas en el pub y se fue a la tienda del pueblo con la lista de la compra en la mano. Al final la habían reducido a los productos más básicos, pero ello no evitó la sorpresa de la señora Upton cuando le leyó todo lo que necesitaba.

—No vendemos leche —le dijo la tendera.

—Entonces, ¿hay una ruta de reparto? —preguntó Emily.

—No una ruta como tal. Tendrá que hablar con el señor Gurney de la granja cuando viene a primera hora de la mañana. Si deja una jarra o una lechera, se la llenará. Pero tenga en cuenta que solo viene dos veces a la semana.

—¿Y pan?

—No soy panadera. Las mujeres del pueblo se lo hacen ellas. Y tampoco soy carnicera. Tendrá que ir a Tavistock o hablar con alguno de los granjeros cuando sepa que va a matar una oveja. Pero tenga en cuenta las dificultades que hay hoy en día para conseguir algo de carne. Se la queda toda el gobierno.

Emily se dio cuenta de lo difícil que iba a ser valerse por sí misma en la casita, mucho más de lo esperado.

—Entonces, ¿qué puede ofrecerme?

—¿Ha traído su cartilla de racionamiento? —preguntó la señora Upton—. Porque mucho de lo que necesita está racionado.

Emily no había pensado en ello. Había dejado la libreta en casa de sus padres. Cuando se incorporó al Ejército Femenino de la Tierra el gobierno les proporcionaba la comida. Aunque lograra recuperarla, estaría a nombre de Emily Bryce. Todo eran problemas.

—Me temo que la tengo en casa de mis padres —confesó—. Tendré que escribirles y pedirles que me la envíen.

—Pues lo siento, pero no puedo venderle nada sin la cartilla de racionamiento —afirmó la mujer, con un tono más afable—. Si lo hiciera, podría costarme muy caro. El gobierno impone multas y hasta penas de cárcel a todo aquel que intenta aprovecharse del sistema.

—Lo entiendo. Gracias de todos modos.

Emily salió a la calle, donde la recibió una fuerte ráfaga de viento. ¿Cómo iba a alimentarse a sí misma y a su hijo sin cartilla de racionamiento? Además, si escribía a sus padres y les pedía que se la mandaran, entonces sabrían dónde vivía y eso era lo último que quería. Emprendió el camino de subida a Bucksley House, arrastrando los pies.

—Señora Trelawney —dijo—, no sé si lady Charlton le ha comunicado que almorzaré aquí cuando trabaje en el jardín.

—Es probable que haya mencionado algo sobre el tema —replicó la mujer con frialdad.

—También me preguntaba si podría tomar algunos productos básicos de la despensa para no molestarla con el resto de las comidas —dijo Emily—. Un poco de harina, azúcar, té, mantequilla... esas cosas.

—Todos esos alimentos están racionados —adujo la señora Trelawney—. ¿No tienes tu cartilla de racionamiento?

—No, está en casa de mis padres. Les pediré que me la envíen, pero mientras tanto...

—Supongo que algo nos sobrará... —admitió la mujer a regañadientes.

—Y también había pensado que, si usted hace pan para la casa, tal vez podría hornear un poco más para mí —sugirió.

—Como si no tuviera ya bastante trabajo con las tareas de la casa —le espetó—. ¿Crees que también soy tu criada?

—Por supuesto que no. Es que no sé hacer pan, pero estoy dispuesta a aprender si usted me enseña.

—No te quiero incordiando por la cocina. Ya te haré el pan —dijo.

En ese momento entró Daisy.

—Puedo compartir mi ración con Emily, señora Trelawney —se ofreció, ya que había oído parte de la conversación—. Yo tengo mi cartilla y no como demasiado.

—En tal caso, no creo que haya ningún problema —dijo la mujer con un suspiro muy teatral—. ¿Has llevado la ropa limpia al dormitorio de la señora?

—Sí —respondió Daisy—. ¿Qué quiere que haga ahora?

Emily la miró llena de orgullo y admiración. Su amiga podía parecer inocente y algo torpe, pero tenía un don especial para tratar a personas como la señora Trelawney.

La mujer mayor la miró con cariño.

—Trabajas muy bien, debo admitirlo —afirmó, pero enseguida se le ensombreció el rostro al dirigirse de nuevo a Emily—. Como aún no has podido abastecer la despensa, imagino que querrás cenar aquí también.

—Si no le importa... —confirmó Emily—. Pero luego, como le he prometido, solo almorzaré aquí y ya me las apañaré para la cena. Puedo ir tirando con un poco de pan y queso.

—¿Pan con queso? —La señora Trelawney resopló—. Eso te provocará pesadillas. Aunque también es cierto que estabas predestinada a tenerlas cuando decidiste vivir en esa casa maldita. Yo solo la he visitado unas pocas veces, pero siempre he sentido una presencia maligna. Y tú también la sentirás, créeme.

Al final le preparó una cesta con té, leche, azúcar, pan, mantequilla y mermelada. A regañadientes, eso sí.

—Podrás ir tirando con esto —dijo la señora Trelawney.

Emily le dio las gracias y regresó a la casita, donde aprovechó para acabar de deshacer la maleta y guardar sus pertenencias en la cómoda destartalada. Luego subió al desván, sacó los libros del baúl y lo bajó por las escaleras, antes de subir de nuevo a por los libros. Mientras los iba dejando sobre el baúl, vio un volumen encuadernado en cuero. «Supongo que ahora podré leerlo —pensó—. Daisy me dijo que me traería mala suerte, pero como eso ya me ha sucedido no creo que vaya a ir a peor». A pesar de todo la asaltaron las dudas. «Es imposible», pensó, aunque después de todas las historias que había oído sobre la casita se le había despertado la curiosidad. No obstante, dejó el libro y siguió con las tareas de la casa, pero enseguida la embargó el cansancio. Se tumbó en la cama, se quedó dormida y empezó a soñar: se había escondido en la habitación del desván. «Aquí no me encontrarán», repetía, hasta que vio que tenía una larga melena oscura sobre los hombros. Se despertó sobresaltada, con el corazón desbocado, y vio que ya casi había oscurecido. El sueño la había alterado. ¿Había soñado con la bruja que había vivido en la casita? Aunque en la pesadilla ella parecía la bruja. Intentó dejar de lado aquella sensación irreal y se lavó la cara. La señora Trelawney debía de estar esperándola para servir la cena y no le haría ninguna gracia que se retrasara, de modo que se puso el impermeable y enfiló el camino a la casa. Cuando llegó, Daisy y Ethel ya estaban sentadas a la mesa.

—¡Vaya, aquí está la reina de la casita! —dijo la señora Trelawney—. Ya pensaba que habrías recibido una oferta mejor que la nuestra.

—Lo siento mucho —murmuró Emily tomando asiento.

Le sirvieron un cuenco de algo marrón y esponjoso y enseguida le sobrevino un fuerte olor a cebolla.

—¿Qué es? —preguntó con educación.

—Tripa con cebolla —respondió la doncella—. Tal y como están las cosas, no nos queda más remedio que aceptar la carne que nos ofrezcan.

Emily nunca había comido tripa. De hecho, no sabía exactamente qué era, pero recordaba que tenía algo que ver con el estómago de la vaca. Probó un bocado. Era viscoso y correoso, pero sabía de sobra que, si rechazaba el plato, a partir de entonces le darían las sobras menos apetecibles. O simplemente dejarían de ponerle un plato en la mesa. Se armó de valor, tragó lo que tenía en la boca y tuvo que hacer un gran esfuerzo para reprimir la bilis que le subía por la garganta. Al final logró su objetivo gracias a varias tazas de té. Se levantó en cuanto acabó.

—Si me disculpan, tengo que acabar de limpiar la casita para poder empezar a trabajar en el jardín mañana mismo.

No esperó a la respuesta. En cuanto se alejó de la casa, se escondió entre los arbustos de rododendro y vomitó la comida sobre una alfombra de hojas. Con el estómago todavía revuelto, retomó el camino a oscuras y tropezó varias veces. ¿Cómo se las iba apañar en las noches de invierno? No podía caminar con una vela por culpa del viento. Entonces cayó en la cuenta de que tendría que dejar una lámpara encendida en la casita para guiarse.

En esta ocasión, no encontró la casa fría, pero las sombras que arrojaban las llamas de la chimenea resaltaban aún más lo desolador e inquietante del lugar. En realidad, el problema era que nunca había dormido sola en una casa y se arrepintió de no haber aceptado la oferta de lady Charlton para que ocupara una de las habitaciones vacías de la casa grande. «Pero tengo que aprender», pensó. Sacó la pluma, el tintero y papel y decidió que había llegado el momento de escribir a Clarissa. Sin embargo, al final fue incapaz de redactar la carta. No le salían las palabras. Estaba convencida de que su amiga no pensaría mal de ella, pero no quería correr el riesgo de perder una de las pocas amistades que le quedaban. De modo que decidió poner en práctica las enseñanzas de Alice, puso un par de troncos en el hogar, se desvistió y se metió entre las sábanas heladas. El viento golpeaba las ventanas y aullaba en la chimenea, lo que llenó la casita de humo. De repente, la embargó la triste realidad del futuro que le esperaba.

—Quiero irme a casa —susurró.

Capítulo 25

El día amaneció radiante, pero soplaba una leve brisa. Cuando Emily abrió la puerta trasera para ir al retrete, oyó un ruido a los pies. Había un gato negro que la miraba con anhelo.

—¿Miau? —le dijo.

—Hola, minino. —Emily se agachó, lo acarició y el gato ronroneó y se restregó contra sus piernas. Cuando volvió a entrar en casa, el animal se le adelantó como una exhalación—. Vaya, supongo que puedes quedarte, pero tendrás que ser un buen cazador, porque yo apenas puedo alimentarme a mí.

El gato se tumbó ante la chimenea y Emily lo miró con cariño. Al menos ya no estaba sola.

—Tendré que ponerte un nombre —dijo. Bruno, Hollín, Satán... valoró distintas opciones, pero al final se decantó por Sombra—. Mi Sombra y yo —dijo, encantada.

Después de tomar un par de rebanadas con mermelada se fue a la casa y empezó por el huerto, que estaba infestado de malas hierbas. Las hortalizas del verano se habían muerto, por lo que no le quedaba más remedio que plantar las de invierno. Dedicó toda la mañana a arrancar las plantas secas, cogió las pocas manzanas que quedaban en los árboles y le llevó la cesta a la señora Trelawney, que la recibió con cara de satisfacción.

—Vaya, qué bien. Nos vendrán de fábula. Ahora puedo hacer un par de tartas para el festival de la cosecha del domingo. Con lo poco que ha dado el huerto, no sabía qué llevar. Imagino que no quedará calabacín, ¿verdad?

—Un par de los pequeños, pero hay una calabaza más lozana.

—Perfecto. —La señora Trelawney asintió con un gesto de satisfacción—. Pues que sea una calabaza. Si la puedes traer a la casa, la llevaremos el domingo. —La mujer levantó la cabeza—. Aunque ya no es lo que era, claro. Antes de la guerra había una rivalidad. El señor Patterson de la escuela siempre cultivaba el calabacín más grande, y Dickson el carretero siempre cosechaba los repollos más hermosos. Por aquel entonces teníamos tres jardineros, por lo que siempre podíamos permitirnos el lujo de escoger entre las piezas más atractivas para llevarlas al altar, aunque la señora nunca ha sido muy creyente. Nunca pisa la iglesia, pero el servicio sí que vamos.

Disfrutaron de una deliciosa sopa de verdura y empanada de lomo para almorzar y, cuando acabaron, Emily regresó al trabajo. Sin embargo, al cabo de poco la interrumpió Simpson con un mensaje de la señora, que quería saber si deseaba tomar un jerez con ella esa noche. La invitación la obligó a cambiarse de ropa y se presentó en la casa a las seis en punto. El trabajo al aire libre le había sentado bien y tenía hambre cuando se sentaron junto a la gran chimenea.

—Ya veo que has sobrevivido a la primera noche en la casita —comentó lady Charlton—. ¿Has tenido algún encuentro con los fantasmas, demonios y otras criaturas que cobran vida de noche, y que según la señora Trelawney habitan la casa?

—De hecho, he dormido como un lirón —respondió Emily—. Y ya no vivo sola, por cierto. La comparto con un gatito negro.

Lady Charlton se rio.

—Como no podía ser de otra forma, tratándose de la casa de una bruja.

—¿Es cierto que la habitó una bruja? —preguntó Emily.

—Depende de lo que entiendas por «bruja» —respondió la anciana—. Hace mucho tiempo, cuando moría una vaca, el dueño podía afirmar que alguien le había echado mal de ojo o un hechizo. A lo largo de los años han vivido varias mujeres solas en esa casita, lo cual no hacía sino levantar las sospechas de la gente. ¿Por qué vive sola sin un hombre? Eso no puede presagiar nada bueno, seguro que algo trama...

—Pero me dijeron que se habían producido varios asesinatos.

Lady Charlton se rio de nuevo.

—No conviene que te creas todo lo que te cuenta la gente del pueblo. Es cierto que desapareció una mujer y empezó a correr el rumor de que su prometido la mató y la enterró. Sin embargo, nunca se encontró el cuerpo y el tipo en cuestión también desapareció al cabo de poco. A decir verdad, yo creo que la mujer debió de huir con un zíngaro muy guapo que había acampado no muy lejos de aquí. Pero, bueno, todo eso ocurrió hace mucho tiempo.

—¿Antes de que llegara usted?

—Oh, sí, antes de nuestra llegada. He vivido en esta casa durante treinta de mis ochenta y tres años. Menos de la mitad de mi vida. Al principio no me hizo mucha ilusión mudarme aquí, pero como Henry había heredado el título y la finca, tuvimos que renunciar a nuestro emocionante estilo de vida en el extranjero e instalarnos aquí. Como es natural, creíamos que íbamos a tener más hijos después de James, pero, por desgracia, no fue así.

«Qué irónico», pensó Emily mientras observaba las llamas titilantes. Había conocido a dos mujeres que habrían querido tener más hijos y no habían podido. Y ahí estaba ella, con un niño en el vientre tras un breve encuentro con un hombre. Se acarició la barriga por instinto. A pesar de los incipientes cambios físicos, aún no acababa de dar crédito a su situación.

Cenaron en un extremo de la mesa, en un comedor de grandes proporciones y muy frío. Tomaron consomé seguido de hígado de cordero con salsa y de postre arroz con leche y pasas. A Emily le sentó a las mil maravillas, pero lady Charlton se disculpó.

—Siento que hayamos tenido que volver a la comida infantil —dijo—. A pesar de que vivimos en el campo y de la granja que tenemos, cada vez es más difícil conseguir una carne decente.

Tomaron el café junto a la chimenea y cuando acabaron Emily se levantó para irse.

—Confiaba en que podría convencerte para que cenaras conmigo todas las noches —afirmó lady Charlton—. Es de lo más tedioso cenar sola y tengo la sensación de que disfrutas escuchando las historias de una vieja como yo.

—Ya lo creo que me gustan —admitió Emily—. Me resulta fascinante que comparta conmigo las experiencias que vivió en todo el mundo.

—Entonces, ¿a qué se deben tus reticencias?

Emily se movió incómoda.

—Supongo que considero que debería aprender a cuidar de mí misma y no depender de que otra persona cocine por mí.

—Tonterías. ¿Qué va a hacer la señora Trelawney, sino cocinar? Además, si lo hace para una, poco le cuesta hacerlo para dos. En lo que a mí respecta, asunto zanjado. ¿Y cuándo crees que vendrás para empezar a poner orden en las colecciones de mi marido? ¿Tanto trabajo te da el jardín en esta época del año?

—Hay que podar las rosas y replantar el huerto para que dé frutos en invierno —afirmó Emily—. Le pediré a Simpson que traiga cebollas y coles de Bruselas. Empiezo dominar este tipo de cultivos.

Lady Charlton sonrió.

—Estás hecha toda una agricultora.

Nada le pudo borrar la sonrisa de satisfacción en el camino de vuelta a la casita. Había aprendido un buen número de habilidades básicas y ya era capaz de ganarse el sustento.

Una vez en casa, se sentó a la mesa, cerca del hogar, con el gato a los pies, y sacó de nuevo el papel y la pluma

Estimada Clarissa:

Siento haber tardado tanto en responder a tu última carta, sobre todo ahora que estás pasando un momento tan angustioso con el aumento de los casos de gripe. Aquí todavía no ha llegado, gracias a Dios. Espero que no pueda cruzar el Canal, aunque sospecho que algunos de los soldados que vuelvan a casa la traerán consigo.

Mi demora en responderte no es producto de la pereza. Al contrario, he estado muy ocupada plantando cebollas, arando, apañando manzanas… Estoy hecha toda una agricultora, como dice lady Charlton. ¡Te habrías reído al verme pelear con el arado entre dos caballos gigantes!

Sin embargo, el motivo real por el que no te he escrito hasta ahora era que no sabía cómo expresar todo lo que me ha ocurrido en los últimos tiempos. El destino ha puesto mi vida patas arriba. En mi última carta te confesé mis esperanzas y sueños, mi intención de casarme con Robbie e ir a vivirme a Australia. Sin embargo, lamento comunicarte que todos esos planes se han ido al traste. Robbie murió en combate en un acto heroico y valiente, ya que evitó que su avión se estrellara en un pueblo.

Y eso no es todo. Me cuesta horrores escribir esto y te suplico que no le enseñes esta carta a nadie más… en especial que no les digas nada a mis padres. Estoy en estado. Me avergüenza escribir estas palabras y, sin embargo, también siento una gran alegría por llevar el hijo de Robbie en mi interior. Al menos una pequeña parte de él sigue con vida. No obstante, como podrás imaginar, no sé cómo voy a enfrentarme al futuro. No puedo contar con mis padres, que me han expuesto de forma muy clara su opinión sobre el tema. De momento me he instalado en una casita de una finca señorial cerca de Dartmoor. La dueña, lady Charlton, se ha mostrado muy comprensiva. Hemos acordado que yo me encargaré del jardín y de catalogar las colecciones de su marido y que ella, a cambio, me ofrecerá un lugar donde vivir. Para el resto de los habitantes del pueblo, yo seré la señora Kerr, viuda de guerra. Confío en que…

Dejó la frase a medias al oír que llamaban a la puerta. Se levantó, convencida de que sería Alice, o tal vez Simpson, que le llevaba más carbón, y se sorprendió al ver a un desconocido. Llevaba la chaqueta atada con un cordel, un sombrero viejo y deforme sobre el pelo enmarañado y una barba descuidada le ocultaba la mitad del rostro. Emily retrocedió al percibir el hedor que desprendía.

—¿Sí? ¿En qué puedo ayudarlo? —preguntó, y cayó en la cuenta de inmediato de que estaba demasiado lejos para pedir auxilio. Era imposible que la oyeran desde las casas que había al otro lado del sendero aunque gritara.

—Se me ha inflamado el pulgar.

El hombre le mostró el dedo y Emily lo examinó. Aquello era algo más que una simple inflamación. Tenía una ampolla amarilla y la piel también estaba hinchada y de color rojo.

—Tiene muy mal aspecto, debería ir a ver a un médico —le recomendó.

El desconocido frunció el ceño.

—La gente como yo no suele tratar con médicos. —Hizo una pausa—. Para eso necesitaría dinero. Además, usted es ella, ¿no es así?

—¿Ella?

—La mujer de las flores. La herborista. Lo dice en el poste de la verja.

Emily lo observó como si hablara un idioma desconocido.

—¿El poste de la verja?

—Así es. Los vagabundos utilizamos nuestros propios símbolos... unos símbolos que la demás gente no sabe interpretar y que nos permiten saber dónde somos bienvenidos. Y el poste de la verja dice que aquí vive una mujer de las flores.

La situación le parecía tan inverosímil que se le escapó la risa.

—No soy una «mujer de las flores» —replicó Emily—, pero ese pulgar tiene muy mala pinta. Entre y veré qué puedo hacer por usted.

El tipo se limpió los pies a conciencia antes de entrar. Emily le pidió que se sentara junto a la lumbre y puso la tetera al fuego. Abrió el juego de manicura, un neceser de París hecho con cuero de Marruecos y que había sido uno de los regalos que le habían hecho al cumplir veintiún años. Desinfectó las tijeras y las pinzas con agua hirviendo, y luego cortó un pedazo del paño limpio que le había dado la señora Trelawney. Sabía que le iba caer una buena reprimenda por lo que había hecho, pero tenía que limpiarle la mano a aquel hombre para que no muriera de una infección.

Al examinar el dedo de cerca comprobó que estaba aún peor de lo que pensaba y tuvo que reprimir las náuseas mientras lo limpiaba con el agua hervida.

—Creo que será mejor que abramos la ampolla —dijo.

El vagabundo asintió.

Le practicó un pequeño corte con las tijeras y empezó a salir pus. Le hizo varios cortes más hasta que logró limpiar toda la secreción. Entonces acercó la mano a la lámpara, tomó las pinzas y extrajo algo de la herida.

—Ahí está. Tenía una astilla bastante grande en el pulgar.

—Tiene razón. El otro día intenté saltar una valla y se me clavó una astilla, que se rompió cuando intenté quitármela.

—Pues problema solucionado —le dijo—. Voy a lavarle la herida de nuevo con agua caliente y luego se la vendaré con este paño limpio. Es lo único que puedo hacer por ahora, porque no tengo desinfectante. Acabo de instalarme.

—Ha hecho un trabajo fabuloso —le agradeció—. Creo que es una mujer muy sabia. ¿Devolverá la casa a su antiguo esplendor? No se imagina cuánto se alegrarían mis compañeros.

La sugerencia le puso los pelos de punta a Emily, que se imaginó una procesión de vagabundos en la puerta de su casa. En lugar de responder, le preguntó:

—¿Le apetece una taza de té? Podemos aprovechar el agua que acaba de hervir.

—Preferiría un buen trago de whisky —respondió el tipo.

Emily sonrió.

—Me temo que no tengo alcohol, pero si va al Red Lion, dígale a la señora Lacey que le ponga una bebida y que yo la pagaré.

El hombre negó con la cabeza.

—La gente respetable no quiere a vagabundos en sus establecimientos. Hay algunos granjeros de la zona que nos dejan pasar la noche en sus graneros cuando hace mal tiempo a cambio de que cortemos algo de leña, pero, por lo general, suelen echarnos los perros en cuanto nos ven.

—Lo siento mucho —dijo Emily.

—Una muchacha joven y refinada como usted no puede entenderlo —afirmó y se miró el dedo vendado—, pero le agradezco todas las molestias que se ha tomado y le deseo lo mejor.

Se levantó y se dirigió a la puerta. Emily lo observó mientras se alejaba y no pudo evitar pensar que, en el fondo, eran tal para cual. Ella también era una paria.

Capítulo 26

El encuentro con el vagabundo la afectó bastante. Se preparó un té y permaneció sentada inmóvil, con la taza entre las manos, disfrutando de la agradable sensación de calor que se extendía por su cuerpo helado. La «mujer de las flores», la había llamado. ¿Se estaba refiriendo a la bruja? Era obvio que la mujer en cuestión se había dedicado a curar a la gente, no a maldecirla. Sin embargo, los del pueblo habían dado a entender que las mujeres que habían vivido en la casita estaban malditas. Entonces pensó en el diario. ¿Acaso contenía los escritos de una bruja? Pero era muy antiguo, de la década de 1850. ¿Había habido alguna otra mujer de las flores desde entonces? Emily quería saber más. Entró en la habitación, regresó con el volumen de cuero y lo abrió a la luz de la lámpara. La tinta se había desteñido y era de un color parduzco. Levantó la página y releyó un fragmento.

Del diario de Susan Olgilvy, 10 de julio de 1858
Bucksley Cross, Devonshire

Lo he hecho. Soy oficialmente la maestra de la escuela de Bucksley Cross, en Devonshire, y me he instalado en una casita en las afueras de Dartmoor. Al otro lado del prado comunal hay

varias viviendas con el tejado de paja, una iglesia
con un campanario de base cuadrada muy alto y
una taberna muy prometedora (si bien estoy muy
segura de que no es un lugar frecuentado por
mujeres, y menos aún por una maestra solterona).

Emily siguió leyendo; se saltó la descripción de la casita (que
no había cambiado gran cosa desde el siglo anterior) y encontró un
fragmento que hizo que le diera un vuelco el corazón.

Intento no pensar demasiado que la casita
entera cabría holgadamente en la sala de estar de
Highcroft. Del mismo modo en que tampoco
pienso en la bañera que Maggie, mi doncella, me
habría llenado con agua caliente. Debo aceptar
mi destino y dar gracias de que al menos tenga
trabajo y no vaya a morirme de hambre. Mi madre
se horrorizaría si me viera ahora, pero tampoco me
conviene pensar en ella. A fin de cuentas, no movió
ni un dedo cuando padre me dijo que dejaría de ser
su hija si huía a Londres para casarme con Finlay.

El simple hecho de mencionar su nombre me
provoca una punzada de dolor y me impide seguir
escribiendo.

Emily se quedó mirando la página hipnotizada, como si las
palabras le estuvieran gritando. Susan Olgilvy había huido para
casarse con el hombre al que amaba y algo había salido mal. Decidió
saltarse varios párrafos.

Acaso la última ocupante se haya casado y se
haya mudado a una casa nueva con su marido,

aunque me cuesta creerlo dado que el contrato de maestra especifica que no puedo mantener ningún tipo de contacto con el otro sexo. Al menos el consejo de la parroquia no tendrá que preocuparse por mi falta de decoro. Para mí solo había un hombre y ahora yace enterrado en el cementerio de Highgate, tras fallecer aplastado por la carga de un barco en el puerto de Londres, donde trabajaba para que los dos pudiéramos iniciar una nueva vida.

Emily dejó caer el libro y miró el fuego, absorta en sus pensamientos. Susan Olgilvy era como ella: había huido de una tragedia y una pérdida, y se había refugiado en una zona ignota del país para restablecerse de las heridas. No era de extrañar que hubiera sentido un vínculo tan especial con la casita desde el principio.

Ahora sentía la necesidad de seguir leyendo.

10 y 11 de julio

Estaba mirando el jardín que hay debajo de la ventana, formado por varios arbustos descuidados, unos medio muertos, otros plagados de convólvulos. De repente me vinieron a la cabeza los jardines de casa, siempre inmaculados, delimitados por setos perfectos, como si fuera lo más natural del mundo. Pensé que me gustaría devolver el orden y la belleza a este jardín, pero ¿por dónde empezar? Entonces me embargó el cansancio y aparté la mirada para no romper a llorar.

Me costó conciliar el sueño y cuando lo conseguí me despertó un ruido inquietante. Un gruñido lejano seguido de un fuerte golpe cerca de la cama. Me levanté como un resorte. ¿Qué podía haber provocado ese ruido? ¿Una criatura que había caído en el suelo? El corazón me martilleaba en el pecho mientras avanzaba a oscuras en busca de la lámpara. Aún había claridad cuando me quedé dormida y no pensé en encenderla. Mientras avanzaba, algo me golpeó la cabeza y grité presa del pánico. Me corría algo por la cara. ¿Sangre? Me toqué la cabeza y noté que tenía el pelo mojado. Entonces estiré el brazo y noté una gota de agua gélida.

En ese momento me di cuenta de que estaba lloviendo. El gruñido que había oído se repitió como un trueno lejano. ¡El tejado tenía goteras! Atravesé la habitación como buenamente pude hasta el lavamanos y lo puse bajo la gotera. El ruido era más fuerte, cada pocos segundos, pero al menos eso evitaría males mayores. Cuando por fin paró de llover, me quedé dormida de nuevo.

Me desperté bajo el haz de luz del sol que se filtraba por la ventana. Más allá del prado comunal, las colinas se alzaban majestuosamente. Oí el traqueteo de unos arreos al pasar un carro. Abrí la ventana y el dulce olor de la naturaleza lo invadió todo: lavanda y otras hierbas que no sabía identificar. Me encanta el olor de la lavanda. La niñera siempre la ponía en bolsitas en los cajones de mi ropa, que se impregnaba de ese dulce aroma. Por un segundo, regresé a mi cuarto de pequeña, con el caballo balancín, las sábanas blancas y la niñera que me decía: «Arriba, que ya es de día, dormilona. Recuerda que a quien madruga, Dios le ayuda».

Entonces vi el lavamanos lleno a rebosar sobre la cómoda. Miré al techo y ahí estaba la mancha de humedad. Tenía que encontrar la gotera ya que, de lo contrario, corría el peligro de que se hundiera el tejado. Me pregunté si el consejo de la parroquia sería el responsable de reparar la propiedad. Pero esperaba que así fuera.

Entonces me di cuenta de que tenía que encontrar una forma de subir al desván. Miré alrededor y en el pasillo vi una trampilla cuadrada de la que colgaba un cordel. Tiré con fuerza, se abrió la portezuela y se desplegó una escalera. Busqué un cubo, me recogí la falda y subí los peldaños.

El desván estaba oscuro como boca de lobo, pero vi la luz del sol que se filtraba entre las tejas de pizarra. Había encontrado la gotera. Me embargó una absurda sensación de euforia al poner el cubo bajo el agujero. Eso les demostraría a los miembros de la junta escolar y a los habitantes de Bucksley Cross que no soy una chica malcriada de clase alta, sino una mujer tan fuerte como cualquier campesino. Una vez colocado el cubo, comprobé si había algo que pudiera ser de alguna utilidad. Tras un primer examen, los resultados fueron desalentadores. Una silla con tres patas. Un marco sin cuadro. Una caja de madera llena de botellas viejas. Sin embargo, en el rincón había un colgador, justo lo que necesitaba para mi ropa. Lo acerqué hasta las escaleras y lo bajé. Entonces vi una bonita caja de madera. La abrí y contenía un costurero. De nuevo, muy útil cuando tenga que remendar la ropa en el futuro. (Otra cosa más que debo aprender, me temo. Mi manejo de la aguja no va más allá del bordado, me temo, ¡y tampoco destaco especialmente en ello!). Bajé el costurero y regresé a tierra firme sin más incidentes.

Logré cerrar la trampilla y trasladé los tesoros recién encontrados al dormitorio. El costurero solo tenía unos cuantos carretes de hilo, un dedal y agujas de zurcir. Nada del otro mundo. Pero entonces me di cuenta de que eso solo era la bandeja superior. La levanté y me quedé boquiabierta. Debajo no solo había más enseres de costura, sino un libro encuadernado en piel de aspecto antiguo. Lo abrí de inmediato con la esperanza de hallar información íntima de una maestra del pasado. Estaba escrito con una caligrafía muy fina y tuve que acercarme a la ventana para leerlo bien.

Eran una serie de recetas para hacer tinturas, ungüentos, infusiones y todo tipo de medicinas con las hierbas del jardín de la herborista Flora Ann Wise.

La primera página rezaba: «11 de julio de 1684».

Empezaron a temblarme las manos. Hoy es 11 de julio. Se apoderó de mí el convencimiento de que estaba predestinada a estar aquí y a encontrar el libro. ¡La herborista! Miré por la ventana y vi los arbustos descuidados y abandonados. Lavanda y ¿habría también romero? ¿Era posible que las otras

plantas fueran también hierbas medicinales? Caí
en la cuenta de que me encontraba en medio de
un huerto medicinal.

Emily sintió una extraña emoción mientras leía la página. A
eso se refería el vagabundo: la mujer de las flores era la herborista.
El jardín descuidado era un huerto medicinal y tal vez en la casita
podría encontrar el antiquísimo libro de recetas. Por primera vez
desde hacía varias semanas, sintió un pequeño atisbo de esperanza.

Capítulo 27

Al día siguiente Emily se despertó temprano presa de una gran emoción. El diario de Susan Olgilvy le había tocado la fibra. Sus trayectorias vitales eran demasiado parecidas para que fuera una simple coincidencia. Ambas procedían de buenas familias, se habían ido de casa para casarse con el hombre al que amaban y se habían refugiado en ese rincón alejado de todo tras la muerte del hombre con quien querían casarse. Miró por la ventana hacia el jardín asilvestrado y se preguntó si estaba predestinada a acabar ahí. A fin de cuentas, Robbie y ella se habían conocido en un jardín, y el destino la había llevado a convertirse en una campesina. ¿Acaso todas las mujeres que se habían instalado en esa casita lo habían hecho en su huida en busca de un refugio? ¿Se habían convertido todas en herboristas? Era una idea algo abrumadora, pero también un desafío. Se había apoderado de ella la firme convicción de que estaba predestinada a acabar en esa casa, que era una forma de dar sentido a su vida dominada por el caos.

Se puso la bata y abrió la puerta trasera. El aire frío y fresco la dejó sin aliento durante unos instantes, pero enseguida enfiló el estrecho sendero de piedra. Sus conocimientos sobre plantas eran muy básicos, pero a la derecha tenía lavanda, y bajo la enredadera agonizante crecía romero. Los distintos aromas la embargaban a medida que pasaba junto a cada planta; algunas conocidas, como la menta y la salvia, otras exóticas y desconocidas. Algunas no olían a nada. Pero todas se estaban muriendo con la proximidad del invierno. Si quería utilizar alguna, tendría que cogerlas enseguida. De lo contrario, no le quedaría más remedio que esperar hasta la primavera.

Se sobresaltó al notar que algo le rozaba la pierna.

—¿Miau? —Sombra la miró esperanzado y ella se agachó para acariciarlo.

—No puedo ofrecerte comida, pequeño. Me temo que tendrás que salir de caza para procurarte el sustento.

Fue como si el gato la hubiera entendido, ya que la miró sin parpadear con sus ojos amarillos y desapareció entre la maleza. Emily sintió un escalofrío y regresó al calor de la casita.

La primera tarea consistía en encontrar el libro de hechizos. Se quedó paralizada al darse cuenta de la palabra que había utilizado. «Recetas —pensó—, no hechizos». ¿Acaso la mujer de las flores era a la que se habían referido como bruja? Lo más probable era que se hubiera dedicado a buscar remedios naturales como los que utilizaba su niñera para el dolor de garganta: hojas de olmo y tintura de benzoína, y aceite de clavo para el dolor de muelas. Estaba a punto de regresar a la casita cuando dirigió la mirada hacia la extensión del páramo que había detrás de la finca. En la cima de la colina había un poni solitario, cuya silueta se perfilaba contra el sol del alba mientras su crin ondeaba agitada por el viento. Era una estampa tan bonita que Emily permaneció inmóvil, observándolo. Entonces, el animal sacudió la cabeza y echó a correr al galope.

La joven lo interpretó como una buena señal, como si acabara de recibir la bendición de los dioses de la naturaleza. Sabía que no tenía sentido. Se había criado en un hogar aburrido y tradicional en el que apenas se hablaba de Dios o de religión. Los domingos iban a misa porque era lo que tocaba. Su madre se empecinaba en sentarse en primera fila para lucir sus sombreros nuevos. Formaba parte de varios comités que organizaban actos benéficos en la parroquia, pero Emily no recordaba que hubieran rezado jamás en casa. Aparte de una niñera muy devota que no había durado mucho tiempo, nunca había sentido un vínculo muy estrecho con la religión. De hecho, la única vez que había rezado fue cuando su hermano partió hacia la guerra. «Cuida de él, por favor», suplicó. Entonces le vino a la memoria el recuerdo del funeral de su hermano: su madre llorando desconsoladamente tras un velo negro y su padre de pie, orgulloso y firme. Ese día no rezó, sino que clamó contra Dios. «¿Por qué has permitido que le pase esto? ¿Por qué no has cuidado de él?». Sin embargo, Dios no respondió y, a partir de ese momento, evitó todo contacto con el Todopoderoso.

Emily regresó a la casita, encendió la cocina para hacer té y puso un cazo con agua para asearse. Luego empezó a buscar el libro que había mencionado Susan Olgilvy: el recetario de hierbas medicinales de Flora Ann. No estaba entre los libros del baúl, que ya había examinado. Y tampoco podía estar escondido en los muebles de la planta baja. Subió las escaleras del desván dando gracias de que alguien hubiera construido unas escaleras de obra desde la época de Susan Olgilvy, ya que ello le ahorraba tener que utilizar la trampilla del techo. Mientras observaba los objetos abandonados oyó el viento que aullaba en el desván. Encontró una caja llena de frascos y botellas, algunas con etiquetas desteñidas en las que ya no se leía nada. Las necesitaría. Se preguntó si también las había utilizado Susan Olgilvy. Tendría que leer el resto del diario para comprobar si había acabado siendo la herborista.

Dejó la caja de botellas junto a las escaleras y examinó el resto de los objetos, pero no encontró ningún costurero, por lo que llegó a la conclusión de que se lo había llevado Susan, o alguna de las mujeres que habían llegado después de ella. La embargó una absurda sensación de decepción. No tenía ningún sentido ponerse a recolectar hierbas si no conocía las recetas. Dejó la caja de botellas arriba y bajó de nuevo. Se aseó, se vistió y después de desayunar una tostada con mermelada, se puso la bufanda, el impermeable y se dirigió al jardín. Cuando salía por la puerta trasera, estuvo a punto de pisar algo. Era un ratón muerto. El gato estaba al lado y la observó con gesto muy ufano.

—Gracias —dijo Emily—, pero me temo que no me gustan los ratones. Será mejor que te lo comas tú.

Siguió trabajando en el huerto y al cabo de un rato apareció Simpson, mientras ella podaba una zarza que estaba invadiendo una zona destinada a verduras.

—Tenga cuidado con las espinas —le advirtió.

Emily asintió.

—Simpson, he visto que no se han plantado hortalizas de invierno. Yo puedo encargarme de preparar la tierra, pero ¿tiene usted las plantas en algún lado?

—Me temo que no. A decir verdad, en los últimos tiempos no podía dedicarme al huerto y ahora, con todo el trabajo adicional que tenemos que hacer para lady Charlton, aún menos. No me contrataron para trabajar de jardinero. Era mozo de cuadra, luego pasé a ser el chófer y ahora soy un poco de todo y mucho de nada.

—Entonces, ¿cómo vamos a plantar las hortalizas de invierno? ¿Podemos comprar las plantas en algún lado?

El anciano asintió.

—En el vivero de Dawes deberían tener todo lo que necesitamos. Está a las afueras de Tavistock. Esta tarde tengo que ir a recoger un pedido de carbón. ¿Quiere acompañarme para elegir usted misma?

—Gracias, me parece bien. Espero que no le importe que haya asumido su trabajo en el huerto.

El hombre se rio.

—Claro que no me importa. Para mí era demasiado, y encima con el reúma que tengo y el viento gélido que sopla aquí... Usted siga como hasta ahora y todos le estaremos muy agradecidos.

Cuando el anciano ya se iba, Emily le hizo una última pregunta:

—¿Sabe algo del huerto medicinal?

—¿Cómo dice?

—Sí, el que había en la casita. En todos estos años, ¿no ha vivido una mujer aquí?

Simpson frunció el ceño.

—Antes de que viniera el señor Patterson había una maestra. Diría que sí, que cultivaba varias hierbas. Pero los del pueblo no la tenían en gran estima. Era muy mandona y siempre quería meter cucharada en los asuntos de los demás. Intentó obligar a la gente a utilizar sus remedios de hierbas, tanto si quería como si no. O eso es lo que me han contado.

—¿Qué le ocurrió? —preguntó Emily con cautela.

—Al final se fue. Obtuvo trabajo en una escuela más grande y el consejo de la parroquia construyó el colegio nuevo con la casa adosada y contrataron al señor Patterson. Ya lleva aquí veinte años. No me atrevería a decir que la gente le haya tomado mucho cariño, pero al menos él no se inmiscuye en los asuntos de los demás.

Al final Simpson siguió con su camino y Emily acabó de arrancar las zarzas. De modo que parecía que no había herborista desde hacía mucho tiempo. Sin embargo, el vagabundo había leído una señal secreta en el poste de la verja. De pronto la embargó una gran curiosidad y se preguntó cuánto tiempo habría ejercido Susan como maestra y si se habría llevado el valioso libro al marcharse. Se moría de ganas de volver a la casita para seguir descifrando la elegante caligrafía de Susan.

Mientras tomaba el almuerzo en la cocina, le dijo a la señora Trelawney que iba a plantar suficientes hortalizas para pasar todo el invierno.

—No voy a decir que no me parezca bien —respondió la mujer—. Coliflor, no te olvides de plantar muchas coliflores. A la señora le encanta con la salsa de queso que preparo.

—A mí también me gustaría probarla —confesó Emily, que se alegró de que la cocinera hubiera dejado de tratarla como al enemigo.

Ambas alzaron la vista cuando sonó la campana.

—Imagino que es la señora, que desea almorzar —dijo la señora Trelawney—. Ve tú, Daisy, que eres joven.

La doncella regresó al cabo de muy poco.

—La señora quería recordarle a Emily que esta noche cenará de nuevo con ella. Y me ha pedido que le diga a usted, señora Trelawney, que prepare algo especial. Está cansada de comida infantil.

—Comida infantil, claro —resopló la cocinera—. ¿Es que no se da cuenta de que estamos en guerra y hay racionamiento? ¿Qué espera que haga, que agite las manos y haga aparecer por arte de magia un trozo de ternera?

—Tengo que ir a Tavistock a comprar plantas para el huerto —dijo Emily—. ¿Con qué carnicero trabaja? Podría ir a ver si tiene algo de carne que valga la pena.

—Normalmente compramos en Hamlin's, que está en la plaza del mercado. Tienen nuestras cartillas de racionamiento y no le diría que no a unas buenas chuletas de cerdo o de cordero. Hace mucho tiempo que no las catamos. Y si no hay, puede probar en Dunn's, la pescadería que hay en frente. A la señora le gusta un buen filete de platija.

—De acuerdo. —Emily asintió—. Veré qué puedo hacer.

—Lady Charlton debe de tenerla en muy alta estima para dejarle el coche para ir a Tavistock —comentó Ethel, levantando la vista de los macarrones gratinados—. Con lo que cuesta conseguir gasolina…

—Simpson tenía que ir a recoger un pedido de carbón y me propuso acercarme al vivero a comprar plantas para el huerto —se apresuró a añadir Emily al ver la cara de la señora Trelawney—. Si queremos comer, tenemos que empezar a preparar el huerto de invierno, ¿no?

Aprovechó la ocasión para irse y evitar más comentarios. El trayecto a Tavistock fue muy agradable. Primero pararon en un vivero y, con la ayuda del dueño, Emily seleccionó una bandeja de plantas, además de varias cebollas y patatas. Salió encantada y prosiguieron el viaje hacia Tavistock.

—Puede tomárselo con calma —dijo Simpson—. Voy a ir a ver a un viejo amigo para saber cómo está. Me han dicho que ha contraído la gripe.

La tarde libre… Emily no recordaba la última vez que había tenido tiempo para sí. La de veces que se había aburrido en casa cuando no tenía nada que hacer. Sin embargo, en los últimos tiempos siempre estaba ocupada. Le apetecía tener la oportunidad de curiosear sin más, pero antes debía conseguir los encargos que le habían hecho lady Charlton y la señora Trelawney. Empezó con los más fáciles: algodón y apósitos en la farmacia. Aprovechó la visita para comprar loción antiséptica, pensando en el vagabundo, y también un poco de algodón para ella. Echó al correo dos cartas de lady Charlton y la que le había escrito ella a Clarissa.

Luego fue al carnicero, pero el hombre negó con la cabeza con un gesto triste.

—Ya me gustaría poder ayudar a lady Charlton, pero hace semanas que no tengo chuletas. Puedo ofrecerle riñones o salchichas, o incluso cuello de cordero, pero nada más. —Hizo una pausa y añadió—: Puedo venderle conejo si cree que la señora lo aceptará.

Emily decidió arriesgarse con el conejo y también se llevó las salchichas, y en la pescadería compró un filete de pez de san Pedro. Tras cumplir con todos los recados, se dirigió a la calle principal,

con la cesta en un brazo, para mirar escaparates. La tienda de juguetes, la de vestidos y la zapatería..., todas estaban medio vacías y
tenían un aspecto triste. Compró un ovillo de lana para la señora
Trelawney y un pequeño juego de costura para ella en la mercería.
Finalmente se dirigió a la librería.

—¿En qué puedo ayudarla? —le preguntó el propietario.

—¿Tiene algún libro sobre hierbas? —preguntó Emily.

—¿Hierbas de cocina?

—No, para aprender a cultivar y utilizar hierbas medicinales.

El tipo frunció el ceño.

—Tengo un diccionario de hierbas, si cree que puede servirle.
—Lo encontró y se lo mostró—. Incluye los nombres en latín y
dibujos de las plantas.

Costaba tres peniques y seis chelines, una cifra considerable
para alguien que solo tenía quince libras, pero Emily lo quería. Al
menos le permitiría empezar a identificar las plantas que tenía en su
jardín. Pagó el libro y estaba a punto de salir de la tienda cuando
se acordó de Daisy y Alice. Les había prometido que les enseñaría
a leer y, de momento, no había cumplido su palabra. Ahora que
se aproximaba el invierno con sus largas noches, sería el momento
ideal para ponerse manos a la obra. De modo que se dirigió a la sec-
ción infantil para encontrar algún libro para los niños que estaban
aprendiendo a leer. Encontró un ejemplar que le pareció útil y de
camino al mostrador oyó que alguien decía con voz imperiosa:

—Estoy buscando una novela de la baronesa Orczy. Me la ha
recomendado encarecidamente una amiga. No estoy muy segura del
título, pero trata...

Emily se quedó paralizada, retrocedió y se escondió entre las
estanterías. Era la señora Warren-Smythe, amiga de su familia
y madre de Aubrey, con quien habían intentado emparejarla sus
padres. No entendía qué hacía en Tavistock, tan lejos de su casa,
pero debía evitar como fuese que la viera. Esperó oculta entre las

sombras, conteniendo la respiración, hasta que el librero regresó con tres títulos de la baronesa Orczy y los dejó en el mostrador, frente a la señora Warren-Smythe.

—En estos momentos son los únicos que tengo. Si lo desea, puede examinarlos para comprobar cuál es el que le recomendó su amiga.

Mientras la señora Warren-Smythe los inspeccionaba, Emily dejó el libro infantil con gran pesar y se dirigió de puntillas hacia la salida. Una vez fuera miró a su alrededor para asegurarse de que el marido no la estaba esperando en la calle y se alejó a toda velocidad. El corazón le latió desbocado durante todo el trayecto de vuelta a casa. Aquel conato de encuentro la había desquiciado. Hasta entonces no se le había pasado por la cabeza que la alta sociedad de Devon estaba formada por un reducido grupo y que su padre era una figura muy conocida. La probabilidad de que la reconocieran, por lo tanto, era elevada. Sin embargo, intentó convencerse de que su reacción había sido algo exagerada. Si se hubiera encontrado de cara con la señora Warren-Smythe, habría bastado con que le dijera que todavía estaba trabajando para el Ejército Femenino de la Tierra. Aún no se le notaba que estaba embarazada. Se llevó la mano al vientre. «Pero dentro de poco se notará —pensó—. Y será obvio». Llegado el momento, no podría salir del pueblo.

Capítulo 28

La señora Trelawney dio por buenos el conejo, el pescado y las salchichas, y Emily regresó a la casita con su nuevo libro sobre hierbas. Las ilustraciones eran grabados algo antiguos, pero le bastaban para identificar muchas de las plantas. Dibujó un plano del jardín, salió y empezó a anotar los nombres. Algunas plantas ya se habían secado, por lo que tendría que esperar a identificarlas hasta que llegara la primavera, pero había otras que aún tenían suficientes hojas.

«¿De qué me servirá todo esto? —pensó mientras regresaba a la casita—. Si no sé qué hacer con ellas, en realidad estoy perdiendo el tiempo».

Se sentó y cogió el diario de la mesa. Le daba un poco de reparo seguir leyendo, ya que aún resonaban en su cabeza las palabras de Daisy: «Trae mala suerte leer el diario de otra persona». Sin embargo, esa persona ya no estaba viva. Había tenido la desgracia de fallecer. Además, ella era una mujer educada del siglo xx. ¿Cómo iba a creer en supersticiones?

Las siguientes entradas del diario resultaron algo frustrantes, porque hacían referencia a recetas que no había podido encontrar. No obstante, le permitieron averiguar que Susan también se había sentido arrastrada a desempeñar el papel de herborista, tarea a la que se había entregado con entusiasmo. Leyó por encima detalles más triviales, como cuando explicaba que había confeccionado unas cortinas nuevas, o que había recogido hierbas y las había puesto a secar en el desván. Luego había ido a clase, a conocer a sus alumnos. Encontró un par de detalles valiosos que podría aprovechar, pero entonces leyó una frase que le hizo recuperar la concentración: «Espero que a Flora no le importe que use su libro, pero tuve que abandonar mi hogar de forma muy precipitada y no pensé en coger mi diario. Y ahora no podría permitirme este tipo de frivolidades, aunque la tienda del pueblo vendiera diarios. Algo que sé a ciencia cierta que no hace».

¿Usar su libro? Emily frunció el ceño y soltó una risa de emoción. Giró el volumen de piel varias veces. La cubierta y la contracubierta eran idénticas. Y ahí, en la primera página del otro lado del libro, podía leerse: «Recetas para la creación de tinturas, ungüentos, infusiones y todo tipo de medicinas gracias a las hierbas del jardín de la herborista Flora Ann Wise».

Emocionada, pasó la página. Apenas podía leer la letra que el paso del tiempo había borrado casi por completo. Además, era tan antigua que no era tarea fácil descifrarla, pero había varios dibujos y una lista de plantas.

Plantas necesarias para todo tipo de remedios: hisopo, ajenjo, ruda, cilantro, anémona, romero, hipérico, balsamita, pie de león, galio, angélica, pensamiento, muguete, caléndula, cardo, tomillo y asperilla.

A estas les añadiré, cuando el tiempo lo permita: betónica, consuelda, fárfara, prímula, majuelo, espliego, melisa, filipéndula, salvia, valeriana, milenrama y ajedrea.

Emily no sabía qué aspecto tenían la mayoría de las plantas ni si ya crecían en el jardín medicinal. Pasó la página y encontró las recetas.

Para aliviar la tos de pecho: jarabe de fárfara.
Echar dos onzas (o un buen puñado) de fárfara
en media pinta de agua. Poner un cazo al fuego
y taparlo. Dejar que hierva a fuego lento durante
veinte minutos y luego colar el líquido y desechar
las hierbas. Reducir un tercio. Disolver seis onzas
de azúcar o miel en el líquido.
Dejar enfriar.
Administrar una cucharada tres veces al día.

Cayó en la cuenta de algo más. La gente del pueblo le había
hablado de la mujer de las flores, y Emily lo había interpretado lite-
ralmente. Sin embargo, el nombre de la dueña del diario era «Flor».
Levantó la cabeza cuando las campanas de la iglesia dieron la hora
en punto y supo que debía acudir a su cita para cenar.

—Voy a ponerme a trabajar en el huerto medicinal que hay en
la casita —le dijo a lady Charlton.

—Ah, ¿sí? Estoy impresionada con el entusiasmo que se ha
adueñado de ti con la jardinería.

—Simplemente pensaba que a la señora Trelawney le vendrían
bien las hierbas para cocinar —le dijo, sin entrar en detalles sobre
las recetas y la herborista hasta que pudiera demostrar que era capaz
de preparar algunos de los remedios.

—No te canses más de la cuenta —le advirtió lady Charlton—.
Creo que las hierbas podrían esperar hasta la primavera. Además, es
probable que la mayoría mueran en invierno.

—Sí, tiene razón —concedió.

Lady Charlton levantó la mirada del jerez.

—¿Has disfrutado de la visita a Tavistock? No te he dado las
gracias por traerme lo que te pedí de la farmacia.

—Fue agradable poder echar un vistazo a los escaparates. No
recuerdo cuándo fue la última vez que tuve la oportunidad de hacerlo.

—Yo casi ya no salgo —afirmó lady Charlton—. Me resulta deprimente. Una se da cuenta de lo mal que está todo desde que empezó la guerra. Solo se ve gente extenuada, vestida con ropa harapienta y no hay jóvenes. Me pregunto si nos quedará energía para recuperarnos cuando finalice la contienda.

—Pues claro que sí —afirmó Emily, con un deje más alegre de lo que en realidad sentía—. Somos una nación capaz de sobreponerse a lo que sea.

Lady Charlton asintió.

—Es la gente joven como tú la que me infunde esperanzas. Has vivido un auténtico infierno y, aun así, has decidido creer en el futuro.

—Qué remedio —respondió Emily—. Ahora soy responsable de un hijo, por lo que no puedo permitirme el lujo de rendirme ni de ceder.

—Tienes razón.

Lady Charlton levantó la cabeza cuando la señora Trelawney entró con el plato principal.

—Su invitada ha encontrado pez de san Pedro —dijo la cocinera—. Y también hay conejo. Mañana haré empanada de conejo y al día siguiente estofado.

—Veo que tienes el don de obrar auténticos milagros —dijo lady Charlton—. ¿Cuándo fue la última vez que tomé un pescado decente? ¿Y conejo? Menudo lujo.

La señora Trelawney lanzó una mirada fugaz y hostil a Emily antes de retirarse.

Después de cenar, Emily regresó a la casita, impaciente por seguir leyendo el libro de Flora Ann Wise. Había empezado a tomar notas, cuando alguien llamó a la puerta. La abrió lentamente, convencida de que sería otro vagabundo, pero se trataba de Alice.

—Aquí estás —afirmó su amiga—. ¡Me han dicho que ahora te das muchos aires y que cenas con lady Charlton todas las noches!

—dijo con un falso acento de clase alta—. Al parecer ya no tienes tiempo para visitar a tus viejas amigas.

—Lo de la cena no ha sido idea mía —se excusó Emily—. Intenté convencerla de que debía aprender a ser una mujer independiente, pero no hubo manera. No soporta estar sola y yo tampoco quiero renunciar a una buena comida.

—¿Y qué será de tu vieja amiga? —preguntó Alice.

Emily se rio.

—Tú no necesitas compañía. Ya tienes a Nell Lacey y la parroquia del pub. ¿Qué tal te va?

—Nos llevamos a las mil maravillas, Nell y yo. Siempre estamos riendo y bromeando. Aunque no todo es un camino de rosas. Hoy nos han traído un barril y hemos tenido que bajarlo por las escaleras entre las dos. No sé cómo se las apañaba antes ella sola.

—¿Alguna noticia de su marido? —preguntó Emily.

Alice negó con la cabeza.

—Todo sigue más o menos igual. Me pregunto si llegarán a darle el alta. ¿Y tú qué has hecho?

—Pues sobre todo me he dedicado a trabajar en el jardín. He ido a Tavistock a comprar plantas para el huerto de invierno. —Tomó aire y respiró hondo—. Y he descubierto que hay un huerto medicinal junto a la casita. De hecho, quiero preparar remedios con hierbas. ¿Sabes que la gente dice que aquí vivió una bruja? Pues yo creo que fue una mujer que conocía los usos curativos de las plantas. Así que he decidido que voy a probar alguna de sus recetas.

—Ten cuidado —le advirtió Alice—. No vaya a ser que termines matándonos a todos. Por lo que cuentan, todas las mujeres que vivieron aquí acabaron mal. —Esbozó una sonrisa—. Bueno, ¿cómo te encuentras?

—Mucho mejor. Ya casi no tengo náuseas, salvo cuando me obligan a comer tripa con cebollas, claro.

—¿Tripa encebollada? Eso haría vomitar a cualquiera.

Ambas mujeres intercambiaron una sonrisa.

—¿Te apetece un té? —preguntó Emily.

—No, gracias. Ahora me iré a tomar una ginebra, como todas las noches. Pero quiero que sepas que la casa ha mejorado mucho. Empieza a parecer un hogar. ¿A Daisy le va bien?

—Ha asumido el trabajo más ingrato, por lo que están encantadas con ella. Y yo creo que a ella no le importa dejarse la piel. Le gusta sentirse apreciada.

—Imagino que nos veremos el domingo, si no vienes antes por el pub. Es el festival de la cosecha. ¿Vendrás?

—Ah, creo que sí. La señora Trelawney me comentó el otro día las hortalizas que quería llevar. Han organizado una especie de concurso. Además, creo que ha preparado tartas de manzana para la cena de después.

—¿Qué es eso? —Alice se sobresaltó al ver que Sombra se dirigía hacia ella.

—Es mi gato. En realidad, él me ha adoptado a mí. Bueno, no estoy segura de si es macho o hembra, pero tiene pinta de macho. Lo llamo Sombra. Dejo abierta la ventana de la cocina y así puede entrar y salir cuando le apetece.

—Que no se entere la gente de que tienes un gato negro o empezarán a decir que eres una bruja y no te quitarán el ojo de encima, esperando a que cojas tu escoba —señaló Alice entre risas.

—Estoy encantada con su compañía —dijo Emily—. Es poco exigente y hoy por la mañana me ha traído un ratón muerto de regalo. —Se agachó para acariciarlo—. Nunca había tenido mascota. Mi madre odiaba los animales, se quejaba de que lo ensuciaban todo.

Alice la miró fijamente.

—No sé cómo te has convertido en una persona tan buena y amable. Perdona que te lo diga, pero tu madre parece una auténtica cascarrabias.

—Tranquila, no me afecta. Además, tienes toda la razón.

Capítulo 29

Al día siguiente Emily se levantó aún más temprano de lo habitual y empezó a coger algunas de las hierbas del jardín. Hizo hatillos de lavanda, romero, tomillo, salvia y de otras hierbas que aún no había identificado, y las colgó en el desván para que se secaran. Luego bajó a preparar la tierra del huerto para plantar todo lo que había comprado en Tavistock. Al cabo de un rato apareció Simpson y le aconsejó que utilizara un mantillo para que no les afectara tanto la helada. Se fue y volvió enseguida con una red para pájaros.

—Tiene que tapar las plantas con esto, porque si no se las comerán los conejos —dijo y la ayudó a extenderla.

Cuando empezó a oscurecer, Emily miró el huerto recién plantado. No cabía en sí de gozo. «Si pudieran verme mis padres, no darían crédito», pensó. Entonces le vino a la cabeza una imagen de Robbie. «Estás hecha toda una campesina —le diría con una sonrisa—. Y yo que creía que la granja de Australia sería demasiado para ti. Sin embargo, ya veo que te las estás apañando de fábula».

—Oh, Robbie —murmuró Emily observando el firmamento.

Se preguntó si en verdad existía el cielo, y si era ahí donde estaba su amado, observándola. Sin embargo, le resultaba demasiado doloroso pensar en él, de modo que se secó una lágrima y empezó a recoger los utensilios del jardín.

Esa noche, tenía la intención de empezar a transcribir los remedios, pero lady Charlton se extendió más de la cuenta en la cena.

—¿Acudirá al festival de la cosecha el domingo en la iglesia? —le preguntó Emily.

La anciana negó con la cabeza.

—No lo creo. Soy demasiado mayor para mezclarme con la muchedumbre y, francamente, no gozo de una gran popularidad entre la gente del pueblo.

—¿Y eso a qué se debe? —preguntó Emily, algo sorprendida ante su propio descaro.

Lady Charlton se sentó y adoptó el mismo gesto altanero que solía lucir cuando se conocieron.

—Supongo que es culpa mía. Después de lo que le ocurrió a mi nieto, que era muy querido por la gente, y de la muerte de mi hijo…, me encerré en mí misma. No sentía la necesidad de ser cortés con nadie, por lo que me entregué a mi papel de señora de alcurnia, dueña de una gran mansión.

—Pues yo creo que debería acompañarme —dijo Emily—. Con los tiempos que corren, todas nos necesitamos mutuamente. No hay ni una familia del pueblo que no haya perdido a un marido o a un hijo. Todos estamos de duelo.

La anciana lanzó un suspiro.

—Supongo que tienes razón, pero en esta ocasión no podrá ser. Diles que mis articulaciones no soportarían el rigor del viento gélido.

—No creo que les pase nada a sus articulaciones —replicó Emily, que la miró con el ceño fruncido—. Tiene que salir más. Me gustaría que viniera a verme cuando estoy trabajando en el jardín. Le sentaría muy bien.

—Si hubiera sabido que ibas a convertirte en mi gobernanta y que empezarías a darme órdenes, no te habría invitado a que vinieras a tomar una copa de jerez —afirmó lady Charlton esbozando una sonrisa.

El domingo, Emily eligió la cesta de hortalizas que iban a exponer en el altar, bajo la supervisión de la señora Trelawney.

—No es como en los viejos tiempos —observó la cocinera con un deje crítico—, pero la calabaza no está mal. Y nadie podrá ponerle ni un pero a mis tartas de manzana, eso está claro.

Emily llevó las hortalizas y Daisy y la señora Trelawney se encargaron de las tartas de manzana. La iglesia estaba llena a rebosar de ofrendas de frutas y verduras, y Emily se fijó en un calabacín muy grande, algo que no le iba a hacer ninguna ilusión a la señora Trelawney. El oficio religioso empezó con una interpretación de *Come Ye Thankful People, Come*. El párroco pronunció un sermón en el que hizo referencia a que en los momentos más difíciles, Dios siempre se mostraba pródigo con sus hijos. Cuando acabó, los asistentes se reunieron en la sala de la parroquia, donde había varias mesas llenas de comida.

—No es como en los viejos tiempos, ¿verdad? —comentó alguien.

—Antes asábamos un cerdo en un espeto.

—Dicen que la guerra está a punto de acabar. Se ve que los alemanes se están batiendo en retirada. Hemos matado a tantos que no tendrán más remedio que aceptar nuestras condiciones —auguró otro de los presentes—. Les hemos dado una buena lección.

—Pero hemos pagado un precio muy alto, ¿no cree señora Upton? Muy alto.

Tal vez no había cerdo asado, pero sí empanada de huevos y panceta, de salchicha, una gran variedad de sándwiches, encurtidos, gelatinas, manjar blanco, galletas y tartas de frutas. Emily se acercó a la mesa donde se encontraban Alice y Daisy con Nell Lacey. La señora Soper de la herrería se unió al grupo.

—No paran de decir que la guerra está a punto de acabar y que todo regresará a la normalidad —afirmó la señora Soper, enfadada—. Pero para mí no volverá a ser normal. ¿Cómo voy a mantener el negocio? ¿Me lo puede explicar alguien? Aquí nos dejamos todas la piel, pero mi suegro tiene noventa años. Conoce el oficio, pero no tiene fuerza. Y, la verdad, yo tampoco podría hacerlo. No sé cómo volveremos a ponerla en marcha cuando finalice la guerra. Será imposible a menos que regresen los jóvenes, algo que no parece que vaya a ocurrir.

De repente Emily tuvo una idea. Se acercó a Alice y le susurró algo al oído. Su amiga sonrió y asintió. Emily se volvió hacia la señora Soper.

—Tal vez conozcamos a alguien que pueda ayudarla —dijo—. Una de las chicas que formaba parte del Ejército Femenino de la Tierra es muy corpulenta y fuerte. Estamos seguras de que podría hacer el trabajo de un hombre. No es muy avispada, pero si le enseña el oficio, podría trabajar para usted.

—¿De verdad? —La señora Soper las miró esperanzada—. ¿Os parece que querrá venir a un lugar tan apartado como este?

—Imagino que sí. No creo que le espere un futuro muy halagüeño en casa y disfrutaba de nuestra compañía. ¿Quiere que le escriba?

—No sabes cuánto te lo agradecería, querida —dijo la señora Soper—. Cualquier ayuda será bienvenida. Oh, chicas, sois una bendición del cielo.

Emily se fijó en el señor Patterson, el maestro, que estaba sentado solo en el extremo de una de las largas mesas. Era un hombre delgado y de aspecto amanerado, con entradas, que vestía un elegante traje con pañuelo. Estaba comiendo un pedazo de tarta con hastío y se limpiaba la comisura de los labios con la servilleta. Emily sintió un poco de pena por él y, al mismo tiempo, se le ocurrió una idea. Se levantó y se acercó hasta él.

—Aún no nos conocemos, pero soy Emily Kerr. —Todavía le costaba pronunciar en voz alta la mentira y no pudo evitar ruborizarse—. Me he instalado en la casita de la finca de lady Charlton, como tal vez ya sepa. Me preguntaba si podía pedirle un favor. Las dos chicas que me acompañan tienen un nivel de lectura muy bajo. Había pensado que tal vez podría pedirle prestado un libro de la escuela para lectores principiantes para poder trabajar con ellas después de cenar.

El hombre se levantó y le tendió la mano.

—Es un placer, señora Kerr. Sí, mis alumnos me han informado de que ha llegado gente nueva al pueblo. Encantado de conocerla. Tal vez le gustaría compartir conmigo un vaso de licor de chirivía una de estas noches. Estoy muy orgulloso de mis licores caseros y creo que el de chirivía es especialmente bueno.

Emily empezaba a pensar que tal vez nunca tendría una noche libre para sí, pero no pudo resistirse a la mirada ansiosa del profesor.

—No he probado el licor de chirivía —confesó—, pero sería un placer catarlo.

—Fantástico. ¿Qué le parece mañana?

—Encantada.

—Así le mostraré las lecturas que suelo utilizar con los niños, así como algunas de las historias más adecuadas para lectores principiantes.

—Muchas gracias, es usted muy amable.

—Es digno de elogio que quiera ayudar a sus compañeras.

—En mi opinión es imprescindible saber leer —dijo Emily—. Yo no sé qué haría sin libros. Estos últimos meses en el Ejército Femenino de la Tierra los he echado muchísimo de menos. Después de cenar estábamos tan agotadas que nos quedábamos dormidas en cuanto nos metíamos en la cama. Y cuando no nos podía el cansancio, siempre había varias compañeras hablando.

—Bueno, ahora por fin podrá disfrutar de un poco de paz. Poseo una biblioteca bien surtida. Puede disponer de ella cuando le apetezca.

Emily miró a la mujer del párroco, la señora Bingley, que la observaba con recelo. «Tal vez no le parezca bien que hable con un hombre soltero», pensó Emily, reprimiendo una sonrisa. Sin embargo, no quería que el resto de la gente del pueblo la tomara por una chica veleidosa.

—Debo regresar con mis amigas —se disculpó—. Hasta mañana.

La señora Bingley la interceptó antes de que pudiera reunirse con sus compañeras.

—¿Puedo hablar con usted, señora Kerr? —le preguntó, con una extraña mirada triunfal que Emily no supo interpretar.

—Por supuesto —respondió ella con una sonrisa amable.

La mujer del párroco se la llevó a un lado.

—Sé que no es usted lo que aparenta —le soltó.

—¿Cómo dice?

—He estado observando cómo intenta congraciarse con propios y extraños. Y no puedo evitar preguntarme qué pensarían si conocieran la verdad. Usted no es una viuda de guerra, sino una chica soltera que se ha visto arrastrada a una situación de lo más desafortunada y que ha decidido esconderse para ocultar su vergüenza.

«La señora Trelawney», pensó Emily. Debía de haberla escuchado a escondidas y no había tenido ningún reparo en difundir la noticia. Tuvo que hacer un auténtico esfuerzo para reprimir la ira.

—Para su información, señora Bingley, en circunstancias normales yo ya estaría casada. Mi prometido tuvo que regresar al frente y murió como un héroe.

—Aun así, a ojos de la iglesia es usted una pecadora.

—¿Acaso no lo somos todos? Creo que fue mi niñera quien me enseñó aquello de que quien esté libre de pecado, que tire la primera piedra.

—Jesús también nos advirtió acerca de los hipócritas —le espetó la señora Bingley—, sobre aquellos que afirman ser algo que no son.

—Me hicieron ver que todo sería más sencillo si afirmaba que era una viuda de guerra —insistió Emily—. Y no me importa que difunda la noticia en el pueblo. Creo que no tardará en comprobar que la gente sabrá valorar la difícil situación en la que me encuentro. Y si no es así, tengo bastantes amigas aquí, y hay más lugares en los que seré bienvenida.

—Confío en que no tenga la osadía de dejarse ver ningún día en la iglesia ni en cualquiera de los actos que yo organice.

—¿Acaso Jesús no acepta al pecador arrepentido? —preguntó Emily—. Sin embargo, sucede que yo no estoy arrepentida. Me siento muy orgullosa de que mi prometido tuviera que regresar al frente y que acabara entregando su vida, sabiendo en todo momento lo mucho que yo lo amaba.

En ese momento fue Emily la que le dedicó un gesto triunfal.

—¿Y qué ocurre con lady Charlton? ¿Y si lo descubre? —preguntó la señora Bingley.

—Lady Charlton está al corriente de mi situación. Jamás habría aceptado su hospitalidad recurriendo a argucias de ningún tipo. Ahora entiendo por qué no le apetece participar en ningún acto de la iglesia. Y ahora, si me disculpa, debo regresar con mis amigas.

Se despidió con un leve gesto de la cabeza y volvió con Alice.

—¿Qué quería? ¿Te ha pedido que te incorpores a la junta de la parroquia? ¿O que des clase en la escuela dominical? —preguntó Alice.

—No, al contrario. Me ha dicho que no soy bienvenida en la iglesia porque ha descubierto la verdad sobre mí.

—Vieja bruja amargada —exclamó Alice—. No le hagas caso. Ya tienes suficientes amigas aquí. Tranquila, que todo irá bien.

«Sí —pensó Emily en el camino de vuelta a casa—, creo que todo irá bien».

Capítulo 30

En cierto sentido, Emily se arrepintió de no haber rechazado la invitación del señor Patterson. Le apetecía mucho más descifrar los remedios de hierbas y comprobar si podía preparar alguno. A pesar de lo poco que había leído del diario de Susan Olgilvy, Emily había descubierto que su antecesora se había entregado con pasión y entusiasmo a la labor y que había comentado el éxito o fracaso de cada receta. Sin embargo, habría sido muy descortés anular la cita con el señor Patterson, sobre todo después de saber que era un ermitaño.

No obstante, al llegar a la escuela la asaltaron las dudas. Si la señora Bingley ya le había contado la verdad, tal vez el maestro no desearía que lo asociaran con ella. Pero los temores se disiparon en cuanto abrió la puerta y vio su cara de alegría. En la diminuta sala de estar reinaba un orden exquisito. Enseguida se fijó en una bandeja con un tapete de encaje blanco en el que había un decantador de cristal y dos copas. La chimenea estaba encendida y los dos sillones estaban dispuestos uno frente al otro. Las paredes estaban cubiertas de libros.

—Siéntese, señora Kerr. Últimamente ya empieza a refrescar de noche, ¿no le parece?

Emily le dio la razón.

—He encontrado algunos libros que podrían resultarles útiles a sus amigas —le dijo, y le entregó varios volúmenes—. ¿Saben leer algo?

—Una tiene un nivel bastante básico, pero no le vendrá nada mal practicar un poco más —respondió Emily—. Pero la otra no sabe nada. Aun así, la considero una chica inteligente y con muchas ganas de aprender.

El señor Patterson asintió.

—Si en algún momento no le apetece enfrentarse sola a la tarea, me ofrezco voluntario a enseñarle a su amiga.

—Es usted muy amable, pero me temo que se sentiría intimidada ante un desconocido. Le avergüenza no saber leer.

La conversación prosiguió por los cauces habituales: el tiempo, el fin de las hostilidades. Emily elogió su biblioteca y hablaron de sus autores favoritos. El licor de chirivía era más fuerte de lo esperado y Emily dio un grito ahogado al tomar un sorbo.

—Sí, es bastante fuerte, ¿verdad? —El señor Patterson parecía sentirse orgulloso de ello—. Sin embargo, el licor de ortigas ha sido un fracaso, este año. El de saúco no está mal, pero el de chirivía es mi obra maestra, si me permite la inmodestia.

El maestro no le hizo ninguna pregunta personal y ella tenía sus dudas sobre si debía o no adentrarse en esos vericuetos. Sin embargo, al final se armó de valor y, cuando le preguntó cuánto tiempo llevaba en el pueblo, el señor Patterson respondió:

—Veinte años.

—¿Y no se ha cansado?

El hombre negó con la cabeza.

—Llegué aquí siendo muy joven, después de sobrevivir a una tuberculosis. Me habían desahuciado en varias ocasiones, pero logré recuperarme. Fue entonces cuando me recomendaron que viviera en algún lugar lejos de la contaminación de la ciudad para proteger mis maltrechos pulmones. Había recibido una modesta herencia de mi padre y por entonces, iluso de mí, creía que mi objetivo vital era escribir una gran novela. Por eso vine aquí. La enseñanza no es un trabajo muy exigente. Disfruto de la inocencia pura de mis alumnos, pero, ay, mi gran novela nunca se ha hecho realidad. He publicado un par de poemas, pero mis éxitos literarios no han llegado a más.

—Yo diría que la mayoría de los escritores no alcanzan el éxito hasta ser más mayores que usted —repuso Emily con tacto.

El señor Patterson sonrió de nuevo y las arrugas que le surcaban la frente desaparecieron.

—Es usted muy amable, señora Kerr, pero debo admitir que no poseo el talento necesario. Cuando intento escribir una historia, siempre llego a la conclusión de que no es más que un remedo de la novela de un gran maestro.

—Pero no por ello debería dejar de intentarlo —insistió Emily.

—No lo haré.

Considerando que había transcurrido un tiempo más que prudencial, Emily se levantó para marcharse.

—Un momento, por favor. —El señor Patterson levantó la mano, se escabulló en la cocina y regresó con un pequeño frasco—. Le ruego que acepte este bote de miel. Crío abejas en la ladera y el brezo le da un aroma delicioso.

—Es usted muy amable. Ahora ya tengo algo que me alegre un poco el desayuno —confesó Emily.

—Espero que podamos repetir este encuentro—le dijo el maestro mientras la acompañaba a la puerta—. Nuestra charla me ha resultado muy agradable. Esto es lo que le falta a nuestro pueblo. Me temo que las conversaciones estimulantes brillan por su ausencia.

—A mí también me gustaría repetirlo —le aseguró Emily—. Y si alguna vez puedo convertir mi casita en un lugar civilizado, tenga por seguro que le devolveré la cortesía.

—¿Le gusta vivir ahí? —preguntó, de nuevo con el ceño fruncido—. He oído rumores tan horribles sobre ese sitio... Sobre los motivos por los que llevaba tanto tiempo deshabitado y la suerte que corrieron las antiguas inquilinas. Estoy seguro de que no son más que cuentos de viejas, pero aun así...

—Lo cierto es que me siento como en casa. Es más, quiero recuperar el huerto medicinal.

—Es una gran idea. —El hombre recobró la sonrisa—. Antes había uno, ahora lo recuerdo. Se pueden hacer cosas tan maravillosas con las hierbas... infusiones y ungüentos.

—Voy a probar algunas de ellas. Si lo consigo, se lo haré saber.

—Pues le deseo buena fortuna —dijo el maestro.

Emily regresó a casa con la agradable sensación de bienestar que le había proporcionado el licor de chirivía. Al instalarse en Bucksley Cross le preocupaba la posibilidad de quedarse sola, sin embargo, ya tenía cuatro amigos. El señor Patterson, como ella, era un fugitivo del mundo exterior.

Después de ponerse el camisón, tomó el diario de Susan, se lo llevó al dormitorio y se tapó hasta el cuello para leer a la luz de las velas. Sombra apareció en silencio, acompañado de su habitual halo misterioso, y subió a la cama de un salto sin esperar a que lo invitara. Emily sintió el cuerpo cálido del animal junto al suyo y la vibración de su ronroneo. El diario proseguía de modo muy pragmático: nuevos remedios, pequeños enfrentamientos con alumnos problemáticos... Al parecer, el lord Charlton de la época era un soltero que pasaba gran parte del tiempo en Londres. A Susan le parecía una pena porque sentía una gran admiración por la finca de Bucksley House, que lucía siempre un aspecto inmaculado.

Emily se dio cuenta de que Susan no había compartido los sentimientos que le había provocado la trágica pérdida que había sufrido. Era imposible saber si se sentía muy sola, si añoraba su antigua vida privilegiada o cómo lograba valerse por sí misma en la casita. Simplemente seguía adelante. «Que es lo que estoy haciendo yo», pensó.

Se produjo un giro inesperado cuando uno de los alumnos de Susan empezó a tener una tos convulsa. Susan le preparó un jarabe siguiendo las instrucciones de Flora Ann Wise y el resultado fue todo un éxito, mucho más de lo que esperaba. Los espasmos que sufría el pequeño prácticamente desaparecieron y mejoró notablemente. A partir de entonces, otros miembros de la comunidad comenzaron a acudir a ella en busca de remedios para diversos males.

Entonces llegó otra extensa entrada:

Un interesante encuentro. Un tal señor T. se presentó en la puerta. Estaba preocupado por su mujer y vino con la esperanza de que yo pudiera hacer algo por ella. Acaban de regresar de la India y han alquilado una casa a solo cinco kilómetros de la mía. Su mujer no pudo resistir el clima indio y se encuentra en mal estado de salud. Quería saber si podía ir a verla y prepararle un tónico para que se recupere.

Le advertí que no soy doctora, que solo sé preparar infusiones para aliviar los males más básicos, como el reumatismo, la gota, los catarros o la gripe, y le comenté que si su mujer padecía un mal más grave, tendría que pedir ayuda a un médico.

—Lo que necesita, si en verdad quiere saberlo —dijo—, es una amiga. Alguien que se preocupe por su salud y que la ayude a recuperarse. Lo cierto es que creo que el tónico bien podría ser un poco de agua con azúcar, pero que ella mejoraría si creyera en el remedio.

Acepté, no sin cierta reticencia. El sábado siguiente vino a buscarme en un carro gris. En el trayecto a su casa me contó que había estado en el ejército, los Lanceros de Bengala, y que había disfrutado de la emoción de la vida militar, pero que había tenido que dimitir de su puesto preocupado por el bienestar de su mujer. No sabía qué haría a continuación ni si quería fijar su residencia en un lugar concreto. A Maria le apetecía vivir en un lugar como Bath, pero él no soportaba la vida urbana ni el contacto con la buena sociedad. Había nacido para ser un hombre de acción, me aseguró.

La casa era muy sólida, de piedra, como las que teníamos en el norte, y se alzaba en un extenso terreno, alejada de cualquier pueblo. Maria T. yacía en un diván, envuelta en una colcha, a pesar de que el día era radiante. Era una mujer bella, de rasgos nórdicos, con el pelo rubio, casi blanco, y la piel translúcida como la de las muñecas de porcelana con las que jugaba yo de niña. Me tendió una mano lánguida, fría como el hielo, y la tomé entre las mías.

—En la India el calor era insoportable —me dijo—. Y me temo que ahora el frío también me resulta insoportable. Me paso el día entero con escalofríos, pidiendo a los criados que me llenen bolsas de agua caliente.

Hablamos durante un rato. Me contó su periplo en la India, un país que consideraba horroroso y brutal. Había mendigos con el cuerpo cubierto de llagas, niños deformes de los que se aprovechaban los padres para ganar dinero con la limosna. Moscas por todas partes. Serpientes. En una ocasión pensó que tenía una de sus medias negras en la silla y cuando fue a cogerla se dio cuenta de que era una cobra.

—Henry estaba encantado —dijo la mujer—. Se pasaba el día con los otros oficiales jugando al polo o cazando jabalíes cuando no tenían que meter en vereda a los nativos.

—Imagino que usted podría disfrutar de la compañía de otras mujeres —le pregunté.

—Más de lo que yo quería. No resultaban muy agradables. —Lanzó un suspiro—. La relación era demasiado estrecha. No sabían hacer otra cosa más que chismorrear y hablar de sus hijos. Uno de sus pasatiempos favoritos era flirtear con otros oficiales y no parecía afectarles ni el calor ni la suciedad. Yo me sentía agotada e indispuesta todo el rato.

Le prometí que la ayudaría a recuperar su buen estado de salud y que le prepararía un tónico. Su marido se mostró sumamente agradecido, rozando una actitud lastimosa. Cuando llegué a casa, cogí el libro de hierbas y elaboré un tónico para elevarle el ánimo y estimular el flujo sanguíneo de su cuerpo. Confío en que le siente bien.

La vela titilaba a punto de consumirse. Emily cerró el diario muy a su pesar, apagó la vela y se ciñó las mantas. El gato se acurrucó junto a ella, sin mostrar el más mínimo deseo de pasar la noche fuera.

Capítulo 31

Al cabo de unos días, llegó Maud. Emily y Alice la llevaron a presentarle a la señora Soper. Su amiga no se mostró intimidada cuando le mostraron la fragua y le explicaron el trabajo que tendría que hacer.

—Nunca he herrado un caballo y mi experiencia ordeñando vacas no es muy buena, pero creo que aprenderé enseguida.

—Hemos formado una pequeña comunidad —observó Alice en el camino de vuelta al prado comunal—. Si mi Bill me viera sirviendo pintas, no se reiría. Me diría: «Eres muy fuerte».

—Yo me imagino a Robbie igual —afirmó Emily, que se dio cuenta de que podía mencionar su nombre sin sufrir una punzada de dolor insoportable. Tal vez era el primer paso de su proceso de curación.

Esa noche, repasó las notas que había tomado de los dos diarios y decidió probar algunas de las recetas usando las hierbas que había recogido. Había identificado una docena de plantas. Algunas de las recetas necesitaban flores, que no podían conseguirse en esa época del año. Otras, requerían la corteza o las raíces. Un té de balsamina y lavanda surtió el efecto deseado y le provocó somnolencia. Crear una tintura le parecía algo más osado, y prefirió dejarlo para más adelante. De modo que recuperó el diario de Susan, con ganas de saber si el tónico había surtido efecto en la señora T.

He ido a ver a la señora T. en varias ocasiones. Afirma que mi tónico le está sentando bien, pero aún no ha recuperado la energía y sigue estando palidísima, como si no le corriera la sangre por las venas. Además, apenas muestra interés por nada. He intentado leerle el periódico, hablarle de moda y gastronomía, pero todo ha sido en vano. Le he sugerido que vaya a ver a un médico, pero afirma que está cansada de que la visiten sin que le den un diagnóstico acertado. El último que la atendió le recetó paseos al aire libre y le dejó entrever que su estado mejoraría si tenía hijos. La pobre se derrumbó angustiada mientras me lo contaba. Al parecer no puede tener una relación física normal con su marido, que ha soportado la situación con paciencia y estoicismo estos últimos diez años. Cada vez estoy más convencida de que sus problemas son emocionales y no físicos. Todo le da miedo y por eso se priva de todos los placeres que puede ofrecerle la vida.

Leyó más entradas:

Hoy hemos tenido un día radiante de primavera y le he propuesto a la señora T. que fuéramos a ver los narcisos que están empezando a florecer en una colina cercana. Me ha dicho que soplaba un viento demasiado frío para ella. Ojalá supiera cómo ayudarla a salir de su círculo vicioso de reclusión. Para mí está claro que disfruta de mis visitas, pero me temo que soy la única amiga que va a verla.

En el trayecto de vuelta a casa, el señor T. y yo hemos tenido una conversación encendida sobre el problema irlandés. La discusión subió de tono, pero se disculpó en cuanto nos detuvimos frente a la casita. Le dije que yo siempre disfrutaba de un buen debate y lo invité a una taza de té. Examinó mi modesto laboratorio de hierbas y se mostró impresionado.

Emily siguió leyendo. Susan no decía nada al respecto, pero ella se daba cuenta de que se estaba forjando una relación especial entre el señor T. y ella.

Hoy ha ocurrido algo maravilloso, pero al mismo tiempo aterrador. Me cuesta ponerlo por escrito, pero quiero recordar todos los detalles para no olvidarlo. Estábamos realizando el trayecto de vuelta a mi casa, como es habitual. La señora T. se encontraba algo peor debido al mal tiempo, que le provoca jaquecas. Le prometí que intentaría prepararle el remedio para el dolor de cabeza que había visto en mis libros, pero que aún no he elaborado. Necesitaré betónica, escutelaria y corteza de sauce, que por suerte crece junto a nuestro arroyo.

En fin, como decía, en el camino de vuelta a casa, empezó a llover torrencialmente y nos quedamos empapados al cabo de unos segundos. Acto seguido hubo varios relámpagos y poco después estalló un trueno. La pobre yegua se asustó y rompió a correr a galope tendido. El señor T. intentó detenerla, pero fue en vano. Iniciamos un descenso frenético por la colina, al final de la cual había un estrecho puente que atravesaba un arroyo. Pensé que íbamos a volcar en cualquier momento y me aferré al señor T. y al carro, que iba dando bandazos.

Entonces cayó una rama grande en el camino, justo frente a nosotros. Fue un acto divino. La yegua se detuvo en seco. Estábamos a salvo. El señor T. bajó y calmó al pobre animal. Cuando logró su cometido, volvió a subir y se sentó junto a mí.

—Lo siento mucho, señorita Olgilvy. ¿Se encuentra bien? —me preguntó.

—Un poco alterada, debo admitir. —Se me escapó la risa de los nervios—. Creía que me gustaba la velocidad, pero íbamos un poco rápidos hasta para mi gusto.

—Querida, es usted maravillosa —confesó él—. Cualquier otra mujer habría sufrido un ataque de pánico.

—No soy muy dada a los ataques de pánico —respondí, sin dejar de reír.

—No, claro que no. Es… perfecta.

Entonces me acarició el mentón, me atrajo hacia él y me besó. Lamento decir que me dejé llevar por la pasión del momento y le devolví el beso. Pero a ambos nos invadió un sentimiento de culpa y juramos que no volvería a ocurrir.

Emily levantó la mirada del libro. «Pobre Susan», pensó. Había encontrado a un hombre ideal para ella, pero su amor era imposible. Y lo segundo que le vino a la cabeza fue que Robbie y ella habían hecho el amor en una tormenta parecida. Sus vidas discurrían talmente en líneas paralelas. Incapaz de resistirse, leyó la siguiente entrada.

No puedo conciliar el sueño, presa de la agitación por la vergüenza que siento tras haber traicionado a la mujer que había depositado toda su confianza en mí. De pronto me he dado cuenta de lo que me había negado a admitir antes: el estrecho vínculo que existe entre el señor T. y yo. No puedo culparlo del momento de pasión que se produjo entre ambos. Él es un hombre al que le han sido negadas las relaciones íntimas que todo hombre casado puede esperar. Y yo debo admitir que también me siento atraída por su extraordinaria personalidad y su aspecto rudo. Estaba convencida de que no podría amar a otro hombre después de Finlay. No deja de ser irónico que el hombre al que podría amar esté casado con otra mujer, pero, al menos, eso demuestra que el corazón puede recuperarse de unas heridas como las mías.

Por la mañana, he tomado una decisión: debo romper toda relación con Maria T. para no caer de nuevo en la tentación. Iba a escribirle una nota para decirle que he dejado de lado mis deberes como maestra y que, por lo tanto, ya no dispongo del tiempo necesario para visitarla en persona. Si consideraba que el tónico le hacía bien, podía hacerle llegar más frascos y le deseaba una pronta recuperación.

Apesadumbrada, me acerqué al buzón y eché la carta. No podía ver de nuevo al señor T.

Emily cerró el diario con los ojos anegados en lágrimas. En una decisión muy noble, Susan había renunciado a su propia felicidad. Sin embargo, le picaba la curiosidad. ¿Qué hizo luego? ¿Fue una maestra soltera el resto su vida y llevó una vida solitaria como el señor Patterson? ¿Y qué había sido de Maria T.? Pasó las páginas del diario. No había muchas entradas más y al final varias páginas en blanco. De modo que o bien Susan había dejado de escribir el diario o se había comprado otro para empezar de cero. Quizá había iniciado una nueva vida y había hallado la felicidad en otro lugar... Se dio cuenta de que se moría de ganas de seguir leyendo.

Ha transcurrido un mes desde mi última visita a Maria T. Su marido vino a verme y me dijo que el estado de su mujer había empeorado terriblemente después de recibir mi carta, por lo que me pedía que recapacitara. Le conté la verdad, que era consciente de la atracción que existía entre nosotros y que no podíamos exponernos a la tentación de nuevo. Una honda decepción se reflejó en su rostro. Era obvio que él ansiaba volver a verme tanto como su mujer. No obstante, es un hombre honesto.

—Es cierto que siento algo especial —admitió—. Pienso en usted noche y día, y repaso mentalmente todos los detalles de nuestro último encuentro. Pero como muy bien dice, estoy casado con otra mujer. La tomé a ella, en lo bueno y en lo malo, y debo cumplir mi promesa.

Cuando se levantó para irse, me tomó las manos.

—¿Puedo besarla una última vez? —me preguntó.

Yo no podía hablar, pero asentí. Sentí que me embargaba el deseo al notar el roce de sus labios con los míos. Cuando nos separamos, permanecimos inmóviles, agarrados de la mano, mirándonos fijamente como si quisiéramos grabar a fuego en nuestra mente todos los detalles del encuentro. Entonces dijo:

—Debería irse de aquí. Merece disfrutar de una buena vida rodeada de gente alegre. Merece disfrutar de un buen matrimonio, ser feliz y envejecer rodeada de hijos.

Por un momento pensé en decirle: «Usted también, pero en su situación actual no conseguirá lo que anhela». Pero preferí guardar silencio.

—Debería irse —le dije al final—. La gente empezará a hablar si ve que su visita dura más de lo estrictamente necesario.

Entonces sonrió y se le iluminó el rostro.

—Te quiero —añadió sin más, y partió.

Solo había tres entradas más.

«De modo que al final hizo caso de su consejo y se fue —pensó Emily—. Encontró la felicidad en otro lugar». Pasó la página y comprobó que la letra cambiaba. Hasta entonces siempre había sido una caligrafía perfecta, pero ahora era irregular y había una mancha de tinta.

Hoy he recibido la visita de dos policías que traían una noticia espeluznante. Maria T. ha muerto. Me han hecho muchas preguntas sobre el tónico que le receté. Les he mostrado la receta y les he hecho ver que los ingredientes eran todos naturales, hierbas inofensivas. Me ha parecido que se daban por satisfechos, pero la noticia me ha afectado mucho. Espero que no creyeran…

21 de noviembre de 1858

Han vuelto los policías, acompañados de un hombre de Scotland Yard. Me han dicho que habían realizado pruebas adicionales y que encontraron restos de arsénico en el cuerpo de Maria. Me han hecho más preguntas sobre el tónico. Luego han indagado sobre mi relación con el señor T. Yo he insistido con rotundidad en que no tenía relación alguna con el señor T., que tan solo se limitaba a llevarme a su casa y traerme de vuelta. Uno de los agentes lucía una sonrisa de lo más desquiciante. Al parecer me habían visto besando al señor T. «fundidos en un apasionado abrazo», según sus propias palabras.

—¿Qué mejor forma para librarse de una molesta mujer que recurriendo a un tónico cuyo fin, en teoría, era curarla? —me ha preguntado.

Yo he respondido indignada que no había hecho nada malo. Que el abrazo apasionado al que hacían referencia no era más que el gesto fraternal de un hombre que deseaba infundirme ánimos. En cuanto al tónico, les he mostrado la receta.

—Resultaría muy fácil añadirle un poco de arsénico —dijo el policía—. Debe permanecer aquí hasta nuevo aviso. Y no intente huir, porque solo lograría empeorar la situación.

No dejo de temblar. No sé dónde obtuvo el arsénico Maria T. O por qué lo hizo. Solo se me ocurre que quería acabar con su vida y que lo mezcló con el tónico para poder ingerirlo. O… y se me hiela la sangre al pensarlo… tal vez había descubierto que su marido y yo nos estábamos enamorando. Entonces decidió poner fin a su vida y castigarnos a nosotros. Sé que es una posibilidad muy factible. Sin embargo, se me ha ocurrido una tercera mucho más inquietante aún. ¿Y si el señor T. le hubiera administrado el arsénico a su mujer para poder estar conmigo? No doy crédito a esa opción. Es un hombre de honor y yo pondría la mano en el fuego por él.

Sin embargo, sean cuales sean las circunstancias reales, me aguarda un futuro muy poco halagüeño. Siento la tentación de escribir a mi padre para pedirle ayuda. Es un hombre con influencias, aunque solo en el norte de Inglaterra. Y tal vez considere que soy la única responsable de todo lo que pueda ocurrirme por haberlo desobedecido y haberme fugado con un hombre poco apropiado para mí, y que ahora debo hacer frente a las consecuencias. Aun así, ¿sería capaz de permitir que su única hija muriera ahorcada?

He sentido un escalofrío al escribir la palabra «ahorcada». ¿Mi vida ha llegado a su fin por culpa de una mujer con sed de venganza? ¿Una mujer que sufría una gran inestabilidad mental?

Había una entrada más.

A todo aquel que lea este diario: soy inocente. ¿Es que nadie acudirá en mi ayuda? El carro negro se ha detenido delante de casa. Tienen una orden de detención... Me acusan del homicidio intencionado de Maria Tinsley. Que Dios se apiade de mi alma.

Capítulo 32

Esa noche Emily no pudo conciliar el sueño. La embargaba un sentimiento de culpa por haber leído el diario de Susan, aunque la última página demostraba que ella quería que la leyeran. Pedía que alguien acudiera a rescatarla. Pero ¿quién iba a hacerlo en su época? Probablemente el señor T. también era sospechoso de la muerte de su mujer. No podría haber dado fe de la inocencia de Susan. Entonces comprendió la horrible verdad de lo ocurrido. La gente del pueblo le había dicho que se habían producido dos asesinatos. Uno, el de la mujer que en opinión de lady Charlton no había muerto, sino que había huido con un zíngaro. Y el otro... el de la bruja que fue ahorcada.

—Esto es culpa mía —dijo en voz alta—. No debería haber leído su diario. Ahora no podré quitármela nunca de la cabeza.

A la mañana siguiente, examinó sus notas y las hierbas secas que tenía en la mesa. «Debería abandonar este sinsentido de inmediato —pensó—. Tal vez las mujeres del pueblo tengan razón y la casita está maldita». Se vistió a toda prisa, se puso un chal sobre los hombros y salió al jardín. Armada con las tijeras de podar, cortó todas las plantas hasta dejar solo los tallos.

—Se acabó —dijo.

No sabía por qué se había sentido atraída de un modo tan intenso por esa estúpida idea de convertirse en herbolaria, en la mujer de las flores. Además, había empezado a aterrarle la idea de estar predestinada a acabar en esa casita. Las anteriores inquilinas, todas habían acabado mal. Eso es lo que se decía en el pueblo. Por un instante valoró la posibilidad de aceptar la oferta de lady Charlton y mudarse a la casa grande de inmediato, pero la posibilidad de que la señora Trelawney se convirtiera en su sombra, persiguiéndola con su mirada rencorosa, no le resultaba muy atractiva.

Cuando entró en casa por la puerta posterior, oyó que caía una carta en el felpudo. Sombra se acercó a examinarla, comprobó que no era comestible y se fue de nuevo. Emily la recogió y vio que tenía un sello de las fuerzas armadas. ¡Era de Clarissa!

Mi queridísima amiga:
Las tristes noticias de tu anterior carta me horrorizan y apenan a partes iguales.

Y me horroriza aún más la actitud cruel y despiadada de tus padres. Renegar de su única hija cuando más necesita de su amor y cariño… No lo entiendo. Pero ten por seguro que yo no te daré la espalda en este mal trago. En cuanto regrese a casa, algo que sucederá dentro de pocas semanas, según me dicen, buscaré trabajo de enfermera en un hospital. Tal vez tenga que estudiar más o aceptar un período de aprendizaje, ¡pero creo que estoy bien cualificada y que cualquier centro sanitario debería considerarse afortunado de contar con mis servicios! (Ya ves que no me falta confianza en mí misma, ¿verdad?).

Cuando haya solucionado esto, alquilaré una casa cerca y podrás venir a vivir conmigo. ¡Y juntas criaremos al pequeño Humphrey o a la pequeña

Hortense! O como quieras llamar a tu bebé.
¿Verdad que será divertido? ¡Tendrás siempre una
tía abnegada a mano!

Emily dejó la carta en la mesa, al borde de las lágrimas. Por fin
se le abría una puerta y aparecía alguien que se preocupaba por ella.
Por fin podía hacer planes de futuro. No estaba obligada a quedarse en ese lugar y se sorprendió al notar una punzada de dolor
en el pecho. Le gustaba el sitio y disfrutaba de la compañía de lady
Charlton y de las mujeres del pueblo. O al menos le había gustado
hasta que descubrió la verdad sobre Susan Olgilvy.

—Ya basta de hierbas y tonterías —dijo en voz alta.

Sombra, que se estaba lamiendo frente a la chimenea, la miró.
Emily salió a comprobar las hortalizas que había plantado para
asegurarse de que los conejos no habían encontrado una forma de
meterse bajo la red y luego se dirigió a la casa grande. En ese instante, lady Charlton bajaba por las escaleras después de desayunar
en la cama, y la miró sorprendida.

—¿A qué debemos el honor? —le preguntó.

Emily sonrió.

—Creo que de momento he acabado con el trabajo del huerto.
He venido a ver si quería que me pusiera manos a la obra con la
catalogación de la colección de su marido.

El gesto de la anciana se transformó en una sonrisa.

—Fantástico. Pues no esperemos más. ¿Prefieres empezar por la
biblioteca o con los objetos?

—Lo que usted prefiera.

—Creo que la biblioteca supone un reto más asequible. Al
menos basta con ir siguiendo las estanterías. Déjame mirar, a ver si
encuentro papel en el estudio de mi marido…

Emily la siguió por el pasillo y se dio cuenta de lo fría y húmeda
que era el resto de la casa.

—¿Está segura de que quiere hacerlo ahora? —le preguntó—. Hace mucho frío. ¿Quiere que le traiga un chal?

—Querida, estoy hecha de otra pasta —respondió la anciana—. Una no puede vivir en el páramo de Dartmoor durante treinta años sin desarrollar una resistencia especial. Pero, bueno, si quieres puedes ir a pedirle a la señora Trelawney que nos encienda la chimenea de la biblioteca.

Emily se dirigió a la cocina.

—¿Encender la chimenea de la biblioteca? —preguntó la señora Trelawney—. ¿Qué será lo siguiente? ¡Como si el carbón creciera en los árboles!

—El carbón no, pero creo que la madera sí —replicó Emily con una sonrisa.

Daisy se rio y la señora Trelawney frunció el ceño.

—Tal vez, pero no me culpe luego si se acatarra. Daisy, será mejor que enciendas la chimenea cuanto antes.

—No se preocupe, señora Trelawney, yo me encargo —dijo Daisy, que se levantó de la silla de la cocina donde estaba pelando patatas.

Emily fue a buscar a lady Charlton y la encontró en una habitación oscura, cubierta con sábanas para impedir que los muebles se llenaran de polvo, mirando un retrato de la pared. Era de un hombre atractivo vestido con uniforme militar.

—¿Es su hijo? —preguntó Emily.

—Mi marido. Era muy guapo, ¿verdad? No pasa ni un día sin que piense en él, como debe de ocurrirte a ti con tu valeroso teniente.

—Sí —afirmó Emily.

—Bueno, será mejor que no nos quedemos aquí perdiendo el tiempo. Pongámonos manos a la obra. —Lady Charlton abrió el cajón de un escritorio y sacó varias hojas de papel. Se las entregó a Emily y escogió una pluma estilográfica—. Era la preferida de mi marido —dijo—. Qué gran invento. Se acabaron los borrones de tinta.

Daisy se encontraba arrodillada frente a la chimenea de la biblioteca cuando llegaron.

—Enseguida acabo, lady Charlton —le dijo.

—Qué muchacha más responsable —afirmó la anciana cuando Daisy se fue y les dejó el fuego encendido.

Emily dibujó un plano de la biblioteca, numeró las estanterías y empezaron con los libros: título, autor, editor, año de publicación y sinopsis. Luego los devolvía a los anaqueles de mala gana.

—Si tuviera una biblioteca como esta nunca saldría de aquí —afirmó.

—Ya te dije que podías tomar prestado cualquier libro cuando quisieras —replicó la anciana.

—Es usted muy amable. Últimamente no he tenido mucho tiempo para leer, pero pienso recuperar el hábito. Un buen libro antes de irme a dormir todas las noches.

—¿Te gusta Jane Austen?

—Ah, sí, mucho. Pero no creo que los haya leído todos.

—¿Y *La abadía de Northanger*? —Lady Charlton le entregó el volumen—. Es uno de mis favoritos. Muy divertido. Ofrece una imagen muy interesante sobre unas jóvenes algo retorcidas. Una parodia en toda regla de las novelas góticas. Te gustaría.

Emily sonrió y lo apartó a un lado.

—Pero si quito un libro, ¿no afectará eso al trabajo de catalogación? —preguntó con deje burlón.

—Jane Austen forma parte de mi colección personal, no de la de mi marido, que la consideraba algo simple. Jamás los pondría a la venta.

Trabajaron toda la mañana, pararon para almorzar y siguieron hasta que oscureció. Cenaron algo temprano y Emily regresó a la casita con su ejemplar de *La abadía de Northanger*. Acababa de empezar cuando llamaron a la puerta.

—Déjanos entrar, que está empezando a llover —le pidió Alice, que entró enseguida. Maud vaciló unos instantes.

—Qué bonita ha quedado —la felicitó—. Es muy cálida y acogedora.

—¿Os apetece un té? —preguntó Emily.

—No, gracias. Se trata de una visita de urgencia porque Maud se ha quemado en la condenada fragua. Venga, Maud, enséñaselo.

Maud se arremangó y le mostró una ampolla roja en el antebrazo que no tenía muy buen aspecto.

—Vaya, parece muy dolorosa —comentó Emily.

—Lo es. —Maud asintió con vehemencia—. Supongo que no era consciente de lo mucho que quemaba el fuego, pero Alice me ha dicho que tú podrías curarme.

—Con esas hierbas tuyas —terció la aludida—. Me dijiste que habías encontrado un libro y que estabas probando algunos de los remedios. ¿Tienes algo para las quemaduras?

—La señora Soper me ha puesto mantequilla, pero no ha servido de gran cosa.

A Emily la embargaron las dudas. Hacía solo unas horas había jurado que no volvería a tocar las hierbas del jardín, pero algo tenía que hacer con la quemadura de la pobre Maud.

—Siéntate. Alice, pon a hervir la tetera mientras voy a ver si hay algún remedio para las quemaduras que pueda prepararle ahora.

Entró el dormitorio y encontró el libro en la mesita de noche, junto con las notas que había ido tomando. La consuelda era ideal para curar heridas. La hierba de san Juan iba bien para las quemaduras. La receta recomendaba también la pamplina, el malvavisco y el avellano de bruja. Cogió las plantas secas, les echó agua caliente y las dejó reposar. Cuando se hubo enfriado, mojó un paño limpio y tapó la quemadura.

—¡Creo que ya funciona! —exclamó Maud al cabo de unos minutos—. Ya escuece menos.

—Pues te llenaré una botella para que te la lleves. Puedes repetirlo siempre que necesites. —Emily tomó un frasco limpio del botellero de la cocina y lo llenó con el líquido—. Sería mejor que fuera un ungüento, pero no tengo grasa. A ver si me acuerdo de comprarla.

Charlaron un buen rato y Emily les contó que había recibido una carta de Clarissa.

—Entonces, ¿te irás a vivir con ella? —preguntó Alice, con un leve deje de decepción.

—Creo que sí. No puedo depender siempre de la caridad de lady Charlton.

—No es caridad. Tú estás haciendo mucho por ella, ¿no es así? Cuidas del jardín y le estás echando una mano con la biblioteca.

—Supongo, pero tengo la sensación de que este no es mi sitio. ¿A ti te gustaría quedarte?

—Sí —respondió Alice—. A ver, sé que no puedo estar con Nell Lacey para siempre, pero si queda libre alguna casa, tal vez la alquile. Cuando acabe la guerra, esta zona volverá a llenarse de gente. O eso dice Nell. Excursionistas y turistas. Podríamos abrir un salón de té y hacer sándwiches. —Miró a Emily sin apartar la taza—. Podrías quedarte conmigo. Ayudarme con el salón de té. ¿Cómo podríamos llamarlo? ¿La tetera de cobre? ¿El gato negro?

Emily no supo qué decir porque estaba indecisa. Sin embargo, Maud respondió por ella.

—Quiere volver con los suyos, ¿no? Debe de estar cansada de la gente vulgar como nosotras.

—Os aseguro que no tiene nada que ver con eso —se apresuró a añadir Emily—. Claro que me gustaría quedarme con vosotras.

—No pasa nada —dijo Alice—. Lo entiendo. Quieres lo que sea mejor para tu bebé. A largo plazo, ¿verdad?

—La verdad es que no lo sé —dijo Emily—. Ahora mismo me cuesta tomar una decisión. Clarissa es mi mejor amiga y la conozco de toda la vida, pero en los últimos meses vosotras también os habéis convertido en mis mejores amigas.

—Ese señor Patterson pertenece a su misma clase —comentó Maud, dándole un leve codazo a Alice—. Fue a verlo hace poco y el hijo de la señora Soper dice que a su maestro le ha cambiado la cara desde entonces y que no ha vuelto a sacar la vara.

—¡Por favor! —Emily no sabía si reír o enfadarse—. ¡Eso no son más que habladurías! Fui a verlo porque quería que me prestara algún libro para enseñar a leer a Daisy. Y a ti también, Alice, si te apetece practicar.

Cuando se fueron, Emily pensó en el señor Patterson. Le había sorprendido que se dedicara a la apicultura. Podía proporcionarle cera, un ingrediente ideal si quería preparar ungüentos. Pero entonces se dio cuenta de otra cosa: si regresaba a su casa, llamaría la atención de la gente. Ya había vivido en carne propia lo peligrosos que podían llegar a ser los chismes de la gente. En pocas palabras, vivía totalmente expuesta a los demás y no le quedaba más remedio que proceder con toda la cautela del mundo.

Capítulo 33

A la mañana siguiente, Emily se acercó a la herrería para ver cómo había evolucionado la quemadura de Maud. Se alegró al ver al señor Patterson en el patio de la escuela mientras los alumnos formaban cola para entrar, ya que la situación le ofreció la excusa perfecta para hablar con él sin dar pie a más rumores. El maestro la saludó con un gesto de la cabeza.

—Espero que los libros y la miel estuvieran a la altura de sus expectativas, señora Kerr.

—Ya lo creo, muchas gracias. Tengo ganas de empezar las clases con Daisy cuanto antes. Sin embargo, me gustaría pedirle otro favor. ¿Cree que podía reservarme un poco de cera de sus abejas? Mi amiga Maud se ha quemado y me gustaría prepararle un ungüento para ayudarla.

—Por supuesto. Tengo un poco en casa. Si quiere acercarse cuando acabe las clases, será un placer dársela. —Se volvió, frunciendo el ceño—. ¡William Jackson! ¡Regresa a la cola! Katie, haz sonar la campana y que todo el mundo entre de forma ordenada. Nada de empujones, Sammy Soper. —El profesor le dirigió una sonrisa de exasperación y entró en la escuela con sus alumnos.

Emily prosiguió su camino hasta la herrería. Maud y la señora Soper estaban sentadas a la mesa de la cocina.

—¡Ha mejorado, mira! —Maud se quitó el vendaje. La quemadura había empezado a curar.

—Le dije que era uno de los aspectos negativos de nuestra profesión. Ya he perdido la cuenta de las veces que me he quemado desde que intenté ponerme al frente del negocio —confesó la señora Soper—. Pero nunca había oído que hubiera algo para aliviarlas. Ahora que sé que funciona, yo también lo usaré. Y pensar que siempre habíamos utilizado mantequilla... ¿De dónde ha sacado la idea?

—He cultivado varios tipos de hierbas en el jardín de la casita y el otro día compré un libro sobre la materia —respondió Emily, que prefirió no profundizar más en el tema.

—Entonces quizá también haya un remedio para mi problema en su libro —dijo la señora Soper—. Desde que mi marido se fue, me cuesta mucho conciliar el sueño y la cosa no ha hecho más que empeorar desde que recibí el telegrama para comunicarme su fallecimiento. Creo que no he vuelto a dormir de un tirón en los últimos dos años. ¿Podrías prepararme algo para dormir mejor?

Emily se sintió incómoda. Una cosa era preparar una simple cataplasma para una quemadura, y otra muy distinta elaborar un jarabe para ayudar a dormir a alguien. Sí, podía utilizar balsamina y lavanda para inducir al sueño, pero no le convencía la idea de tener que jugar con hierbas más peligrosas.

—Te estaría eternamente agradecida —añadió la señora Soper—. No te imaginas cómo se siente una, sola en esa cama tan grande y fría, mirando al techo y rezando para que se haga de día.

—Lo sé —replicó Emily—. He pasado por lo mismo desde que murió Robbie.

—Pues en tal caso, ambas lo necesitamos. Puedes preparar el remedio para las dos. Para todas las mujeres del pueblo, en realidad. No hay ninguna de nosotras que no haya perdido a alguien.

—Supongo que podría intentarlo —dijo Emily, que habría preferido negarse, pero cambió de opinión al ver las arrugas de cansancio y desesperación que surcaban el rostro de la mujer. Imaginaba perfectamente lo que había sentido la mujer al yacer en la cama, presa de la angustia por su marido, y recibir la peor noticia posible: que no iba a volver. Por si fuera poco, la señora Soper tenía dos hijos que estaban a punto de cumplir la edad mínima para que los llamaran a filas—. Ahora que lo pienso, creo que sí he leído una receta que podría ayudarla.

—Que Dios te bendiga, querida —le deseó la mujer—. He visitado a varios médicos, y solo saben recetarme un remedio que me deja fuera de combate, pero al día siguiente estoy muy atontada y una debe estar muy lúcida para trabajar en la forja, tal y como la joven Maud acaba de descubrir, ¿verdad?

Maud esbozó una sonrisa azorada.

—No volveré a cometer el mismo error —le prometió.

Esa misma noche, Emily leyó los textos antiguos. En el libro de Flora Ann Wise había anotado un remedio que parecía útil.

Para la ansiedad y los estados de ánimo alterado, para dormir plácidamente sin pesadillas.

Preparar una infusión de lúpulo, escutelaria, verbena, valeriana, lechuga silvestre y pasiflora. Se puede añadir lavanda, melisa y manzanilla para endulzar la poción e impregnar el aire de una dulzura relajante.

Emily estaba convencida de que no tenía lúpulo en el jardín, y no sabía qué aspecto tenían la pasiflora ni la lechuga silvestre. Pero creía que había identificado las demás, salvo la escutelaria, que tenía un nombre desconcertante, por lo que decidió dejarla de lado de momento. Tras profundizar un poco más en el tema descubrió que en el caso de la valeriana debía macerar la raíz troceada, lo cual era una suerte, ya que la planta prácticamente había muerto por culpa de las bajas temperaturas. Troceó los diversos ingredientes, añadió lavanda fresca y melisa por su dulce aroma, y probó la infusión antes de irse a la cama. Era un poco amarga y decidió que la próxima vez le añadiría un poco de miel. A pesar de ello, se durmió enseguida y se despertó sin haber tenido ninguna pesadilla. ¡Un éxito!

Emily preparó de nuevo la mezcla de hierbas, se la llevó a la señora Soper y le sugirió que le añadiera un poco de miel. La mujer no solo se mostró encantada, sino que le contó su buena experiencia a todo el pueblo, de modo que Emily empezó a recibir más pedidos de su poción mágica. De todo el mundo menos de la señora Bingley, claro, que la abordó cuando regresaba de la herrería.

—He oído que ahora se dedica a preparar brebajes para la gente del pueblo. —La miró fríamente, pero Emily no dijo nada—. ¿Se da cuenta de que esto es el equivalente a practicar la medicina sin la licencia correspondiente...? Es un delito.

—No creo que hervir un poco de lavanda con otras hierbas equivalga a la práctica de la medicina. Yo tan solo preparo remedios antiguos.

—La gente de por aquí es muy inocente e influenciable —replicó la señora Bingley—. No me gustaría que nadie intentara aprovecharse de ellos.

Emily tuvo que hacer un gran esfuerzo para mantener la calma.

—No estará pensando que yo cobro algo por todo esto, ¿verdad? Mire, señora Bingley, lo único que pretendía era hacerle un favor a una mujer que no ha podido conciliar el sueño desde que murió su marido. Si una simple infusión puede ayudarla a dormir mejor, no creo que nadie pueda poner reparos, salvo usted. —Se envalentonó y prosiguió—: Tengo la sensación de que está usted celosa porque mis amigas y yo hemos congeniado con todo el mundo desde el principio. Si fuera usted un poco más afable, tal vez se llevaría mejor con sus vecinos.

Emily se despidió con un gesto brusco y la dejó plantada. Aprovechó el camino hasta la gran casa para meditar sobre lo ocurrido y se sintió muy satisfecha consigo misma. Se detuvo un segundo para examinar el estado del huerto y comprobó que la red aún aguantaba, pero algunas de las plantas habían quedado aplastadas tras las últimas lluvias. Se inclinó para arreglarlas, pero sintió una extraña sensación que la hizo levantarse de nuevo. Se llevó la mano al vientre. Fue algo más que una punzada, parecía más bien una sacudida. Lo primero que le vino a la cabeza fue apendicitis, pero volvió a sentirlo de nuevo, junto a la mano derecha y, asombrada, se dio cuenta de lo que ocurría: el bebé empezaba a moverse. Permaneció quieta durante unos segundos, con la mano sobre el lado del vientre, esperando a que volviera a suceder. Como ya no tenía náuseas, casi se había olvidado del niño. Sin embargo, ahí tenía la prueba de que estaba vivo y creciendo en su interior. La invadió una sensación de miedo y emoción a partes iguales.

Mientras enfilaba el camino a la casa, decidió que debía escribir a Clarissa y aceptar su amable oferta. Era la mejor opción, estar con una amiga, en especial con alguien que poseía conocimientos médicos. En el pueblo era feliz, pero era un lugar aislado. Esa misma noche escribió la carta para decirle a Clarissa lo agradecida que estaba y las ganas que tenía de reunirse con ella. Sintió un leve arrepentimiento por dejar a Alice, Daisy y lady Charlton, pero también sabía que la solución que había encontrado tenía fecha de caducidad desde un principio. No obstante, prefirió no decirle nada a lady Charlton hasta que llegara el momento de irse.

Al día siguiente se reencontraron en la biblioteca para ordenar un estante de libros de viaje. La catalogación le estaba llevando más tiempo de lo previsto porque examinaban las fotografías juntas y lady Charlton siempre aprovechaba para rememorar sus aventuras en las pirámides y con los beduinos en Marruecos. De repente, oyeron un ruido a lo lejos. Ambas dejaron lo que estaban haciendo y levantaron la cabeza.

—¿Qué ha sido eso? —preguntó lady Charlton.

—Son las campanas de una iglesia —respondió Emily—. Están sonando.

Acto seguido, y para su asombro, se unieron las de la iglesia de Bucksley. Salieron al jardín. Era un día de noviembre con mucha niebla, pero el aire resonaba con el tañido de las campanas. De repente apareció Daisy en la puerta.

—¿Creen que se trata de una invasión? —preguntó hecha un manojo de nervios.

Simpson subía por el camino de acceso tan rápido como se lo permitían sus viejas piernas.

—¡Se acabó! —gritó—. Ha acabado la guerra. Han firmado el armisticio. A las once de la mañana, del día once del mes once.

—A Dios gracias —dijo lady Charlton.

Una gran emoción invadió el pueblo. Enseguida organizaron una fiesta en la iglesia para el siguiente domingo. Los niños de la escuela empezaron a hacer adornos y a organizar un concierto. Se levantaron parcialmente las restricciones del racionamiento y decidieron que iban a preparar un cerdo asado. Hasta la señora Trelawney parecía presa de una alegría y felicidad inauditas en ella. Tal era así que decidió hacer empanada de cerdo y utilizar los últimos frascos de col en conserva. Se adornó el ayuntamiento con guirnaldas de papel. Nell y Alice ofrecieron cerveza del pub y el señor Patterson donó seis botellas de su licor casero. También había limonada para los niños.

Tan especial era la ocasión, que lady Charlton decidió no perdérsela. Se puso un elegante vestido victoriano, con una capa de marta. A Emily le costó un poco decidir qué iba a ponerse. Había empezado a engordar y ya no le entraban los dos vestidos que se había llevado de casa. En cuanto a las faldas, había tenido que arreglar la cintura con goma, por lo que no le quedaba más remedio que echar mano de toda su destreza y taparse con el chal más elegante. Como en la iglesia siempre hacía frío, tendría su lógica. El día empezó con un oficio de acción de gracias y luego se dirigieron a la sala donde habían instalado las mesas para el banquete. El señor Patterson tocó el piano y dos de los alumnos mayores lo acompañaron al violín y la flauta. Reinaba un buen ambiente general. El cerdo se había asado en espeto durante toda la noche y el aroma que se filtraba por la puerta era delicioso.

Se bendijo la mesa, sirvieron la carne y durante unos segundos reinó el silencio mientras todos comían.

—Aún no me creo que haya acabado —dijo Nell Lacey—, ha durado tanto...

—Yo no acabo de saber qué celebramos —afirmó la señora Soper—. ¿Qué hay que celebrar? Eso es lo que me gustaría saber. Todas hemos perdido a alguien y la vida no volverá a ser igual.

—Estamos celebrando que al menos no perderemos a más hijos en el campo de batalla —dijo Nell—. Ahora podrán crecer sin miedo a que los manden al frente.

—Pues mis hijos tendrán que crecer sin su padre —replicó la señora Soper con amargura—. ¿Quién les enseñará el oficio? El abuelo lo conoce bien, pero tiene tan mala vista que no es de gran ayuda. Nosotras de momento salimos adelante, aunque a trancas y barrancas, pero ¿cuánto tiempo más aguantaremos? Si tenemos que cerrar la forja, ¿dónde herrará sus caballos la gente?

—A lo mejor pasaremos a tener todos coche —sugirió una de las mujeres más jóvenes—. Y tractores de motor. El otro día vi uno trabajando en el campo e iba rapidísimo.

—Yo creo que Bucksley está condenado a vivir una muerte lenta —dijo la señora Soper—. ¿Quién querrá venir a trabajar a la granja? Y si no hay trabajadores, ¿quién comprará en la tienda? ¿O quién irá a beber al Red Lion? Creo que más nos valdría darnos por vencidas y mudarnos a la ciudad más cercana.

—A mí no me busquéis en una ciudad —afirmó Nell Lacey enérgicamente.

—A mí tampoco —añadió la señora Upton de la tienda.

Emily estaba sentada a una de las largas mesas, junto a lady Charlton, a la que habían reservado el sitio de honor.

—Yo creo que ahora todo depende de nosotras —terció la anciana. Se hizo el silencio y todas se volvieron hacia ella—. Tal vez tengamos que renunciar a la herrería, pero podemos hacer otras cosas. Cultivar huertos en lugar de criar ganado. Gallinas, en lugar de vacas. La gente no puede dejar de comer. Esta joven que está sentada a mi lado se ha encargado de preparar el huerto de invierno, así que todas podemos hacer lo mismo. Podemos sobrevivir...

—Y volverán algunos de los chicos —dijo una de las esposas más jóvenes—. Mi Joe está vivo y se encuentra bien, o al menos eso me dijo la última vez que tuve noticias suyas. Su barco regresará de allende los mares y podrá volver a la granja.

—Y mi Johnny —añadió Fanny Hodgson, otra de las más jóvenes—. Aún está vivo. Me escribió hace solo dos semanas y...

Tenía a un niño en el regazo que no se estaba quieto y otro algo más mayor que correteaba por el salón de la iglesia y de repente soltó un grito.

—¡Es papá! —bramó—. ¡Ha vuelto!

Las mujeres se levantaron como un resorte y se precipitaron hacia las ventanas. Un joven vestido con el uniforme de soldado subía desde el puente con el petate al hombro. Fanny Hodgson lanzó un grito agudo, le dio su hijo pequeño a otra mujer, se abrió paso entre la multitud y echó a correr con los brazos abiertos.

Los presentes guardaron silencio, sobrecogidos, observando a la pareja, que se fundió en un abrazo. Emily tuvo que parpadear varias veces para reprimir las lágrimas... unas lágrimas de alegría por la pareja, y también de tristeza al darse cuenta de que ella nunca podría disfrutar de un reencuentro como ese.

Capítulo 34

Los días posteriores al regreso de Johnny Hodgson estuvieron cargados de optimismo para Emily. Volvieron dos hombres más: jornaleros de la granja. Se vivía un ambiente de optimismo y, casi sin darse cuenta, empezó a pensar en el futuro. Maud tenía razón. Echaba de menos a los suyos. Añoraba tener a alguien con quien compartir sus pensamientos y preocupaciones. Sabía que lady Charlton había sido generosísima y que la consideraba una más de la familia. Alice y Daisy también eran muy buenas amigas, pero en cierto modo no era lo mismo. A pesar de que Daisy estaba progresando con la lectura, Emily era consciente de que a buen seguro nunca llegaría a leer a Dickens o poesía. Y cuanto más pensaba en ello, más claro tenía que deseaba abandonar la casita antes de que la maldición acabara cebándose con ella también. Se repetía una y otra vez que ella era una mujer moderna y que no creía en esas cosas, pero no podía quitarse de la cabeza a Susan Olgilvy. ¿La habían ahorcado? Por un lado, quería saber más, pero, por el otro, tenía miedo de conocer la verdad.

«En realidad no puedo hacer nada al respecto —pensó—. Será mejor que olvide que he leído ese diario». Sin embargo, parecía que estaba destinada a heredar el papel que había ejercido Susan en la comunidad. Varias mujeres acudieron a ella para pedirle la poción del sueño que le había preparado a la señora Soper. Regresó al jardín, a su huerto medicinal, preguntándose cuáles de aquellas plantas volverían a florecer en primavera. Había leído que algunos de los remedios «aliviaban los dolores del parto» y había pensado en elaborar algunos para estar preparada.

Una mañana radiante, al salir de la casita, se alegró al comprobar que los repollos y las coliflores habían crecido y se habían convertido en unas plantas robustas, y que los platos con cerveza que había puesto Simpson para acabar con las babosas habían cumplido con su objetivo. Entonces reparó en la presencia de un hombre que la observaba desde la ladera de la colina, con las manos en los bolsillos. Al principio lo tomó por otro vagabundo, pero vio que iba bien afeitado y tenía el pelo corto y rubio. El tipo la observó fijamente y echó a andar hacia ella. Era joven, pero estaba tan delgado que lucía un aspecto casi demacrado. Tenía los ojos hundidos, como si hubiera estado enfermo. La mitad inferior del rostro quedaba oculta bajo una bufanda de lana azul y llevaba una americana de tweed. Emily se acercó al murete de piedra que rodeaba la finca.

—¿En qué puedo ayudarlo? —le preguntó.

—¿Es usted la nueva dueña o forma parte del servicio? —preguntó con un deje claramente aristocrático, con ese tono autoritario tan típico de las clases altas cuando se dirigían a sus inferiores.

—Ninguna de las dos cosas. No hay nueva dueña y actualmente vivo en la casita.

—De modo que la señora aún está viva —preguntó.

—Sí. Está fuerte como un roble.

—Me alegro. —Sin embargo, su tono no delataba un gran entusiasmo. Su frente seguía surcada de un mar de arrugas—. Entiendo que no es usted una familiar, ¿verdad? Yo creía…

—Veo que sigue empeñado en etiquetarme —replicó, algo enojada por el escrutinio al que la estaba sometiendo—. No soy más que una amiga que está ayudando a lady Charlton a realizar el catálogo de su biblioteca.

—No sabía que tuviera amigas. No es habitual en ella pedir ayuda —replicó el tipo con un deje de amargura.

—Entonces, ¿la conoce?

—Ah, sí. Muy bien. Demasiado.

—¿Le gustaría entrar a saludarla? Creo que a estas horas ya se habrá levantado. Puede saltar el muro aquí mismo.

—No, gracias —replicó de inmediato—. No me parecería sensato. Debo irme. Solo quería echar un vistazo a la vieja casa para ver... —Tosió para disimular la vergüenza—. Ya le he hecho perder bastante el tiempo. Es mejor que me vaya.

Mientras Emily lo observaba, le vino un pensamiento a la cabeza.

—Disculpe —lo llamó.

El hombre se detuvo y miró hacia atrás.

—No será usted... No será usted su nieto Justin, ¿verdad? —le preguntó.

El hombre adoptó una mirada de sorpresa y cautela.

—De modo que me conoce. Todavía conservo mi fama en la región. Es agradable saberlo. —Se rio con amargura de nuevo.

—¡Pero todo el mundo cree que ha muerto! —exclamó—. Pensaban que había fallecido en una explosión.

La arrogante mirada del hombre empezó a desvanecerse.

—Entonces, ¿no lo saben? ¿No ha llegado la noticia?

—¿Qué noticia?

—Acabo de regresar de un campamento de prisioneros alemán.

—Es horrible, lo siento mucho. —Emily estiró el brazo para tocarlo, pero apartó la mano en el último momento—. Nadie lo sabía. Debería ir a la casa. Su abuela se llevará una inmensa alegría al verlo, como todo el mundo. Creerán que es un milagro.

Las dudas no lo dejaban actuar.

—¿De verdad cree que mi abuela se alegrará de verme?

—¿Por qué no iba a hacerlo?

El hombre frunció el ceño.

—Porque soy el cobarde, la deshonra de la familia. ¿No se lo ha dicho?

—Me contó que ambos se habían dejado llevar por un momento de exaltación debido a sus convicciones.

Soltó una risa de desdén.

—Fueron mi padre y ella quienes me dijeron que era una vergüenza para mi país cuando afirmé que no creía en la guerra y que iba a declararme objetor de conciencia. Me llamaron cobarde y afirmaron que ya no me consideraban miembro de la familia. Mi abuela me dijo que todo el mundo sabía que la guerra estaba mal, pero que cuando el enemigo declaraba las hostilidades había que pararle los pies y cumplir con el deber patriótico. De hecho, pensé en la posibilidad de ofrecerme como conductor de ambulancia voluntario, pero mi padre logró que la junta de alistamiento rechazara mi solicitud de objetor de conciencia. Me reclutó el regimiento de Devonshire y me mandaron directo al frente. Era lo que hacían con gente como yo, éramos carne de cañón y querían acabar con nosotros cuanto antes.

—La única noticia que recibió su familia fue que no habían hallado su cadáver —explicó Emily—. Su abuela me contó que o bien había volado por los aires o bien había desertado.

—¿Es eso lo que pensaban de mí? —Soltó una risa amarga—. Conociéndola, a buen seguro prefería que hubiera muerto en combate.

Emily no pudo responder porque eso era justamente lo que había dicho lady Charlton.

—Estoy segura de que se alegrará de saber que está vivo.

—¿Y mi padre? —preguntó—. ¿También está en casa?

—Su padre murió en el frente. ¿No lo sabía?

—No, no lo sabía. —Por un instante se desvaneció su mirada arrogante y se convirtió en un joven vulnerable—. No he tenido

noticias de nadie durante dos años. He vivido un auténtico infierno.
—Un gesto de dolor le oscureció el rostro, pero enseguida recuperó
la compostura—. ¿Dice que ha muerto? De modo que ese viejo
necio se alistó y se fue a luchar. —Negó con la cabeza—. Mi familia
lleva en la sangre esas sandeces de todo por el rey y por la patria.
Mi padre era demasiado mayor. Podría haberse quedado en casa
cultivando repollos.

—Usted es lo único que le queda a su abuela —afirmó—. Es el
único familiar superviviente. ¿No quiere entrar a verla?

Emily vio la duda angustiante reflejada en su rostro.

—Nadie se tomó la molestia de escribirme. No recibí ni una
carta. Ningún paquete. Nada.

—Nadie sabía que estaba ahí —replicó ella, cada vez con menos
paciencia—. ¿Qué le ocurrió? ¿Cómo es posible que no recibiéra-
mos noticias suyas?

El nieto se encogió de hombros.

—Los alemanes me capturaron en la primera ofensiva. Supongo
que me adelanté demasiado a mis compañeros cuando nos ordena-
ron que avanzáramos. Era un poco más ágil que los demás. La guerra
en primera línea es un caos, explosiones por todas partes, hombres
que vuelan en mil pedazos. No hay tiempo para pensar. De repente
me hallé entre los alemanes. Un soldado armado con una bayoneta se dirigía hacia mí cuando se produjo una explosión. Cuando
me desperté ya me habían hecho prisionero. Tenía una herida en la
cabeza y varias contusiones. Durante un tiempo sufrí amnesia. Ni
siquiera recordaba mi nombre. Había perdido las placas de identificación en la explosión. No sabía quién era. Iban a fusilarme por
espía, pero entonces decidieron mandarme a Alemania y pasé dos
años horribles en un campo de prisioneros. No se imagina lo mal
que lo pasé. Nos daban palizas diarias y cuando hacíamos algo que
no les gustaba, escogían a uno de nosotros y lo mataban. Fue un
auténtico infierno. Y todo ello sin recibir noticias de mi familia.

—De haberlo sabido le habrían escrito —insistió ella—. Puede tenerlo por seguro.

—¿Usted cree? —preguntó esperanzado. Se encogió de hombros y hundió las manos en los bolsillos. El viento agitaba la bufanda como si fuera una estela—. No se imagina lo que he vivido —afirmó con amargura—. El frente, el campo de prisioneros… Y ustedes sentadas en casa, comiendo fresas con nata.

—Para muchas de nosotras tampoco han sido unos tiempos nada fáciles —replicó Emily con las mejillas encendidas—. Casi todas las mujeres del pueblo han perdido a un marido o un hijo. Yo perdí al hombre de mi vida y voy a tener un hijo que no podrá conocer a su padre. No tengo nada ni a nadie, así que no me venga ahora con que hemos vivido a cuerpo de rey.

—Lo siento. —Por primera vez la observó con comprensión—. Entiendo que lo ha pasado mal.

—De un modo u otro, todos tendremos que superarlo. —La mirada del hombre la ponía nerviosa—. Y ahora haga el favor de ir a ver a su abuela. La pobre mujer cree que ha perdido a un marido, un hijo y un nieto. Saber que está vivo le alegrará la vida. Está muy sola y el sentimiento de culpa la ha carcomido por dentro por haberlo empujado a la muerte.

—¿De verdad cree usted eso? —preguntó con una mirada penetrante.

—Sí, desde luego. Creo que su abuela ha cambiado. Cuando la conocí era una mujer fría y altanera, pero luego se ha mostrado tremendamente bondadosa conmigo… Me ha hecho sentir como en mi casa. Yo la tengo en gran estima.

El nieto permaneció inmóvil como una estatua, con las manos apoyadas en lo alto del murete de piedra, mirando a la casa. Emily vio la batalla que se estaba librando en su interior. Por un lado, quería entrar, pero, por el otro, temía no ser bien recibido.

—No tengo nada que perder —dijo al final—. Supongo que es lo correcto, que sepa que estoy vivo. Pero no albergo grandes esperanzas... —Saltó el muro—. ¿Y usted a qué se dedica? —le preguntó mientras se dirigían a la casa—. ¿Puso un anuncio por palabras buscando a alguien que le hiciera compañía?

—No, llegué aquí como integrante del Ejército Femenino de la Tierra para ayudar en el jardín. Luego, cuando... —vaciló unos segundos—... cuando el hombre con el que iba a casarme... —No pudo seguir—. Cuando mataron al hombre al que amaba, tuve que buscar un lugar para instalarme. Necesitaba un sitio donde criar a un hijo, pero sin marido. Su abuela me acogió y desde entonces he intentado ayudarla en todo lo que he podido.

—¿Puedo saber cómo se llama?

—Sí... —Dudo antes de responder—. Soy la señora Kerr.

Se arrepintió al instante de haber mentido a alguien tan displicente y vulnerable como Justin Charlton.

—No me cabe ninguna duda de que no es nada fácil ser una viuda de guerra —le aseguró.

—La mayoría de las mujeres del pueblo se encuentran en la misma situación que yo.

—¿De verdad?

—Por el momento solo han vuelto tres hombres a casa. Todos jornaleros de la granja. El señor Soper también murió.

—Pobre. Era duro como una piedra. ¿Y Ben Lacey?

—Está vivo, pero su estado de salud no le permite abandonar el hospital.

—Cielo santo. ¿Y su mujer cómo puede seguir al frente del pub sin él?

—Una de mis compañeras le está echando una mano. Y hay otra que está aprendiendo a manejar la fragua.

—Veo que llegó usted acompañada de un grupo de ángeles.

A Emily le pareció intuir un deje de sarcasmo en su voz.

—Todas hemos intentado arrimar el hombro —replicó enfadada—. Y como estamos sufriendo mucho, nos sentimos un poco mejor cuando aunamos esfuerzos.

—Lo siento. Estoy seguro de que están haciendo una labor encomiable. Cualquier persona que sea capaz de aguantar a mi abuela durante unas cuantas semanas debe de ser una santa.

—Pues a mí me ha parecido una mujer muy bondadosa. Y también ha sufrido lo suyo. Cree que ha perdido a toda su familia, por lo que su regreso la hará feliz.

—Eso está por ver —afirmó Justin, con el ceño fruncido y la mirada al frente—. Pero estoy dispuesto a intentarlo. Quizá no sea mala idea ver la vieja casa, mi habitación...

Emily percibió de nuevo un deje nostálgico en sus palabras.

«Claro que lo recibirá con los brazos abiertos —pensó Emily—. ¿Quién no lo haría? Necesita recuperarse con su familia».

Llegaron a la casa y Emily abrió la puerta principal. Justin se quedó paralizado de nuevo por las dudas.

—Voy a ver si está en la sala de estar, ¿le parece? Así puedo prepararla.

—Me parece muy sensato. —Asintió y entró en el vestíbulo—. No ha cambiado nada —dijo mirando a su alrededor.

—Creo que no tardará en darse cuenta de que han cambiado muchas cosas —le aseguró Emily—. Ahora mismo solo contamos con la señora Trelawney y dos doncellas más. Casi todas las habitaciones están cerradas y los muebles cubiertos con sábanas para que no se llenen de polvo. La única chimenea que se enciende es la de la sala de estar. El carbón está racionado, como todo lo demás, pero imagino que todo mejorará poco a poco. Espere aquí.

Emily apenas había dado unos pasos en dirección a la salita cuando apareció Ethel, que miró a Justin y se puso a gritar:

—¡Un fantasma! ¡Es un fantasma! ¡Acabo de ver un fantasma, señora Trelawney!

—¿Qué es ese alboroto? —preguntó lady Charlton, que asomó la cabeza por la puerta.

—Ha sido Ethel. Me temo que ha visto… —intentó decir Emily, pero lady Charlton ya había visto a Justin. Se quedó petrificada.

—No puede ser. ¿Eres tú de verdad? —preguntó.

—Hola, abuela. Ha regresado el trotamundos.

—Pero no es posible. —Se llevó la mano al corazón—. Creíamos…

—Venga, agárrese a mí. —Emily se abalanzó sobre ella, convencida de que la anciana iba desmayarse de un momento a otro.

—Estoy bien, Emily, no te preocupes. —La anciana rechazó la mano que le ofrecía—. Ha sido una sorpresa, eso es todo.

Permaneció inmóvil, observando a su nieto.

—¿No me invitas a entrar? —preguntó él—. ¿Y a tomar un café? He subido andando desde la carretera principal y hace un frío horrible.

Lady Charlton asintió con gesto brusco.

—Emily, por favor, dile a la señora Trelawney que queremos… —No tuvo que acabar la frase porque la señora Trelawney y Ethel salieron de la cocina, aferrada la una a la otra, y estaban observando la escena boquiabiertas.

—No se quede ahí quieta sin hacer nada —exclamó lady Charlton—. Vaya a prepararnos un café. El señor Justin tiene que entrar en calor.

Lady Charlton se agarró del brazo de Emily y dejó que la acompañara a su sillón favorito. Justin, presa de las dudas, permaneció inmóvil unos instantes mirando a su alrededor, pero acabó entrando en la sala de estar.

—He soñado muchas veces con este sitio.

—¿Dónde has estado? ¿Qué te ha ocurrido? ¿Por qué no dijiste nada? —preguntó con voz aguda.

—Ha estado internado en un campamento de prisioneros de guerra, lady Charlton —afirmó Emily.

—Ah, conque fue eso —afirmó la anciana con un deje frío y displicente—. Te entregaste. ¿Te rendiste al enemigo?

—¿Es eso lo que piensa? —preguntó Justin sin levantar la voz.

—Fuiste muy tajante en tus intenciones de no luchar.

—No, no me entregué. Ataqué una colina con el resto de mi unidad, empuñando las bayonetas mientras cargábamos contra tanques y cañones. Fue un suicidio. A cada paso que dábamos uno de mis compañeros volaba en pedazos.

—Entonces, ¿cómo sobreviviste? —insistió la anciana, con un recelo inquebrantable.

—Soy rápido. Me adelanté a todos y, casi sin darme cuenta, me encontré rodeado de alemanes. Uno de ellos avanzaba hacia mí con su bayoneta, pero entonces explotó un obús y cuando me desperté estaba en la celda de una prisión alemana.

—¿Por qué no hemos recibido noticias tuyas en todo este tiempo?

«Aún está en posición de firmes, sigue siendo un prisionero sometido a un interrogatorio», pensó Emily, que sintió la tentación de intervenir para pedirle a lady Charlton que dejara de comportarse de aquel modo, que se levantara y le diera un abrazo.

—Sufrí una herida grave en la cabeza y tuve amnesia. No recordaba quién era, de dónde venía. Había perdido las placas identificativas. Iban a fusilarme, pero tuvieron que evacuar la zona, por lo que cambiaron de opinión y me enviaron a un campamento. Con el tiempo fui recuperando la memoria y les dije mi nombre, pero no llegué a recordar mi número de identificación. Sí que les dije mi regimiento, pero supongo que no se molestaron en comunicarlo.

La anciana aún lo observaba con el ceño fruncido.

—Un relato muy interesante.

—¿No me cree? —preguntó Justin.

Lady Charlton se encogió de hombros.

—Siempre has tenido mucha imaginación. De niño te inventabas todo tipo de historias para eludir cualquier problema.

—Entonces, ¿qué cree que me ocurrió para no recibir noticias mías durante dos años?

—Francamente, me preguntaba si habrías desertado. Cuando no encontraron tu cuerpo, pensé que habías logrado huir y esconderte en Francia. A fin de cuentas, dominas el francés.

—Si tan mal concepto tiene de mí, nada más puedo añadir —replicó él con amargura—. Sabía que sería un error volver aquí.

Justin dio media vuelta y se dirigió a la puerta.

—Espera. Oficialmente esta es tu casa, supongo. Imagino que eres consciente de que has heredado el título. Ahora eres el vizconde Charlton. Tienes todo el derecho del mundo a quedarte aquí.

Justin negó con la cabeza.

—¿Vizconde Charlton? Es ridículo. ¿Cómo voy a quedarme en un lugar donde no me quieren? Adiós, abuela. No se preocupe, no tengo la menor intención de echarla de esta casa. Prefiero estar rodeado de gente que disfrute de mi compañía.

Salió de la sala sin añadir palabra.

Emily había presenciado la escena sin intervenir, pero no aguantó más.

—¡No deje que se vaya! —le gritó a lady Charlton—. Diga algo. —Salió corriendo detrás de Justin y lo agarró de la manga justo cuando él había alcanzado la puerta—. No se vaya, sabe que, en el fondo, no lo piensa.

—Claro que sí. No ha cambiado en absoluto. Mi padre y ella me enviaron a una muerte segura sin remordimientos y ahora le da rabia que haya sobrevivido.

—Pero este es su hogar.

—Por lo visto, no.

—Acaba de decirle que lo ha heredado.

Justin la fulminó con la mirada.

—No pienso echarla de aquí, obviamente, y tampoco pienso vivir bajo el mismo techo que ella.

—Entonces, ¿adónde irá? —preguntó—. ¿Qué hará?

—De todos modos, no tenía pensado regresar aquí. Voy a quedarme con unos amigos en Londres. Quiero escribir sobre la guerra para que la gente sepa cómo ha sido. —Esbozó una sonrisa—. Y usted tampoco debería quedarse. Es demasiado buena persona y ella no la merece. Al final también le fallará.

Justin bajó los escalones y se fue.

Emily se quedó observándolo, presa de una sensación de miedo y de náuseas. Tuvo que reprimir las ganas de salir corriendo tras él para suplicarle que se quedara. En lugar de ello, se volvió y regresó a la sala de estar. La anciana no se había movido.

—No me puedo creer lo que le ha dicho —le espetó Emily—. Es su nieto. Acaba de llegar de un campo de prisioneros de guerra. ¿No ha visto lo demacrado que está? Ha sufrido lo indecible y usted lo ha echado de su vida.

—Estás perdiendo los estribos, señorita —replicó lady Charlton—. No tienes ningún derecho a emplear ese tono conmigo.

—Tengo derecho a enfrentarme a las injusticias. Justin no quería venir a verla porque creía que lo recibiría de este modo y he sido yo quien lo ha convencido porque supuse que usted se alegraría de verlo. Sin embargo, él no lo ha creído. Ahora se ha ido y es todo culpa suya.

—Insisto, estás perdiendo los estribos —repitió lady Charlton—. ¿Es necesario que te recuerde que si estás aquí es gracias a mi benevolencia y mi generosidad?

Emily respiró hondo.

—En tal caso, si ya no soy bienvenida, me iré de inmediato.

—No tienes adónde ir.

—Mi amiga Clarissa me ha invitado a irme a vivir con ella en cuanto regrese de Francia. Hasta entonces, estoy segura de que Nell Lacey me permitirá quedarme en el Red Lion. Tengo suficiente dinero para pagarle.

Decidió no esperar más, por temor a que lady Charlton viera la angustia reflejada en su rostro. Salió corriendo de la casa y regresó a su refugio.

Al llegar cerró la puerta tras ella para recuperar el aliento. Aún se encontraba alterada por lo ocurrido y miró a su alrededor, a la pequeña habitación que se había convertido en su hogar. Había varios frascos de hierbas en la mesa y el recetario abierto al lado. En ese instante apareció Sombra, que se acercó a ella y se restregó contra sus piernas. Ahora tendría que dejarlo todo atrás y empezar de nuevo.

«Pensaba irme con Clarissa de todos modos —se dijo—. Al menos ahora no tendré que hacerlo con el sentimiento de culpa por dejar sola a lady Charlton».

Sin embargo, no podía apartar la mirada de las hierbas. Había empezado a hacer algo que valía la pena. Tenía muchas ganas de que llegara la primavera para ver florecer las nuevas plantas. Ahora ya nunca sabría qué remedios podría elaborar. El huerto medicinal pasaría de nuevo a un estado de hibernación. La casita se quedaría vacía y abandonada. Y el legado de Susan Olgilvy quedaría relegado al olvido.

Capítulo 35

—Debería recoger todas mis pertenencias —le dijo Emily al gato—. Me gustaría llevarte conmigo, pero no creo que quieras irte de aquí.

Subió al desván para coger las maletas y las arrastró escaleras abajo con cierta dificultad. El volumen de su vientre había afectado a su equilibrio y bajó las escaleras con suma precaución. Una vez en su dormitorio, empezó a doblar la ropa y la fue colocando sobre la cama antes de meterla en la maleta. El corazón le latía muy rápido. ¿Y si Nell Lacey le decía que no? ¿Y si no quedaba ninguna habitación libre en el pub? Se dijo a sí misma que Alice nunca la abandonaría a la intemperie, que le ofrecería su habitación y su cama si era necesario. Y Clarissa debía de estar a punto de volver a casa en cualquier momento, si es que no había regresado ya a Inglaterra.

En ese instante llamaron a la puerta y Emily levantó la mirada. Rezó para que no fuera otra mujer que quería su remedio para dormir. Se acercó a la puerta y retrocedió al ver a lady Charlton, apoyada en su bastón y con la respiración entrecortada.

—Lo siento —se disculpó la mujer—. Me he equivocado. No quiero que te vayas.

—Me ha dicho cosas horribles y ha echado a su nieto.

—Lo sé, me he comportado como una estúpida. —Hizo una pausa—. ¿Puedo entrar? Ya no estoy para estos trotes.

Se llevó la mano al corazón.

Emily se hizo a un lado para dejarla pasar, le ofreció una silla y la ayudó a sentarse.

—No debería haber venido hasta aquí. Déjeme prepararle una infusión de menta. Le ayudará a reponerse.

Se acercó a los fogones, donde había una tetera al fuego, y echó agua caliente sobre una rama de menta que cortó de una planta que crecía en una maceta junto al fregadero. Le añadió un poco de miel, regresó junto a la anciana y le ofreció la taza.

—Tienes razón —dijo lady Charlton después de tomar un sorbo—. Es muy reconstituyente, lo había olvidado. —Hizo una pausa y le tendió la mano a Emily—. Prométeme que no te irás. No te imaginas lo que disfruto de tu compañía.

—También podría haber disfrutado de la compañía de su nieto si no lo hubiera rechazado.

Lady Charlton tomó otro sorbo de infusión.

—Tienes razón. No sé por qué me he comportado así. Imagino que ha sido la sorpresa de su llegada. En el pasado topábamos cada dos por tres y es cierto que de niño contaba unas mentiras escandalosas… Llegó a decir que un búho se había colado en la sala y que había derribado mi jarrón favorito. Tenía una gran imaginación.

—¿De verdad cree que alguien sería capaz de inventar que había estado en un campo de prisioneros? —preguntó Emily.

—Imagino que no. Y es cierto que estaba delgadísimo.

—Entonces, ¿qué piensa hacer? —preguntó Emily—. ¿Va a arriesgarse a perder a su único nieto para siempre?

—¿Tú qué opinas? ¿Le escribo para disculparme?

—Sería una buena forma de dar el primer paso —concedió Emily.

—Pero no sabría dónde encontrarlo.

—Tal vez la gente de su regimiento podría ayudarla. Y sé que está viviendo con un grupo de amigos en Londres, con unos escritores.

—¡Escritores! —exclamó la anciana con un deje de repulsión—. Si lo oyera su padre, se revolvería en su tumba.

—No todo el mundo debe seguir el mismo camino en la vida —dijo Emily—. Justin no puede ser como su padre y su abuelo. Si necesita escribir para exorcizar los horrores que ha vivido en carne propia, ¿por qué debería echárselo en cara?

—¿Por qué tienes que ser siempre tan perspicaz y tener la razón? —le espetó lady Charlton. Entonces le tendió una mano huesuda a Emily—. Te quedarás, ¿verdad? ¿Y me ayudarás a encontrarlo para que regrese a casa?

—Me quedaré de momento —respondió Emily, que se estremeció ante la idea de abandonar a lady Charlton cuando regresara Clarissa—. Y la ayudaré a encontrarlo.

Escribieron una carta al ejército, pero les contestaron que no disponían de ninguna dirección; de hecho, para ellos constaba como desaparecido en combate. Por lo que Justin tenía razón. Los administradores del campo de prisioneros no se habían puesto en contacto con su regimiento. Emily sentía una gran compasión por él. Había visto el dolor atroz reflejado en su rostro cuando su abuela lo trató con desdén. Soportar las durísimas condiciones del campamento, donde cada día debió de enfrentarse a la tortura y la muerte, para acabar siendo rechazado por su familia era de una crueldad indecible. Entonces se dio cuenta de que ambos habían llevado vidas paralelas. A ella también la había rechazado su familia, de modo que haría todo lo que estuviera en su mano para ayudar a Justin. Sin embargo, no sabía cómo localizarlo en Londres. No podía ir a la ciudad sin más y ponerse a deambular por los barrios donde solían vivir los escritores. Podía estar en cualquier lugar.

Justo después de que llegara la carta del comandante de regimiento de Justin, recibió otra de Clarissa. La abrió emocionada y leyó:

> Acabo de regresar a territorio británico. No te imaginas las ganas que tenía de tomar una buena taza de té con *scones* y mermelada, y de darme un baño caliente. Ha sido una auténtica delicia. Sin embargo, aún no me han licenciado. Me han mandado a un hospital del East End para que les ayude con la crisis de la gripe española. Al parecer ha cruzado el Canal y se está extendiendo rápidamente por culpa de la gran densidad de población de la ciudad. Faltan camas de hospital y están enviando a las enfermeras como yo a las casas de los pacientes para que hagamos lo que podamos, aunque, en realidad, no es gran cosa. Cuando alguien contrae la enfermedad, suele morir al cabo de pocos días. Y no siempre afecta a los más débiles y a los ancianos. En Francia vi a jóvenes que sucumbían en cuestión de días, como si de pronto les abandonaran todas las fuerzas.
>
> Me alegro de que estés a salvo en el campo. Cuídate mucho. No me arriesgaré a ir a verte para no llevar la enfermedad conmigo. Mientras tanto, empezaré a escribir a hospitales del país para ver si alguno puede ofrecerme trabajo. Pero creo que no será en el East End. ¡Me he cansado de la inmundicia!

Emily dejó la carta. En cierto sentido, se alegraba de no tener que darle la noticia a lady Charlton de que se iba. La Navidad estaba a la vuelta de la esquina y las tiendas volvían a tener comida. La señora Trelawney había ido a Tavistock y había regresado con la noticia de que había podido reservar un pavo en el carnicero. También había comprado fruta para el pudin de Navidad. Rodeada de aquel ambiente, Emily no pudo evitar pensar en cómo eran las fiestas en su casa. Antes de la guerra, había muchísima comida, un árbol de Navidad con adornos de cristal y regalos. Celebraban fiestas con juegos de salón y risas de todo el mundo. Le vino a la cabeza la imagen de su hermano, Freddie, haciendo el payaso mientras jugaban a charadas. Por entonces la vida era maravillosa. Como lo fue también mientras la compartió con Robbie. Si hubiera regresado de Francia, a estas alturas ya estarían casados y de camino a Australia.

Sin embargo, ahí estaba ella, pensando en los regalos que podía hacerles a sus nuevas amigas. No le sobraba dinero para comprar nada y a lady Charlton no podía comprarle un frasco de perfume de un chelín. También quería regalarles algo a Alice y a Daisy, lo que la obligaría a hacer lo mismo con la señora Trelawney y Ethel. Y el señor Patterson, que había sido muy bueno con ella. Además, Emily disfrutaba de sus encuentros ocasionales y sus charlas sobre libros. Y justamente en compañía del maestro se le ocurrió una idea. Él le estaba contando que quería construir más colmenas y quizá vender la miel en la tienda del pueblo, como hacía antes de la guerra.

—En tal caso, ¿tendría más cera? —le preguntó ella—. Porque puedo utilizar toda la que le sobre para preparar mis ungüentos.

—Si quiere puedo darle un poco ahora. Me temo que una de las colonias me ha abandonado, por lo que tengo que examinar lo que han dejado.

Emily se la llevó a casa muy emocionada y empezó a hacer pruebas con una crema de manos. Sabía que necesitaba flores frescas y, por suerte, la lavanda y la salvia aún conservaban su dulce olor. Además, tenía una de las recetas que había dejado Susan.

Crema de manos de caléndula.

Coger una onza de pétalos de caléndula y
añadirle una pinta de aceite de buena calidad.
Calentarlo al baño maría. Dejarlo a fuego lento
durante dos horas. Colar el aceite y verterlo en un
cazo. Añadir una onza de cera de abeja y remover
hasta absorberla por completo. Guardarla en
frascos limpios.

No era temporada de caléndulas, pero tenía lavanda, romero y
salvia. Hizo algunas pruebas con aceite de almendras de la botica.
Cuando logró la consistencia que le parecía adecuada, lo guardó
en frascos pequeños, cortó el lazo de un vestido elegante que había
traído de casa de sus padres y los decoró. Quedó muy satisfecha con
el resultado final.

En la tienda del pueblo encontró postales de Navidad y no pudo
evitar pensar en sus padres. ¿Estarían preocupados por no haber
recibido noticias suyas? Aunque creyeran que todavía formaba parte
del Ejército Femenino de la Tierra, ¿no sería lógico que esperasen
que regresara a casa por Navidad? Eligió una postal. ¿Debía enviársela para que supieran que estaba bien? Sin embargo, si lo hacía
verían el matasellos e irían a buscarla, algo que no podía ocurrir. Al
final decidió comprar una postal y enviársela a la señorita Foster-
Blake. Le dijo que se encontraba bien y que una amiga le había
propuesto que se fuera a vivir con ella, por lo que su bienestar estaba
asegurado.

—Imagino que pasarás el día de Navidad aquí —dijo lady
Charlton.

—Me encantaría celebrar las fiestas con usted —dijo—, pero
no quiero dejar de lado a Alice. La señora Lacey ha ido a Londres
para estar con su marido en el hospital y Alice está sola, al frente del
Red Lion.

—Pues invítala también. Cuantas más, mejor —dijo lady Charlton—. Imagino que cerrará el pub el día de Navidad y de San Esteban.

—¿Usted cree? —preguntó Emily—. Alice es una chica de clase trabajadora de Londres.

Lady Charlton se encogió de hombros.

—La guerra ya se ha acabado y supongo que cambiarán muchas cosas. Y como no tengo familia con la que compartir mesa...

—He intentado encontrar a Justin —dijo Emily—, pero ha sido en vano. No sé ni por dónde empezar. Mi amiga Clarissa está trabajando en el East End, pero no creo que tenga tiempo para investigar por mí. ¿Le parece muy descabellada la idea de contratar a un detective para localizarlo?

Lady Charlton suspiró.

—Creo que no nos queda más remedio que aceptar que Justin ha roto todos los lazos de comunicación conmigo. Cuando muera, la casa pasará a ser suya y podrá hacer lo que desee con ella. Hasta entonces...

—No hable tan a la ligera de la muerte. —Emily le acarició una mano instintivamente—. Aún le quedan muchos años por vivir.

—Nunca se sabe. —Suspiró de nuevo—. Si hubieras conocido a mi marido, habrías visto a un hombre vital y rebosante de energía. A alguien que amaba la vida. Sin embargo, en poco tiempo enfermó y murió.

—Como la gente de Londres que contrae la gripe.

—Eso he oído. Recemos para que no llegue aquí.

—Creo que estamos demasiado aisladas para que nos encuentre nadie, aunque se trate de la gripe —afirmó Emily con una sonrisa.

Poco después Emily fue a ver a Alice al Red Lion y le transmitió la invitación. Su amiga la recibió con un gesto de horror.

—Huy, no, gracias. O sea, te estoy muy agradecida y ha sido todo un detalle que pienses en mí, pero no me veo compartiendo mesa con una noble. Me daría pánico abrir la boca y quedar en ridículo. —Se rio—. Además, la señora Soper nos ha invitado a varias de nosotras. No es que tengamos gran cosa que celebrar, ni siquiera aquellas que han recuperado a sus hijos y maridos... —Se arrimó a Emily y le susurró—: ¿Recuerdas a Johnny Hodgson, que volvió a casa, y lo feliz que se puso su mujer al verlo? Pues hace poco vinieron al pub por la noche y ella me confesó que está muy preocupada por él. Que se despierta de noche gritando, bañado en sudor. Tiene unas pesadillas aterradoras. Oye disparos y asusta a los niños sin querer.

—Qué pena —dijo Emily—. Imagino que es muy difícil sobreponerse a lo vivido en las trincheras. Pero, Alice, yo quería pasar el día de Navidad contigo, te lo prometo. Lo que ocurre es que no podía decirle que no a lady Charlton.

Alice le estrechó el hombro para consolarla.

—No le des más vueltas. ¿Sabes qué podemos hacer? ¿Por qué no vienes al Lion en Nochebuena? Vamos a celebrar una pequeña fiesta: cantaremos villancicos, comeremos salchichas y beberemos ponche.

—De acuerdo —accedió Emily—. Eso haré. Traeré a Daisy conmigo. Y también a Ethel, si le apetece.

Ethel le dijo que no quería pisar un pub, y la señora Trelawney tampoco. De modo que en Nochebuena, Daisy y Emily se fueron juntas al Red Lion. Era un encuentro casi exclusivamente femenino, salvo por los dos ancianos y uno de los peones de la granja que había vuelto de la guerra. Emily se fijó en que bebía mucho y apenas hablaba. Aun así, fue una fiesta en la que reinó la alegría.

Alice se llevó a Emily a un lado y le dio el regalo: ovillos de lana blanca, agujas y patrones de costura.

—Será mejor que empecemos a hacer punto si queremos que el pequeño tenga algo que ponerse —dijo.

—Ah, yo no sé manejar las agujas —confesó Emily—. La niñera intentó enseñarme una vez, pero soy un caso perdido.

—Yo te ayudaré —dijo Daisy—. Se me da muy bien.

Luego abrieron los regalos de Emily y quedaron encantadas con la crema para las manos.

—Huele de fábula. Además, aún no se me han recuperado las manos después de recoger las patatas —dijo Alice.

Emily se alegró.

—Yo no tengo nada para vosotras —confesó Daisy con gesto de preocupación—. Pero te ayudaré a cuidar del bebé cuando nazca. Me habría gustado trabajar de niñera.

Subieron la colina de vuelta a casa en un agradable silencio, roto únicamente por el crujido de sus pasos sobre el suelo helado.

El día de Navidad amaneció radiante y gélido. Había nevado y el suelo refulgía de blanco cuando Emily salió para ir a la iglesia acompañada de las demás. Poco le importaba la actitud de la señora Bingley, no pensaba perderse un día tan especial. Cantaron villancicos con entusiasmo acompañadas al órgano por el señor Patterson: *God Rest Ye Merry Gentlemen*, *Once in Royal David's City*, *It Came upon the Midnight Clear*.

Luego, Emily y lady Charlton tomaron una copa de jerez antes de sentarse a comer. Emily aprovechó para darle el regalo a la anciana, que lo recibió muy emocionada.

—Es fabuloso. Y hecho artesanalmente, como los mejores. Yo también tengo algo para ti, ven.

Subieron al piso de arriba y recorrieron un largo pasillo hasta el final. Lady Charlton abrió una puerta: era el antiguo cuarto infantil. Había un caballo balancín junto a la ventana, un estante con juguetes y libros, y en el centro un moisés cubierto con sábanas de encaje.

—Ahora es tuya —le dijo—. Me gustaría que te mudases a la casa antes de que llegue el niño y así podremos contratar a una niñera para él.

—Es precioso.

A Emily le costó pronunciar las palabras, consciente de que cuando naciera su hijo, ella ya estaría con Clarissa.

Cuando bajaron de nuevo, en lugar de ir a la salita, lady Charlton decidió llevarla a la biblioteca.

—Quiero que elijas algo. Lo que tú decidas.

—No puedo… —balbuceó Emily.

—Por favor. Me haría muy feliz saber que tienes algunas de nuestras posesiones más preciadas, en lugar de permitir que acaben en una subasta o en manos de mi nieto.

—Pero ¿no dijo que la casa ya es suya? No puedo llevarme nada que le pertenezca.

—Estos objetos son míos. Los reuní yo misma durante mis viajes por todo el mundo y quiero que elijas uno.

Emily dudó. No quería llevarse un libro, pero los objetos también eran muy valiosos.

Lady Charlton se acercó a una de las vitrinas.

—Me atrevería a decir que mostraste un gran interés por Egipto —dijo y abrió la tapa de cristal—. Creo que te gustará el escarabajo. Es un símbolo de buena salud y buena suerte.

Le entregó el escarabajo dorado con incrustaciones de piedras semipreciosas.

—No puedo aceptarlo —insistió Emily, tartamudeando—. Es demasiado.

—Insisto en que te lo quedes. Quiero dártelo. No me dirás ahora que vas a negarle ese capricho a una anciana, ¿verdad? —Se lo puso en la mano—. Me lo regaló mi marido en El Cairo. Es posible que proceda de la tumba de un faraón.

El objeto era bastante pesado y estaba frío. Lo observó embelesada.

—No sé qué decir.

—Con un «gracias» me conformo.

—Ah, claro. Gracias.

Y sin pensárselo dos veces abrazó a la anciana, que se ruborizó.

A continuación, celebraron la Navidad con un banquete tradicional: pavo relleno de castañas, con patatas asadas y hortalizas, seguido de un pudin navideño que llegó a la mesa en pleno proceso de flambeado, acompañado de unas hojas de acebo. Cuando Emily regresó a la casita, pensó en sus padres. Era su primera Navidad sin ella. ¿La echarían de menos? ¿La recordarían con tristeza? De pronto se dio cuenta de lo mucho que los añoraba a ellos, su hogar y su seguridad.

«Pero no puedo volver —se dijo—. No podré volver jamás».

Y pensó también en los padres de Robbie, que iban a pasar las fiestas sin su hijo. De nuevo pensó en la posibilidad de escribirles. «Cuando nazca el bebé —pensó—. Les enviaré una fotografía para que lo sepan». Se acarició el vientre y su hijo respondió con una vigorosa patada.

Capítulo 36

El día de San Esteban amaneció con la primera ventisca seria de la temporada. Emily avanzó a trancas y barrancas para llegar a la casa grande, sin ver apenas nada por culpa de la cortina de nieve que levantaba el fuerte viento. Llegó al vestíbulo de la casa sin aliento en el preciso instante en que lady Charlton bajaba por las escaleras y la vio.

—Pero, querida, ¿cómo te ha dado por salir con esta tormenta? —le preguntó.

—He pensado que querría empezar a catalogar los objetos indios —le dijo.

—Admiro tu devoción y entrega, pero creo que en este caso has pecado de temeraria. ¿Y si te hubieras perdido por culpa de la ventisca? ¿Y si hubieras resbalado y hubieses muerto congelada?

—Soy una mujer recia que soporta bien el frío —afirmó Emily con una sonrisa—. Además, no nos separa una gran distancia. A pesar de la nieve veía el perfil de la casa.

—No eres consciente del clima tan severo que tenemos aquí en invierno. Parece el Ártico —afirmó lady Charlton, que entró en la sala de estar e hizo sonar la campanilla con energía. Daisy apareció casi al instante—. Una taza de algo caliente para la señorita Emily. Ha atravesado la tormenta para venir hasta aquí. Y, Daisy, haz la cama del dormitorio azul y enciende la chimenea. No pienso permitir que intente regresar a la casita hasta que amaine la tormenta.

—¡Pero mi gato...! —balbuceó Emily—. No puedo dejarlo solo.

—Oh, sí, el gato de la bruja —dijo lady Charlton con una sonrisa—. Créeme, querida, los gatos saben cuidar de sí mismos haga el tiempo que haga. ¿Está encerrado dentro?

—No, dejo entornada una ventana para que entre y salga.

—Pues te aseguro que estará bien. Si quieres podemos enviar a Simpson más tarde, cuando deje de nevar.

—Lady Charlton, Simpson tiene casi la misma edad que usted. Aún no entiendo cómo puede hacer siquiera la mitad del trabajo que le pide.

—Bobadas. Así se mantiene joven —respondió.

Lady Charlton no permitió que Emily volviera a su casa esa noche o la siguiente. La joven se vio obligada a admitir que era muy agradable dormir en un dormitorio grande y cálido, bajo un edredón de seda y que alguien le subiera una taza de té por la mañana. Le recordaba su antigua vida. Era sumamente tentador acabar cediendo y decirle a lady Charlton que estaba dispuesta a mudarse a la casa, sin embargo, no podía dejar de pensar en su pequeño refugio.

—Debería volver —se dijo a sí misma—. Ese es mi lugar.

Cuando amainó la tormenta y la luz del sol se reflejaba sobre la nieve fresca, bajó la colina. La casita parecía sacada de un cuento de hadas. El tejado estaba cubierto por un manto blanco y los arbustos se habían convertido en grandes bolas de nieve. Al acercarse a la puerta, vio que alguien había estado ahí. Había dos estelas de pasos, o tal vez se trataba de la misma persona que había estado dos veces. En un principio pensó que debía de haber sido Alice, que había ido a comprobar si se encontraba bien después de la ventisca. Sin embargo, las huellas no recorrían el sendero ni cruzaban el prado comunal en dirección al Red Lion, sino que subían. Intrigada, los siguió y descubrió que el rastro finalizaba en la casa de techo de paja más alejada, donde vivían los jornaleros. Era la de los Hodgson, la familia cuyo padre había regresado de la guerra. El mismo que gritaba de noche.

Alguien de esa casa había ido a verla dos veces. Se dirigió a la puerta y llamó. La mujer, Fanny Hodgson, la abrió y mostró un gesto de alivio al ver que se trataba de Emily.

—Gracias a Dios que está aquí. Tenía miedo de que se hubiera ido.

—¿Qué ocurre, Fanny? —preguntó Emily. La joven tenía muy mala cara, como si no hubiera dormido desde hacía días—. ¿Es tu marido?

—No, es Timmy, mi hijo. Ha contraído la gripe y la nevada ha cortado la carretera. Aunque pudiéramos telefonear, no podría venir ningún médico porque las líneas también están cortadas.

—¿La gripe? ¿Estás segura?

La joven asintió.

—Me parece que sí. He leído la descripción de los síntomas en el periódico y es justo lo que tiene nuestro Tim: fiebre, está muy inquieto y le cuesta respirar. Ayúdelo, señora Kerr.

—¿Yo? —Emily retrocedió varios pasos—. No soy médica, señora Hodgson.

—Pero sí que es la herbolaria. Su poción para dormir funciona muy bien. Tiene que hacer algo por Timmy antes de que muera. —La agarró del brazo como un náufrago a punto de ahogarse.

Emily oyó unos gemidos en el interior de la casa.

Las ideas se agolpaban en su cabeza. ¿Había visto alguna receta que pudiera servir de algo para una enfermedad capaz de acabar con la vida de hombres sanos en cuestión de días? La mujer estaba al borde de la desesperación.

—Lo intentaré —dijo—, pero eres consciente de lo grave que es la enfermedad, ¿verdad? No puedo obrar milagros, pero lo intentaré.

—A estas alturas nos vale lo que sea. Me siento impotente al verlo sufrir, sabiendo que no puedo hacer nada, más que ponerle una compresa fría en la frente y limpiarle el sudor...

—De acuerdo, pues me pondré manos a la obra —dijo Emily, que vio el gesto de alivio de la angustiada mujer.

—Que Dios la bendiga.

Cuando Emily regresó a la casita, se le cortó la respiración nada más entrar. La chimenea se había apagado un rato antes y hacía un frío atroz. El gato la recibió con un maullido recriminatorio y la miró fijamente con sus ojos amarillos. Ella le puso un plato con un poco de pan y leche y encendió la chimenea y la cocina. Se dio cuenta de lo fácil que le resultaban ya estas tareas. Tomó el libro original de recetas de Flora Ann Wise y se sentó envuelta con una manta para estudiar las recetas y las notas que había tomado.

Se recomendaba el uso de consuelda para facilitar el sudor, pero había que usar la flor, de la que no disponía. «Combinar con milenrama, saúco, hierbabuena, angélica y hojas de morera para mitigar la fiebre». Tenía milenrama, raíz de angélica y hierbabuena, pero no los demás ingredientes. También se recomendaba la nébeda, o hierba gatera, y estaba casi segura de que la encontraría, a juzgar por la atracción que sentía Sombra por una pequeña planta del huerto.

Entonces leyó que la raíz de prímula, el tomillo y el helenio eran reconstituyentes pulmonares. La prímula era una flor de primavera, por lo que estaba descartada, y no tenía ni idea de cómo era el helenio. Sin embargo, se decía que la corteza de sauce servía para bajar la fiebre, y sabía que había uno junto al arroyo.

Fue muy ingrato tener que atravesar el grueso manto de nieve, pero regresó triunfal con la corteza de sauce. La receta recomendaba picar o triturar la corteza, y eso fue lo que hizo con la picadora de la cocina.

«No sé qué cantidad exacta debería utilizar —se dijo—, o si será muy peligroso, pero supongo que dada la gravedad de la situación hay que probar lo que sea».

La preparación final incluía la corteza de sauce triturada, nébeda seca, hierbabuena, raíz de angélica, tomillo, salvia y milenrama, a lo que añadió jengibre molido y raíz de equinácea, ya que Susan mencionaba que poseía unas propiedades antiinflamatorias maravillosas. Añadió agua hirviendo a la mezcla y la dejó reposar. Cuando se enfrió, la vertió en un frasco grande y se lo llevó a Timmy Hodgson.

—No sé si servirá de algo —dijo al dársela a la madre de Timmy—, pero no le hará daño. Todas las hierbas que he utilizado son medicinales.

—No le pediré que entre a verlo porque sé que la enfermedad es muy contagiosa. Los hermanos están en la cocina y mi marido no se encuentra muy bien, por lo que está en la cama, pero no podemos perder la esperanza.

Emily regresó a casa, intentando reprimir el mal presentimiento que la embargaba. Nunca le habían pedido que intentara salvarle la vida a alguien. ¿La culparían a ella si moría el niño?

Entonces cayó en la cuenta de que lady Charlton podía estar preocupada por ella, por lo que decidió volver a la casa. Al verla, la anciana puso un gesto de alivio.

—Gracias a Dios que has vuelto. Le pedí a Simpson que fuera a ver si te habías caído. Me ha dicho que ha visto que salía humo de la chimenea de la casita, por lo que esperaba que no fueras tan tonta como para obstinarte en quedarte.

—Creo que preferiría quedarme ahí, si no le importa —replicó Emily—. Tenemos una pequeña situación de crisis en el pueblo: el pequeño Timmy Hodgson ha contraído la gripe.

—Dado tu delicado estado, considero que no deberías acercarte a él —le advirtió lady Charlton, señalándola con un dedo.

—No se preocupe, no entré a verlo. Pero le he preparado una infusión para intentar que le baje la fiebre, le descongestione los pulmones y le ayude a expulsar todas las flemas.

Lady Charlton asintió.

—Me parece un plan muy sensato. Rezo para que funcione. Esa pobre familia acaba de recuperar al padre y lo último que necesita ahora es perder a un hijo.

Emily insistió en volver a su casa, donde preparó más remedio por si lo necesitaban. Al día siguiente, lo primero que hizo fue ir a ver cómo estaba Timmy, prácticamente convencida de que iba a encontrarse con el peor escenario posible. Sin embargo, al llegar la recibieron con una buena noticia.

—Parece que ha mejorado. La fiebre empezó a remitir de noche, pero creo que ahora es Lizzie quien ha contraído la enfermedad.

Emily les dio otro frasco y poco después le dijeron que el hijo mayor de la señora Soper, Sammy, también había sucumbido a la gripe. Emily lo trató a él, luego a su hermano, y finalmente también a Maud y a la señora Soper. No daba crédito a que alguien tan fuerte como Maud pudiera estar tan grave. Había prometido que no se acercaría a la gente infectada, pero en casa de los Soper no había nadie que pudiera cuidar de ellos. Solo el abuelo parecía inmune.

—¡No puedes morirte, Maud! —exclamó al verla toser y gemir, devastada por la fiebre.

Intentó darle un par de cucharadas de su preparado y vio que tenía los labios secos y agrietados.

En ese momento apareció Alice y la vio.

—Tienes que cuidarte, cielo —le dijo, contemplándola con gesto preocupado—. Deberías mirar más por ti. ¿Qué le pasará al bebé si contraes la gripe?

—No puedo permitir que mueran —respondió Emily—. Si mis remedios pueden servirles de algo, debo seguir adelante.

—Bueno, en tal caso supongo que no sería lo peor del mundo si le pasara algo al bebé —dijo Alice—. De hecho, tal vez sería la mejor solución para tu futuro, pero...

—¡No! —exclamó Emily—. ¡A mi bebé no le pasará nada! No lo permitiré.

—Pues déjame atender a los enfermos —insistió su amiga—. A mí no me importa contagiarme de la gripe porque nadie me echará de menos. —Se rio.

—Yo sí que te añoraría. Eres la hermana mayor que nunca he tenido.

—¡Venga ya! —Alice le dio un leve codazo, pero Emily vio que sus palabras la habían conmovido.

Se encontraba frente a la puerta de su casa, con ganas de sentarse y descansar un rato junto al fuego, cuando vio que el párroco bajaba por el camino hacia ella, agitando los brazos para llamar su atención.

—Tiene que venir ahora —le pidió, casi sin resuello—. Es mi mujer. Se encuentra muy mal. No creo que pueda sobrevivir.

A Emily la asaltaron las dudas. No podía olvidar las crueles palabras de la señora Bingley. La decisión más fácil era negarse. Sin embargo, al final entró en casa, llenó otro frasco con la infusión y acompañó al párroco.

Al final de la semana, tres cuartas partes de los habitantes de Bucksley Cross habían contraído la gripe. Emily no volvió a la casa grande para evitar que lady Charlton acabara contagiándose también. Preparó grandes cantidades de la infusión y Alice y ella fueron repartiéndola de casa en casa. A finales de mes, la enfermedad empezó a remitir y no había muerto nadie.

—Es asombroso —afirmó el doctor cuando por fin pudo abrirse paso entre la nieve para visitar a sus pacientes—. Supongo que hace tanto frío, que la gripe no ha podido sobrevivir.

Emily sintió una agradable sensación de orgullo por el trabajo bien hecho. «Yo he ayudado a ello —pensó—. Están vivos gracias a mí». Era una sensación fabulosa. De pronto se dio cuenta de lo irónico de la situación: ella había querido trabajar de enfermera con Clarissa, pero la habían rechazado. Y ahora eran sus conocimientos médicos los que habían salvado a un pueblo. Cuando se lo contara a su amiga, la dejaría impresionada, por lo que decidió escribirle una carta.

Sé que lo que hemos tenido aquí no se parece, ni de lejos, al drama que habrás vivido en Londres, pero estoy segura de que algunos de mis vecinos habrían muerto de no haber sido por mi remedio.

Te adjunto la receta, por si algún profesional de la medicina de tu hospital quiere echarle un vistazo y ver si puede serviros de algo.

A finales de semana, recibió una carta con matasellos de Londres, pero escrita con una caligrafía que no reconocía.

Estimada señora:
No conozco su apellido, ya que firmó su carta como Emily. Soy la enfermera jefa del Royal London Hospital y lamento informarle de que la enfermera Clarissa Hamilton falleció hace dos semanas debido a las complicaciones derivadas de la gripe. Era una mujer valiente que trabajó infatigablemente en unas condiciones muy duras, como las que se dan en el East End, y entregó su vida por los demás. Adjunto la dirección de su familia, en caso de que desee enviarles una carta de pésame.

Emily examinó la hoja de papel, como si aquel gesto fuera a cambiar las palabras que contenía.

—¡Clarissa no! —gritó—. ¡No es posible! ¡No es justo!

Clarissa, la intrépida, la fuerte. La que siempre asumía riesgos en la escuela, la que se escabullía por la ventana del dormitorio, la que fumaba en el viejo campanario. La que había arriesgado su vida a diario en el frente, en Francia. Que hubiera muerto justamente ahora, en su país, cuando la guerra ya había acabado, le parecía de una crueldad intolerable.

—No me puedo creer que no vaya a verla nunca más —le dijo Emily a lady Charlton, haciendo un esfuerzo sobrehumano para no romper a llorar ante la anciana.

—Yo me sentí igual cuando murió Henry y luego mi hijo James. Lo único que puedo decirte es que la vida es injusta. Pero lo superarás, del mismo modo que superaste la muerte de tu amado teniente. El tiempo curará las heridas, aunque no puedo prometerte que vayan a cicatrizar todas. Me temo que no tenemos más remedio que conformarnos con lo que nos queda y valorar como merecen a todos los que nos rodean y que aún están vivos.

«Pero yo no tengo a nadie», quiso decir Emily, aunque al final no lo hizo. Ahora no tenía alternativa, estaba atrapada en esa casita del pueblo de Bucksley Cross, tanto si le gustaba como si no.

Esa noche, se quedó sola en su casa ya que no le apetecía hablar con nadie. Sin embargo, alguien llamó a su puerta.

«Por favor, otro caso de gripe no», pensó.

La abrió y se sorprendió al ver a varias personas en la oscuridad. Una llevaba un farol. De hecho, parecían un grupo de cantantes de villancicos a pesar de que ya no era Navidad.

La señora Soper dio un paso al frente.

—Hemos venido a darte las gracias, Emily. Podemos llamarte todas por el nombre de pila, ¿verdad? Porque ahora eres una de las nuestras.

Emily las miró todas.

—Ha sido un placer ayudaros —le aseguró—. Me alegro mucho de que mi remedio funcionara tan bien.

—Asumiste un gran riesgo por nosotros —prosiguió la señora Soper—. Sé que mi familia y yo no habríamos sobrevivido de no ser por ti, y quería decirte que sabemos que te encuentras en estado de buena esperanza. Queremos que sepas que todos vamos a contribuir en la canastilla. Cualquier cosa que necesites para el bebé, lo tendrás.

—Yo tengo el cochecito que usamos para nuestra Lizzie —añadió la señora Hodgson, que se abrió paso en el grupo—. No sé cómo agradecértelo, pero tu llegada ha sido un milagro para nosotros.

—¿Qué puedo decir? —dijo Emily con los ojos anegados en lágrimas—. ¿Queréis entrar? No es una casa muy amplia, pero puedo ofreceros un té.

—¿Un té? —preguntó Nell Lacey a voz en cuello—. Pero si hemos traído una botella de whisky. Vamos a brindar por nuestra victoria arrolladora contra la gripe.

Esa noche Emily durmió acompañada de Sombra, hecho un ovillo a su lado. «Al final he encontrado mi lugar en el mundo», pensó.

Capítulo 37

La primavera llegó a Bucksley Cross. Primero florecieron las campanillas de invierno en la ladera de la colina, luego el azafrán de primavera y, al final, una marea de narcisos inundó los jardines de Bucksley House. En el huerto medicinal también aparecieron las hojas nuevas y las primeras flores. Emily las identificó gracias a su libro y empezó a recogerlas, secarlas y etiquetarlas con cuidado. Había empezado a asistir a las reuniones del Instituto de Mujeres; ese día se impartía una charla para aprender a hacer confitura de bayas silvestres cuando una de las asistentes preguntó:

—Todo eso de hacer confitura y mermelada está muy bien, pero ¿de dónde vamos a sacar el dinero para el azúcar? Eso es lo que me gustaría saber a mí.

—Tiene razón —dijo otra de las participantes—. Mi marido no volverá a casa. ¿Cómo voy a sobrevivir con mi pensión de viudedad?

—Deberíamos pedirle a Emily que hiciera su poción milagrosa y que la vendiera por si vuelve la gripe —propuso la señora Soper—. Estoy segura de que también funcionaría para otras cosas: la varicela y otras enfermedades.

—No puedo hacer eso —se apresuró a añadir Emily—. No he estudiado medicina y estoy segura de que es ilegal vender medicamentos.

—¿Y la crema para las manos? —preguntó Alice—. A mí me funcionó a las mil maravillas, y eso que las tenía muy agrietadas.

—Sí, ¿por qué no? —añadió Nell Lacey—. Yo también la probé y me gustó mucho. Además, olía muy bien.

—Necesitaríamos una gran cantidad de cera de abejas y latas pequeñas para almacenarla —dijo Emily, pero a pesar de sus reparos sintió que la embargaba una emoción cada vez más intensa—. Y no sé si mi pequeño jardín podría producir suficiente lavanda.

—Detrás de casa crecen plantas de lavanda —intervino una de las mujeres—. Y lady Charlton tiene todas las flores habidas y por haber en ese jardín tan grande. Unas rosas preciosas. Seguro que todas podríamos arrimar el hombro. Tú enséñanos y te ayudaremos. Dentro de poco, la crema de Bucksley Dartmoor se venderá en todas las tiendas elegantes de las grandes ciudades.

Emily también percibió su entusiasmo y vio su gesto esperanzado.

—Podemos intentarlo —accedió—. Y si sale bien, tal vez podríamos preparar también una crema y una loción facial, ahora que están floreciendo todas las plantas.

El señor Patterson recibió la idea con entusiasmo.

—Me han ofrecido el estímulo necesario para instalar más colmenas —dijo.

Emily y él habían retomado sus reuniones semanales y nadie mostraba interés alguno por chismorrear sobre ellos. Emily disfrutaba de las veladas que compartían, hablando de libros y de remedios de hierbas. Una noche, cuando ya se estaba preparando para marcharse, vio que el maestro estaba algo inquieto y se preguntó por el motivo. Al final Patterson carraspeó y se confesó:

—Estimada Emily, sé que darás a luz en breve y conozco tu situación real. La señora Bingley me lo contó todo hace un tiempo con la intención de arruinar nuestra amistad, sin duda. Pero sé que no eres viuda. —Hizo una pausa. «Va a decirme que no quiere relacionarse conmigo en público », pensó Emily. Patterson carraspeó de nuevo—. He sido un solterón toda mi vida y soy bastante mayor que tú, pero me preguntaba si podrías valorar la opción de casarte conmigo para que tu hijo tenga un apellido legítimo. Sé lo difícil que puede ser la vida para un niño sin padre y sin apellido. Y no soy un buen partido, lo entiendo. —Esbozó una sonrisa—. Pero no me falta el dinero y, como ves, la casa de la escuela es acogedora. Cuidaría bien de vosotros. Creo que te gusta nuestro pueblo y la gente te aprecia y respeta, por eso me parece que serías feliz con esta vida.

Se hizo un silencio que Emily no rompió hasta al cabo de unos segundos.

—No sé qué decir, señor Patterson.

—Llámame Reginald, por favor.

—Reginald, siempre te he considerado un hombre amable, pero esto va más allá de la amabilidad. Renunciar a tu soledad y a tu estilo de vida por alguien a quien apenas conoces es un inmenso sacrificio.

—Yo no lo veo así, Emily. Disfruto enormemente con nuestros encuentros, cuento los días que faltan para el siguiente, y tienes una mente muy lúcida. Creo que seríamos compatibles, que podríamos hacernos compañía. ¿No te parece?

—Sí, creo que sí —concedió Emily—. Yo también disfruto de nuestros encuentros, pero esta propuesta es tan inesperada… que no sé qué decir.

—Pues no digas nada de momento. No te pido una respuesta inmediata. Piénsatelo. Medítalo con calma. Piensa en tu futuro y en cómo podría ser sin un hombre que te proteja y sin un trabajo fijo.

—Tienes razón, Reginald. Pero casarse es un gran paso.

—No me encuentras repulsivo, ¿verdad? —preguntó él.

—En absoluto. Me pareces un hombre muy agradable y me haría muy feliz tenerte como amigo durante muchos años. Pero ¿no crees que el matrimonio debería incluir el amor?

—Yo creo que muchos matrimonios son una cuestión de conveniencia, más que de amor. No serías la primera mujer que se casa para asegurarse una estabilidad económica. Pero, insisto, tómate tu tiempo y piénsalo bien.

Emily no dejó de darle vueltas al asunto en el camino de vuelta a la casita. Por un lado, ese matrimonio sería la solución para muchas de sus preocupaciones. Habría alguien que cuidaría de ella y de su hijo. «Pero solo tengo veintiún años —pensó—, y toda la vida por delante. ¿Quiero quedarme en este lugar dejado de la mano de Dios para siempre?». Y entonces la embargó otro pensamiento: «Reginald es un hombre agradable y estoy segura de que me tratará bien, pero lo veo más como a un tío o un amigo mayor de la familia. ¿Podría aprender a quererlo?». Una cosa era disfrutar de sus conversaciones junto al fuego, pero ¿qué ocurriría si quería consumar el matrimonio? Intentó imaginarlo besándola, abrazándola…

Fue pensar en ello y enseguida le vino a la cabeza una imagen de Robbie. Su rostro alegre y moreno, su pelo rubio alborotado… El brillo de sus ojos al mirarla. Y lo que ella sintió después de hacer el amor con él. ¿Cómo iba a ocupar alguien su lugar? ¿Cómo podría volver a amar?

No le mencionó la propuesta de matrimonio del señor Patterson a nadie, ni siquiera a lady Charlton. Ya casi habían acabado de catalogar los libros y los objetos y Emily creía que había llegado el momento de empezar a trabajar en el huerto de primavera, pero la anciana se opuso rotundamente.

—¿Una mujer en tu estado? Es inaudito.

—Estoy segura de que en sitios como África y China las mujeres tienen que trabajar hasta que dan a luz —señaló Emily.

—Pero esto no es África ni China, y tú no eres una campesina —adujo lady Charlton—. Los hombres han vuelto a trabajar en la granja, ¿verdad? Pues le pediremos al capataz que nos envíe a uno para que are los surcos y luego ya decidirás qué quieres plantar…

Lady Charlton acabó la frase con un hilo de voz y Emily la miró preocupada.

—¿Se encuentra bien? —Acercó una silla—. Venga, siéntese. Está muy pálida.

—Lo único que me ocurre es que soy vieja —replicó, pero se sentó agradecida—. De hecho, últimamente me noto algo cansada. Creo que el corazón ya no me funciona tan bien como antes.

Cuando Emily regresó a la casita, consultó las recetas para los problemas de corazón. Se recomendaban las flores de espino como cordial, así como la milenrama y la betónica. Otras anotaciones recogían el uso de hierba doncella y otra llamada pensamiento silvestre, que resultó ser la *Viola tricolor*, una planta que justamente empezaba a crecer en su jardín. Salió y cogió un buen puñado de flores de espino que habían crecido junto a los setos y al día siguiente llevó una botella de tónico.

—Le he preparado un remedio para el corazón —le dijo Emily.

La anciana tomó un sorbo.

—Sabe a rayos. ¿Acaso le has puesto cicuta?

—¡Claro que no! Si quiere puede añadirle miel o azúcar. Pero le irá muy bien.

—Creo que has heredado los poderes de la bruja —afirmó al cabo de unos días lady Charlton—. Me siento con energías renovadas. Tienes que decirme lo que lleva tu tónico.

Emily anotó los ingredientes y lady Charlton asintió.

—Es una mezcla interesante. Bien hecho.

A partir de entonces Emily empezó a experimentar con cremas y lociones. La cera de abejas era demasiado pegajosa para usarla como crema facial, por lo que pidió glicerina y también preguntó en las granjas de la zona si podían ofrecerle lanolina. Aún era demasiado pronto para conseguir lavanda, pero eligió otras especies y aprovechó las últimas flores de lavanda que había secado el año anterior.

—Probad esto —le dijo a Nell y a Alice en el pub. Ambas le dijeron que olía bien y que les dejaba las manos muy suaves—. Pues empecemos, ¿os parece? Hagamos un lote de prueba.

La casita era demasiado pequeña para trabajar con comodidad, por lo que ocuparon una habitación trasera del Red Lion. Las mujeres del pueblo se entregaron a la tarea con entusiasmo. Encargaron varias latas pequeñas. Probaron diversas mezclas y Emily también encontró la receta de una loción calmante, ideal para moretones, esguinces y sarpullidos. Agua de rosas, decocción de borraja, avellano de bruja y pamplina. Los rosales aún no habían florecido, pero compró aceite de rosa en la botica y añadió unas gotas al líquido. Fue un gran éxito. Las mujeres decían que provocaba una sensación muy agradable cuando se lo aplicaban en la cara y que también surtía efecto con las magulladuras. De modo que tuvieron que encargar varios frascos y el hijo mayor de la señora Soper, que tenía un gran talento artístico, se encargó de diseñar las etiquetas. Su aventura comercial no había hecho más que empezar. Los farmacéuticos de la zona pidieron unos cuantos frascos y botes, pero no tardaron en pedir más.

—Creo que a pesar de todo saldremos adelante —dijo Nell Lacey.

—Creo que sí —convino la señora Soper, mirando a Maud.

—Ahora hay que empezar a hacer planes más ambiciosos —propuso Alice entre risas—. Tenemos que hacernos con el mostrador principal de los almacenes Selfridges.

—¡Mírala, Alice y sus planes de expansión! —Nell le dio un suave codazo en las costillas—. ¿Qué será lo siguiente? ¿Vender en París?

—¿Por qué no? —replicó desternillándose de la risa.

Con el tiempo, fueron regresando los excursionistas al pueblo y Alice y Nell empezaron a ofrecerles té en el pub. La señora Upton también comenzó a vender botellas de refrescos y sándwiches en la tienda. Emily, por su parte, estaba tan ocupada con el negocio, que el bebé pasó a un segundo plano, hasta que un día se llevó una sorpresa. Estaba plantando judías, habas y guisantes y sintió un fuerte dolor en el estómago.

«Me ha dado un tirón», pensó al principio al erguirse. Pero sintió de nuevo la punzada, con tal intensidad que se quedó sin aliento. Entonces se dio cuenta de lo que ocurría: se había puesto de parto. Guardó las herramientas en la caseta metódicamente y subió a la casa grande.

—¿Eres tú, Emily? —preguntó lady Charlton—. ¿Dónde te habías metido? —Salió de la sala de estar y vio el mandil manchado de barro—. Has estado trabajando en el huerto, ¿verdad? Mira que no hacerme caso después de lo que te dije… —Vio que algo no iba bien—. ¿Qué ocurre?

—Creo que voy a tener el bebé —afirmó Emily con voz entrecortada, agarrada a la barandilla para no perder el equilibrio.

Lady Charlton tiró con fuerza del cordel de la campana. Enseguida apareció Daisy, que acompañó a Emily a una cama y Simpson partió en busca del médico. Ethel empezó a hervir agua y a buscar toallas. Emily dejó que la desvistieran y la acostaran, y aguardó asustada. Sabía muy poco de lo que estaba a punto de ocurrir, pero había oído hablar del parto a otras mujeres cuando aún vivía con sus padres. Por lo visto era un auténtico calvario. El dolor más atroz que podía sufrir alguien. Algunas mujeres no sobrevivían. Reprimió un grito al sentir una descarga de dolor. ¿Cuándo iba a llegar el médico? ¿Podría hacer algo para mitigar aquel tormento? No sabía cuánto tiempo llevaba soportando los ciclos de dolor, cuando alguien le puso una compresa fría en la frente.

—No pasa nada, querida. Ya estoy aquí —dijo una voz. Emily abrió los ojos y vio a Alice sentada a su lado—. Ha venido a buscarme Daisy —añadió—. No puedes pasar por esto tú sola.

Otra oleada de dolor y Emily apretó los dientes.

—Agárrame la mano y grita todo lo que quieras —le ofreció su amiga.

—Oh, Alice —dijo Emily con la voz entrecortada cuando el dolor empezó a remitir—. ¿Voy a morir?

—No digas tonterías. Eres una mujer fuerte como un roble. Ya verás como todo acaba enseguida.

Emily la agarró de la mano. Tenía la frente empapada en sudor y las contracciones se iban sucediendo. De repente, la invadió una sensación distinta.

—Alice. Creo que ya sale —afirmó Emily.

Alice apartó la sábana y le levantó el camisón.

—Joder —murmuró—, tienes razón. Ya veo algo.

En cuanto acabó de pronunciar esas palabras, el pequeño bebé, cubierto de una sustancia viscosa roja, salió del todo. Alice cogió una toalla y levantó a la criatura, que no paraba de agitar los brazos. Entonces, el recién nacido profirió un grito estridente. Alice y Emily se miraron sorprendidas.

—¡Es una niña! —exclamó Alice—. Has tenido una niña.

Llamaron a la puerta y entró el doctor.

—Bueno —dijo—, veo que te las has apañado muy bien sin mi ayuda. Enhorabuena.

Esa noche, Emily se sentó en la cama con su hija en brazos. La pequeña tenía el pelo rubio y miró a Emily como si estuviera intentando comprender lo que ocurría a su alrededor. Emily pensó que era el ser más perfecto que había visto jamás.

—¿Cómo la llamarás? —preguntó lady Charlton.

—Si hubiera sido un niño lo habría llamado Robert —contestó Emily.

—Entonces, ponle Roberta.

—Roberta —repitió la madre—. Es un poco austero para una niña pequeña, ¿no?

—Ya se te ocurrirá un diminutivo adecuado.

De modo que al final fue Roberta.

Las mujeres del pueblo fueron a visitarla, así como el señor Patterson.

—Me temo que ya es demasiado tarde para darle un apellido legítimo —dijo cuando los dejaron a solas—, pero mi oferta sigue en pie. Estoy dispuesto a adoptarla legalmente si lo deseas.

Emily le tomó la mano.

—Te lo agradezco mucho, Reginald. Eres un hombre maravilloso, pero creo que es demasiado pronto para mí. Yo amaba a mi prometido y ahora ya no podré estar con él. Creo que necesitaré más tiempo para permitir que alguien más ocupe su lugar.

—Lo entiendo. —El profesor asintió con un gesto de la cabeza—. Yo también amé con locura a una mujer. La conocí cuando tuve tuberculosis. Ella estaba ingresada en el mismo hospital, pero murió. Fue tremendamente doloroso. Nos unen más cosas de las que crees.

Se inclinó y le dio un suave beso en la frente antes de salir del dormitorio.

Capítulo 38

Roberta, a la que todos conocían como Bobbie, tenía ya tres semanas, y Emily había recuperado toda la fuerza y la energía. Los primeros lotes de lociones y cremas se habían agotado y las mujeres estaban esperando a que Emily hiciera más. Las primeras rosas y muchas de las hierbas estaban listas, esperando a que las cogieran y secaran. Emily se negó a quedarse más tiempo en cama y se fue con su hija a la casita. Durante varios días estuvo tan ocupada que apenas pudo ver a lady Charlton.

Una noche se asustó cuando llegó a cenar con Bobbie en brazos y le dijeron que la señora no se había levantado de la cama en todo el día. Dejó a la pequeña en su habitación y fue a ver a lady Charlton.

—No te preocupes —le dijo la anciana, haciéndole un gesto con la mano para que se fuera—. Estoy un poco débil, nada más. Es como si se me hubiera acabado la energía.

—Iré a ver a la señora Trelawney y le pediré que le prepare un buen caldo reconstituyente —le propuso Emily—. Y un poco de gelatina de ternera, quizá.

La anciana asintió y esbozó una débil sonrisa. El corazón de Emily latía con fuerza. Lady Charlton no podía morir. No ahora. No después de todo lo que había pasado. Cenó a toda prisa, dejó a Bobbie en su habitación con Daisy y regresó a la casita. Debía preparar más cordial, esta vez quizá un poco más fuerte. Examinó la lista de ingredientes: flores de majuelo, a ser posible fresco. Milenrama, betónica, hierba doncella y pensamiento. Todas recomendadas para fortalecer el corazón, que era lo que creía que le ocurría a lady Charlton. En una anotación vio que la dedalera era un potente estimulante para el corazón débil. Al día siguiente, cogió las flores. Por suerte el majuelo abundaba junto a los setos, así como el pensamiento silvestre. También había violetas en el jardín. Dispuso los ingredientes sobre la mesa y los miró. Al llegar a la dedalera la asaltaron las dudas. Flora Ann Wise había incluido una advertencia: «Usar con gran cautela, porque una dosis incorrecta puede provocar la muerte», de modo que decidió descartarla para no correr riesgos. Luego puso el resto de los ingredientes en un cazo y los hirvió hasta obtener una decocción. En cuanto acabó, subió a la casa grande.

—Le he preparado otro tónico. Esta vez es un poco más fuerte, pero es bueno para el corazón.

Se lo sirvió en un vaso. Lady Charlton tomó un sorbo e hizo una mueca.

—Este sabe peor que el último —se quejó—. ¿Intentas envenenarme?

—Ya verá como le sienta bien. Déjeme añadirle un poco de miel.

Bajó a la cocina y le pidió un poco de agua con miel a la señora Trelawney.

—Le he preparado un tónico, pero es demasiado amargo.

Subió al dormitorio, mezcló el tónico con el agua dulce y se lo dio a lady Charlton, que tomó un par de sorbos y se tumbó de nuevo sobre las almohadas.

—¿Puedo hacer algo más por usted? —preguntó Emily—. ¿Quiere que le lea un poco?

La anciana cerró los ojos y negó con la cabeza. Entonces, cuando Emily estaba a punto de salir de puntillas, la enferma se incorporó bruscamente, se llevó la mano al corazón y se desmayó. Emily bajó corriendo, reunió al servicio y le pidió a Simpson que fuera a buscar al médico, que por suerte estaba visitando a un paciente no muy lejos de allí. El doctor examinó a lady Charlton y pidió una ambulancia.

—Es el corazón —les comunicó—. Hace ya un tiempo que tiene problemas.

Los sanitarios la bajaron en camilla y la trasladaron al Royal Devon and Exeter Hospital. Emily quería acompañarlos, pero no podía dejar a su hija, por lo que no le quedó más remedio que quedarse observando la ambulancia mientras el vehículo se alejaba con lady Charlton, preguntándose si volvería a verla alguna vez.

Al día siguiente le pidió a Daisy que la acompañara para echarle una mano con su hija y Simpson las llevó al hospital de Exeter. «El despacho de papá está en esta ciudad», pensó. Pidió que le dejaran ver a lady Charlton, pero no la dejaron pasar, ya que no era pariente suya.

—Además —le dijeron—, no está del todo consciente. Podría ser cuestión de horas. Debería avisar a los familiares.

Se reunió con Daisy y el bebé fuera del hospital y no les quedó más remedio que regresar a Bucksley Cross. El automóvil atravesó el centro de la ciudad y tuvo que detenerse al pasar junto a la gran catedral, que se alzaba rodeada de jardines en la calle principal. Emily miró por la ventanilla, sobrecogida por la majestuosidad del templo. ¿Existía un dios que permitía que los humanos crearan edificios como ese? Y ese dios, ¿sabía lo que hacía la gente, lo que pensaba y sentía? Tuvo que hacer un gran esfuerzo para reprimir la gran desesperación que amenazaba con devorarla. Entonces, cuando Simpson se puso de nuevo en marcha, vio algo que le llamó la atención.

—¡Deténgase! —exclamó.

Alguien había colgado un cartel en la verja que rodeaba el terreno de la catedral. En diagonal podía leerse: HOY POETAS DE LA GUERRA.

Y debajo rezaba: «El grupo de jóvenes conocido como Poetas de la Guerra hará una lectura de su obra el martes a las 14:00».

—Tenemos que quedarnos —dijo—. Tal vez sepan dónde podemos localizar a Justin Charlton.

Encontraron un sitio donde aparcar el automóvil. Simpson decidió ir a tomar algo a un pub cercano, mientras Emily y Daisy iban a almorzar. Encontraron un café donde tomaron alubias con una tostada y luego buscaron un rincón discreto en el jardín detrás de la iglesia donde Emily pudiera dar el pecho a Roberta. Cuando acabó, entraron en la catedral. Emily la había visitado siendo niña, pero entonces no había reparado en su belleza y magnificencia. El techo de bóveda palmeada alcanzaba hasta la gran vidriera de colores, que proyectaba un mar de luz sobre el suelo de piedra. No había muchos fieles, o esa era la sensación debido a las grandes dimensiones del lugar. Emily se sentó en uno de los últimos bancos mientras un cura hablaba de la necesidad de dejar constancia del sufrimiento que había provocado la guerra y, a continuación, presentaba a los jóvenes que habían plasmado sus historias en conmovedores poemas. Los poetas subieron a los escalones del altar y Emily reprimió un grito al ver a Justin entre ellos. Esperó con impaciencia mientras, uno por uno, iban leyendo sus poemas, brillantes y emotivos, si bien le costó mantener la concentración en la lectura y las preguntas posteriores. No pudo abordar a Justin hasta que pasaron a tomar un té y galletas en una pequeña sala contigua.

Él la observó sorprendido al ver que se dirigía hacia él.

—Vizconde Charlton, me alegro mucho de verlo. Llevaba tiempo intentando localizarlo —dijo.

El joven se estremeció.

—Oh, Dios. Nada de vizconde, por favor. Los títulos no significan nada. Aquí me tratan simplemente de «señor» o Justin. ¿Has venido a escuchar nuestros poemas?

—Sí, pero es un milagro que estuviera aquí hoy. Lady Charlton está ingresada en el Royal Devon and Exeter Hospital. Le queda poco de vida. Me han pedido que me ponga en contacto con sus familiares. Creo que deberías ir a verla.

La observó con recelo.

—¿Dices que se está muriendo? ¿Quieres que haga las paces con ella? ¿Después de lo que me dijo?

—Luego se arrepintió profundamente de todo. Hemos intentado localizarte a través del regimiento, pero en sus archivos constabas como desaparecido en combate. Tendría que haberte buscado en Londres, pero acababa de dar a luz y no podía viajar. ¿Sería mucho pedir que fueras a verla? Te lo suplico. Yo he intentado visitarla, pero no me dejan entrar porque no soy familiar.

Vio el gesto de indecisión reflejado en su rostro.

—Supongo que podría hacerlo —dijo—. Debería hacerlo. Después de ver morir a tantos compañeros, no quiero que ella esté sola en este trance.

—Gracias. —Le estrechó un brazo de forma instintiva—. No te imaginas lo mucho que significa esto para mí.

Justin la miró fijamente.

—Te preocupas mucho por la anciana, ¿verdad? —le preguntó.

—Sí, así es. Mi familia me repudió y ella me acogió sin pensárselo. Ha sido sumamente bondadosa y es una mujer muy importante en mi vida.

Él seguía observándola detenidamente.

—¿Tu familia te repudió?

—Sí. —Tuvo la tentación de contarle la verdad, pero prefirió no hacerlo en público. Además, tampoco quería que pensara mal de ella—. No les gustaba el joven con el que iba a casarme.

—Pues ya somos dos, ¿no crees? Ambos somos unos parias. Venga, será mejor que vayamos a ver a mi abuela.

—Hay un automóvil esperando fuera —dijo Emily.

—Fantástico. Avisaré a mis compañeros.

—Yo voy a buscar a la niñera que está cuidando de mi bebé.

Al cabo de unos minutos, el vehículo se detuvo frente al gran edificio de ladrillo rojo del hospital.

—Pues ya estamos —dijo Justin.

Emily negó con la cabeza.

—A mí no me dejarán entrar. Solo familiares, me han dicho.

—Déjate de tonterías, venga. Ahora eres la prima Emily. Nadie se atreverá a comprobarlo. —La agarró de la mano—. Quieres verla, ¿no es así? Para despedirte de ella.

—Me gustaría mucho.

—Pues entremos —le dijo Justin, que la sacó a rastras del automóvil.

La anciana estaba postrada en una cama blanca y estrecha. Estaba pálida como la cera, pero abrió los ojos al oír a la enfermera.

—Tiene visita, milady.

—¿Justin? —preguntó.

—Hola, abuela —dijo el joven con un hilo de voz—. ¿Cómo se encuentra?

—Viva, de momento —afirmó y abrió más los ojos—. Y Emily. Qué alegría verte. Has podido encontrar a Justin. Realmente tienes el don de obrar milagros.

—Ha sido casualidad —afirmó la joven—. Estaba con un grupo de poetas de la guerra leyendo su obra en la catedral.

—Poetas de la guerra… ¿Qué demonios es eso? —preguntó con un deje crítico.

—Tenemos que hablar de nuestras experiencias —dijo Justin—, y la única forma que tenemos de conseguir que la gente entienda lo que hemos vivido es a través de la poesía.

—¿Tienes un libro con esos poemas?

—Aún no nos han publicado. Estamos de gira por el país, haciendo lecturas.

Lady Charlton resopló.

—No sé qué diría tu padre. —Entonces suavizó el gesto—. Pero cada uno es como es. No puedo obligarte a ser algo que no eres.

—Gracias —dijo Justin, que le acarició la mano huesuda.

Al cabo de un rato se quedó dormida y aprovecharon para dejarla descansar. Ambos recorrieron el pasillo en silencio, pero al llegar a las escaleras, Justin le propuso:

—¿Por qué no vamos a tomar un té? Supongo que será muy malo, pero al menos podremos tomar algo caliente. Tengo la garganta reseca después de la lectura.

—Sí, buena idea.

Siguieron los carteles de la cafetería. Justin pidió dos tés y pastel para ambos, y se sentó junto a ella.

—Creo que saldrá adelante —dijo Emily tímidamente.

—Es probable, aunque solo sea para asegurarse de que no reclamo la herencia antes de tiempo —afirmó Justin.

Emily le dio un manotazo.

—Eso es muy feo, Justin. Debes darle una oportunidad. Tienes muy malos recuerdos, pero te conviene dejarlos de lado. Piensa en el futuro. Deberías alegrarte de estar vivo cuando hay tanta gente que ha muerto.

Justin esbozó una sonrisa.

—¿Cómo puedes ser tan sensata? ¿Cuántos años tienes?

—Casi veintidós.

—Yo veinticuatro. Y ambos hemos perdido los que deberían haber sido los mejores años de nuestras vidas.

—Eso nunca se sabe. Tal vez aún los tengamos por delante —adujo ella. Sin embargo, mientras pronunciaba esas palabras se preguntó cómo podía esperar algo del futuro.

—¿Te han gustado mis poemas? —preguntó Justin en un claro intento de romper el tono sombrío de su conversación.

—Sí, son muy buenos. Me han parecido conmovedores. Casi todo el público estaba al borde de las lágrimas.

—Me alegro, es lo que pretendíamos, que la gente tome conciencia de la inutilidad, el horror y el desperdicio que supone una guerra.

Tras una nueva pausa Justin le preguntó:

—Dices que tu familia te repudió porque no les gustaba el hombre con el que querías casarte.

Emily asintió.

—Y me dijiste que había muerto. Insistes en que debo hacer las paces conmigo mismo y dejar atrás el pasado. ¿No puedes hacer lo mismo?

—No te he contado toda la historia —expuso ella, jugueteando con la cucharilla del plato—. Murió antes de que pudiéramos casarnos y acabo de tener una hija. Mis padres me dejaron muy claro lo que pensaban de las chicas que deshonraban a su familia como he hecho yo.

—Ya veo. —Asintió con la cabeza—. Has pasado un auténtico calvario.

—No te imaginas cuánto me ha ayudado tu abuela. Me acogió, incluso cuando le conté toda la verdad. Y todo el pueblo me ha recibido con los brazos abiertos… salvo la mujer del párroco.

—Es una arpía —dijo Justin y ambos se rieron.

—¿Te quedarás mucho tiempo aquí? —preguntó Emily—. Has dicho que estabas de gira con tus amigos poetas.

—Sí, mañana nos vamos a Plymouth y nos alojaremos en casa de la familia de uno de mis compañeros. Nos quedaremos un par de días y luego nos iremos a Bristol y después a Gales.

—Ya veo. Imagino que no será posible que permanezcas relativamente cerca de tu abuela… Lo digo en caso de que fallezca.

Justin reflexionó sobre lo que le pedía.

—Supongo que podría quedarme un tiempo. Sí, me gustaría quedarme con ella. Puedo decirles que no asistiré a la lectura de Plymouth y que me reincorporaré a la gira en cuanto lo permitan las circunstancias.

—¿Nos avisarás? —preguntó Emily—. ¿Nos enviarás un telegrama a la casa si...? —Rompió a llorar dejando la frase a medias.

—Por supuesto. —Se levantó—. Es mejor que vaya a avisar a mis compañeros y que busque una pensión cerca de aquí.

Recorrieron juntos los pasillos del hospital y se detuvieron en los escalones de la entrada.

—Ha sido un placer hablar contigo —dijo Justin—. Por cierto, lo siento mucho, pero me temo que no sé tu nombre de pila.

—Emily —respondió ella—. Emily Bryce. En realidad, no soy la señora Kerr. Eso fue idea de tu abuela.

—En mi escuela de Taunton coincidí con un tal Freddie Bryce —dijo.

—Mi hermano.

—¿De verdad? Era un buen chico. Un par de años mayor que yo. Fue mi padrino en la escuela.

—Murió al principio de la guerra. Solo duró un par de semanas en las trincheras.

—Lo siento mucho.

—Yo también. Pero por fin empiezo a asumirlo.

Justin la observó fijamente durante unos instantes. Emily oyó un llanto procedente del automóvil aparcado frente a la otra acera.

—Creo que mi bebé se ha despertado y me reclama. Tengo que irme y tú también tienes cosas que hacer.

—¿Has tenido un niño o una niña?

—Una niña.

—Has tenido suerte. Así no podrán llamarla a filas.

—Oh, Justin. Esta es la guerra que acabará con todas las guerras. Confío en que nunca más volverán a reclutar a nadie.

—Espero que tengas razón. —Siguió mirándola fijamente y Emily vio que tenía los ojos grises y una sonrisa muy dulce—. Creo que volveré con mi abuela para hacerle compañía un rato más. Me quedaré sentado a su lado.

Ella asintió y él le tendió la mano.

—Adiós, Emily.

Justin le estrechó la mano más tiempo de lo que habría sido natural. Ella sintió una descarga tan intensa, que se ruborizó.

—Adiós, Justin —se despidió, con la respiración entrecortada.

Emily bajó las escaleras y se dirigió hacia el coche con la sensación de que él seguía observándola.

Capítulo 39

Cuando Simpson la dejó frente a la casita, ella se sorprendió al ver un coche negro y grande aparcado junto al camino. Al llegar a la puerta de casa, oyó unos pasos tras ella. Se dio la vuelta y vio que dos hombres que se acercaban.

—¿En qué puedo ayudarlos? —preguntó.

—¿Es usted la mujer que vive aquí? —inquirió el mayor de los dos, un tipo corpulento, de mediana edad, con una buena papada que le confería un aspecto de bulldog.

—Así es.

—¿La que se hace llamar señora Kerr?

Emily frunció el ceño.

—Sí. ¿Por qué lo preguntan?

—Pertenecemos a la policía del condado de Devon —respondió el mayor—. Inspector Payne y sargento Lipscombe.

—¿Traen malas noticias? —preguntó, sujetando a Bobbie con fuerza contra su pecho.

—¿Podemos entrar? Sería preferible no hablar del tema aquí, a la vista de todo el mundo.

—De acuerdo.

Emily abrió la puerta y los dejó entrar. El inspector Payne miró a su alrededor.

—Tiene una casa muy bonita, muy bien decorada.

—Gracias. Y ahora, ¿les importaría decirme qué les trae por aquí? ¿Se ha producido un robo?

—Tal vez.

El policía esbozó una sonrisa burlona que puso nerviosa a Emily. El hombre se sentó sin que lo hubiera invitado mientras ella permanecía de pie con el bebé en brazos.

—Voy a dejarla en su cuna —dijo y se fue al dormitorio.

Al volver, los dos policías estaban examinando los objetos que había en la repisa de la chimenea.

—Tiene una colección muy interesante —afirmó el inspector Payne—. La brújula es impresionante.

—Sí, me la regaló lady Charlton —respondió—. Todos los objetos que ven los compró ella en sus viajes.

—Seguro que sí —concedió el hombre.

Emily se había hartado de la situación. Después del viaje a Exeter estaba cansada y preocupada por lady Charlton.

—No sé qué pretende insinuar, pero me gustaría saber por qué está aquí y qué desea.

El hombre corpulento se sentó de nuevo, mientras el sargento permanecía de pie.

—Empecemos con su nombre completo. Deduzco que no es señora Kerr.

—Me llamo Emily Bryce.

—¿Señorita Emily Bryce?

—Así es.

—De modo que no es una viuda de guerra.

—Eso es algo que no le incumbe a nadie —les espetó Emily—. No he intentado beneficiarme de manera fraudulenta. No he solicitado la pensión de viudedad. Mi prometido falleció en Francia antes de que pudiéramos casarnos y he tenido una hija suya. Fue lady Charlton quien sugirió que utilizara su apellido y no veo qué daño he podido causar con ello. Una vez dicho esto, ¿les importaría explicarme por qué están aquí?

—Hemos recibido una denuncia muy grave relacionada con lady Charlton y usted.

—¿Qué tipo de denuncia? —Acercó una silla y se sentó junto a él.

—Ayer lady Charlton se desmayó y tuvieron que trasladarla de urgencia al hospital, ¿no es así?

—Correcto.

—Si no me han informado mal, esto ocurrió después de que la obligara a beber una preparación que usted misma había hecho.

—Era un cordial a base de hierbas. Y no la obligué a tomarlo.

—Según testigos, ella no lo quería beber y usted le dijo que le sentaría bien.

—Porque era muy amargo. Bajé a la cocina y le llevé agua con miel para que lo mezclara y le resultara más fácil de ingerir.

—Entonces lo bebió, se llevó la mano al corazón y perdió el conocimiento de inmediato.

—Así es.

El policía esbozó una sonrisa ufana.

—Una curiosa coincidencia, ¿no le parece?

Emily lo miró con incredulidad.

—¿Está insinuando que intenté hacer daño a lady Charlton?

—Es lo que me parece.

—No tiene ningún sentido, inspector. No sé quién le ha contado esa patraña, pero le aseguro que le preparé un tónico inofensivo con una serie de hierbas reconstituyentes para el corazón. Un remedio que aparece en varios libros antiguos y que solo contiene hojas de majuelo, hierba doncella, pensamiento silvestre… hierbas de mi jardín.

—¿Y dedalera? ¿Se le ha olvidado mencionar la dedalera?

—Mi receta no llevaba dedalera.

—Sin embargo, la vieron cogiendo dedaleras esa misma mañana. Y muguetes... dos especies venenosas.

—Sí. En esta época florecen muchas plantas y cogí varias para secarlas y poder usarlas más adelante. El muguete puede ser muy eficaz en algunos remedios cuando se usa con precaución, pero no lo incluí en esta mezcla en concreto. Si lo desea, puedo prepararla de nuevo para que lo comprueben.

—Pero esta vez sin incluir las plantas que habrían sobreestimulado el cansado corazón de una anciana, claro.

—Acabo de decirle la composición de mi preparado. Y si no me creen, es probable que aún quede un poco en el vaso de la mesita de noche, si la doncella no lo ha recogido.

El policía sonrió.

—Usted misma lo tiró, ¿no lo recuerda? En cuanto la anciana se desmayó, pidió ayuda y esperó a que se desatara el inevitable caos para echar el resto del tónico por el lavamanos de la habitación. La vieron hacerlo.

—¡Eso es totalmente falso! —gritó Emily, que en ese instante oyó llorar a Bobbie en la habitación contigua—. Mire, inspector, no sé de dónde han salido todas estas patrañas, pero me lo imagino. Hay un miembro del servicio de lady Charlton que nunca ha estado de acuerdo con mi presencia. Sospecho que es ella quien ha inventado estas mentiras. —Hizo una pausa y respiró hondo para intentar serenarse—. Además, ¿qué motivo iba a tener yo para querer matar a lady Charlton? Me acogió en su casa y sentimos un cariño mutuo.

—No obstante, debe admitir que se trata de una desafortunada coincidencia, ¿no le parece? —insistió mirando al sargento para que lo apoyara—. Se presenta usted sin previo aviso y se ofrece como jardinera, según nos han dicho. Se congracia con la anciana, decide ayudarla en la casa y, de repente, empiezan a desaparecer cosas. Objetos valiosos que reaparecen en su casita como por arte de magia. Imagino que la anciana ni siquiera reparó en ello, dada su pobre vista y mala memoria.

—Ni tiene mala vista ni mala memoria —le espetó Emily—. Todos los objetos que ha visto aquí son regalo de lady Charlton.

—Pues le hace regalos muy valiosos a una simple jardinera —replicó el policía, que volvía a lucir una sonrisa muy ufana—. ¿Es habitual en ella?

—La ayudé a catalogar los libros y los objetos de su colección de forma desinteresada —respondió Emily, intentando mantener la calma—. Estos modestos regalos fueron su forma de agradecerme los servicios prestados.

—Yo diría que son obsequios bastante caros, a menos que mis ojos me engañen. Lo que ocurrió, a mi parecer, es lo siguiente: usted se queda embarazada. Llega a sus oídos que hay una viuda muy mayor y sola… una viuda mayor y rica. Se presenta aquí afirmando que es jardinera. Empieza a ayudarla en la casa y, sin decirle nada a nadie, se va procurando todo aquello que le gusta. Tal vez ella descubrió sus tejemanejes e intentó prescindir de sus servicios y usted decidió deshacerse de ella.

—No doy crédito a lo que está diciendo, inspector. —Emily intentó emplear un tono firme e indignado, procurando contener el pánico que crecía en su interior—. Nada más lejos de la realidad.

—O tal vez tuviera un motivo de más peso —dijo, frotándose las manos como si la conversación le provocara un gran placer—. La anciana había cambiado el testamento, ¿no es así? Y la había incluido en él.

Emily palideció.

—¿Que cambió su testamento? Yo no lo sabía. Y aunque, en efecto, lady Charlton lo hubiera hecho, no podía decidir a quién iba a legar la casa y la finca, puesto que hay un heredero legítimo, su nieto Justin.

—Pero sí que podía legar sus bienes personales, ¿no es así? Según me han informado, iba a cederle el contenido de la biblioteca…, todos los libros y objetos que su marido y ella habían reunido durante sus viajes. Un buen botín.

—Yo no tenía conocimiento de nada de esto —balbuceó Emily—. ¿Quién se lo ha dicho?

—Una de las personas que la ha denunciado fue testigo de los cambios del testamento. Me temo que se ha metido en un buen aprieto, señorita Emily Bryce. Si lady Charlton fallece, algo muy probable en estos momentos, podríamos acusarla de homicidio.

—Esto es absurdo —replicó Emily fingiendo entereza, a pesar del nudo que tenía en el estómago. De pronto entendió que todo lo que había dicho el policía encajaba… y que podría convencer a un jurado.

—De momento esperaremos a ver qué ocurre. —El inspector se puso en pie—. Intento de homicidio sería una acusación menos grave, pero a buen seguro más fácil de demostrar, ya que no es un delito penado con la horca. Sea como fuere, me temo que tendrá que acompañarnos a la comisaría de policía.

—No, imposible —replicó Emily—. Tengo una hija de solo tres semanas y no pienso separarme de ella. —Lo miró con un gesto desafiante, levantando el mentón—. No puede separar a un bebé de su madre, inspector. Ni siquiera usted sería tan cruel. Además, aún no me han acusado oficialmente de nada.

En ese momento se oyó un gemido. El inspector miró hacia el dormitorio y luego a Emily.

—En tal caso seré clemente y le permitiré quedarse aquí hasta que envíen a los peces gordos de Scotland Yard. Pero no puede salir. Dejaré a un hombre en la puerta de su casa.

—Es poco probable que pueda ir a algún lado con una hija recién nacida, ¿no cree? —le espetó—. Además, confío en que los peces gordos de Scotland Yard, tal como usted los define, vean que sus acusaciones carecen de fundamento.

Pensó en mencionar a su padre, pero llegó a la conclusión de que tal vez no serviría de gran ayuda. Si la familia la había repudiado, sería un motivo más para dudar de su buena reputación, lo que daría más verosimilitud al relato de que pretendía aprovecharse de lady Charlton.

—Volveremos, señorita Bryce —dijo el inspector, que se detuvo en la puerta, antes de agachar la cabeza para no golpearse con el dintel.

Emily observó el automóvil oscuro que se alejaba, angustiada y asustada. Fue entonces cuando cayó en la cuenta de que estaba cumpliendo con su papel en la maldición. Se había convertido en la mujer de las flores, que siempre acababa mal. ¿Acaso no era lo que decía todo el mundo? Susan Olgilvy era inocente, pero a nadie le había importado. ¿Estaba ella destinada a correr el mismo destino?

Fue a la habitación donde se encontraba Bobbie y se sentó a su lado. La pequeña dormía plácidamente, como un querubín. ¿Quién cuidaría a la niña si a ella la llevaban a la cárcel? Entonces llamaron a la puerta y entró Daisy.

—¿Qué ocurre, Emily? —preguntó—. La señora Trelawney se pasea por la cocina más ufana que un pavo. Se ve que le ha dicho a Ethel que sabía desde el primer día que esa chica traería problemas y que por fin iba a recibir su merecido. Entonces he visto un vehículo oscuro desconocido que se alejaba.

—Oh, Daisy. —Emily le tomó la mano—. Han venido dos policías… —Empezó a contarle lo ocurrido y le narró toda la situación.

—¡Maldita arpía! —exclamó Daisy—. Sabía que no le caías bien. Ha dicho cosas muy feas de ti. Pero llegar al extremo… de inventarse esas historias.

—El problema es que no puedo refutar sus argumentos. Es cierto que preparé un cordial a base de hierbas y que al principio lady Charlton se negó a tomarlo. Luego se incorporó, se llevó la mano al corazón y perdió el conocimiento. Tal vez cometí un error y utilicé un ingrediente demasiado fuerte para su débil corazón. No soy una experta. En realidad, no sé lo que hago… Pero se suponía que todos los ingredientes eran buenos para el corazón, te lo juro. —Se tapó la boca para reprimir un sollozo—. Y esos regalos… Si muere, ¿cómo podré demostrar que me los hizo de buen grado? Siempre me los dio cuando estábamos a solas en la biblioteca, no hay testigos de nada.

—¿Qué ocurrirá ahora? —preguntó Daisy.

—Vendrá un hombre de Scotland Yard. Y luego… imagino que me llevarán a la cárcel y que iré a juicio. Y si el jurado no me cree, me ahorcarán.

—¿No decías que tu padre era juez?

—Sí que lo es, pero…

—Pues escríbele, por el amor de Dios. Cuéntaselo todo. Seguro que te echará una mano.

—Tal vez no. —Emily apartó la mirada.

—No permitirá que ahorquen a su hija, ¿verdad?

—No lo creo —dijo, aunque no muy convencida—. Pero ¿cómo sabrá que soy inocente? Seguro que las hijas de los jueces también cometen delitos.

—¿Alguna vez le has dado motivo para creer que no le cuentas la verdad?

—Hmm, no.

—Pues ahí lo tienes. Siéntate, escríbele una carta y nos aseguraremos de que la reciba.

Emily se levantó y negó con la cabeza.

—No puedo, Daisy. Si me quisiera, habría deseado que fuera feliz, ¿no crees? No habría repudiado a su única hija sin más, por muy grave que fuese lo que hubiera hecho.

—Aun así, creo que deberías intentarlo.

—Me lo pensaré —dijo Emily.

—Supongo que no querrás venir a cenar a la casa grande, ¿verdad?

—En teoría estoy recluida aquí. Además, no pienso acercarme a esa víbora.

—Pues te traeré algo de comer.

—No, gracias, temo que quiera envenenarme. Y lo digo en sentido literal. —Intentó reírse, pero fue incapaz—. Tengo mucho miedo, no podría probar bocado.

Daisy se fue y en ese instante Bobbie se despertó. Emily la cogió en un gesto mecánico y se la puso al pecho.

—¿Qué será de ti? —preguntó con un hilo de voz, observando el rostro perfecto y diminuto de su hija.

Se oyeron pasos fuera y alguien llamó a la puerta. Emily estaba tapándose y dejando a su hija en el moisés cuando la inesperada visita entró en casa.

—Soy Alice —dijo la voz—. Daisy acaba de contármelo todo. Te he traído un poco de sopa del pub. Y una copa de coñac. He pensado que te vendría bien.

Entró en el dormitorio y se quedó mirando a la pequeña con compasión.

—Menudo susto. ¿Cómo es posible que haya dicho semejantes barbaridades? —preguntó Alice.

—No lo sé. Tal vez crea de verdad que envené a lady Charlton y que robé los objetos. Es su palabra contra la mía, ¿no?

—Pero lady Charlton aún no ha muerto, ¿verdad?

Emily negó con la cabeza.

—No, he ido a verla con su nieto y me ha prometido que nos avisaría de cualquier novedad.

—¿Su nieto? ¿Ha vuelto?

—Lo vi de pura casualidad. Estaba leyendo sus poemas con un grupo de amigos en la catedral de Exeter. Le conté lo que le había ocurrido a su abuela y accedió a visitarla. Al menos una cosa habré hecho bien.

—Has hecho muchas cosas bien —replicó Alice—. No vuelvas a decir algo así.

Emily dejó a Bobbie en el moisés y se puso a cambiarle el pañal mientras la observaba con gesto muy serio.

—Estoy preocupada, Alice. ¿He sido una estúpida y una ingenua por preparar mis remedios de hierbas cuando, en realidad, no sé nada? Toda la información que tengo está basada en el conocimiento de otras personas. ¿Y si se equivocaban? ¿Y si envenenaron a alguien por error?

—Salvaste a este pueblo de la gripe —dijo Alice—. No lo olvides.

Emily negó con la cabeza, sin saber qué decir.

—¿Has escrito ya a tu padre? Daisy me ha dicho que no querías hacerlo.

—No creo que vaya a ayudarme. Tuvo su oportunidad y no lo hizo. No se mostró muy contento de verme cuando murió Robbie y luego me dejó muy claro…

—¿Cuando le dijiste que estabas embarazada?

Emily asintió sin dejar de mirar a su hija.

—¿Qué te respondió exactamente?

Emily dudó.

—Bueno, no llegué a contarle que me encontraba en estado. Pensaba hacerlo, pero mi madre lanzó una diatriba contra la hija de unos vecinos que había deshonrado a la familia. Al final decidieron enviarla lejos de casa y mi padre le dio la razón. Por eso me pareció más prudente guardar el secreto.

—Emily Bryce, ¿me estás diciendo que tus padres no saben nada?

—¿Cómo querías que se lo contara? Acababan de decir que ellos también habrían repudiado a esa chica y supuse que habrían obrado igual conmigo. Y la verdad, no quería que me lo dijeran a la cara.

—Oh, Emily, querida… —Alice le puso una mano en el hombro—. A la gente le gusta mucho hablar de los demás. Juzgan a los otros para sentirse superiores, pero cuando se trata de su propia hija…, es distinto, ¿no crees? Escríbele la carta de inmediato y se la llevaré mañana. Me juego lo que quieras a que te ayudará.

Emily alzó la mirada.

—No sé, supongo que a estas alturas ya no tengo nada más que perder, ¿no? Ya he perdido al hombre que amaba, mi reputación y ahora estoy a punto de perder la vida. De acuerdo, lo haré. Gracias por ser tan comprensiva, Alice. Eres muy buena amiga. No sé qué habría hecho sin ti.

—Venga, déjate de monsergas. —Le dio un manotazo avergonzada—. Eres muy capaz de valerte por ti misma.

Capítulo 40

La noche se hizo eterna. Emily se la pasó mirando al techo, dándole vueltas a cómo sería la vida en la cárcel o el dolor que provocaría la horca. ¿Había sentido lo mismo Susan Olgilvy? ¿Había permanecido inmóvil en la cama, intentando asimilar la fría verdad de que su vida había llegado a su fin? Entonces sintió una leve caricia en la mejilla. Por un segundo se preguntó si era el fantasma de Robbie, que quería decirle que la amaba y que cuidaba de ella. Pero entonces vio que era Sombra, que no había salido de caza como era habitual en él, sino que, obedeciendo a su increíble instinto, se había dado cuenta de que necesitaba compañía. De modo que se hizo un ovillo junto a ella y empezó a ronronear.

—¿Quién cuidará de ti, pequeño? —le preguntó con voz suave, acariciándolo.

Cuando la fría luz del alba empezó a despuntar en las tierras altas del páramo, se levantó, encendió los fogones y puso el agua a hervir. Bobbie aún dormía plácidamente como un ángel en la cuna. En cuanto a Sombra, no había ni rastro del gato. Emily se tapó con el chal y salió al jardín, donde la embargó el dulce aroma de todas las plantas que estaban en flor. También habían llegado ya las primeras abejas del señor Patterson. «Si no hubiera sido tan terca y me hubiera casado con él, ahora no me vería en estas», pensó. ¿Podía pedirle ayuda en ese trance?

Cuando entró de nuevo en casa para prepararse el té, miró por la ventana y vio que había un policía junto a la puerta. Se volvió y la sensación de náuseas se apoderó de nuevo de ella. A pesar de todo, decidió hacer las tareas de casa, sacó a Bobbie al jardín para que le diera el aire y luego valoró la opción de empaquetar todos los regalos de lady Charlton para devolverlos a la casa grande.

—Pero es que fueron sus regalos —se dijo en voz alta—. Ella quería que fuera feliz.

No obstante, ¿quién iba a creerla?

A mediodía regresó el vehículo grande que Emily había visto el día anterior. En esta ocasión el inspector iba acompañado de otro hombre y del sargento. Ella los dejó entrar. El recién llegado era inspector de Scotland Yard y su actitud era menos agresiva que la del detective de Devon, pero a Emily le pareció que sus preguntas eran mucho más peligrosas. Estaba claro que no tenía experiencia ni formación académica en hierbas medicinales. Había tomado las recetas de libros antiguos. Creía que lo que hacía era inofensivo y beneficioso para los enfermos. Teniendo en cuenta todo eso, ¿cabía la posibilidad de que hubiera hecho daño a la anciana?

—Supongo que es posible —concedió Emily—, pero puedo ofrecerle una lista de los ingredientes que utilicé y podría preparar de nuevo el cordial para que lo probaran.

—La vieron cogiendo dedalera, un estimulante cardíaco muy potente.

—Sí, pero no la usé —se defendió Emily.

—Entonces, ¿por qué la cogió?

Emily vaciló.

—Había leído que era una planta eficaz para el tratamiento de problemas de corazón, pero que también era peligrosa. Pensé en la posibilidad de usarla, pero decidí no hacerlo.

El inspector asintió y agachó la mirada, pero la levantó bruscamente.

—¿Por qué vino aquí, señorita Bryce? ¿Qué la llevó hasta lady Charlton? ¿Formaba parte del círculo de amistades de su familia?

—No —respondió con cautela—. Yo pertenecía al Ejército Femenino de la Tierra y nos mandaron aquí para ayudarla con el jardín. Enseguida congeniamos y mis compañeras y yo nos alojamos en esta casita, que llevaba varios años vacía. Cuando nos licenciaron, me di cuenta de que necesitaba un lugar para vivir y le pregunté a lady Charlton si me permitiría quedarme a cambio de seguir trabajando en el jardín.

—¿Por qué no regresó con su familia? ¿Acaso no tiene?

—Sí, pero… —En ese instante alguien llamó a la puerta. Antes de que ella pudiera levantarse, el sargento se acercó a abrirla.

—¿Es esta la residencia de la señorita Emily Bryce? —preguntó una voz masculina.

—Sí, pero… —intentó responder el sargento.

—Soy su padre, el juez Harold Bryce.

Entró en la casa sin esperar a que le dieran permiso.

Emily lo miró asombrada. ¿Cómo era posible que Alice le hubiera entregado la carta a esa hora? El juez Bryce barrió la estancia con la mirada y la posó en su hija.

—¿Qué diablos haces aquí, Emily? ¿Qué ha ocurrido?

Ella se levantó y dio un paso en dirección a él, pero al final reprimió el deseo de lanzarse a sus brazos.

—Has recibido mi carta…

—¿Carta? No he recibido nada. De hecho, hace meses que tu madre y yo no tenemos noticias tuyas. No te imaginas lo preocupada que estaba tu madre. Al no saber nada de ti en Navidad, nos pusimos en contacto con la mujer que estaba a cargo del ejército femenino y supimos que os habían dado permiso para todo el invierno. Nos contó que te habías ido a vivir con una amiga, por lo que no teníamos ni remota idea de dónde estabas. Tu superior, al menos, no lo sabía. Nadie lo sabía, en realidad. Y ahora, ¿podrías contarme, por el amor de Dios, qué haces aquí?

—Es una historia muy larga y me gustaría contártela, pero estos agentes de policía creen que he intentado matar a lady Charlton cuando yo solo quería ayudarla.

—Eso he oído. El comisario ha venido a verme a mi despacho a primera hora para decirme que había oído rumores sobre la posible detención de una tal Emily Bryce por intento de homicidio. Ha supuesto que no habría más de una Emily Bryce en el condado y por eso ha querido asegurarse de que estaba informado de lo ocurrido. Obviamente yo no estaba dispuesto a admitir que no te habíamos visto el pelo desde hacía meses, por eso he averiguado la dirección y he venido de inmediato.

—¿Es usted el padre de la chica? —preguntó el inspector de Scotland Yard—. ¿Y es juez?

—Por supuesto que lo soy. Juez de la Audiencia de Devon. ¿Cuál es el supuesto delito que ha cometido mi hija?

—Pesan sobre ella diversas acusaciones… Hizo un preparado que le provocó un infarto a una anciana. También se la acusa de robarle y la persona que la ha denunciado afirma que quería matar a lady Charlton porque sabe que figura como legataria en su testamento.

—Esas acusaciones son un disparate. Siento un gran aprecio por lady Charlton, y ella por mí. Todo lo que afirman que he robado, me lo regaló ella como muestra de agradecimiento por ayudarla a catalogar su colección de objetos. Y no sabía nada de su testamento.

—¿Y el preparado? —preguntó el padre.

—En esta casa había un huerto medicinal y varios libros sobre hierbas curativas. Lo único que he hecho ha sido intentar aprender. Elaboré un tónico que, en teoría, era bueno para el corazón. No utilicé ninguna planta perjudicial, estoy segura de ello. De hecho, tengo aquí la receta y si estos caballeros me lo permitieran, me gustaría preparar el tónico con los mismos ingredientes.

El padre frunció el ceño.

—¿Haces remedios de hierbas? Se podría interpretar como que has ejercido la medicina sin licencia.

—Solo quería ayudar —se defendió Emily—. Lady Charlton me dijo que se encontraba muy débil.

El juez Bryce miró a los dos policías.

—Caballeros, mi hija puede ser muy terca y desconsiderada, pero nunca me ha dado motivos para cuestionar la veracidad de sus palabras. Tampoco he visto ninguna señal de avaricia o cleptomanía. Si dice que los objetos fueron regalos, la creo. Además, proviene de una familia acomodada. ¿Qué motivos podía tener para robar a una anciana? ¿Por qué iba a importarle que la hubiera incluido en su testamento? Cuando llegue la hora, heredará mi fortuna. —Hizo una pausa para que asimilaran la información y prosiguió—. Si dice que solo pretendía ayudar, debemos creerla. Si de algo es culpable, es de ignorancia y de ingenuidad en el uso de hierbas desconocidas. El homicidio, como bien sabrán ustedes, exige intencionalidad.

—Aun así, señoría —terció el agente de Scotland Yard—, si la anciana falleciera, entraría dentro de la lógica acusarla de homicidio involuntario.

—Solo si se demuestra que la mezcla de hierbas contenía un ingrediente que pueda considerarse causante de la muerte —replicó el padre de Emily—. Y aunque la consideraran culpable de homicidio involuntario, ¿no deberíamos aplicar entonces el mismo criterio a todos los médicos que perdieran a un paciente a pesar de su esfuerzo por salvarle la vida?

—No le falta razón, señor —murmuró el inspector Payne—. Goza usted de una gran fama entre los agentes de la comisaría del condado de Devon y todos lo consideramos un hombre justo.

Ignorábamos que esta joven era su hija. ¿Por qué no nos lo dijo? —preguntó mirando a Emily.

—Porque no me dieron la posibilidad de explicar nada —afirmó ella.

El inspector de Scotland Yard se puso en pie.

—Bien, en tal caso creo que ya no tenemos ninguna pregunta más. Si no le importa, le agradecería que preparase de nuevo el tónico para que podamos analizarlo y comprobar si influyó de algún modo en el infarto de lady Charlton. Sin embargo, en lo que respecta a la acusación de intento de homicidio, me temo que es producto del rencor que siente la persona en cuestión por usted.

—Bien podría ser cierto —concedió Emily—. Pero también cabe en lo posible que esa persona creyera genuinamente que yo deseaba hacerle daño a su señora. No es una mujer con muchas luces y tiene una actitud muy posesiva hacia lady Charlton.

—Es usted muy generosa —afirmó el inspector—. Si le parece bien, podría traernos el tónico cuando regrese a Exeter —le dijo al juez.

—Será un placer. —Miró a su hija.

Cuando los agentes se fueron y oyeron que cerraban las puertas del automóvil, Emily se acercó a su padre con paso vacilante.

—Has estado maravilloso. No sé cómo agradecértelo.

El juez Bryce se volvió hacia ella con una sonrisa en los labios.

—Se me da muy bien desarticular los argumentos de los demás, pero en este caso creía firmemente en todo lo que he dicho. Que yo sepa, nunca me has mentido. —Respiró hondo—. Y ahora, ¿podrías explicarme qué demonios haces metida en esta casucha? ¿Por qué te has escondido de tus padres todo este tiempo? ¿Sabes lo angustiados que estábamos? Tu madre temía que te hubieras suicidado por la pena tras la muerte de tu prometido y no dejaba de culparse a sí misma.

—Déjame que te enseñe el motivo. —Emily cruzó la cocina, abrió la puerta trasera y le indicó a su padre que saliera—. Por esto —dijo, y señaló el cochecito.

—¿Un bebé? —preguntó con incredulidad—. ¿Tuyo? ¿Has tenido un bebé?

Emily asintió.

—Es una niña y tiene tres semanas.

—¿Por eso viniste aquí? ¿Por qué no nos lo dijiste?

—Fuiste muy rotundo al expresar la opinión que te merecía la hija de los Morrison, cuando se halló en la misma situación que yo, y supuse que me dispensaríais el mismo trato. Creía que me enviaríais a algún lugar lejano para que diera a luz y que luego me obligaríais a entregar el bebé. Y no quería avergonzaros.

—Pero hija… Ya sabes que a veces tu madre dice cosas que, en realidad, no piensa. Es muy rápida juzgando a los demás, como muy bien sabes. Y la hija de los Morrison tenía cierta reputación de… de que frecuentaba la compañía de muchos chicos. Pero tú, nuestra única hija, ¿creías que no te habríamos ayudado?

—Sí, estaba convencida de ello. Cuando estaba trabajando en el campo y vinisteis a buscarme para llevarme a casa y que dejara a Robbie Kerr, me dijiste muy claramente que no me molestara en volver si os desobedecía.

El padre asintió.

—Fue una reacción irreflexiva por mi parte. Me temo que queríamos asustarte para que nos obedecieras. Nunca te habíamos visto tan empecinada en salirte con la tuya.

—Porque quería a Robbie e iba a casarme con él. Era un buen hombre, papá. Increíblemente valiente. Era tan especial que estaba dispuesta a irme a Australia con él.

—Y esta es su hija —dijo mirando al cochecito—. Qué bonita es.

—Sí. Le puse el nombre de Roberta por él, pero todas la llamamos Bobbie.

—Me gustaría que volvieras a casa conmigo. Contrataremos a una niñera.

Emily negó con la cabeza.

—No quiero avergonzaros. Sé que a mamá le preocupa mucho lo que puedan pensar los demás.

—Pues diremos que eres viuda de guerra. Hoy en día la mitad de las mujeres de Inglaterra lo son. Que te fugaste para casarte con un piloto y que por desgracia murió en combate. Nadie pondrá en duda tu palabra.

—En tal caso, me gustaría ir de visita, pero preferiría quedarme aquí —confesó Emily.

—¿Por qué quieres renunciar a las comodidades de nuestro hogar?

Miró a su alrededor, al jardín y al sendero que discurría más allá.

—Porque aquí me necesitan. Soy útil.

—Confío en que no volverás a preparar más remedios de hierbas.

—No exactamente. Al menos no haré más tónicos para el corazón. —Sonrió y su padre le devolvió el gesto. Emily se agachó para tomar en brazos a su hija y, mientras ambos regresaban a la casa, miró por la ventana—: ¡Oh, cielos! —exclamó—. ¿Qué es eso?

Un grupo de gente encabezado por Alice, seguida por el señor Patterson y la señora Soper, se dirigía hacia la casita. Emily les abrió la puerta.

—¿Dónde está? —preguntó Alice bruscamente—. ¿Dónde está ese policía? Hemos venido a ajustar cuentas con él.

Entró sin esperar la respuesta de Emily y se plantó ante su padre.

—Hemos venido a defender a Emily. No vamos a permitir que la detenga. Todo aquel que la considere capaz de hacer daño a alguien necesita hacerse mirar la cabeza. Además, hemos recogido firmas de todos los habitantes del pueblo como prueba de agradecimiento por todo lo que ha hecho. Los salvó a todos, no sé si lo sabe. No murió nadie de la gripe gracias al medicamento que preparó. Todos se recuperaron, algo inaudito, ¿no le parece?

—Y que lo diga —afirmó el padre, mirando a Alice como si fuera un perro peligroso que pudiera morderle de un momento a otro—. Pero debo comunicarle que no formo parte de la policía. Soy el padre de Emily.

—¿Ah, sí? Caray. Pues acabo de enviarle una carta. Uno de los vecinos vio su vehículo y creímos que era usted el policía que venía a llevársela. No podíamos permitírselo, claro.

El señor Patterson dio un paso al frente y se situó junto a Alice.

—Consideramos que la señora Kerr es un gran activo de nuestra comunidad —añadió—. Y estábamos todos dispuestos a testificar en su favor si hubiera sido necesario.

El padre se volvió hacia ella.

—Veo que no te faltan avales que den fe de tu buen hacer, jovencita.

—Eso parece —admitió Emily con una sonrisa.

Capítulo 41

La policía no regresó a Bucksley Cross y Emily no volvió a tener noticias de la mezcla que había enviado al laboratorio. Sin embargo, a finales de semana, Justin Charlton llamó a su puerta.

—La cosa pintaba muy mal, pero mi abuela se ha sobrepuesto a todas las adversidades —le dijo—. Siempre supe que era un hueso duro de roer. Está evolucionando favorablemente y no deja de preguntar por ti. Un amigo me ha prestado su automóvil, por lo que si estás disponible me gustaría que me acompañaras a verla.

—Me encantaría. No sabes cuánto me alegra esta noticia. Déjame preguntarle a Daisy si puede cuidar de Bobbie.

Emily recorrió el camino que llevaba a la casa tan rápido como se lo permitieron sus piernas. La primera persona que vio fue la señora Trelawney, que la miró sorprendida.

—¿Aún estás aquí? —preguntó.

—Sí, ¿acaso debía ir a algún lado? —replicó Emily con calma.

—Pero yo creía que la poción que le diste a la señora...

—Era del todo inofensiva. Y se está recuperando, así que volverá a casa en breve. Asegúrese de que está todo el orden —le ordenó Emily, disimulando un gesto de satisfacción.

En el trayecto a Exeter le contó a Justin lo ocurrido con la policía.

—Pues es una suerte que mi abuela se haya recuperado. Habrá que despedir a esa bruja de Trelawney. Nunca me cayó bien. Siempre andaba tramando algo. —Justin sonrió—. Tengo una idea: podríamos mandarla a vivir en la casita y trasladarte a ti a la casa grande.

Emily esbozó una sonrisa.

—De hecho, me gusta la casita. La he convertido en mi hogar.

—Pero no querrás quedarte ahí para siempre, ¿verdad?

—Seguramente no, pero de momento es mi refugio. Y a tu abuela le gusta tenerme cerca. Se siente muy sola. ¿Crees que algún día volverás para instalarte aquí? Ahora es tu casa. Eres el señor de la mansión.

Justin se rio.

—No me veo como señor de la mansión. El vizconde Charlton. Suena ridículo. La guerra ha restado importancia y puesto en su sitio a una serie de cosas que antes nos tomábamos muy en serio. En las trincheras han luchado codo a codo y han muerto lores y herreros. Pero si mi abuela me necesita... —Dejó la frase en el aire.

Cuando se aproximaban al hospital, las dudas asaltaron a Emily.

—¿Tu abuela está al corriente del incidente con la policía? No quiero preocuparla de manera innecesaria ni insinuar que la señora Trelawney ha intentado acusarme de asesinato.

—Eres demasiado buena. Es cierto que te acusó de asesinato. Y estoy convencido de que tenía muchas ganas de verte pataleando, colgando en la horca. Es una arpía. No te imaginas el placer que le provocaba informar a mi abuela de mis fechorías... que se producían muy a menudo, me temo.

—Tienes razón en que no es una mujer muy bondadosa. Creo que quería deshacerse de mí porque estaba celosa. Pero siempre ha sido fiel a tu abuela y no quiero convertirme en un motivo de preocupación para ella.

—De acuerdo, pues no le diré nada de momento. En cuanto a Trelawney… Ya veremos.

Lady Charlton estaba sentada en la cama, con una taza de té en las manos. Estaba muy pálida y tenía un aspecto frágil, pero se le iluminaron los ojos al ver entrar a Emily.

—Cuánto me alegro de verte, querida —le dijo, tendiéndole una mano blanca en la que destacaban las venas azules.

—Me habría gustado venir antes, pero he estado algo ocupada —dijo Emily, que se inclinó para darle un beso en la mejilla—. Por el bebé —añadió.

—Debo decir que mi nieto se ha mostrado de lo más atento. —Miró a Justin, que se había quedado en la puerta—. Me ha leído algunos de sus poemas y me han parecido bastante buenos.

—¿Bastante buenos? Son excelentes —apostilló Justin con una sonrisa.

—Me alegra ver que se está recuperando tan bien. No se imagina lo preocupadas que estábamos —le aseguró Emily.

—Al final tomé la decisión de que aún no quería morir —afirmó lady Charlton—. Todo es cuestión de voluntad. Me gustaría ver cómo la finca recupera su antiguo esplendor de antes de la guerra. Hablando de ello, por cierto, ¿qué tal va tu empresa?

—¿Empresa? —preguntó Justin.

Emily sonrió.

—Las mujeres del pueblo me han ayudado a preparar ungüentos y lociones usando las hierbas del jardín. Hasta el momento hemos tenido un éxito modesto, pero varias farmacias de la zona han repetido el pedido.

—Necesitas el aval de gente importante —señaló Justin.

—Eso es muy fácil decirlo, pero tengo que cuidar de mi hija.

—Envíame algunas muestras. Puedo hacérselas llegar a gente influyente cuando vuelva por Londres. Al menos podrás decir que el vizconde Charlton utiliza tu crema para tratarse los forúnculos.

—No tienes remedio, Justin —dijo lady Charlton entre risas.

En ese momento apareció una enfermera muy severa que los echó de la habitación.

—¿Te apetece un té? —le preguntó Justin a Emily—. Pero no en la horrible cafetería del hospital. Aquí cerca hay un café.

Mientras bebían el té, a Emily se le ocurrió una idea.

—¿Sabes qué me gustaría hacer aprovechando que estamos aquí? ¿Crees que la Audiencia conserva registros de casos antiguos?

—Seguro que sí.

—¿Te importaría que fuera a ver a mi padre a su despacho?

—¿A qué viene ese interés por los casos antiguos? —preguntó Justin.

—Me gustaría saber algo de una mujer que hace mucho tiempo vivió en la casita donde vivo yo ahora. La detuvieron por asesinato y quería saber si la condenaron a la horca. Nuestras vidas han seguido un camino tan parecido…

—Tienes razón. Una antigua inquilina de la casita fue ahorcada. Lo cuenta la gente del pueblo.

—Vaya. —Emily guardó silencio durante unos segundos.

De modo que Susan no había corrido la misma suerte que ella, no había tenido un padre que la defendiera.

—Pero eso fue hace mucho. Por aquel entonces, colgaban a la gente por nada. Si alguien miraba a una vaca y el animal moría, a la horca. También se utilizaban atizadores ardiendo, sillas de escarnio…

—¿Sillas de escarnio? Eso fue hace siglos.

—Y la historia de la que tú me hablas también. La mujer ahorcada era una bruja. Vivió en el siglo XVII. Flora nosequé…

—Flora Ann Wise —dijo y sintió una sensación de alivio. La bruja no era Susan.

Cuando llegaron a la audiencia, le dijeron a Emily que el juez Bryce se encontraba en la sala del tribunal, pero que podía dejarle un mensaje. Ella le escribió una breve nota explicándole la historia de Susan Olgilvy y le pidió si podía encontrar la referencia de la sentencia. Salieron de los juzgados y emprendieron el camino de vuelta a la casita.

—Imagino que ahora que tu abuela ha mejorado te reincorporarás a la gira de tus amigos —dijo Emily, algo avergonzada por el deje de añoranza de su voz.

—Sí, no puedo dejarlos mucho tiempo solos para que sigan leyendo sus vulgares versos y tampoco quiero privar al mundo de mis brillantes poemas —respondió Justin entre risas, que se desvanecieron enseguida. La miró fijamente—. La otra noche tuve una larga charla con mi abuela. Quiere resucitar la granja. Yo le dije que no soy agricultor, pero le preocupa que no dé ingresos y que la tierra se convierta en un erial.

—¿Quiere que regreses para hacerte cargo de la granja? —preguntó Emily con un deje de esperanza que la sorprendió a ella misma.

Justin asintió.

—En la época de mi abuelo teníamos un gran rebaño de vacas lecheras.

—Yo no os aconsejaría que os dedicarais a la producción de leche —dijo Emily—. Se necesita mucha mano de obra y ahora mismo no hay hombres.

—¡Olvidaba que eres la experta! —Se rio, pero Emily se dio cuenta de que no se estaba burlando de ella—. ¿Qué sugieres?

—Sería más fácil criar ovejas. Saben cuidar de sí mismas hasta que llega la parición y la esquila. También sería buena idea plantar algún cultivo comercial. Que tampoco necesite mucha mano de obra, claro. ¿Qué tal es la calidad de la tierra?

—¿Cómo quieres que lo sepa? —preguntó sin aguantarse la risa—. Será mejor que vengas a hablar con el capataz. Domina el oficio, pero se está haciendo mayor.

Llegaron a la casita.

—¿Cuidarás de la abuela hasta mi regreso? —le preguntó Justin.

—Por supuesto.

—Me alegro. —Hizo una pausa—. ¿Y te quedarás aquí? Necesitaré ayuda si voy a convertirme en granjero.

—No pienso irme a ningún lado mientras me dejéis vivir en la casita. Salvo por alguna que otra visita a mis padres.

—Como propietario oficial de Bucksley, te prometo que la casita será tuya mientras la quieras.

—Te lo agradezco. —Se le anegaron los ojos en lágrimas—. Muchas gracias.

—Lo hago por puro egoísmo, te lo prometo. —Hizo una pausa como si fuera a decir algo más y añadió—: ¿Quién me iba a aconsejar, si no, sobre los cultivos que debo plantar? —Le acarició un brazo con dulzura—. Nos vemos a mi vuelta.

Emily entró en su refugio con una sonrisa en los labios. Tal como había escrito Susan en su diario, el corazón también puede recuperarse de las heridas.

Al cabo de dos días, recibió una carta del despacho de su padre que contenía la transcripción del juicio de Susan Olgilvy, celebrado en noviembre de 1858.

El abogado defensor demostró que la señora Maria Tinsley había usado unos polvos para la cara que contenían arsénico y que tenía problemas de corazón, lo que le había provocado su larga enfermedad y había acabado precipitando su muerte.

El jurado emitió un veredicto de «no culpable».

—¡No murió! —exclamó Emily, que se puso a bailar por la cocina, agitando la carta en un gesto triunfal—. ¡Susan no murió!

A principios de junio, Simpson trajo de vuelta a lady Charlton con el coche. Emily y el chófer se habían dejado la piel para que las rosas del camino de acceso tuvieran un aspecto magnífico. La anciana paseó por la casa con una sonrisa en los labios.

—Me alegro mucho de haber vuelto —dijo—. No sabes las ganas que tengo de que me sirvan un plato de comida decente y no la bazofia del hospital. Un buen bistec o una empanada de riñones. ¿Dónde está la señora Trelawney?

—Lamento comunicarle que se ha ido —dijo Emily—. Tuvo que marcharse para ayudar a su hermana inválida.

Prefirió no revelarle que Justin había aparecido de repente un día y que la había despedido.

—He decidido utilizar mis privilegios como vizconde Charlton —había afirmado él, incapaz de reprimir la risa al ver la expresión de Emily al oír sus palabras—. Tendrías que haberle visto la cara.

Emily se lo había quedado mirando embelesada.

—Tendremos que contratar a una nueva cocinera —añadió Justin—. ¿Me ayudarás a elegir una que no nos envenene? También necesitamos sirvientes.

—Podrías nombrar a Daisy doncella primera —propuso Emily—. Es muy buena.

—¿Y se lleva bien con mi abuela?

—Sí.

—Pues dalo por hecho.

—¿Ves como sí puedes ejercer de señor de la mansión? —le dijo ella.

—No sabemos de lo que somos capaces hasta que lo intentamos. —La miró fijamente—. Por primera vez desde hace mucho tiempo, me enfrento al futuro sin miedo. ¿Y tú?

—Sí —admitió Emily—, creo que yo también.

Tenía muchas ganas de contarle a lady Charlton todos los cambios que estaba planeando Justin.

—Ahora que ha vuelto —dijo Emily mientras ayudaba a lady Charlton a sentarse en su sillón favorito—, debemos organizar el bautizo de Bobbie. Quería pedirle que fuera la madrina. Alice será la otra y el señor Patterson será el padrino.

—En circunstancias normales prefiero no acercarme a esa iglesia —dijo lady Charlton—, pero en tu caso haré una excepción. ¿Qué nombres le vais a poner?

—Será Roberta, luego Alice y me gustaría ponerle también su nombre.

—Susan —dijo lady Charlton con una sonrisa de complicidad.

Emily abrió la boca para decir algo, pero la anciana se le adelantó:

—Es un nombre muy común, sobre todo en esta zona. —Y con su gesto le dio a entender «No me preguntes nada más».

«¿Es posible...?», se preguntó Emily. Entonces recordó que lady Charlton sabía de la existencia del baúl del desván y que no se había mostrado sorprendida cuando ella empezó a cuidar del huerto medicinal. Y que había estado fuera del pueblo durante muchos años y que cuando regresó ya era una mujer de mediana edad y con el rostro curtido por el sol. Era poco probable que los vecinos asociaran a la nueva señora de la mansión con la antigua maestra.

«Todo ha sucedido gracias al azar del destino», pensó y la invadió una intensa satisfacción. Le habían dicho que la casa estaba maldita y, sin embargo, al final había acabado convirtiéndose en su hogar. Dejó vagar sus pensamientos y llegó a la conclusión de que Susan se había casado con el hombre que se había convertido en el vizconde Charlton.

El bautizo se celebró un soleado domingo de junio. Roberta Alice Susan lució el vestido de bautismo de la familia Charlton.

Todos los habitantes de Bucksley Cross se pusieron sus mejores galas y, tras la ceremonia, celebraron un banquete en el prado comunal que había frente a la iglesia. Para sorpresa de Emily, también acudieron sus padres. La madre se mostró algo tensa y recelosa al principio, pero le cambió la cara en cuanto vio a su nieta.

—Es igualita a ti cuando tenías su edad —le dijo a Emily—. Siempre fuiste un bebé precioso.

Justin estaba de gira con sus compañeros poetas, por lo que Emily se sorprendió al verlo aparecer al atardecer, cuando las golondrinas surcaban el cielo rosado crepuscular.

—Vaya, pero si estáis todos —dijo y miró a Emily con una sonrisa.

—¿A qué debemos el honor? —preguntó lady Charlton.

—¡He venido a reclamar mis derechos! —exclamó con un deje muy afectado y se rio—. No me hagas caso. Lo que ocurre es que no quería perderme la celebración. ¿Dónde está la joven estrella?

—Durmiendo en su cochecito. Demasiadas emociones en un solo día.

Justin se acercó a ver a Roberta Alice Susan, que dormía como un angelito bajo las diversas capas de faldones del vestido de bautizo. La observó durante un buen rato bajo la atenta mirada de Emily.

—Es preciosa —dijo Justin—. Perfecta. Aunque no esperaba menos. —La mirada que dirigió a Emily avivó el rubor de las mejillas de la joven.

—¿Has dejado la gira para venir al bautizo? —preguntó ella.

Justin parecía muy orgulloso de sí mismo.

—La gira ya ha finalizado y ha sido un gran éxito. Nos ha contactado un editor, así que ya puedes ir buscando un hueco en tu biblioteca, abuela. Por eso he vuelto a casa. Creo que debemos aprovechar el verano para empezar con los trabajos de mejora de la granja.

—Has vuelto a casa —murmuró lady Charlton con la voz quebrada—. Es una noticia fabulosa. —Hizo una pausa—. Hace demasiado que tenemos la granja abandonada.

Justin arrimó una silla junto a Emily.

—También traigo buenas noticias para ti. Le di tu loción a un amigo mío que es químico en el Imperial College de Londres. La probó y me ha dicho que es excelente. Además, resulta que su tío tiene una fábrica y es posible que esté interesado en comercializarla. ¿Qué te parece?

Emily miró a su alrededor, a las largas mesas donde estaban sentadas las mujeres que se habían convertido en sus amigas, sus hermanas.

—Primero tengo que consultarlo con mis socias —respondió.